2390

Van dezelfde auteur

Coma
Experiment
Intern
Brein
Epidemie
Doodsangst
Infuus
Manipulatie
Koorts
Narcose
Embryo
Overdosis
Terminaal

Robin Cook

Sfinx

Zwarte Beertjes

Oorspronkelijke titel
Sphinx

Vertaling
Gerard Grasman

ISBN 90 449 2390 0
NUGI 331

Vijfde druk, september 1993

Met betrekking tot Egypte zelf
zal ik zeer uitvoerig zijn,
want er is geen land dat zoveel wonderen bezit,
noch een land waarin zoveel werken zijn
die iedere beschrijving tarten.

Herodotus
in zijn *Historia*

Proloog

1301 v. Chr. De graftombe van Toetanchamon: Dal der Koningen, de necropolis van Thebe, in het tiende regeringsjaar van zijne heilige majesteit de koning van Boven- en Beneden-Egypte, de Zoon van Re, farao Seti I; de vierde maand van het bevloeiingsseizoen, de tiende dag

Emeni stak zijn koperen beitel krachtig in de zandsteensplinters vlak voor hem. Hij voelde dat de punt op massieve steen stootte, maar stak nog eens, voor alle zekerheid. Ongetwijfeld had hij de binnenste deur bereikt. Daarachter lag een schat met een waarde waarvan hij zich nauwelijks een voorstelling kon maken; achter deze deur bevond zich de eeuwige woning van de jonge farao Toetanchamon, die eenenvijftig jaar geleden was bijgezet.
Met hernieuwd enthousiasme groef hij verder in de dichte massa puin. Het opdwarrelende stof bemoeilijkte zijn ademhaling. Het zweet droop gestadig over zijn hoekige gezicht en druppelde op de grond. Hij lag op zijn buik in een pikdonkere tunnel, die nauwelijks breed genoeg was voor zijn magere, pezige lichaam. Met zijn holle hand schoof hij de weggehakte zandsteen onder zich door, totdat hij het achter zijn voet had. Dan, als een gravend insekt, duwde hij de brokstukjes verder met zijn voet naar achteren, waar de waterdrager Kemese ze in een rieten mand verzamelde. Emeni voelde geen enkele pijn toen hij zijn geschaafde hand in de duisternis voor de gepleisterde muur voor hem liet rondtasten. Zijn vingertoppen bevoelden het zegel van Toetanchamon op de vergrendelde deur, een deur die niet meer door mensenhand was aangeraakt sinds de jonge farao was bijgezet. Emeni liet zijn hoofd op zijn linkerarm rusten en ontspande ieder spiertje van zijn lichaam. De pijn verbreidde zich door zijn schouders en achter zich kon hij Kemese's zwoegende ademhaling horen, toen hij de beitel in de mand liet vallen.
'We hebben de binnenste deur bereikt,' zei Emeni met een mengeling van angst en opwinding. Boven alles wilde Emeni dat deze nacht achter de rug was. Hij was geen dief van professie. Maar

toch lag hij hier, een tunnel gravend naar het eeuwige heiligdom van de ongelukkige Toetanchamon. 'Laat Iramen mijn hamer pakken.' Emeni bemerkte dat zijn stem vreemd en dof klonk in de nauwe tunnelruimte. Kemese schreeuwde, verrukt over het nieuws en kroop achterwaarts haastig de tunnel uit, zijn rieten mand met zich meeslepend.
Er viel een stilte. Emeni had het gevoel alsof de wanden van de tunnel op hem af kwamen. Hij vocht tegen zijn ruimtevrees, zich herinnerend hoe zijn grootvader Amenemheb toezicht had gehouden op het graven van deze kleine graftombe. Emeni vroeg zich af of Amenemheb het oppervlak recht boven hem zou hebben aangeraakt. Hij draaide zich op zijn rug en drukte met zijn handpalmen tegen de massieve rots. Dit gebaar stelde hem gerust. De plattegronden van Toetanchamons tombe die Amenemheb aan zijn zoon Per Nefer, de vader van Emeni, had doorgegeven, die ze op zijn beurt weer had nagelaten aan Emeni, waren juist. Emeni had vanaf de buitenste deur precies twaalf *cubit* moeten graven om de binnenste deur te bereiken. Daarachter bevond zich de voorste grafkamer. Het had hem twee nachten van bijna bovenmenselijke krachtsinspanningen gekost, maar tegen de morgen zou het allemaal achter de rug zijn. Emeni was van plan om niet meer dan vier gouden beelden weg te halen, waarvan de standplaatsen eveneens in de plattegronden stonden aangegeven. Een beeld voor zichzelf en één voor ieder van zijn handlangers. Daarna zou hij de tombe opnieuw verzegelen. Emeni hoopte dat de goden het zouden begrijpen. Voor zichzelf zou hij nooit uit stelen zijn gegaan. Dat ene gouden beeld had hij nodig om een volledige balseming en alle voorbereidingen voor de begrafenis van zijn ouders te kunnen betalen.
Kemese kroop weer de tunnel binnen, zijn rieten mand met de hamer en een olielamp erin voor zich uit duwend. Verder bevatte de mand ook een bronzen dolk met benen handvat. Kemese was een echte dief, zonder scrupules die zijn dorst naar goud konden beteugelen.
Met behulp van de beitel en hamer maakten Emeni's ervaren handen korte metten met de cement die de steenblokken vóór hem vasthield. Hij verwonderde zich voortdurend over de onbedui-

dendheid van de graftombe van Toetanchamon in vergelijking met de gigantische tombe voor farao Seti de Eerste, waaraan hij op dit moment werkte. Maar de relatieve onbelangrijkheid van Toetanchamons tombe was voor hem een geweldige meevaller, want anders zou Emeni nooit in de gelegenheid zijn geweest de graftombe binnen te dringen. De officiële opdracht van farao Horemheb om iedere herinnering aan Toetanchamon uit te wissen had ervoor gezorgd dat de Ka-priesters van Amon niet langer de tombe hoefden te bewaken, zodat Emeni alleen maar de nachtwaker van de arbeidershutten met twee maten graan en een kruik bier om had hoeven kopen. Vermoedelijk was zelfs dat overbodig geweest, aangezien Emeni het eeuwige huis van Toetanchamon tijdens het grote Ope-feest wilde binnendringen. Al het personeel van de dodenstad was, samen met het grootste deel van de bevolking van Emeni's eigen dorp, het Oord der Waarheid, aan het feestvieren in Thebe zelf, op de oostelijke oever van de grote Nijl. Toch was Emeni, ondanks al zijn voorzorgen, banger dan hij ooit in zijn leven was geweest. Het was deze angst die hem aanzette tot een laatste, verwoede krachtsinspanning met zijn hamer en koperen beitel. Het steenblok vlak voor hem week met een schurend geluid naar achteren en viel toen met een donderend geraas op de bodem van de grafkamer erachter.

Emeni's hart bleef stilstaan, omdat hij half verwachtte door de demonen van de onderwereld te worden overvallen. Maar in plaats daarvan kwam de aromatische geur van cederhout en wierook in zijn neusgaten en registreerden zijn oren de stilte der eeuwigheid. Vol diep ontzag werkte hij zich naar voren en kroop met het hoofd vooruit de grafkamer binnen. De stilte was oorverdovend, de duisternis ondoordringbaar. Toen hij achterom de tunnel inkeek ving hij een glimp op van het vage maanlicht terwijl Kemese naar voren kroop. Tastend als een blinde probeerde hij Emeni de olielamp aan te reiken.

'Kan ik erin?' vroeg Kemese aan de duisternis, nadat hij de lamp en de tondel aan Emeni had overhandigd.

'Nog niet,' antwoordde Emeni, druk doende met de lamp. 'Ga maar terug en zeg tegen Iramen en Amasis dat het nog een half uurtje zal duren voor we de tunnel weer gaan dichtgooien.'

Kemese gromde en werkte zich als een krab achterwaarts de tunnel uit.
Een eenzaam vonkje sprong van de vuursteen en ontstak de tondel, die Emeni handig tegen de lont drukte. De lont vlamde op en plotseling doorboorde het licht van de vlam de duisternis, als een plotselinge vlaag van warmte in een koud vertrek. Emeni verstijfde en had het gevoel alsof zijn benen het zouden begeven. In het flikkerende halfschijnsel kon hij het gelaat van de god Amnoet onderscheiden, de Verslinder der Doden. De olielamp trilde in zijn bevende handen en hij wankelde terug tegen de muur. Maar de god sprong niet naar voren. Toen pas, toen het licht over het gouden gelaat van de god speelde en zijn ivoren tanden en slanke, gestyleerde lichaam onthulde, besefte Emeni dat hij naar een doodsbed stond te kijken. Er waren nog twee andere goden: de een met de kop van een rund, de ander met een leeuwekop. Tegen de rechtermuur stonden twee levensgrote standbeelden van de kindkoning Toetanchamon, die de toegang naar de eigenlijke grafkamer moesten bewaken. Emeni had soortgelijke vergulde standbeelden van Seti I al eens zien maken in het Huis der Beeldhouwers.
Zorgvuldig stapte Emeni over een guirlande van gedroogde bloemen heen, die op de drempel was neergelegd. Hij bewoog zich snel in de richting van twee vergulde schrijnen. Eerbiedig ontgrendelde hij de deurtjes en nam de gouden beeldjes van hun sokkels. Een ervan was een schitterend beeldje van Nechbet, de godin met de kop van een gier uit Boven-Egypte; het andere was een beeld van Isis. Geen van beide beeldjes droeg de naam van Toetanchamon. Dat was belangrijk.
Emeni nam zijn hamer en beitel, liep naar het doodsbed van Amnoet en hakte snel een gat naar de zijkamer. Volgens de plattegrond van Amenemheb bevonden de beide andere beeldjes die Emeni wilde hebben zich in een schatkist in de kleinere zijkamer van de tombe. Zonder acht te slaan op een sterk voorgevoel van onheil ging Emeni het vertrek binnen, de olielamp voor zich uit houdend. Tot zijn grote opluchting stonden er geen angstaanjagende beelden. De muren bestonden uit ruw uitgehakte steenblokken. Emeni herkende de kist die hij zocht aan de prachtige afbeelding op het deksel. Het bas-reliëf toonde een jonge konin-

gin, die farao Toetanchamon een boeket lotussen, papyrussen en papavers aanbood. Hij stuitte echter op een moeilijkheid. Op de een of andere ingenieuze manier was het deksel vergrendeld en wilde het niet open. Voorzichtig zette Emeni de olielamp op een kastje van roodbruin cederhout en onderzocht de schatkist nauwkeuriger. Hij merkte niets van de bewegingen in de tunnel achter zijn rug.

Inmiddels had Kemese het uiteinde al bereikt, met Iramen vlak achter zich. Amasis, een reusachtige Nubiër die de grootste moeite had om zijn omvangrijke lichaam door de nauwe doorgang te persen, lag een eindje achter, maar de beide anderen konden Emeni's schaduw reeds op groteske manier over de bodem en de muur van de voorste grafkamer zien dansen. Kemese klemde de bronzen dolk tussen zijn rottende tanden en gleed met het hoofd vooruit vanuit de tunnel op de vloer van de grafkamer. Zonder geluid te maken hielp hij Iramen uit de tunnel tot deze naast hem stond. De beide mannen bleven, terwijl ze ternauwernood durfden ademen, wachten totdat eindelijk Amasis met een miniem geratel van vallende brokjes puin de grafkamer ingleed. Al spoedig onderging hun angst een metamorfose tot woeste begeerte, zodra de drie boerenzonen de ongelooflijke rijkdommen ontwaarden die rondom hen heen waren opgetast. Nog nooit in hun leven hadden zij zulke wonderbaarlijk mooie dingen gezien – en dat alles lag hier zo maar voor het grijpen! Als een roedel uitgehongerde steppewolven stortten zij zich op de met zoveel zorg neergezette kunstvoorwerpen. Tot aan de rand gevulde kisten werden opengerukt en leeggeschud. Het goudbeslag van meubelstukken en sacrale voertuigen werd woest losgerukt.

Toen Emeni het eerste geluid hoorde sprong zijn hart op in zijn borst. Zijn eerste gedachte was dat men hem had betrapt. Toen hoorde hij de opgewonden kreten van zijn handlangers en realiseerde hij zich wat er gebeurde. Het leek hem een nachtmerrie toe.

'Nee, nee!' schreeuwde hij, griste de olielamp weg en werkte zich door de opening naar de voorste grafkamer. 'Hou op, in de naam van alle goden, hou op!' Het geluid schalde luid door de kleine ruimte, waardoor de drie dieven geschrokken een ogenblik hun

bezigheden staakten. Op dat moment greep Kemese zijn bronzen dolk met het benen handvat. Amasis zag de beweging en grijnsde. Het was een wrede, meedogenloze grijns, waarbij het licht van de olielamp door het blikkerende oppervlak van zijn reusachtige tanden werd weerkaatst.
Emeni probeerde met een snoekduik zijn hamer te pakken te krijgen, maar Kemese zette vlug zijn voet erop en klemde de hamer onwrikbaar tegen de grond. Amasis stak zijn grote hand uit en greep Emeni's linkerpols beet, teneinde de olielamp stil te houden. Met zijn vrije hand raakte hij de slaap van Emeni, terwijl hij de lamp vast bleef houden toen de steenhouwer op de rollen koninklijk linnen in elkaar zakte.
Emeni had er geen flauw benul van hoe lang hij bewusteloos was geweest, maar toen de duisternis begon te wijken werd hij opnieuw overvallen door de nachtmerrie, die hem als een vloedgolf overspoelde. Aanvankelijk kon hij alleen maar het gedempte geluid van stemmen horen. Uit een gat in de muur viel een klein beetje lichtschijnsel naar binnen en toen hij langzaam zijn hoofd verdraaide om de pijn te verlichten, staarde hij in de grafkamer. Tussen de geteerde standbeelden van Toetanchamon kon Emeni het gehurkte silhouet van Kemese onderscheiden. De schurken waren bezig met het openbreken van het eigenlijke heiligdom, het Allerheiligste.
Stilletjes bewoog Emeni een voor een zijn armen en benen. Zijn linkerarm en linkerhand waren gevoelloos doordat ze gedraaid onder zijn lichaam hadden gelegen, maar voor de rest mankeerde hij niets. Hij moest hulp zien te halen. Hij schatte de afstand tot de opening van de tunnel. Het was niet ver, maar het zou moeilijk zijn om er geruisloos in te klimmen. Voorzichtig trok Emeni zijn voeten onder zich totdat hij op zijn hurken zat, wachtend tot het kloppen in zijn hoofd minder zou worden. Plotseling draaide Kemese zich om, een klein gouden beeldje van Horus omhoog houdend. Hij zag Emeni en bleef een ogenblik roerloos staan. Toen sprong hij met een dierlijke kreet naar het midden van de grafkamer, waar de versufte steenhouwer zat.
Zonder acht te slaan op de pijn dook Emeni de tunnel in, waarbij hij zijn buik en borst openhaalde aan de scherpe steenrand. Maar

Kemese reageerde razendsnel en wist zijn enkel te pakken te krijgen. Hij zette zich schrap en brulde om Amasis. In de tunnel rolde Emeni zich vlug op zijn rug en trapte met kracht zijn vrije voet achteruit, zodat hij het jukbeen van Kemese raakte. Diens greep werd losser en Emeni zag kans verder de tunnel in te kruipen, gevoelloos voor de talrijke schrammen en sneden die de brokken zandsteen hem bezorgden. Hij bereikte de droge nachtlucht en rende naar het lokaal van de dodenstadbewaking aan de weg naar Thebe.
Achter hem, in de graftombe van Toetanchamon, ontstond paniek. De drie dieven wisten maar al te goed dat hun enige kans op ontsnappen gelegen was in een ogenblikkelijk vertrek, hoewel ze slechts één van de vergulde schrijnen hadden kunnen openen. Met tegenzin strompelde Amasis met een armvol gouden beeldjes de grafkamer uit. Kemese bond een reeks massief gouden ringen in een doek, om vervolgens het bundeltje uit zijn handen te laten vallen, zodat het op de met steenbrokken bezaaide vloer viel. Koortsachtig smeten zij hun buit in rieten manden. Iramen zette de olielamp neer en schoof zijn mand in de tunnel, waarna hij er zelf achteraan klom. Kemese en Amasis volgden zijn voorbeeld, waarbij ze in de haast een albasten schaal in de vorm van een lotus op de drempel lieten vallen. Zodra ze de tunnel uit waren begonnen ze de zuidelijke helling van het dal te beklimmen, weg van het lokaal van de dodenstadbewakers. Amasis was te zwaar beladen met buit. Om zijn rechterhand vrij te krijgen stopte hij een bokaal van blauw faience onder een overhangende rotspunt en haalde snel de anderen in. Ze staken de weg naar de tempel van koningin Hatsjepsoet over en sloegen de richting in naar het dorp van de arbeiders die in de dodenstad werkten. Maar toen ze het dal eenmaal uit waren bogen ze om naar het westen en bereikten tenslotte de reusachtige uitgestrektheid van de Lybische woestijn. Ze waren vrij én ze waren rijk; schatrijk.

Emeni had nooit martelingen aan den lijve gevoeld, hoewel hij zich zo nu en dan wel eens had proberen voor te stellen of hij er bestand tegen zou zijn. Dat was hij niet. De pijn werd verrassend snel heviger, van draaglijk tot absoluut ondraaglijk. Hij had te ho-

ren gekregen dat hij 'met de stok' zou worden ondervraagd. Hij had er geen idee van gehad wat dit kon betekenen, totdat vier potige bewakers van de necropolis hem dwongen om plat op een lage tafel te gaan liggen, terwijl ze ieder een van zijn armen en benen vasthielden. Een vijfde bewaker begon onbarmhartig Emeni's voetzolen met een knuppel te bewerken.
'Stop, ik zal alles vertellen, kreunde Emeni. Maar hij hád alles al verteld, wel vijftig keer. Hij wilde dat hij bewusteloos werd, maar dat gebeurde niet. Hij had het gevoel dat zijn voeten in brand stonden; alsof er witgloeiende kolen tegenaan werden gedrukt. De folterende pijn werd nog verhevigd door de gloeiende middagzon. Emeni gilde als een varken dat geslacht wordt. Hij probeerde in de arm te bijten die zijn rechterpols vasthield, maar iemand trok zijn hoofd aan zijn haar terug.
Toen Emeni er tenslotte van overtuigd was dat hij bezig was krankzinnig te worden, maakte prins Maya, het hoofd van de dodenstadpolitie, een achteloos gebaar met zijn gemanicuurde hand om te beduiden dat het slaan kon ophouden. De bewaker met de knuppel sloeg Emeni nog één keer extra, alvorens de knuppel te laten zakken. Prins Maya snoof genietend aan zijn onafscheidelijke lotusbloem en draaide zich om naar zijn gasten: Nebmare-nakt, de burgemeester van West-Thebe; en Nenefta, de opperbouwmeester en bouwkundig opzichter van zijne majesteit farao Seti I. Niemand zei iets, dus wendde Maya zich weer tot Emeni, die nu door de bewakers was losgelaten en op zijn rug was gedraaid, nog steeds met het gevoel dat zijn voeten in vuur en vlam stonden.
'Zeg me nog eens, steenhouwer, hoe je de weg kende naar de grafkamer van farao Toetanchamon.'
Met een ruk werd Emeni opgetrokken tot zithouding. De gezichten van de drie edelen dreven als een waas voor zijn ogen. Langzamerhand werd zijn zicht helderder. Hij herkende de bejubelde bouwmeester Nenefta.
'Mijn grootvader,' bracht Emeni moeilijk uit. 'Hij gaf de plattegronden van de tombe aan mijn vader, die ze weer doorgaf aan mij.'
'Jouw grootvader werkte als steenhouwer aan de tombe van farao Toetanchamon?'

'Ja heer,' zei Emeni. Vervolgens legde hij opnieuw uit dat hij alleen maar voldoende geld had willen hebben om zijn ouders te kunnen laten balsemen. Hij smeekte om genade, er de nadruk op leggend dat hij zich uit vrije wil had aangegeven toen hij zag hoe zijn handlangers de tombe ontheiligden.
Nenefta keek afwezig naar een valk, die ver weg moeiteloos een vrille maakte in de saffierblauwe hemel. Zijn geest dwaalde weg van de ondervraging. Deze grafrover verontrustte hem. Met een schok had hij zich gerealiseerd hoe gemakkelijk al zijn pogingen om zijne majesteits eeuwige woning, de graftombe van Seti I, te beveiligen te niet konden worden gedaan. Plotseling viel hij Emeni in de rede. 'Jij werkt als steenhouwer aan de tombe van farao Seti I?'
Emeni knikte bevestigend. Hij was middenin een zin opgehouden met smeken. Hij was bang voor Nenefta. Iedereen was bang voor Nenefta.
'Geloof je dat de tombe die wij nu bouwen leeggeroofd kan worden?'
'Iedere tombe kan worden leeggeroofd zodra hij niet langer wordt bewaakt.'
Een golf van woede nam bezit van Nenefta. Met de grootste moeite kon hij zichzelf ervan weerhouden deze menselijke hyena persoonlijk af te rammelen, die man die alles vertegenwoordigde dat hij haatte. Emeni bespeurde zijn vijandigheid en kroop weg naar zijn folteraars.
'En wat stel jij voor om onze farao en zijn schatten te beschermen?' vroeg Nenefta eindelijk, met een stem die beefde van ingehouden woede.
Emeni wist niet wat hij moest zeggen. Hij liet zijn hoofd zakken en verdroeg de drukkende stilte. Hij kon niets beters bedenken dan de waarheid. 'Het is onmogelijk de farao te beschermen,' zei hij tenslotte. 'Zoals het is geweest zal het altijd blijven. De tombes zullen altijd worden beroofd.'
Met een snelheid die in tegenspraak was met zijn omvang sprong Nenefta uit zijn zetel en sloeg Emeni in het gelaat. 'Jij hond! Hoe waag je het, zo onbeschaamd over de farao te spreken!'
Nenefta maakte een beweging alsof hij Emeni opnieuw wilde

slaan, maar de pijn die de eerste klap in zijn hand had veroorzaakt hield hem tegen. In plaats daarvan verschikte hij zijn linnen mantel en begon te spreken. 'Aangezien je een expert bent op het gebied van grafroven, hoe komt het dan dat jouw waagstuk zo jammerlijk is mislukt?'
'Ik ben geen expert op het gebied van grafroof. Als ik dat was zou ik rekening hebben gehouden met de uitwerking die de schatten van farao Toetanchamon hadden op mijn handlangers. Hun hebzucht dreef hen tot waanzin.'
Plotseling verwijdden Nenefta's pupillen zich, ondanks het felle licht van de zon. Zijn gezicht ontspande zich. De verandering was zo duidelijk dat zelfs de slaperige Nebmare-nakt er notitie van nam, zodat de dadel die hij zojuist van een schaal had genomen halverwege de schaal en zijn gapende mond bleef zweven.
'Voelt uwe excellentie zich wel goed?' Nebmare-nakt boog zich voorover om Nenefta's gezicht beter te kunnen zien.
Maar Nenefta's gezicht verried niets van het feit dat zijn hersens op volle toeren werkten. Wat Emeni zojuist had gezegd had voor hem de uitwerking van een plotselinge openbaring gehad. Langzaam plooiden de rimpels in zijn wangen zich tot een vage glimlach. Hij draaide zich om naar de foltertafel en sprak Maya opgewonden aan. 'Is farao Toetanchamons tombe opnieuw verzegeld?'
'Uiteraard,' antwoordde Maya. 'Onmiddellijk.'
'Maak hem weer open,' zei Nenefta, zich weer omdraaiend naar Emeni.
'Openmaken?' vroeg Maya stomverbaasd. Nebmare-nakt had zijn dadel laten vallen.
'Ja. Ik wil die armzalige tombe persoonlijk betreden. De woorden van deze steenhouwer hebben mij een denkbeeld ingegeven dat de grote Imhotep zelf waardig zou zijn geweest. Ik weet nu hoe ik de schatten van onze farao Seti tot in alle eeuwigheid kan beveiligen. Ik kan gewoon niet geloven dat ik daar nog niet eerder op ben gekomen.'
Voor de eerste maal voelde Emeni een sprankje hoop in zich opkomen. Maar Nenefta's goede humeur verdween even plotseling als het was gekomen, toen hij de gevangene weer in het oog kreeg. Zijn pupillen vernauwden zich en zijn gezicht betrok als een zo-

merse onweersbui.
'Je woorden waren nuttig,' zei Nenefta, 'maar ze kunnen je schurkenstreek niet goedmaken. Je zult gestraft worden maar ík zal je rechter zijn. Je zult op de voorgeschreven manier sterven. Je zult voor de ogen van je gelijken levend worden gespietst en je lichaam zal voor de hyena's worden gegooid.'
Nenefta beduidde zijn dragers om zijn draagstoel te brengen en wendde zich toen tot de andere edelen. 'U heeft de farao vandaag een goede dienst bewezen.'
'Dat is mijn vurigst verlangen, excellentie,' antwoordde Maya. 'Maar ik begrijp het niet helemaal.'
'Dat is ook niet voor u weggelegd. De ingeving die ik vandaag heb gekregen zal het strengst bewaakte geheim van het universum zijn. Het zal tot in alle eeuwigheid geheim blijven.'

26 november 1922

De graftombe van Toetanchamon in het Dal der Koningen, in de necropolis van Thebe

De opwinding was besmettelijk. Zelfs de Sahara-zon die vlijmscherp door de wolkenloze hemel sneed kon de spanning niet verminderen. De fellahs versnelden hun pas terwijl zij de ene mand vol brokken zandsteen na de andere uit de toegang naar de tombe van Toetanchamon naar buiten brachten. Ze hadden een tweede deur bereikt, negen meter door de gang na de eerste deur. Ook deze deur was 3000 jaar lang verzegeld geweest. Wat zou er achter liggen? Zou ook deze graftombe leeggeroofd zijn, zoals alle andere in de oudheid waren leeggeroofd? Niemand kon het zeggen. Sarwat Raman, de voorman met de tulband, was overdekt met een laag stof dat als meel aan zijn huid bleef plakken toen hij de zestien traptreden naar het maaiveld beklom. Hij tilde zijn boernoes op en liep naar de grote tent met luifel die zorgde voor de enige schaduwrijke plek in de genadeloos door de zon beschenen dodenvallei.

'Ik meld uwe excellentie dat de toegangscorridor geheel ontdaan is van puin, meneer,' zei Raman, een lichte buiging makend. 'De tweede deur is nu geheel vrij.'

Howard Carter keek op van zijn drankje. Zijn ogen knipperden onder de zwarte deukhoed, die hij zelfs in deze smorende hitte per se wilde dragen. 'Heel goed, Raman. We zullen de deur onderzoeken zodra de schemering invalt.'

'Ik zal op uw doorluchtige instructies wachten, meneer.' Raman draaide zich om en verwijderde zich.

'Jij bent me ook een ijskouwe, Howard,' zei lord Carnarvon, die voluit George Edward Stanhope Molyneux Herbert, lord Carnarvon heette. 'Hoe kun jij hier rustig je limonade blijven zitten drinken, zonder dat je weet wat er achter die deur ligt?' Carnarvon glimlachte en knipoogde tegen zijn dochter, lady Evelyn Herbert. 'Nu kan ik begrijpen waarom Belzoni een stormram gebruikte

toen hij de tombe van Seti de Eerste had gevonden!'
'Mijn methoden zijn het absolute tegendeel van die van Belzoni,' zei Carter afwerend. 'Bovendien werden Belzoni's methoden beloond op een toepasselijke manier; namelijk, met een lege graftombe, afgezien dan van de sarcofaag.' Onwillekeurig dwaalden Carters ogen naar de toegangsopening van de graftombe van Seti I, even verderop. 'Carnarvon, ik weet nog niet goed wat wij hier eigenlijk hebben gevonden. Ik geloof niet dat wij ons door ons enthousiasme al te zeer moeten laten meeslepen. Ik ben er zelfs niet zeker van of het wel een graftombe ís. De structuur ervan is nu niet bepaald kenmerkend voor een farao uit de achttiende dynastie. Het zou best wel eens een geheime opslagplaats kunnen zijn voor de eigendommen van Toetanchamon, die vanuit Echetaton hierheen werden gebracht. Trouwens, grafrovers zijn ons voor geweest, niet één keer, maar zelfs tweemaal. Ik hoop alleen dat deze inbraken in de oudheid hebben plaatsgehad en dat iemand het voldoende belangrijk heeft gevonden om de deuren opnieuw te verzegelen. Werkelijk, ik heb er geen idee van wat we hier zullen aantreffen.'
Zijn Engelse en onverstoorbare flegma bewarend, liet Carter zijn ogen door het desolate Dal der Koningen dwalen. Maar zijn maag speelde onder dat kalme uiterlijk hevig op. In alle negenenveertig jaren van zijn leven was hij nog nooit zo opgewonden geweest. In de zes opgravingsseizoenen vol ontberingen die aan dit moment vooraf waren gegaan had hij nog niets kunnen vinden. Hij had 200000 ton puin en zand laten verplaatsen – voor absoluut niets. Nu had het onverwachte van deze vondst, na slechts vijf dagen graven, een overweldigende uitwerking op hem. Terwijl hij zijn glas limonade ronddraaide probeerde hij zijn hoop en zijn gedachten uit te schakelen. Hij wachtte. De hele wereld wachtte mét hem.
De grotere stofdeeltjes zetten zich in een dunne laag af op de licht hellende vloer van de gang naar de toegangsdeur. Het groepje spande zich als het ware in om de lucht niet in beweging te brengen terwijl zij naar binnen stapten. Carter ging voorop, gevolgd Carnarvon en diens dochter en als laatste A. R. Callender, Carters assistent. Na Carter een koevoet te hebben overhandigd bleef Raman bij de ingang staan wachten. Callender droeg een grote zak-

lantaarn en een aantal kaarsen.
'Zoals ik al zei zijn wij niet de eersten die in deze tombe doordringen,' zei Carter, nerveus naar de linker bovenhoek wijzend. 'Deze deur is open geweest, om daarna opnieuw te worden verzegeld, in dit kleine hoekje hier. Toen volgde zijn wijsvinger een groter, cirkelvormig gebied in het midden. 'En ook nog eens in dit veel grotere gebied, hier. Heel vreemd allemaal.' Lord Carnarvon boog zich voorover om het koninklijke necropolis-zegel te bekijken, een jakhals met negen geboeide gevangenen.
'Aan de voet van de deur zitten restanten van het oorspronkelijke zegel van Toetanchamon,' vervolgde Carter. De lichtbundel van de zaklantaarn liet het fijne stof oplichten dat nog steeds door de lucht zweefde, alvorens de oeroude zegels in het pleisterwerk te belichten.
'Nou,' zei Carter nuchter, even nuchter alsof hij voorstelde een kopje thee te gaan drinken, 'laten we eens kijken wat er zich achter deze deur bevindt.' Maar zijn maag kromp ineen tot een dichte massa, zodat de pijn van zijn maagzweer veel heviger werd. Zijn handen waren klam, niet zozeer vanwege de hitte als wel vanwege zijn onderdrukte spanning. Hij voelde rillingen over zijn rug lopen, toen hij de koevoet ophief en enkele gaten in het pleisterwerk begon te stoten. De brokstukken en het gruis regenden neer op zijn voeten. De inspanning gaf hem gelegenheid tot het ontladen van zijn opgezouten emoties, zodat iedere volgende stoot krachtiger was dan de vorige. Plotseling schoot de koevoet door het pleisterwerk, waardoor Carter uit zijn evenwicht werd gebracht en tegen de deur struikelde. Er kwam warme lucht uit het kleine gaatje stromen en Carter knoeide onhandig met lucifers, stak een kaars aan en hield de vlam voor de opening. Het was een grove proef om de aanwezigheid van zuurstof vast te stellen. De kaars bleef branden.
Niemand durfde iets te zeggen toen Carter de kaars aan Callender overhandigde en met de koevoet verder werkte. Zorgvuldig maakte hij het gat groter, ervoor zorgend dat de brokken pleister en steen in de gang vielen en niet in het vertrek achter de deur. Carter nam opnieuw de kaars en stak hem door het gat. Hij brandde gestaag. Toen stak hij zijn hoofd door het gat en probeerde met

zijn ogen de duisternis te doorboren.
Een ogenblik lang bleef de tijd stilstaan. Terwijl Carters ogen zich aanpasten vielen 3000 jaren weg, alsof ze niet meer waren dan een minuut. Uit de omringende duisternis maakte zich een gouden kop van Amnoet los, wiens ivoren tanden blootlagen. Langzamerhand kon hij nog andere vergulde monsters onderscheiden, wier exotische silhouetten door het flikkerende kaarslicht op de muur werden geprojecteerd.
'Kun je iets zien?' vroeg Carnarvon opgewonden.
'Ja, wondermooie dingen,' antwoordde Carter eindelijk. Voor de eerste maal verried zijn stem een spoor van emotie. Toen verving hij de kaars door de zaklantaarn en konden de mensen achter hem het inwendige van het vertrek zien, dat vol stond met ongelooflijke dingen. De gouden koppen maakten deel uit van drie doodsbedden of praalgraven. Carter liet de lichtbundel naar links zwaaien en staarde naar een chaos van vergulde en ingelegde sacrale strijdwagens, die in een hoek waren opgestapeld. Toen hij de lichtbundel langzaam naar rechts liet zwaaien begon hij over de zonderling chaotische toestand in de grafkamer te peinzen. In plaats van in de voorgeschreven eerbiedige orde te zijn neergezet, leken de objecten hier in het wilde weg te zijn neergesmeten. Vlak voor hem rechts stonden twee levensgrote beelden van Toetanchamon, beide met een vergulde koninklijke rok, gouden sandalen en uitgerust met dorsvlegel en staf.
Tussen de beide standbeelden bevond zich nóg een verzegelde deur.
Carter maakte plaats bij de opening, zodat de anderen het beter konden zien. Net als Belzoni kwam hij in de verleiding om de muur met geweld te slopen en letterlijk met de deur in huis te vallen. In plaats daarvan kondigde hij kalm aan dat het resterende deel van de dag zou worden gebruikt voor het fotograferen van de verzegelde deur. Ze zouden tot de volgende morgen geen pogingen doen om een vertrek binnen te gaan dat er overduidelijk uitzag als de antichambre van een graftombe.

27 november 1922

Het kostte Carter meer dan drie uur om het 3000 jaar oude metselwerk voor de deur naar de antichambre te ontmantelen. In dit stadium werd hij geholpen door Raman en een tweede fellah. Callender had een provisorische elektriciteitsleiding aangelegd, zodat de gang helder werd verlicht. Lord Carnarvon en lady Evelyn stapten de gang binnen toen het karwei bijna was geklaard. De laatste manden met brokken puin en pleisterwerk werden weggezeuld. Het grote ogenblik was aangebroken. Niemand sprak. Buiten, aan de ingang van de tombe, stonden honderden verslaggevers van kranten uit alle werelddelen gespannen op hun eerste indrukken te wachten.
Carter weifelde een ogenblik. Als geleerde stelde hij belang in het kleinste detail van de graftombe; als mens voelde hij zich beschroomd over deze verstoring van het heilige domein van de dood; en als ontdekker en onderzoeker verkeerde hij in de bedwelmende roes van zijn ontdekking. Maar als Engelsman in hart en nieren schoof hij zijn stropdas recht en stapte over de drempel, zorgvuldig lettend op de voorwerpen die op de grond lagen.
Zonder geluid te maken wees hij naar de prachtige schaal van welhaast doorschijnend albast in de vorm van een lotus die op de drempel lag, zodat Carnarvon er overheen kon stappen. Carter zocht zich voorzichtig een weg naar de verzegelde deur tussen de beide levensgrote standbeelden van Toetanchamon. Zorgvuldig bestudeerde hij de zegels. Zijn hart kromp ineen toen hij besefte dat ook deze deur door de grafrovers uit de oudheid geopend was en later opnieuw was verzegeld.
Carnarvons geest werd volkomen overweldigd door de schoonheid van de voorwerpen die zo achteloos rondom hem waren neergeworpen, toen hij over de drempel was gestapt. Hij draaide zich om teneinde zijn dochter een hand te reiken, toen zij aanstalten maakte om na hem binnen te stappen. Intussen zag hij een papyrusrol tegen de muur staan, rechts van de albasten schaal. Links ervan lag een guirlande van gedroogde bloemen, alsof Toetanchamon hier pas gisteren was bijgezet, met daarnaast een geblakerde

olielamp. Lady Evelyn stapte naar binnen, gesteund door de hand van haar vader en gevolgd door Callender. Raman boog zich zover mogelijk naar binnen, maar kon de antichambre niet in vanwege het gebrek aan ruimte.

'Jammer genoeg is er ook ingebroken in de grafkamer, die eveneens opnieuw werd verzegeld,' zei Carter, naar de deur voor hem wijzend. Voorzichtig liepen Carnarvon, lady Evelyn en Callender naar de archeoloog. Hun ogen volgden zijn vinger. Nu stapte ook Raman de antichambre binnen.

'Vreemd genoeg,' hernam Carter, 'is deze deur slechts één in plaats van twee keer open geweest, zoals de deur naar de antichambre. We mogen dus hopen dat de dieven de mummie zelf niet hebben kunnen bereiken.' Carter draaide zich om en merkte nu voor het eerst Raman op. 'Raman, ik heb je geen toestemming gegeven om de antichambre binnen te gaan.'

'Neemt u mij niet kwalijk, excellentie. Ik dacht dat ik u misschien van dienst kon zijn.'

'Inderdaad. Je kunt me van dienst zijn door ervoor te zorgen dat niemand deze antichambre betreedt zonder mijn uitdrukkelijke toestemming.'

'Zeker, excellentie.' Stilletjes glipte Raman de antichambre uit.

'Howard,' zei Carnarvon, 'ongetwijfeld is Raman al evenzeer in de ban van deze vondst als wij. Misschien zou je een klein beetje meer consideratie kunnen tonen.'

'De arbeiders zullen deze ruimte mogen zien, maar ik zal zélf het moment bepalen,' antwoordde Carter. 'Zoals ik al zei: de reden waarom ik hoop koester met betrekking tot de mummie, is dat ik geloof dat de grafrovers op heterdaad bij hun heiligschennis werden betrapt. De manier waarop deze objecten van onschatbare waarde in het wilde weg zijn neergegooid bevat een mysterieus element. Het lijkt alsof iemand heel even geprobeerd heeft na het bezoek van de rovers de dingen weer op hun plaats te zetten, maar niet lang genoeg om alles weer in orde te brengen. Maar waarom?'

Carnarvon haalde zijn schouders op.

'Kijk eens naar die wondermooie schaal op de drempel,' vervolgde Carter. 'Waarom werd die niet op zijn plaats teruggezet? En dan die vergulde schrijn, waarvan de deur op een kier staat. Blijkbaar werd er een beeldje uit gestolen, maar waarom heeft men de deur zelfs niet gesloten?' Carter liep terug naar de deur. 'En deze doodgewone olielamp. Waarom bleef dat ding in de tombe achter? Ik zeg je dat wij er het beste aan doen, de plaats van ieder object in dit vertrek zo nauwkeurig mogelijk vast te leggen. Misschien kunnen deze aanwijzingen ons iets vertellen. Het is allemaal uiterst vreemd.'

Carnarvon bespeurde de spanning van Carter en probeerde de tombe door de geoefende ogen van zijn vriend te zien. Inderdaad was het achterlaten van een olielamp in de tombe op z'n zachtst gezegd verrassend, net als de chaotische posities van de grafvoorwerpen. Maar Carnarvon werd zo volkomen in beslag genomen door de schoonheid van de objecten, dat hij gewoon nergens anders aan kon denken. Hij staarde naar de doorschijnende albasten schaal die zo achteloos op de drempel was achtergelaten en brandde van verlangen om hem op te pakken en in zijn handen te houden. Hij was zo verleidelijk mooi. Plotseling viel hem op dat de ligging van de schaal ten opzichte van de guirlande van gedroogde bloemen en de olielamp op uiterst subtiele manier was veranderd. Hij stond juist op het punt er iets over te zeggen, toen de enthousiaste stem van Carter door het vertrek schalde.

'Er is nog een andere grafkamer! Kijk hier eens, allemaal!' Carter zat gehurkt achter een van de doodsbedden en liet de lichtbundel van zijn zaklantaarn langzaam rondgaan. Carnarvon, lady Evelyn en Callender haastten zich naar hem toe. Daar, glinsterend in de lichtcirkel van de lantaarn, begon een ander vertrek vorm aan te nemen, een ruimte vol schatten die met goud en juwelen waren bezet. Net zoals in de antichambre lagen de kostbare voorwerpen op chaotische wijze doorelkaar, maar voor het ogenblik waren de Egyptologen te zeer verbijsterd door hun vondst om zich nu af te vragen wat er 3000 jaar geleden gebeurd kon zijn.

Later, toen zij klaarstonden om zich in dit mysterie te verdiepen, was Carnarvon al geveld door een dodelijke bloedvergiftiging en lag hij ziek te bed. In de nacht van de vijfde april 1923, 's morgens om twee uur, minder dan twintig weken na het openen van Toetanchamons graftombe en gedurende een onverklaarbare stroomstoring waarbij alle elektriciteit in Caïro vijf minuten lang uitviel,

gaf lord Carnarvon de geest. Naar verluidt zou zijn ziekte door een insektenbeet zijn veroorzaakt, maar zijn dood wierp massa's vragen op.
Binnen enkele maanden stierven er nog vier andere mensen die bij het openen van de tombe betrokken waren geweest onder zeer mysterieuze omstandigheden. Een van hen, een man, verdween spoorloos van het dek van zijn eigen jacht, dat voor anker lag in een kalme Nijl. De belangstelling voor de grafroof in de oudheid verflauwde, om plaats te maken voor een bevestiging van de reputatie die de oude Egyptenaren op het gebied van de occulte wetenschappen bezaten. Het spookbeeld van de 'Vloek der farao's' doemde uit de schaduwen van het verleden op. De *New York Times* voelde zich gedrongen over de geheimzinnige sterfgevallen te schrijven: 'Het is een ondoorgrondelijk mysterie, dat al te gemakkelijk door scepsis terzijde wordt geschoven.' Langzamerhand begon zich angst door de wetenschappelijke gemeenschap te verbreiden. Er waren eenvoudig te veel 'toevalligheden' geweest om ze aan het toeval te kunnen wijten.

Eerste dag

Caïro: 03.00 uur

Erica Barons reactie was een zuivere reflex. De spieren van haar rug en dijbenen trokken zich samen en ze richtte zich op, zich razendsnel omdraaiend om haar aanrander te kunnen zien. Ze had voorover gebogen gestaan om een ingegraveerde koperen schaal te bestuderen, toen plotseling een hand tussen haar dijen werd gestoken en haar door haar katoenen broekje heen beetpakte. Hoewel ze voortdurend het voorwerp was geweest van begerig starende blikken en zelfs overduidelijk wellustige opmerkingen, sinds ze het Hilton-hotel had verlaten, had ze niet verwacht te worden aangerand. Het was een regelrechte schok voor haar. Het zou overal een schok zijn geweest, maar hier, op haar allereerste dag in Caïro, leek het nog veel en veel erger.

Haar aanrander was hooguit een jaar of vijftien, met een spottende grijns die kaarsrechte rijen gele tanden ontblootte. Zijn hand was nog steeds uitgestoken.

Zonder op haar canvas draagtas te letten gebruikte Erica haar linkerhand om de arm van de jongen opzij te slaan. Toen, voor haarzelf al even verrassend als voor de jongen, balde ze haar rechterhand tot een stevige vuist en stompte hem recht in zijn spottende gezicht, haar volle gewicht in de stoot leggend.

De uitwerking was verbazingwekkend. De stomp had het effect van een krachtige karateslag, die de verraste knaap ruggelings tegen de wrakke tafeltjes van de handelaar in koperen voorwerpen aansmeet. Tafelpoten knakten en goederen kletterden met groot geraas op de keien. Een tweede jongen, die koffie en water op een metalen dienblad, opgehangen in een driepoot, vervoerde, werd door de lawine verrast en viel eveneens, hetgeen de algemene verwarring nog vergrootte.

Erica was doodsbang. Moederziel alleen in de overvolle bazaar van Caïro omklemde ze krampachtig haar tas, nog steeds niet begrijpend dat zíj werkelijk iemand had geslagen. Ze begon te beven, ervan overtuigd dat de menigte zich op haar zou storten.

Maar in plaats daarvan barstte er overal om haar heen onbedaarlijk gelach los. Zelfs de handelaar wiens koopwaar nog altijd in spiralen over straat rolde schaterde zo hard, dat hij zijn handen in zijn zijden moest drukken tegen de pijn. De jongen werkte zich uit de chaos overeind, drukte zijn hand tegen zijn pijnlijke gezicht en wist zowaar nog een grimas op zijn gezicht te toveren.
'*Maareisj,*' zei de handelaar, wat, zoals Erica later hoorde, zoveel betekende als: 'Niets aan te doen,' of 'Het doet er niet toe.' Met gemaakte woede zwaaide hij dreigend met zijn bolkophamertje in de richting van de jongen en joeg hem weg. Toen begon hij, na Erica een warme glimlach te hebben geschonken, zijn bezittingen te verzamelen.
Erica liep door. Haar hart klopte nog steeds sneller als gevolg van deze onaangename ervaring, maar ze besefte dat ze nog heel wat moest leren over Caïro en het moderne Egypte. Ze was afgestudeerd egyptologe, maar helaas betekende dit dat zij uitsluitend iets afwist van de oude Egyptische beschaving – en niets van de moderne. Het feit dat zij zich had gespecialiseerd in de hiëroglyfen van het Nieuwe Rijk had haar geen tijd gelaten om zich op het Caïro van 1980 voor te bereiden. Sinds ze vierentwintig uur eerder in Caïro was aangekomen waren er onophoudelijk aanslagen op haar zintuigen gepleegd, op een genadeloze manier. Aanvankelijk was het de geur: de misselijk makende geur van lamsvlees die tot in iedere uithoek van de stad leek door te dringen. Daarna was het het lawaai: het onafgebroken geluid van autoclaxons, vermengd met de valse klanken van Arabische muziek die door ontelbare draagbare radio's werd uitgebraakt. En tenslotte was het de gewaarwording van vuil, stof en zand; substanties die de gehele stad overdekten als het patina van een middeleeuws met koper beslagen dak, een patina dat de alomtegenwoordige armoede nog leek te onderstrepen.
Het voorval met de handtastelijke jongen had Erica's zelfvertrouwen ondermijnd. In haar geest werden de glimlachjes van al die mannen met hun kalotjes en golvende boernoezen de weerspiegeling van louter wellustige gedachten. Het was nog erger dan in Rome. Ze werd achterna gelopen door jongens van nog geen tien, die voortdurend giechelden en haar in een mengelmoesje van Engels,

Frans en Arabisch lastig vielen met vragen. Caïro was haar volkomen vreemd, vreemder dan zij ooit had verwacht. Zelfs de straatnamen waren allemaal in het sierlijke maar onbegrijpelijke Arabische schrift aangegeven. Erica wierp een blik over haar schouder door de Shari el Moeski, de brede laan die doorliep totaan de Nijloever, en dacht erover terug te gaan naar het westerse deel van de stad. Misschien was dit hele idee om in haar eentje naar Egypte te gaan belachelijk geweest. Richard Harvey, de man die de afgelopen drie jaar haar minnaar was geweest, had zich in die zin uitgelaten, net als haar moeder, Janice. Ze draaide zich weer om en keek naar het hart van de middeleeuwse binnenstad. De laan werd daar smaller en de drukte van de wriemelende mensenmassa leek overweldigend.

'*Baksjisj?*' vroeg een meisje van hooguit een jaar of zes. '*Pencils for school.*' Haar Engels klonk zelfverzekerd en verrassend duidelijk.

Erica keek omlaag naar het kind, wier haren overdekt waren met hetzelfde stof dat de straat bedekte. Ze droeg een gerafeld oranje jurkje van bedrukt katoen en had geen schoenen aan. Erica boog zich voorover om het kind vriendelijk toe te lachen, maar plotseling stokte haar adem. Rond de oogleden van het kind krioelden talloze groen glanzende huisvliegen. Het meisje deed geen enkele poging ze weg te jagen. Ze bleef roerloos staan, zonder met haar ogen te knipperen, met uitgestoken handje. Erica bleef stokstijf staan.

'*Safèr!*' Een politieman in een wit uniform met een blauw insigne, waarop in grote, gezag uitstralende letters de woorden TOURIST POLICE waren aangebracht, baande zich door de straat een weg naar Erica. Het kind ging spoorloos op in de menigte. De joelende jongetjes verdwenen. 'Kan ik u misschien helpen?' vroeg hij, met een uitgesproken Brits accent. 'U ziet eruit alsof u de weg kwijt bent.'

'Ik ben op zoek naar de Khan el Khalili-bazaar,' zei Erica.

'*Tout à droite,*' zei de agent, voor zich uit wijzend. Toen sloeg hij met zijn hand op zijn voorhoofd. 'Neemt u mij niet kwalijk,' vervolgde hij in het Engels. 'Het komt door de warmte. Ik haal mijn talen door elkaar. Rechtdoor, *straight ahead*, zoals u zegt. Dit hier is de El Moeski-straat – en verderop zult u de grote doorgaande weg Shari Port Said oversteken. Dan zult u aan uw linkerhand de Khan el Khalili-bazaar zien. Ik wens u veel geluk bij het winkelen, maar denk erom dat u moet afdingen. Dat is een sport, hier in Egypte.'

Erica bedankte hem en worstelde zich verder door de menigte. Zodra hij verdwenen was doken de joelende jochies op wonderbaarlijke manier ogenblikkelijk weer op en klampten de talloze straatverkopers haar weer aan om hun waren aan te prijzen. Ze kwam langs een open vleeskraam waarin een rij geslachte lammeren hing. Ze waren helemaal gevild, behalve de koppen. Het vlees was overdekt met paarsrode inktvlekken die regeringsstempels moesten voorstellen. De karkassen waren ondersteboven opgehangen en hun nietsziende ogen maakten, in combinatie met de walgelijke geur van het vlees, dat ze ineenkromp en bijna moest overgeven. Algauw vermengde de stank zich met de rottende geur van overrijpe mango's op een aangrenzende groentenkar en de geur van verse ezelmest op de straatstenen. Enkele stappen verderop rook ze de hartversterkende, scherpe geuren van kruiden en gewassen, alsmede het aroma van verse Arabische koffie, zodat ze weer wat opknapte.

Het stof uit de overvolle nauwe straat dwarrelde omhoog en filterde het zonlicht, terwijl de smalle strook van een onbewolkte hemel erdoor werd verbleekt tot een wijkend flets hemelsblauw. De zandkleurige gebouwen aan weerszijden van de straat werden door gesloten luiken tegen de deken van middagse hitte beschermd.

Naarmate Erica dieper in de bazaar doordrong, luisterend naar het geluid van oude houten wielen die over kinderhoofdjes ratelden, voelde ze zich als het ware terugglijden in de tijd van het middeleeuwse Caïro. Ze bespeurde de wanorde, de armoede en de hardheid van het leven uit die tijd. Ze voelde zich tegelijkertijd angstig en opgewonden over deze krachtig kloppende vorm van vruchtbaarheid; over de universele mysteries die door haar eigen westerse beschaving zo zorgvuldig werden gecamoufleerd. Hier was het leven naakt, maar toch verzacht door menselijke emoties; het lot werd hier met berusting of zelfs lachend onder ogen gezien.

'Sigaret?' vroeg een jongen van een jaar of tien. Hij droeg een grijs hemd en een veel te grote korte broek. Een van zijn vriendjes duwde hem krachtig in zijn rug, zodat hij half struikelend Erica naderde. 'Sigaret?' vroeg hij opnieuw, plotseling een soort Arabische dans beginnend waarin hij met overtrokken mime-bewegingen deed alsof hij een sigaret rookte. Een kleermaker die met een met gloeiende kooltjes gevuld strijkijzer stond te strijken grijnsde, terwijl een rijtje mannen die aan ingewikkeld bewerkte waterpijpen zaten te lurken met stekende, starende oogjes naar Erica keken.

Erica had spijt dat ze zulke overduidelijk uitheemse kleren had aangetrokken. Haar katoenen korte broek en eenvoudige wollen bloes lieten er geen twijfel over bestaan dat zij een westerse toeriste was. De andere vrouwen in westerse kleding die Erica had gezien droegen japonnen in plaats van broeken, terwijl de meeste inheemse vrouwen in de bazaar de traditionele zwarte *meliya's* aanhadden. Zelfs Erica's lichaam verschilde van dat van de inheemse vrouwen. Hoewel ze enkele ponden meer woog dan ze graag wilde, was ze niettemin heel wat slanker dan deze Egyptische vrouwen. Bovendien was haar gezichtje veel fijner van trekken dan de ronde, zware gezichten die ze hier in massa's had gezien. Ze had grote, groengrijze ogen, een weelde aan kastanjebruine lokken en een fijngevormde mond, waarvan de volle onderlip haar gezicht een vaag pruilende uitdrukking verleende. Ze wist dat ze heel aantrekkelijk kon zijn als ze er haar best voor deed. En áls ze dat deed reageerden de mannen daarop.

Nu, terwijl ze zich een weg zocht door de stampvolle bazaar, speet het haar dat ze had geprobeerd er aantrekkelijk uit te zien. Haar hele verschijning adverteerde het feit dat zij niet werd beschermd door de plaatselijke straatmoraal. En, wat nog belangrijker was, ze was alleen. Ze was de volmaakte catalisator voor de fantasieën van alle mannen die haar in het oog kregen.

Erica klemde haar tas nog dichter tegen zich aan en haastte zich verder, toen de straat opnieuw smaller werd en overging in een chaotische steeg, verstopt door mensen die hier ieder mogelijk handwerk uitoefenden of hun handeltjes dreven. Boven haar hoofd waren kleden en doeken tussen de gebouwen gespannen om

de markt te overdekken, zodat de zon werd getemperd maar het lawaai en het stof nog verergerden. Opnieuw aarzelde Erica, de sterk uiteenlopende gezichten opnemend. De fellahs hadden brede, zware gezichten met grote monden en dikke lippen. Ze waren gekleed in de traditionele boernoes en droegen het onvermijdelijke kalotje. De bedouïenen waren zuivere Arabieren, met scherpe trekken en slanke, magere lichamen. De Nubiërs hadden de kleur van ebbehout en hadden ontzagwekkend gespierde en krachtige torso's, die ze meestal naakt lieten tot op het middel.
De stroom voetgangers perste Erica voorwaarts en duwde haar steeds dieper de Khan el Khalili in. Ze werd tegen allerlei mensen aangeduwd. Iemand kneep haar in haar billen, maar toen ze zich omdraaide kon ze onmogelijk vaststellen wie het had gedaan. Ze had nu een vast gevolg van een stuk of vijf, zes hardnekkige jongens. Ze voelde zich een konijn dat opgejaagd wordt door de drijvers bij een jachtpartij.
Erica was van plan geweest naar het gedeelte in de bazaar te gaan waar de goudsmeden hun beroep uitoefenen, waar ze wat cadeautjes wilde kopen. Maar haar vastbeslotenheid smolt weg als sneeuw voor de zon, vooral nadat iemand zijn smerige vingers door haar lokken had gehaald. Ze had er genoeg van. Ze wilde nu terug naar haar hotel. Haar hartstocht voor Egypte had betrekking op de antieke beschaving van dat land, met zijn geheimen en kunstzinnigheid. Het moderne stadsleven van Egypte was haar een tikkeltje te machtig, als je er plotseling tot over je oren in werd ondergedompeld. Erica wilde er op uit, naar de historische monumenten zoals in Sakkara. Maar vóor alles wilde ze naar Boven-Egypte, naar het boerenland. Ze wist dat alles daar precies zo zou zijn als ze had gedroomd.
Bij de volgende hoek sloeg ze rechtsaf, liep voorzichtig om een liggende ezel die ofwel lag te sterven óf al dood was. De ezel verroerde zich niet en niemand schonk ook maar enige aandacht aan het arme dier. Aangezien ze voor haar vertrek uit het Hilton-hotel een kaart van de stad had bestudeerd, vermoedde ze dat zij het plein voor de El Azhar-moskee zou bereiken als ze in zuidoostelijke richting bleef doorlopen. Ze drong zich tussen een dicht opeengepakt groepje winkelende vrouwen door, die druk onderhandel-

den over de aankoop van enkele armzalige duiven in rieten kooien. Daarna zette Erica het op een sukkeldrafje. Ze kon recht voor zich uit een minaret en een met zonlicht overgoten plein zien. Plotseling bleef ze roerloos staan. De jongen die haar om een sigaret had gevraagd en haar nog altijd achterna liep botste nu tegen haar op, maar wist ongemerkt te ontsnappen. Erica's blik was gericht op een uitstalling in een etalage. Daar, vlak voor haar, stond een stuk aardewerk met de vorm van een ondiepe urn. De bovenrand vertoonde enkele beschadigingen, maar voor het overige was het een gaaf stukje oud-Egypte, dat glansde temidden van moderne rommel. Zelfs de van klei vervaardigde oren, blijkbaar bedoeld om de pot aan op te hangen, waren nog heel. Hoewel Erica besefte dat het op de bazaar wemelde van imitaties die duur waren geprijsd om de toeristen te verleiden, was ze desondanks verbluft door de ogenschijnlijke echtheid van de urn. Gewoonlijk werden er imitaties van grafbeeldjes in de vorm van een mummie aangeboden. Dit was echter een schitterend voorbeeld van het aardewerk uit het Egypte van voor de eerste dynastie, even gaaf als het mooiste specimen dat ze ooit in het Boston Museum of Fine Arts had gezien, waar zij momenteel werkte. Als deze urn écht was zou hij meer dan 6000 jaar oud zijn!
Erica stapte achteruit in de steeg en bekeek het pas geschilderde naambord boven de etalage. Bovenaan stonden de vreemde en onbegrijpelijke Arabische schrifttekens. Daaronder stond in Europees schrift: Antica Abdul. In de deuropening links van de etalage hing een dichte rij snoeren met dikke kralen. Een rukje aan haar draagtas door een van haar belagers was alle aanmoediging die Erica nodig had om de winkel binnen te stappen.
De honderden gekleurde kralen maakten scherp tinkelende geluiden toen ze achter haar terugvielen. Het was een klein winkeltje van hooguit drie bij zes meter. Binnen was het er verrassend koel. De muren waren bepleisterd met wit stucwerk, terwijl de vloer overdekt was met een aantal versleten oosterse tapijten. De L-vormige toonbank die afgedekt was met een glazen plaat nam in het vertrek de meeste ruimte in.
Aangezien er niemand verscheen om haar te helpen, schoof Erica de draagriem van haar tas wat hoger op haar schouder en boog zich

voorover om het verbazingwekkende stuk aardewerk dat ze buiten in de etalage had gezien beter te bekijken. De urn had een licht taankleurig fond, en was versierd met stijlvol geschilderde decoraties in een tint die het midden hield tussen bruin en helrood. De urn was opgevuld met een verkreukelde Arabische krant.
De zware roodbruine gordijnen achter in de winkel weken uiteen en de winkelier, Abdoel Hamdi, slofte naar de toonbank. Na één blik op de man ontspande Erica zich dadelijk. Hij was ongeveer een jaar of vijfenzestig en had iets beminnelijks in zijn bewegingen en zijn gelaatsuitdrukking.
'Ik heb veel belangstelling voor deze urn,' zei ze. 'Zou ik hem misschien even van dichtbij mogen zien?'
'Natuurlijk,' zei Abdoel, achter de toonbank vandaan komend. Hij pakte de urn op en gaf hem zonder veel ceremonieel over aan Erica's trillende handen. 'Komt u er maar even mee naar de toonbank, als u wilt.' Hij knipte een kale gloeilamp aan.
Voorzichtig zette Erica de urn op de toonbank en nam haar tas van haar schouder. Toen pakte ze de urn weer op en liet hem langzaam in haar handen ronddraaien om de decoraties te bekijken. Afgezien van de zuiver ornamentale figuurtjes zag ze ook dansers, antilopen en primitieve bootjes. 'Hoeveel kost hij?' Erica bleef angstvallig haar ogen op de decoraties gericht houden.
'200 pond,' zei Abdoel bijna fluisterend, alsof hij een geheim verried. Zijn ogen glinsterden olijk.
'200 pond?' echode Erica, terwijl ze haastig valuta's omrekende. Dat kwam neer op ongeveer 300 dollar. Ze besloot een poosje te blijven afdingen, om intussen te proberen vast te stellen of de urn een imitatie was. 'Ik kan niet meer betalen dan 100 pond.'
'Lager dan 180 kan ik niet gaan,' zei Abdoel alsof hij een geweldig offer bracht.
'Misschien kan ik gaan tot 120,' zei Erica, terwijl ze de figuurtjes bleef bestuderen.
'Wel, ik zal voor u...' Hij wachtte even en raakte haar arm aan. Ze vond het niet erg. 'U bent Amerikaanse?'
'Ja.'
'Mooi. Ik mag de Amerikanen. Veel meer dan de Russen. Voor u zal ik iets heel bijzonders doen. Ik zal dit stuk met verlies aan u

verkopen. Ik heb het geld nodig, want deze winkel is nog nieuw. Dus voor u 160 pond.' Abdoel nam de urn over van Erica en zette hem op de toonbank. 'Het is een schitterend stuk, het mooiste wat ik heb. Dit is mijn laatste bod.'
Erica keek Abdoel aan. Hij had de zware trekken van een fellah. Ze zag dat hij onder het versleten colbertje van een westers pak een bruine boernoes droeg. Erica draaide de urn ondersteboven, bekeek de spiraalvormige tekening op de bodem en liet haar iets bevochtigde duim zachtjes over het beschilderde oppervlak wrijven. Een beetje van het gebrande sienna-pigment loste op. Op dat moment wist Erica dat de urn een imitatie was. Een heel knappe imitatie, maar beslist geen originele urn.
Ze voelde zich buitengewoon slecht op haar gemak, toen ze de urn weer op de toonbank zette en haar draagtas pakte. 'Nou, hartelijk dank dan maar,' zei ze, vermijdend Abdoel aan te kijken.
'Ik heb nog andere,' zei Abdoel, terwijl hij een hoge houten kast aan de muur opende. Zijn Levantijnse instincten hadden gereageerd op Erica's aanvankelijke enthousiasme, maar diezelfde instincten hadden nu een plotselinge verandering bespeurd. Hij was wat van zijn à propos gebracht, maar wilde zijn klant niet zó maar verliezen, zonder ervoor te vechten. 'Misschien staat deze u beter aan?'
Hij pakte een soortgelijk stuk aardewerk uit de kast en zette dat op de toonbank. Erica wilde niet vooruitlopen op een mogelijke confrontatie, door deze ogenschijnlijk zo vriendelijke oude man in zijn gezicht te zeggen dat hij haar probeerde te bedriegen. Met tegenzin pakte ze de tweede urn op. Deze was ovaler dan de eerste, terwijl hij aan de voet smaller was. De decoratie bestond uit uitsluitend naar links draaiende spiralen.
'Ik heb veel van dit soort aardewerk,' hernam Abdoel, nog vijf andere potten op de toonbank zettend.
Terwijl hij Erica de rug toekeerde likte ze haastig aan haar wijsvinger en wreef ermee over de beschildering van de tweede urn. De verfstof loste niet op.
'Hoeveel kost deze?' vroeg Erica, proberend haar opwinding te verbergen. Het wás denkbaar dat deze urn inderdaad 6000 jaar oud was.

'De prijzen zijn allemaal verschillend, al naar gelang de toestand van het stuk en het vakmanschap waarmee het is gemaakt,' zei Abdoel ontwijkend. 'Waarom bekijkt u ze eerst niet allemaal en kiest u de pot uit die u wilt hebben. Daarna kunnen we het over de prijs hebben.'
Erica onderzocht iedere pot zorgvuldig en pikte er twee uit, die waarschijnlijk authentiek waren. Twee van de zeven kónden echt zijn. 'Deze twee vind ik wel aardig, zei ze met herwonnen zelfvertrouwen. Voor één keertje was haar deskundigheid op het gebied van de egyptologie van praktische waarde. Ze wenste dat Richard erbij was geweest.
Abdoel keek eerst naar de beide urnen en toen naar Erica. 'Dit zijn zeker niet de mooiste. Waarom geeft u de voorkeur aan deze?'
Erica keek Abdoel aan en weifelde. Toen zei ze uitdagend: 'Omdat die andere niet echt zijn.'
Abdoels gelaat vertoonde geen enkele uitdrukking. Langzaam verscheen er een ondeugend lichtje in zijn ogen en gingen zijn mondhoeken iets omhoog tot een glimlach. Eindelijk begon hij te lachen en schaterde tot hij tranen in zijn ogen had.
Erica betrapte zich erop dat zij eveneens stond te grinniken.
'Vertel me eens...' zei Abdoel moeilijk (hij moest eerst tot bedaren komen voor hij verder kon spreken) 'vertel me eens hoe u zo zeker weet dat de andere vals zijn.' Hij wees naar de urnen die Erica opzij had geschoven.
'Op de meest eenvoudige manier. De verf van de beschildering houdt niet. Ze lost op als je er met een natte vinger overheen wrijft. Dat is bij een antieke vaas onmogelijk.'
Abdoel maakte zijn vinger nat en testte de verf. De top van zijn vinger was besmeurd met gebrandde sienna. 'U heeft volkomen gelijk.' Hij herhaalde de proef op de beide antieke vazen. 'De bedrieger bedrogen. Zo is het leven.'
'Hoeveel kosten deze twee échte vazen?' vroeg Erica.
'Die zijn niet te koop. Misschien eens, op een dag, maar niet nu.'
Tegen de onderzijde van de glazen dekplaat van de toonbank was een officieel uitziend document geplakt, vol regeringsstempels van de Oudheidkundige Dienst. Antica Abdul was een antiquiteitenzaak met officiële vergunning. Naast de vergunning zag Erica

een gedrukte verklaring waarin werd gezegd dat op verzoek schriftelijke garanties op antiquiteiten werden bijgeleverd. 'Wat doet u als een klant een garantie wil hebben?' vroeg Erica.
'Die krijgt hij. Voor de toerist maakt het geen verschil. Die is gelukkig met zijn souvenir. Er is geen enkele toerist die het controleert.'
'Zit u dat nooit dwars?'
'Nee, ik trek me er niets van aan. Eerlijkheid is een luxe voor de rijken. De handelaar probeert altijd de hoogste prijs voor zijn waar te krijgen, voor zichzelf en zijn gezin. De toeristen die hier komen willen een souvenir hebben. Als zij op zoek zijn naar echt antiek weten ze er iets vanaf. Zij moeten het tegenover zichzelf verantwoorden. Hoe komt het dat u dat wist, van die verf op antiek aardewerk?'
'Ik ben egyptologe.'
'U bent egyptologe? Allah zij geprezen! Waarom wil een mooie vrouw als u egyptologe zijn? Ach, Abdoel Hamdi begrijpt de wereld niet meer. Ik word werkelijk oud! Dus u bent al eens eerder in Egypte geweest?'
'Nee, ik ben hier voor de eerste maal. Ik wilde al eerder naar Egypte, maar het was te duur voor mij. Ik heb er al heel lang van gedroomd.'
'Nou, ik bid dat u ervan zult genieten. Bent u van plan een bezoek aan Boven-Egypte te gaan brengen? Aan de tempel van Luxor bijvoorbeeld?'
'Uiteraard.'
'Ik zal u het adres geven van de antiekwinkel van mijn zoon.'
'Zodat hij me wat vals aardewerk kan verkopen?' zei Erica lachend.
'Nee, nee, maar hij kan u wel een paar mooie dingen laten zien. Ik heb zelf ook een paar prachtige dingen. Wat denkt u hiervan?' Abdoel pakte een grafbeeldje uit de houten kast en zette het op de toonbank. Het was een houten beeldje, dat was afgewerkt met schitterend beschilderd pleisterwerk. Aan de voorkant was tot aan de sokkel een rij hiëroglyfen aangebracht.
'Het is vals,' zei Erica snel.
'Nee!' riep Abdoel geschrokken.

'De hiëroglyfen zijn niet echt. Ze zijn nietszeggend. Het is een chaotische rij schrifttekens.'
'U kunt dus ook het geheimzinnige schrift lezen?'
'Dat is mijn specialiteit, vooral het schrift uit het Nieuwe Rijk.'
Abdoel draaide het beeldje om en bekeek de hiëroglyfen. 'Ik heb heel wat voor dit stuk betaald. Ik weet zeker dat het echt is.'
'Misschien is het beeldje echt, maar de hiëroglyfen zijn dat niet. Misschien werden ze er later op aangebracht, om het stuk nog waardevoller te laten lijken.'
Erica probeerde of ze iets van de zwarte kleur op het beeldje kon oplossen. 'De beschildering lijkt te houden.'
'Nou, ik zal u iets anders laten zien.' Abdoel stak zijn hand in de met glas overdekte toonbank en haalde er een klein kartonnen doosje uit. Hij haalde het deksel eraf, pakte enkele scarabeeën uit het doosje en zette ze in een rijtje op de toonbank. Met zijn wijsvinger schoof hij een van de scarabeeën naar Erica toe.
Ze pakte de kever op en bekeek hem. Hij was vervaardigd van een poreus materiaal, waarvan de bovenkant op delicate manier was bewerkt in de vorm van de bekende mestkever die door de oude Egyptenaren werd vereerd. Toen ze hem omdraaide zag Erica tot haar grote verrassing de cartouche van een farao: Seti I. Het snijwerk van de hiëroglyfen was volmaakt.
'Een schitterend stukje werk,' zei Erica, de kever terugzettend op de toonbank.
'Dus u zou dit stukje antiek wel willen hebben?'
'Zeker! Hoeveel kost dit?'
'Hij is van u. Een geschenk.'
'Een dergelijk geschenk kan ik niet aannemen. Waarom wilt u hem mij cadeau geven?'
'Dat is een oud Arabisch gebruik. Maar laat me u waarschuwen: hij is niet echt.'
Verbaasd hield Erica de scarabee bij het licht. Haar eerste indruk onderging geen wijziging. 'Volgens mij is hij wel degelijk echt.'
'Nee. Ik wéet dat hij niet echt is, aangezien mijn zoon hem zelf heeft gemaakt.'
'Hij is uitzonderlijk goed,' zei Erica die opnieuw de hiëroglyfen bekeek.

'Inderdaad, mijn zoon is werkelijk heel bedreven. Hij heeft de hiëroglyfen overgenomen van een echt stuk.'
'Waar is hij van gemaakt?'
'Een oud stuk bot. In de oude publieke catacomben van Luxor en Aswan liggen gigantische aantallen opengebroken mummies. Mijn zoon gebruikt de beenderen voor het uitsnijden van scarabeeën. Om het bewerkte oppervlak er oud en versleten uit te laten zien, laten we ze inslikken door onze kalkoenen. Als zo'n scarabee één keer door een kalkoen is geweest ziet hij er werkelijk authentiek uit.'
Erica slikte, een ogenblik misselijk bij de gedachte aan de biologische reis van de scarabee. Maar haar fysieke reactie maakte al spoedig plaats voor verstandelijke belangstelling. Ze draaide de scarabee om en om tussen haar vingers. 'Ik moet toegeven dat ik erin ben gelopen – en dat zou me een tweede keer opnieuw gebeuren.'
'Trek het u maar niet aan. Er zijn al verscheidene van deze scarabeeën naar Parijs gestuurd. De curators daar denken dat ze alles weten – en ze hebben ze getest.'
'Vermoedelijk door middel van koolstof-datering,' viel Erica hem in de rede.
'Hoe dan ook. In ieder geval werden ze absoluut echt verklaard. Wel, het bot was dat beslist, dat is zeker! Nu liggen de scarabeeën van mijn zoon in musea over de hele wereld.'
Een cynisch lachje ontschoot Erica. Ze wist dat ze met een expert te maken had.
'Mijn naam is Abdoel Hamdi, dus noemt u mij alstublieft Abdoel. Hoe heet ú?'
'O, neemt u mij niet kwalijk. Erica Baron.' Ze legde de scarabee weer op de toonbank.
'Erica, ik zou het bijzonder leuk vinden als je mij gezelschap hield bij een kopje pepermuntthee.'
Abdoel zette de overige stukken weer op hun plaats en trok de zware roodbruine gordijnen opzij. Erica had genoten van haar gesprek met Abdoel, maar toch aarzelde ze een ogenblik alvorens haar tas op te pakken en naar de opening te stappen.
Het achtervertrek was ongeveer even groot als de winkel zelf,

maar er schenen geen deuren of ramen te zijn. De muren en de grond waren bedekt met oosterse tapijten, die het vertrek het aanzien gaven van een tent. Midden in het vertrek lag een aantal kussens rond een laag tafeltje en een waterpijp.
'Een ogenblikje,' zei Abdoel. Het gordijn viel weer op z'n plaats, zodat Erica alleen achterbleef, starend naar verschillende grote voorwerpen die volledig onder doeken schuilgingen. Ze kon het getinkel van de kralen bij de ingang horen, even later gevolgd door gedempte kreten toen Abdoel thee bestelde.
'Neem toch plaats, alsjeblieft,' zei Abdoel toen hij terugkwam, naar de grote kussens op de grond wijzend. 'Het komt niet dikwijls voor dat ik het genoegen heb een zo mooie en ontwikkelde vrouw te gast te hebben. Vertel me eens, liefje, waar in Amerika kom je vandaan?'
'Oorspronkelijk kom ik uit Toledo in Ohio,' zei Erica een tikkeltje nerveus. 'Maar ik woon tegenwoordig in Boston – of liever gezegd, in Cambridge, vlakbij Boston.' Langzaam dwaalden Erica's ogen door het vertrek. De enkele gloeilamp in het midden van het plafond verleende het diepe rood van de oosterse tapijten een ongelooflijk warme, rijke tint, als van rood fluweel.
'Aha, Boston! Boston moet erg mooi zijn. Ik heb daar een vriend wonen. Zo af en toe corresponderen we met elkaar. In feite schrijft mijn zoon voor me. Zelf kan ik geen Engels schrijven. Ik heb een brief van hem, hier.' Abdoel rommelde in een klein kastje dat bij de kussens stond, waarna hij een getypte brief te voorschijn haalde, geadresseerd aan Abdoel Hamdi, Luxor, Egypte. 'Misschien kent u hem?'
'Boston is een heel grote stad...' begon Erica, voor ze het adres van de afzender in het oog kreeg: dr. Herbert Lowery... haar baas! 'U kent doctor Lowery?' vroeg ze ongelovig.
'We hebben elkaar twee keer ontmoet en schrijven elkaar zo nu en dan. Hij had veel belangstelling voor een Ramses-kop die ik een jaar geleden in mijn bezit had. Een fantastische man. Heel intelligent.'
'Inderdaad,' zei Erica, verbaasd dat Abdoel correspondeerde met zo'n eminente geleerde als dr. Herbert Lowery, voorzitter van de afdeling Onderzoek van het Nabije Oosten aan het Museum of Fi-

ne Arts in Boston. Het stelde haar aanzienlijk meer op haar gemak.
Alsof hij Erica's gedachten raadde viste Abdoel nog verschillende andere brieven uit het kleine cederhouten kastje. 'Ik heb hier ook brieven van Dubois, van het Louvre, en van Caufield, van het British Museum.'
In het andere vertrek rinkelden de kralen. Abdoel stak zijn hand uit en trok het gordijn achter hem opzij. Hij sprak enkele woorden in het Arabisch. Een jongen in een boernoes die eens wit was geweest kwam op zijn blote voeten geruisloos de kamer binnen. Hij droeg een driepoot met een van de bekende dienbladen. Stilletjes zette hij glazen in metalen houders naast de waterpijp, zonder van zijn werk op te kijken. Abdoel liet enkele munten op het dienblad van de jongen vallen en hield het gordijn opzij, zodat de jongen erdoor kon. Toen wendde hij zich weer naar Erica en roerde in zijn thee.
'Kan ik dit zonder narigheid drinken?' vroeg Erica, haar glas ronddraaiend.
'Zonder narigheid?' vroeg Abdoel verrast.
'Ik ben aan alle kanten gewaarschuwd tegen het drinken van water, hier in Egypte.'
'Aha, je bedoelt in verband met buikloop. Ja, dit water is volkomen veilig. In het theehuis staat dit water onafgebroken te koken. Geniet er maar van. Dit is een warm en droog land. Het is een Arabische gewoonte, met je vrienden thee of koffie te drinken.'
In stilte dronken ze van hun thee. De smaak ervan was voor Erica een aangename verrassing, evenals het tintelende gevoel van verfrissing dat de drank in haar mond achterliet.
'Vertel mij eens, Erica...' zei Abdoel die de stilte verbrak. Hij sprak haar naam op een zonderlinge manier uit, waarbij hij de nadruk op de laatste lettergreep legde. 'Uiteraard vooropgesteld dat je het niet erg vindt dat ik je deze vraag stel. Vertel me eens waarom jij egyptologe bent geworden.'
Erica staarde in haar thee. De vlekjes pepermunt draaiden langzaam rond in de warme vloeistof. Ze was gewend aan deze vraag. Ze had hem al duizenden malen gehoord, vooral uit de mond van haar moeder, die maar niet kon begrijpen waarom een mooi en

jong joods meisje dat 'alles had' de egyptologie had gekozen, in plaats van het onderwijs. Haar moeder had geprobeerd haar van gedachten te laten veranderen, eerst door haar vriendelijk te overreden ('Wat zullen mijn vriendinnen er wel van denken?'), toen door krachtdadig argumenteren ('Je zult nooit zelf de kost kunnen verdienen!') en tenslotte door haar te dreigen met het intrekken van haar financiële steun. Het was allemaal tevergeefs. Erica bleef haar studie vervolgen, misschien deels vanwege de tegenkanting van haar moeder, maar voornamelijk omdat ze eenvoudig verzot was op alles dat met de egyptologie te maken had.
Het was waar dat zij nooit praktisch nadacht over de vraag wat voor soort baan ze zou kunnen krijgen als ze haar studie had voltooid. Ook was het waar dat zij 'het geluk had gehad' in dienst te kunnen komen van het Museum of Fine Arts in Boston, terwijl het merendeel van haar medestudenten nog steeds geen werk had gevonden, met weinig vooruitzichten op een spoedige verbetering. Dat nam niet weg dat de studie van het oude Egypte haar grote liefde was. Iets in het exotische en mysterieuze van deze oude beschaving, samen met de ongelooflijke rijkdom en de grote waarde van het reeds ontdekte materiaal, fascineerde haar bovenmatig. Ze was vooral verzot op de minnepoëzie, die dit oude volk opnieuw tot leven liet komen. Via deze oude poëzie voelde Erica hoe het gevoelsleven van dit volk de eeuwen overbrugde, de betekenis van de tijd liet verschrompelen en je jezelf liet afvragen of de menselijke samenleving ooit wel geëvolueerd was.
Erica keek op naar Abdoel, en zei eindelijk: 'Ik ben egyptologie gaan studeren omdat het me fascineerde. Toen mijn vader en moeder me als klein meisje meenamen op een reisje naar New York, heb ik in het Metropolitan Museum een mummie gezien. Dat is het enige wat ik me van dat reisje kan herinneren. Op de universiteit volgde ik een serie colleges over oudheidkunde. Ik vond het werkelijk heerlijk om iets over deze oude beschaving te leren.' Ze haalde haar schouders op en glimlachte. Ze wist dat ze nooit een geheel bevredigende uitleg zou kunnen geven.
'Heel eigenaardig,' zei Abdoel. 'Voor mij is het gewoon mijn werk, beter dan dat ik mijn rug afbeul op de akker. Maar voor jou...' Hij haalde zijn schouders eveneens op. 'Nou ja, zolang je

er gelukkig mee bent is het goed. Hoe oud ben je, liefje?'
'Achtentwintig.'
'En je echtgenoot, waar is híj?'
Erica glimlachte, zich er volkomen van bewust dat de oude man geen flauw idee had van de reden achter haar glimlach. Het hele complex moeilijkheden met betrekking tot Richard stortte zich als een waterval uit haar onderbewustzijn, alsof er plotseling een sluis was opengezet. Ze kwam bijna in de verleiding te proberen of ze haar probleem kon uitleggen aan deze sympathieke vreemdeling, maar ze deed het niet. Ze was naar Egypte gekomen om er tussenuit te gaan én haar kennis van de egyptologie in praktijk te brengen. 'Ik ben niet getrouwd,' antwoordde ze eindelijk. 'Had jij soms belangstelling, Abdoel?' Opnieuw die glimlach.
'Ik? Belangstelling? Belangstelling heb ik altijd!' Abdoel lachte. 'Per slot van rekening staat de Islam haar gelovigen vijf vrouwen toe. Maar ik zou de vreugde van mijn ene vrouw maal vijf niet ópkunnen. Niettemin, achtentwintig en nog niet getrouwd – we leven in een gekke wereld.'
Abdoel gadeslaand onder het drinken, bedacht Erica hoe veel ze van dit intermezzo genoot. Ze wilde dit onthouden.
'Abdoel, zou je het erg vinden als ik een foto van je nam?'
'Ik voel me zeer vereerd.'
Terwijl Abdoel zich uitrekte op zijn kussen en zijn colbertje gladstreek, haalde Erica haar kleine polaroidcamera uit haar tas en bevestigde de flitslamp. Enkele ogenblikken nadat de lichtflits het vertrek in een onnatuurlijk licht had ondergedompeld, spuwde de camera de nog niet ontwikkelde foto uit.
'O, hadden de Russische raketten maar even goed gewerkt als die camera van jou,' zei Abdoel, zich weer ontspannend. 'Aangezien jij de mooiste en jongste egyptologe bent die ik ooit in mijn winkeltje heb gehad, zou ik je graag iets heel bijzonders willen laten zien.'
Langzaam stond Abdoel op. Erica wierp een blik op de foto. Hij ontwikkelde zich zoals het hoorde.
'Je hebt geluk dat je de kans krijgt dit stuk te mogen zien,' zei Abdoel, behoedzaam de doek wegtrekkend van een object dat ongeveer éénmetertachtig hoog was.

Erica keek op en de adem stokte haar in de keel. 'Goeie genade,' zei ze vol ongeloof. Voor haar stond een levensgroot standbeeld. Ze krabbelde op de been om het beter te kunnen bekijken. Trots stapte Abdoel achteruit, als een kunstenaar die zojuist zijn levenswerk heeft onthuld. Het gelaat was vervaardigd van uitgeklopt goud en riep herinneringen op aan het masker van Toetanchamon. Alleen was het veel verfijnder van vorm.

'Dit is farao Seti de Eerste,' zei Abdoel zelfverzekerd. Hij liet de doek op de grond vallen en ging zitten, zodat Erica haar vondst kon bewonderen.

'Dit is het allermooiste beeld dat ik ooit onder ogen heb gehad,' fluisterde Erica, naar het statige, serene gelaat starend. De ogen waren vervaardigd van wit albast, ingelegd met groene veldspaat. De wenkbrauwen waren van een doorschijnende soort kornalijn. De traditionele Egyptische hoofdtooi was gemaakt van massief goud, ingelegd met stroken lapis lazuli. Rond de hals hing een kostbaar halsschild in de vorm van een gier, die de Egyptische godin Nechbet belichaamde. De halsketen was eveneens van goud, bezet met honderden turkooizen, stukken jaspis en lapis lazuli. De snavel en de ogen van de gier waren van obsidiaan. Aan de heupgordel hing een platte gouden dolk met een fijnbewerkte greep, rijk versierd met kostbare edelstenen. De linkerhand van het beeld was uitgestrekt en hield een staf vast, die eveneens bezaaid was met ingelegde edelstenen. De totale indruk was oogverblindend. Dit beeld was geen imitatie en de waarde ervan was ongelooflijk. Ieder stukje goudsmeedkunst was van waarlijk onschatbare waarde. Temidden van de warmrode gloed van de oosterse tapijten straalde het standbeeld een licht uit dat even zuiver en helder was als diamant. Erica schuifelde langzaam om het beeld heen en wist eindelijk iets uit te brengen.

'Waar komt dit in 's hemelsnaam vandaan? Ik heb nog nooit zoiets gezien!'

'Het is afkomstig uit het zand van de Libische woestijn, waaronder al onze schatten verborgen liggen,' antwoordde Abdoel, kirrend als een trotse vader. 'Het beeld blijft hier maar een paar uur voordat het weer verder reist. Ik dacht zo dat je het wel aardig zou vinden het te kunnen zien.'

'O Abdoel, het is zo prachtig, dat ik gewoon met stomheid ben geslagen. Werkelijk.' Erica kwam achter het beeld vandaan en merkte nu pas de hiëroglyfen op, die in de sokkel waren uitgehouwen. Ogenblikkelijk herkende ze de naam van farao Seti I, binnen het bekende ovaal dat cartouche wordt genoemd en altijd rond een koningsnaam is aangebracht. Toen zag ze een tweede cartouche, rond een andere naam. In de veronderstelling dat het een alternatieve naam voor Seti I zou zijn begon ze te vertalen. Tot haar grote verbazing was het de naam Toetanchamon. Het was onlogisch! Seti I was een bijzonder belangrijke en krachtige farao geweest, die pas zo'n vijftig jaar na de onbetekenende kindkoning Toetanchamon had geregeerd. De beide farao's behoorden tot twee verschillende dynasties, van twee volstrekt andere families. Erica was ervan overtuigd dat zij een fout moest hebben gemaakt. Maar toen ze het opnieuw controleerde wist ze dat ze gelijk moest hebben. De cartouches bevatten allebei de farao-namen.
Het scherp-tinkelende geluid van de kralen voor in de winkel maakte dat Abdoel in een oogwenk was opgesprongen. 'Erica, neem me alsjeblieft niet kwalijk, maar ik moet de uiterste voorzichtigheid in acht nemen.' Hij wierp de donkere doek weer over het schitterende beeld. Voor Erica leek het alsof ze te vroeg werd gewekt uit een wonderbaarlijke droom. Voor haar stond nu een vage, vormloze massa. 'Laat me de klanten even helpen. Ik ben zo klaar. Geniet van je thee... misschien wil je nog wat meer?'
'Nee, dank je,' zei Erica, die alleen meer wilde zien van het beeld, niet van de thee.
Terwijl Abdoel naar de gordijnen schuifelde en behoedzaam door de spleet gluurde, pakte Erica de nu ontwikkelde polaroidfoto op. Afgezien van het ontbrekende deel van Abdoels hoofd was het een aardige foto. Ze overwoog een foto van het beeld te maken, als Abdoel er niets op tegen had.
Degene die in de winkel stond had kennelijk geen haast, want Abdoel schuifelde terug naar zijn cederhouten kastje. Erica ging weer op haar kussen zitten.
'Heb je een reisgids voor Egypte?' vroeg Abdoel zachtjes.
'Ja,' zei Erica. 'Ik heb de hand op een Nagel weten te leggen.'
'Ik heb hier iets beters,' zei Abdoel, een klein en oud boekje uit

zijn correspondentie opvissend. 'Dit is een echte Baedeker uit 1929. Voor een rondreis langs de Egyptische monumenten is dat de beste die er is. Ik zou het prettig vinden als jij deze tijdens jouw verblijf hier in mijn land zoudt willen gebruiken. Hij is stukken beter dan de Nagel.'
'Je bent ontzettend vriendelijk,' zei Erica, het boekje aannemend. 'Ik zal er heel voorzichtig mee zijn. Hartelijk bedankt.'
'Ik vind het fijn dat ik je bezoek hier wat kan veraangenamen,' zei Abdoel, terug schuifelend naar het gordijn, waar hij opnieuw bleef treuzelen. 'Wanneer je geen kans ziet dit boek bij je vertrek uit Egypte zelf af te komen geven, stuur je het maar naar de man wiens naam en adres op het schutblad staan. Ik reis nogal veel en ben op dat moment misschien niet in Caïro.' Hij glimlachte en schuifelde de winkel in. De zware gordijnen vielen weer op hun plaats.
Erica bladerde de oude reisgids door, kennis nemend van de overvloed aan tekeningen en uitvouwbare landkaarten. De beschrijving van de tempel te Karnak, een reisdoel dat door de Baedeker met vier sterren werd gewaardeerd, de hoogste waardering, besloeg bijna veertig volle pagina's. Het zag er schitterend uit. Het volgende hoofdstuk begon met een reeks kopergravures van de tempel van koningin Hatsjepsoet, gevolgd door een uitvoerige beschrijving die Erica dolgraag wilde lezen. Ze stak het fotootje van Abdoel in de gids, om zowel de pagina te merken als de foto te beschermen en stak het boekje in haar draagtas.
Daar ze alleen was in het vertrek, liet ze haar aandacht opnieuw afdwalen naar het schitterende standbeeld van Seti I. Het kostte haar de grootste moeite zichzelf te beheersen en niet op te staan, de doek weg te trekken en opnieuw de zonderlinge reeks hiërogylfen te bekijken. Ze vroeg zich af of ze werkelijk misbruik van Abdoels vertrouwen zou maken als ze het standbeeld nog eens ging bekijken.
Met tegenzin kwam ze tot de conclusie dat het dat zou zijn, en ze stond al op het punt opnieuw de reisgids uit haar tas te pakken, toen ze een duidelijke verandering opmerkte in het op gedempte toon gevoerde gesprek dat in de winkelruimte plaatshad. De stemmen werden niet luider, maar ze klonken boos. Aanvankelijk

dacht ze dat de mannen alleen maar met elkaar aan het onderhandelen waren. Maar toen sneed het geluid van brekend glas door de stilte in het schaars verlichte vertrek, gevolgd door een gil die spoedig werd gesmoord. Erica voelde een gewaarwording van zuivere paniek in haar borst opkomen, die zich uitbreidde tot haar slapen hevig klopten. Nu begon er slechts één stem verder te spreken, zachter en dreigender.

Zo stil mogelijk sloop Erica naar het gordijn. Ze imiteerde de bewegingen die Abdoel enkele minuten eerder had gemaakt en schoof de randen iets uitelkaar om de winkel in te kijken. Het eerste wat ze zag was de rug van een Arabier in een gerafelde, smerige boernoes, die de kraalsnoeren aan de ingang opzij hield, blijkbaar om de wacht te houden tegen indringers. Toen ze wat verder naar links keek onderdrukte Erica een gil. Een tweede Arabier had Abdoel ruggelings op de gebroken glasplaat van de toonbank getrokken. Ook deze man was gekleed in een gescheurde, smerige boernoes. Voor Abdoel stond een derde Arabier, gekleed in een schone wit-bruin gestreepte ruime mantel en een witte tulband, die dreigend met een glimmende, kromme dolk zwaaide. Het licht van de enkele naakte gloeilamp werd weerkaatst door het vlijmscherpe lemmet, dat boven Abdoels dodelijk verschrikte gezicht werd geheven.

Nog voor Erica het gordijn kon laten terugvallen om de afschuwelijke scène niet te hoeven zien, werd Abdoels hoofd woest achterover getrokken en haalde de man het lemmet met een woeste haal langs zijn hals, zodat het zachte weefsel totaan de nekwervels werd doorgesneden. Uit de doorgesneden luchtpijp kwam een hijgend geluid, voordat het helderrode bloed als een pulserende fontein uit de wond spoot en alles doordrenkte.

Erica's benen knikten en ze viel op haar knieën, waarbij de zware gordijnen het geluid van haar val smoorden. Doodsbang doorzocht ze het vertrek op een mogelijkheid zich te verstoppen. De houten kasten? Ze had geen tijd om te proberen erin te kruipen. Ze trok zich moeizaam op de been en drukte zich stijf in het hoekje tussen de laatste houten kast en de achtermuur. Je kon het nauwelijks een schuilplaats noemen. Op z'n best belemmerde het haar eigen uitzicht, als een kind dat in het donker bang is en zijn ogen

bedekt met zijn handen. Maar het gezicht met de snavelvormige neus van de man die Abdoel had vastgehouden stond in haar geest gegrift. Ze bleef voortdurend zijn wrede zwarte ogen en de grauwende mond onder zijn snor voor zich zien, waarin de scherpe met goud gevulde tanden door een grijns waren ontbloot.
Vanuit de winkelruimte hoorde ze wat beweging en gestommel. Het klonk alsof er wat meubels werden verplaatst, gevolgd door een angstaanjagende stilte. De seconden verstreken martelend langzaam. Toen hoorde Erica het geluid van naderende stemmen. Ze hield bijna op met ademen en kreeg kippevel van angst. Het in het Arabisch gevoerde gesprek klonk vlak achter haar. Ze kon de aanwezigheid van mensen voelen; ze kon ze rond horen lopen. Er klonken voetstappen, gevolgd door een bons. Iemand vloekte in het Arabisch. Toen verwijderden de voetstappen zich en hoorde Erica het bekende geluid van de kralen bij de ingang.
Erica liet haar adem ontsnappen maar bleef zich stijf in de hoek drukken, alsof ze op een smalle richel boven een honderden meters diep ravijn stond. De tijd verstreek, maar ze had er geen idee van of ze zo vijf minuten had gewacht, of tien of vijftien. Stil telde ze tot vijftig. Nog altijd niets te horen. Langzaam draaide ze haar hoofd om en bewoog zich iets van de muur af. Het vertrek was leeg. Haar draagtas lag onaangeroerd op het kleed, haar kop thee stond er nog steeds. Maar het schitterende standbeeld van Seti I was verdwenen!
Het geluid van tegen elkaar slaande kralen in de ingang maakte dat er opnieuw een koude rilling langs Erica's rug kroop. Terwijl ze zich in paniek omdraaide naar haar schuilhoek raakte haar voet het volle theeglas. Het glas viel om en rolde uit het metalen houdertje. Het tapijt absorbeerde het geluid én de vloeistof, totdat het glas met een dof geluid tegen de tafel aanrolde. Opnieuw perste Erica zich in de hoek. Ze hoorde hoe het zware gordijn met een ruk opzij werd getrokken. Ondanks haar stijf dichtgeknepen ogen kon ze de uitwerking van daglicht in het vertrek voelen. Toen verdween het licht. Ze was alleen met degene die in het vertrek stond. Ze hoorde verschillende gedempte geluiden en het geluid van naderende voetstappen. Opnieuw hield ze haar adem in.
Plotseling pakte een hand haar linkerarm in een stalen greep en

rukte haar uit de hoek, om haar vervolgens naar het midden van het vertrek te sleuren, waarbij ze bijna struikelde.

Boston: 08.00 uur

Het geluid van de wekker verbrijzelde Richard Harvey's droom en dwong hem tot het besef dat er een nieuwe dag was aangebroken. Hij had de hele nacht hevig liggen woelen, zich voortdurend van de ene zij op de andere gooiend. Het laatste tijdstip dat hij een blik op de wekker had geworpen en zich nog kon herinneren was bijna vijf uur geweest. Er wachtten hem die dag zevenentwintig patiënten in zijn spreekkamer en hij had het gevoel alsof hij overreden was.

'Verdomme,' zei hij nijdig toen hij zijn hand met een klap boven op de wekker liet neerkomen. De kracht van de klap drukte niet alleen de stopknop in, maar perste ook het plastic deksel voor de wijzerplaat naar buiten. Dat was al eens vaker gebeurd en het deksel kon zonder veel moeite weer in de rand worden gedrukt, maar niettemin leek dit Richard symbolisch voor de gang van zaken in zijn leven, de laatste tijd. De dingen gierden uit de hand – en dat was hij niet gewend. Hij zwaaide zijn benen over de rand van zijn bed en ging rechtop zitten, naar de wekker starend. In plaats van opnieuw de knop in te drukken boog hij zich voorover en rukte de stekker uit het stopcontact. Het welhaast onverdraaglijk knarsende geluid van de elektrische klok hield op. Net als de beweging van de secondenwijzer. Naast de wekker stond een foto van Erica, in ski-uitrusting. In plaats van te glimlachen staarde ze onbewogen in de lens, met haar volle onderlip naar voren gestoken in die pruilende uitdrukking die Richard beurtelings razend maakte of hem vervulde van begeerte. Hij stak zijn hand uit en draaide de foto om, teneinde de ban te verbreken. Hoe kon een zo mooi meisje als Erica verliefd zijn op een beschaving die al meer dan 3000 jaar dood was? Toch miste hij haar ontzettend, terwijl ze nota bene pas twee nachten weg was. Hoe moest hij dit vier weken lang volhouden?

Richard stond op en beende spiernaakt naar het toilet. Op z'n vie-

rendertigste verkeerde hij nog in een uitstekende fysieke conditie. Hij had altijd het uiterlijk van een atleet gehad, zelfs gedurende zijn jaren op de Medische Faculteit. En nu hij al drie jaar lang een eigen praktijk had speelde hij nog altijd regelmatig tennis en basketball. Zijn een meter tachtig lange lichaam was lenig en behoorlijk gespierd. Zoals Erica hem had verteld was zelfs zijn 'kont nog toonbaar.'
Vanuit de badkamer waagde hij zich in de keuken, waar hij een ketel water opzette en een glas jus d'orange inschonk. In de woonkamer opende hij de jaloezieën die uitkeken op Louisburg-Square. Het zonlicht van midden oktober filterde door de gouden bladeren van de olmen en verdreef de kilte van de lucht. Richard glimlachte vermoeid, een glimlach die de lijntjes aan zijn ooghoeken verdiepte en zijn sproeten accentueerde. Hij was een vriendelijk ogende, knappe man met een vierkant, enigszins ondeugend gezicht onder een dichte massa honingkleurig haar. Zijn diepliggende blauwe ogen glinsterden regelmatig.
'Egypte! Jezus, ze had net zo goed naar de maan kunnen gaan,' zei Richard troosteloos tegen de prachtige morgen. 'Waarom moest ze verdomme zo nodig naar Egypte?' Hij nam een douche en schoor zich, kleedde zich aan en ging ontbijten, alles volgens een reeds lang geleden vastgelegde, doelmatige routine. De enige afwijking had betrekking op sokken. Hij beschikte niet meer over schone sokken, dus zag hij zich genoodzaakt de wasmand te doorzoeken. Dit zou een verschrikkelijke dag worden. Intussen kon hij alleen maar aan Erica denken. Tenslotte vroeg hij in zijn wanhoop een telefoongesprek aan met Erica's moeder in Toledo, met wie hij uitstekend kon opschieten. Het was half negen en hij wist dat hij haar te pakken moest zien te krijgen voor ze naar haar werk ging.
Na wat koetjes en kalfjes kwam Richard ter zake.
'Heb je al iets van Erica gehoord?'
'Mijn hemel, Richard, ze is pas een dag weg!'
'Dat is waar. Ik dacht alleen dat de kans bestond. Ik maak me zorgen over haar. Ik begrijp niet wat er met haar aan de hand is. Alles ging prima, tot we over trouwen begonnen.'
'Ja, dat had je al een jaar geleden moeten doen.'

'Dat kon een jaar geleden niet. Mijn praktijk kwam toen net van de grond.'
'Natuurlijk kon het wel! Je wilde toen gewoon nog niet. Zo simpel ligt de zaak. Als je je nu bezorgd over haar maakt, had je haar ervan moeten weerhouden naar Egypte te gaan.'
'Heb ik geprobeerd.'
'Als dát zo was, Richard, dan zat ze nu in Boston.'
'Janice, ik heb het echt geprobeerd. Ik vertelde haar dat ik niet zou weten wat er van onze relatie moest worden, als zij naar Egypte vertrok. Het zou anders tussen ons worden.'
'En wat had ze daarop te zeggen?'
'Ze zei dat het haar speet, maar dat het voor haar belangrijk was om te gaan.'
'Het is een voorbijgaande fase, Richard. Ze komt er wel overheen. Je moet je gewoon wat ontspannen.'
'Ongetwijfeld heb je gelijk, Janice. In ieder geval hoop ik dat. Als je iets van haar hoort, laat het me dan even weten.'
In het besef dat hij zich niet in het minst prettiger voelde hing Richard op. In feite voelde hij een zekere paniek, alsof Erica hem uit de vingers glipte. Impulsief belde hij de TWA en informeerde naar de eerstvolgende vluchten naar Caïro, alsof alleen deze handeling haar dichter bij hem zou brengen. Dat was niet het geval en hij was al te laat voor zijn spreekuur. De gedachte aan een Erica die zich uitstekend vermaakte, terwijl hij onder een depressie leed, maakte hem razend. Maar hij kon er nauwelijks iets tegen doen.

Caïro: 15.30 uur

Erica had een poosje geen woord kunnen uitbrengen. Toen ze had opgekeken, in de verwachting de Arabische moordenaar in de ogen te zullen zien, ontdekte ze dat ze tegenover een Europeaan stond, gekleed in een duur driedelig kostuum. Ze hadden elkaar aan staan staren gedurende wat een eeuwigheid leek, allebei van hun stuk. Maar Erica was ook doodsbang geweest. Met het gevolg dat Yvon de Julien Margeau een kwartier nodig had gehad om haar ervan te overtuigen dat hij geen kwaad in de zin had. Zelfs toen had Erica moeilijkheden met spreken, doordat ze zo hevig trilde. Eindelijk was ze er met de grootste moeite in geslaagd, Yvon duidelijk te maken dat Abdoel in de winkelruimte lag te sterven, of al dood was. Toen Yvon haar uitlegde dat de winkel leeg was geweest toen hij binnenkwam, stemde hij erin toe opnieuw te gaan kijken, nadat hij er luidkeels op aan had gedrongen dat Erica ging zitten. Hij was snel terug.

'Er is niemand in de winkel,' zei Yvon. 'Er liggen glasscherven en op de grond is bloed te zien. Maar er ligt geen lijk.'

'Ik wil hier weg,' zei Erica. Het was haar eerste volledige zin.

'Natuurlijk,' troostte Yvon. 'Maar vertel me eerst wat er is gebeurd.'

'Ik wil naar de politie,' vervolgde Erica. Ze begon opnieuw te beven. Als ze haar ogen sloot zag ze opnieuw het lemmet Abdoels keel doorsnijden. 'Ik heb iemand zien vermoorden. Nog maar enkele ogenblikken geleden. Het was verschrikkelijk. Ik heb zelfs nog nooit iemand zien verwonden. Alstublieft, ik wil naar de politie!'

Nu haar hersens weer begonnen dienst te doen, nam Erica de man tegenover haar eens op. Hij was lang en slank, liep tegen de veertig en had een gebruind en hoekig gezicht. Hij leek een zeker gezag uit te stralen, een indruk die nog werd versterkt door zijn overhuifde intens blauwe ogen. Na het zien van de armzalig geklede Arabieren werd Erica meer dan iets anders gerustgesteld door zijn onberispelijke kleding.

'Ik was zo ongelukkig toeschouwer te zijn bij de moord op een man,' zei ze eindelijk. 'Ik keek door het gordijn en zag drie mannen. De eerste stond bij de ingang op de uitkijk, een tweede hield de oude man in bedwang – en de derde...' Erica worstelde met haar tranen – 'en de derde sneed de oude man de keel door.'

'Ik begrijp het,' zei Yvon peinzend. 'Hoe waren die drie kerels gekleed?'

'Ik geloof niet dat u het helemaal begrijpt, zei Erica met stemverheffing. 'Hoe ze gekleed waren? Ik heb het niet over een stel zakkenrollers! Ik probeer u duidelijk te maken dat ik een moord heb zien plegen. Een móord!'

'Ik geloof u. Maar waren het Arabieren of Europeanen?'

'Het waren Arabieren, met boernoezen aan. Twee van hen waren smerig, de derde maakte een heel wat welvarender indruk. Grote God – en dan te bedenken dat ik hierheen kwam om vakantie te houden!' Erica schudde verbijsterd haar hoofd en maakte aanstalten op te staan.
'Zou u ze herkennen, als u ze terug zag?' vroeg Yvon kalmpjes. Hij legde een hand op Erica's schouder, zowel om haar gerust te stellen als om haar aan te moedigen te blijven zitten.
'Ik ben er niet zeker van. Het gebeurde allemaal zo snel. Misschien zou ik de man met de sabel herkennen. Ik weet het niet. Ik heb het gezicht van de man bij de deur geen moment gezien.' Toen Erica haar hand optilde stelde ze verbaasd vast hoe hevig deze trilde. 'Ik weet zelfs niet of ik het zelf allemaal wel geloof. Ik zat hier te praten met Abdoel, de eigenaar van de winkel. In feite hadden we al een aardig poosje zitten praten en theedrinken. Hij was zo aardig en verstandig, een echt méns. God...' Erica haalde haar hand door haar haar. 'En u zegt dat er geen lijk in de winkel ligt?' Erica wees door het gordijn. 'Er is daar werkelijk een moord gepleegd!'
'Ik geloof u,' zei Yvon opnieuw. Zijn hand rustte nog altijd op Erica's schouder en ze voelde zich vreemd gerustgesteld.
'Maar waarom zouden ze ook het lichaam hebben meegenomen?' vroeg Erica.
'Wat bedoelt u met dat óok?'
'Ze hebben een beeld meegenomen, dat hier stond, op deze plek,' zei Erica wijzend. 'Het was een schitterend beeld van een Egyptische farao...'
'Seti de Eerste,' onderbrak Yvon haar. 'Die oude idioot had het Seti-standbeeld híer?' Vol ongeloof liet Yvon zijn ogen rollen.
'U wist van dat standbeeld af?' vroeg Erica.
'Inderdaad. In feite ben ik speciaal hierheen gekomen om er met Hamdi over te praten. Hoe lang geleden is dit allemaal gebeurd?'
'Ik weet het niet precies. Een kwartier, twintig minuten geleden. Toen u binnenkwam dacht ik dat de moordenaars waren teruggekomen.'
'*Merde*!' zei Yvon, Erica loslatend om door het vertrek te gaan ijsberen. Hij trok zijn beige colbert uit en liet het op een van de

kussens vallen. 'Zo dichtbij!' Hij bleef staan, draaide zich om en vroeg Erica: 'U heeft het standbeeld met eigen ogen gezien?'
'Inderdaad. Het was ongelooflijk mooi, verreweg het mooiste stuk dat ik ooit had gezien. Zelfs het mooiste uit de schat van Toetanchamon zou de vergelijking ermee niet kunnen doorstaan. Het liet zien tot welke hoogten het kunstzinnig vakmanschap omstreeks de negentiende dynastie van het Nieuwe Rijk was gestegen.'
'De negentiende dynastie? Hoe weet ú dat?'
'Ik ben egyptologe,' zei Erica, iets van haar houding terugwinnend.
'Egyptologe! U ziet er nu niet bepaald naar uit.'
'Hoe moet een egyptologe er volgens u dan wél uitzien?' vroeg Erica ijzig.
'Goed, goed, laten we zeggen dat ik er nooit zou zijn opgekomen,' zei Yvon haastig. 'Was het feit dat u egyptologe bent de reden waarom Hamdi u het beeld liet zien?'
'Ik veronderstel van wel, ja.'
'Toch was het dwaas van hem. Heel dwaas. Ik kan maar niet begrijpen waarom hij zoveel risico wilde nemen. Heeft u enig idee van de waarde van dat standbeeld?' vroeg Yvon haar, bijna kwaad.
'Van onschatbare waarde,' repliceerde Erica. 'Des te meer reden om naar de politie te gaan. Dat beeld is een nationale schat van Egypte. Als egyptologe weet ik dat er een zwarte markt is voor oudheden, maar ik had er geen idee van dat er stukken van een dergelijke waarde werden verhandeld. Er moet iets worden gedaan!'
'Er moet iets worden gedaan!' Yvon lachte cynisch. 'Amerikaans gehuichel! Amerika is de grootste afnemer van Egyptische oudheden. Als ze niet werden gekocht bestónd er geen zwarte markt. Het is de koper, die uiteindelijk de schuld draagt.'
'Amerikáans gehuichel?' zei Erica verontwaardigd. 'Wat zou u denken van de Fransen? Hoe kúnt u zoiets zeggen, terwijl het Louvre uitpuilt van objecten van onschatbare waarde, die voor het merendeel gestolen zijn, zoals bijvoorbeeld de dierenriem uit de tempel te Dendera? De mensen reizen duizenden kilometers om een bezoek aan Egypte te brengen, alleen om naar een afgietsel

van de beroemde zodiac te mogen staren!'
'Het was veiliger voor de zodiac-steen om die er weg te halen, zei Yvon.
'Kom nou, meneer Julien de Margeau, u kunt toch wel een betere smoes verzinnen? Dit excuus bezat vroeger een zekere geldigheid, maar nu niet meer.' Erica kon haast niet geloven dat ze al genoeg van de schrik was bekomen om zich in een zinloos debat te laten verwikkelen. Ook merkte ze op dat Yvon ongelooflijk aantrekkelijk was en zij hem onbewust tot een soort emotionele reactie wilde verlokken.
'Goed,' zei Yvon koeltjes, 'in principe zijn we het met elkaar eens. De zwarte markt moet onder controle worden gehouden. Maar we zijn het niet eens over de juiste methode. Ik vind bijvoorbeeld dat wij niet onmiddellijk naar de politie moeten stappen.'
Erica was geshockeerd.
'U bent het er dus niet mee eens?' vroeg Yvon.
'Ik weet het nog niet,' stamelde Erica, gefrustreerd over het feit dat ze zo gemakkelijk was te doorzien.
'Ik begrijp uw bezorgdheid. Laat me u eerst even uitleggen waar u zich bevindt. Ik probeer niet belerend te zijn, alleen maar realistisch. Dit is Caïro, niet New York, Parijs of zelfs Rome. Ik zeg dat, aangezien zelfs Italië op ongelooflijk efficiënte manier wordt bestuurd in vergelijking met Egypte, wat al heel wat zegt. Caïro gaat gebukt onder een monsterachtige bureaucratie. Oosterse intrige en omkopingen zijn hier eerder regel dan uitzondering. Als u met uw verhaal naar de politie stapt, zult u de voornaamste verdachte zijn. Met het gevolg dat u de gevangenis in gaat, of op z'n minst huisarrest krijgt opgelegd. Het kan wel een half jaar tot een jaar duren voor alle benodigde paperassen zijn ingevuld. Uw leven zal een ware hel zijn.' Yvon wachtte. 'Klinkt het logisch voor u? Ik vertel u dit voor uw eigen bestwil.'
'Wie bent u eigenlijk?' vroeg Erica, haar tas pakkend om een sigaret op te steken. Eigenlijk rookte ze helemaal niet; Richard had er een enorme hekel aan als zij het deed en ze had als een gebaar van opstandigheid een slof sigaretten gekocht in de belastingvrije winkel op het vliegveld. Maar op het ogenblik wilde ze iets kunnen doen met haar handen.

Yvon zag haar rommelen in haar tas, haalde een gouden sigarettenkoker uit zijn zak en hield haar de geopende koker voor. Verlegen nam Erica een sigaret. Hij gaf haar vuur met een gouden Dioraansteker en stak vervolgens zelf een sigaret op. Enkele ogenblikken rookten ze samen in stilte. (Dat wil zeggen: Erica pufte wat, zonder te inhaleren; Yvon rookte.)
'Ik ben wat je noemt een "bezorgd burger",' zei Yvon, zijn donkere haar achteroverstrijkend, dat al onberispelijk zat. 'Ik heb de vernietiging van oudheden en archeologische plaatsen van opgraving altijd ernstig betreurd en heb daarom besloten er iets tegen te doen. Het feit dat ik op de hoogte was van het bestaan van dit standbeeld van Seti I was voor mij de grootste... hoe zal ik het zeggen...' Yvon zocht naar het juiste woord.
Erica probeerde hem te helpen door het woord 'vondst'.
Yvon schudde echter zijn hoofd, maar maakte een uitnodigend gebaar om Erica aan te moedigen. Erica haalde haar schouders op en opperde het woord 'doorbraak'.
'Om een mysterie te ontraadselen,' voegde Yvon eraan toe, 'heb je een...'
'Aanwijzing of spoor nodig,' zei Erica.
'Ah, spoor! Inderdaad. Dit was het grootste spoor. Maar nu weet ik het nog niet. Dat standbeeld is misschien wel voorgoed verdwenen. Misschien kunt u me helpen als u de moordenaar kunt herkennen; maar dat zal hier, in Caïro, moeilijk worden. En als u naar de politie stapt zal dat voorgoed onmogelijk zijn.'
'Hoe bent u eigenlijk het bestaan van dit standbeeld te weten gekomen?' vroeg Erica.
'Van Hamdi persoonlijk. Ik ben ervan overtuigd dat hij behalve mij ook nog een aantal andere mensen heeft aangeschreven,' zei Yvon, het vertrek rondkijkend. 'Ik ben zo snel mogelijk hierheen gekomen. In feite ben ik pas enkele uren terug in Caïro aangekomen.' Hij liep naar een van de grote houten kasten en trok de deur open. De kast stond vol met kleinere kunstprodukten. 'Het zou ons verder helpen als zijn correspondentie hier was,' zei Yvon, een klein houten grafbeeldje in de vorm van een mummie oppakkend. 'Het meeste is namaak,' voegde hij eraan toe.
'In dat kastje zaten brieven,' zei Erica, naar het cederhouten kast-

je wijzend.
Yvon volgde de richting van Erica's wijsvinger, liep naar het kastje en deed het open.
'Heel goed,' zei Yvon tevreden. 'Misschien zit er iets tussen waar we iets aan hebben. Maar eerst wil ik mij ervan overtuigen dat er hier niet nog meer correspondentie is verstopt.' Hij liep naar het gordijn en trok het open. Een klein beetje daglicht viel het vertrek binnen. 'Raoul!' riep Yvon luid. De kralen bij de ingang tinkelden. Yvon hield het gordijn opzij en Raoul stapte binnen. Hij was jonger dan Yvon: achter in de twintig, met een olijfkleurige huid, zwart haar en een zorgeloos air van zelfverzekerde mannelijkheid. Hij deed Erica aan Jean-Paul Belmondo denken.
Yvon stelde hem voor en legde uit dat hij afkomstig was uit Zuid-Frankrijk, vloeiend Engels sprak en zijn zware accent hem moeilijk verstaanbaar maakte. Raoul gaf Erica een hand en grijnsde breed. Zonder acht te slaan op Erica begonnen de beide mannen in rad Frans met elkaar te praten, alvorens de winkel te doorzoeken teneinde vast te stellen of er nog meer correspondentie was te vinden.
'Dit duurt maar een paar minuutjes, Erica,' zei Yvon, terwijl hij zorgvuldig een van de hoge houten kasten doorzocht.
Erica liet zich langzaam op een van de kussens midden in het vertrek zakken. Ze voelde zich als verdoofd door de hele gebeurtenis. Ze wist dat het doorzoeken van de winkel onwettig was, maar protesteerde niet. In plaats daarvan sloeg ze de beide mannen afwezig gade. Ze waren nu klaar met de kasten en begonnen alle tapijten van de wanden te halen.
Terwijl ze zo bezig waren traden de verschillen tussen beide mannen duidelijk aan de dag. Het was meer dan hun fysieke uiterlijk. Het was de manier waarop zij zich bewogen en de dingen aanpakten. Raoul werkte ruw en rechtstreeks, dikwijls alleen vertrouwend op zijn kracht. Yvon werkte behoedzaam en met overleg. Raoul was onophoudelijk in beweging en bukte zich dikwijls, waarbij zijn hoofd tussen zijn gespierde schouders zakte. Yvon stond rechtop en bekeek alles op afstand. Hij had zijn mouwen opgerold, waardoor zijn gladde onderarmen zichtbaar waren, onderarmen die zijn fijngevormde handen benadrukten. En plotse-

ling zag Erica wat het was dat Yvon zo ánders maakte. Hij had het verwende uiterlijk van de negentiende-eeuwse aristocraat. Er hing een uitstraling van natuurlijk, vanzelfsprekend gezag rond zijn persoon, als een soort aureool.
Erica's hartslag gaf nog altijd een veel te hoog tempo aan, en plotseling hield ze het niet langer uit hier op de grond te blijven zitten. Ze stond op en liep naar de zware gordijnen. Ze wilde een luchtje scheppen maar besefte dat zij er weinig voor voelde de eigenlijke winkelruimte in te kijken, ondanks Yvons verzekeringen dat het lijk verdwenen was. Tenslotte stak ze een hand uit en trok het gordijn open.
Erica gilde. Op nog geen halve meter van haar vandaan bevond zich een gezicht, dat zich razendsnel had omgedraaid toen zij het gordijn opentrok. Er klonk een luid geraas van brekend aardewerk, toen de gedaante in de winkel zijn last liet vallen. Blijkbaar was hij al even geschrokken als Erica zelf.
Raoul reageerde ogenblikkelijk, duwde Erica opzij en sprong de winkelruimte in. Yvon volgde zijn voorbeeld. De dief struikelde over het aardewerk toen hij probeerde de uitgang te bereiken, maar Raoul was zo snel als een kat en schakelde de indringer met een venijnige karateslag tussen de schouders uit, zodat hij op de grond in elkaar zakte. Hij rolde op zijn rug, een jongen van een jaar of twaalf.
Yvon gunde hem één blik en wandelde terug naar Erica.
'Alles goed met je?' vroeg hij zacht.
Erica schudde het hoofd. 'Ik ben niet gewend aan dit soort dingen.' Ze klampte zich nog altijd vast aan het gordijn en liet haar hoofd hangen.
'Bekijk deze jongen even,' zei Yvon. 'Ik wil er zeker van zijn dat hij niet één van de drie overvallers was.' Hij sloeg een arm om haar heen, maar ze duwde hem beleefd van zich af.
'Het gaat al weer,' zei ze, zich realiserend dat ze over haar toeren was geraakt doordat ze haar oorspronkelijke angst had onderdrukt, die zich nu explosief een weg naar buiten had gebaand, bij dit laatste voorval.
Ze haalde eens diep adem, liep naar voren en keek naar het ineengedoken angstige kind.

'Nee,' zei ze alleen.
Yvon snauwde de jongen iets toe in het Arabisch, die erop reageerde door op de been te krabbelen en er als een haas door de uitgang vandoor te gaan. Achter hem dansten de kraalsnoeren wild heen en weer. 'De armoede in deze stad maakt dat sommige van deze mensen zich gaan gedragen als aasgieren. Ze ruiken gewoon of ergens iets te halen valt.'
'Ik wil hier wég,' zei Erica zo beheerst mogelijk. 'Ik weet nog niet waarnaartoe, maar ik wil híer vandaan. Bovendien vind ik nog steeds dat de politie op de hoogte moet worden gebracht.'
Yvon stak een hand uit en legde die op Erica's schouder. Hij sprak haar vaderlijk toe. 'Je kunt de politie op de hoogte brengen zonder er zelf bij betrokken te raken. Je moet het natuurlijk zelf uitmaken, maar geloof me, ik wéet waar ik het over heb. De gevangenissen in Egypte steken die in Turkije naar de kroon.'
Erica keek onderzoekend in Yvons kalme ogen en vervolgens naar haar handen, die nog steeds hevig trilden. Gezien de armoede en de allesbeheersende chaos die ze al in Caïro had gezien, klonk de raad van Yvon logisch genoeg. 'Ik wil terug naar mijn hotel.'
'Begrijpelijk,' zei Yvon. 'Maar laat je alsjeblieft door ons wegbrengen, Erica. Ik zal even de brieven pakken, die we hebben gevonden. Het is zo gebeurd.' De beide mannen verdwenen achter de zware gordijnen.
Erica liep naar de kapotte toonbank en staarde naar de chaos van verbrijzeld glas en opgedroogd bloed. Met moeite kon ze een plotselinge golf van misselijkheid onderdrukken, maar gelukkig vond ze al spoedig wat ze zocht – de namaak-scarabee die Abdoel haar had gegeven en zo sierlijk door zijn zoon was uitgesneden. Ze liet de kever in haar zak glijden, terwijl ze het gebroken aardewerk op de vloer zachtjes met haar teen aanraakte. De beide echte urnen zaten er ook tussen. Na zesduizend jaar onbeschadigd te hebben overleefd waren ze nu onnodig stukgesmeten op de vloer van deze armzalige winkel, stukgesmeten door een diefje van twaalf. De verspilling maakte haar lichamelijk ziek. Haar blik dwaalde naar het opgedroogde bloed en ze moest haar ogen dicht knijpen om haar tranen te bedwingen. Het leven van een warmvoelend mens was uit hebzucht uitgeblazen als een kaars. Vergeefs probeerde

Erica zich het uiterlijk te herinneren van de man die de kromme dolk zo meedogenloos had gehanteerd. Hij had de scherpe gelaatstrekken van de echte bedouïen, met een huidskleur als van gepolijst brons. Toch kon ze zich in haar fantasie geen duidelijk beeld van de man meer vormen. Ze deed haar ogen weer open en keek de winkel rond. Woede begon nu haar opkomende verdriet te verdringen. Ze wilde naar de politie terwille van Abdoel Hamdi, opdat de moordenaar voor de rechter kon worden gesleept. Maar ongetwijfeld had Yvon het met zijn waarschuwing omtrent de politie in Caïro bij het rechte eind. Bovendien was het het risico dat ze liep door naar de politie te gaan niet waard, omdat ze er niet eens zeker van was of ze de moordenaar wel kon herkennen.
Erica bukte zich en raapte een van de grootste scherven aardewerk op. Haar deskundigheid lag op het terrein van het verleden, en met indrukwekkend gemak toverde haar geest haar het beeld voor ogen van het standbeeld van Seti I, met zijn ogen van albast en veldspaat. Ze twijfelde er geen seconde aan dat het beeld moest worden teruggevonden. Ze had nooit geweten dat er op de zwarte markt objecten van een dergelijk belang omgingen.
Erica liep naar het gordijn en trok het opzij. Yvon was bezig met het oprollen van de tapijten op de vloer. Yvon keek op en beduidde haar dat het nog maar een ogenblikje zou duren. Erica bleef toekijken. Kennelijk wilde Yvon oprecht iets ondernemen om de zwarte markt te bestrijden. De Fransen hadden al heel wat gedaan om de plundering van de Egyptische schatten tegen te gaan – althans, voor wat betreft het spul dat zij zelf al niet naar het Louvre hadden gesleept. Wanneer het beeld van Seti I beter kon worden teruggevonden als zij niet naar de politie ging, was dat misschien wel het beste om te doen. Erica besloot Yvons raad op te volgen, maar ze wist heel goed dat er in haar denkwijze een zekere mate van rationalisering meespeelde.

Yvon liet het op hun plaats terugleggen van de tapijten aan Raoul over en leidde Erica galant Antica Abdul uit. Samen met Yvon door de Khan el Khalili wandelen was een totaal andere ervaring voor Erica dan er alleen doorheen te moeten. Nu viel niemand haar lastig. Alsof hij probeerde haar wat af te leiden van de ge-

beurtenissen van het afgelopen uur, praatte Yvon onophoudelijk over de bazaar en Caïro in het algemeen. Hij kende de geschiedenis van de stad blijkbaar op zijn duimpje. Hij had zijn stropdas afgedaan en zijn kraag stond open. 'Wat zou je denken van een bronzen Nefertete-kop?' vroeg hij, een van de foeilelijke toeristensouvenirs omhoog houdend die hij van het wagentje van een handelaar had opgepakt.
'Nooit!' zei Erica vol afschuw. Ze herinnerde zich het tafereeltje dat was ontstaan nadat die jongen van vijftien haar had aangerand.
'Je móet er beslist een hebben,' zei Yvon, die onmiddellijk in het Arabisch begon te onderhandelen. Erica probeerde tussenbeide te komen, maar hij kocht de kop en overhandigde haar het ding met veel ceremonieel. 'Een herinnering aan Egypte die je dierbaar zal zijn. De enige moeilijkheid is dat ze in Tsjechoslowakije worden gemaakt, geloof ik.'
Glimlachend nam Erica het kopje in ontvangst. De charme van Caïro begon zich nu dwars door de hitte, het stof en de armoede heen kenbaar te maken, en ze begon wat kalmer te worden.
Het nauwe steegje waar ze doorheen liepen werd breder en even later stapten ze het zonlicht op Al Azhar Square binnen. Met een kakofonie van gillende claxons was het verkeer hier tot stilstand gekomen. Yvon wees haar aan de rechterkant een exotisch bouwwerk met een vierkante minaret en bekroond door vijf ranke torens met uivormige koepels. Toen draaide hij haar om. Links van haar, bijna schuilgaand achter het verkeer en een openluchtmarkt, bevond zich de ingang van de beroemde Al Azhar-moskee. Ze begonnen naar de moskee toe te lopen en naarmate ze er dichterbij kwamen konden ze de schoonheid van de rijk versierde ingang met zijn dubbele boog en gecompliceerde arabesken duidelijker herkennen. Dit was het eerste staaltje van middeleeuwse mohammedaanse architectuur dat Erica sinds haar aankomst in Caïro van dichtbij zag. In feite wist ze maar heel weinig van de Islam af en maakten de moskeeën op haar een uiterst exotische indruk. Yvon bespeurde haar belangstelling en maakte haar attent op de verschillende minaretten, en vooral op het koepeldak, het schitterende mozaïekwerk en het filigraan. Hij lichtte de geschie-

denis van de moskee vlot en gedetailleerd toe, met inbegrip van de namen van sultans die hun steentje aan het bouwwerk hadden bijgedragen.
Erica probeerde zich op Yvons alleenspraak te concentreren, maar dat werd haar onmogelijk. Het straatgedeelte vlak voor het gebouw fungeerde als een druk bezochte markt en het was er stampvol mensen. Bovendien bleef ze steeds terugdenken aan Abdoel en zag ze voortdurend het beeld van de afschuwelijke manier waarop hij was gestorven. Toen Yvon op een ander onderwerp overstapte reageerde Erica niet. Hij moest tot tweemaal toe zeggen: 'Dit is mijn auto. Mag ik je een lift naar je hotel geven?' Het was een zwarte, in Egypte gemaakte Fiat, die nog betrekkelijk nieuw was maar nu al vol blutsen en schrammen zat. 'Het is wel geen Citroën, maar hij rijdt.'
Een ogenblik was Erica van haar stuk gebracht. Ze had niet op een privé-auto gerekend. Ze had geen bezwaar gehad tegen een taxi; ze vond Yvon wel aardig, maar hij was tenslotte een vreemdeling in een vreemd land. Haar ogen verrieden haar gedachten.
'Probeer alsjeblieft mijn positie te begrijpen,' zei Yvon. 'Ik vind dat jij in bijzonder ongelukkige omstandigheden verstrikt bent geraakt. Ik ben blij dat ik toevallig in de buurt was, alleen wilde ik dat ik er twintig minuten eerder was geweest. Ik wil je alleen maar helpen. Caïro kan lastig zijn, maar met het soort ervaring dat jij hebt opgedaan kan deze stad je gemakkelijk te veel worden. Op dit moment van de dag is er geen taxi te krijgen. Er zijn er gewoon te weinig. Laat me je toch even bij je hotel afzetten.'
'En Raoul dan?' vroeg Erica, proberend tijd te winnen.
Yvon ontsloot het portier aan de kant van de passagier en deed het open. In plaats van aan te dringen liet hij Erica staan en liep naar een Arabier met tulband, die blijkbaar de auto had bewaakt. Hij sprak enkele woorden Arabisch en liet enkele geldstukken in de open hand van de man vallen. Daarna deed hij het portier aan de kant van de bestuurder open, stapte in en boog zich opzij om Erica bemoedigend toe te lachen. In de namiddagzon lag er een warme blik in zijn blauwe ogen. 'Maak je over Raoul maar geen zorgen. Hij kan heel goed voor zichzelf zorgen. Maar ik maak me wel zorgen over jóu. Als jij de moed hebt om in je eentje door Caïro rond

te zwerven, hoef je je toch zeker geen zorgen te maken over een ritje met mij naar je hotel? Maar als je niet wilt, zeg me dan tenminste waar je je intrek hebt genomen, dan zal ik in de foyer op je wachten. Ik ben niet van plan in de verdwijning van dat Seti-standbeeld te berusten – en jij bent toevallig iemand die mij kan helpen.'

Yvon begon zijn veiligheidsgordel vast te maken. Erica keek rond, slaakte een zucht en stapte in de auto. 'Het Hilton,' zei ze.

Het ritje was niet erg ontspannend. Voor hij wegreed van de stoeprand had Yvon zachte lamsleren handschoenen aangetrokken, waarbij hij het leer pijnlijk zorgvuldig over elke vinger had geschoven. Toen hij eindelijk de eerste versnelling inschakelde gaf hij flink gas, zodat de kleine auto met gillende banden vooruit sprong en zich in het verkeer voegde. Vanwege de verkeersopstopping moest hij onmiddellijk krachtig op de rem trappen, met het gevolg dat Erica zich schrap moest zetten tegen het dashbord. Op die manier ging de rit verder, steeds met plotseling snel optrekken en onverwachts remmen, zodat Erica voortdurend voor- en achterwaarts werd gesmeten. Ze ontsnapten, zo leek het haar, aan het ene ongeluk na het andere, waarbij ze vaak op een haar na andere auto's, vrachtwagens, ezelwagentjes en zelfs gebouwen misten. Mensen en dieren vluchtten voor hen uit en Yvon, die het stuur met beide handen omklemde, reed alsof hij deelnam aan een auto-rally. Hij reed agressief en vastbesloten, hoewel hij nooit kwaad of ongeduldig werd over het rijgedrag van anderen. Wanneer er een andere auto of wagen vlak voor hem opdook vond hij dat niet erg. Hij wachtte eenvoudig tot er een gaatje was en dook er dan razendsnel in.

Ze reden in zuidwestelijke richting het koortsachtig drukke centrum uit, waarbij ze de overblijfselen van de oude stadsmuren en de schitterende citadel van Saladin passeerden. In de citadel torenden de koepels en minaretten van de Mohammed Ali moskee duizelingwekkend hoog naar de hemel, als een stoutmoedige bevestiging van de wereldse macht van de Islam. Ter hoogte van de noordelijke punt van het eiland Roda bereikten ze de Nijloever. Ze sloegen rechtsaf en reden de brede laan op, die langs de oostelijke oever van de machtige rivier liep. Het glinsterende, koele

blauw van het water, dat het licht van de namiddagzon weerkaatste en vermenigvuldigde tot miljoenen diamanten, vormde een verfrissend contrast met de hitte en benauwdheid in de binnenstad van Caïro. Toen Erica de vorige dag de Nijl voor het eerst had gezien, verkeerde ze onder de indruk van de grootse geschiedenis van de rivier en van het feit dat dit water helemaal uit Equatoriaal Afrika afkomstig was. Vandaag besefte ze duidelijk dat Caïro en het overige bewoonde deel van Egypte onmogelijk zonder deze rivier kon bestaan. De drukkende hitte en het droge stof waren voorboden van de onherbergzaamheid en macht van de woestijn die onophoudelijk dreigde Caïro op te slokken, door voortdurend op te dringen als een bijna onweerstaanbare dreiging.
Yvon reed rechtstreeks naar de hoofdingang van het Hilton-hotel. Door de contactsleutel in het contactslot te laten zitten slaagde hij erin, de portier met tulband voor te zijn bij het openen van het andere portier, zodat hij Erica galant kon helpen uitstappen. Erica, die zojuist getuige was geweest van de meest brute scènes van haar leven, glimlachte bij zoveel onverwachte ridderlijkheid. Als geboren Amerikaanse was ze niet gewoon, een zo overduidelijk mannelijk lid van het menselijk ras zich te zien beijveren om hoffelijk te zijn. Het was een bij uitstek Europese combinatie die Erica, hoe uitgeput ze ook was, wel charmant moest vinden, ondanks zichzelf.
'Ik zal wel op je blijven wachten, als je soms even naar je kamer wilt om je op te frissen voor we verder praten,' zei Yvon, toen ze de drukbezette lobby binnenstapten. De internationale middagvluchten waren zojuist aangekomen.
'Ik heb eerst behoefte aan een drankje,' antwoordde Erica zonder ook maar even te aarzelen.
De temperatuur in de airconditioned bar was verrukkelijk, net alsof je een duik nam in een zwembad met kristalhelder water. Ze gingen in een hoekje zitten en bestelden hun drankjes. Toen deze werden gebracht drukte Erica haar wodka-tonic even tegen haar wang om te genieten van het koude glas.
Toen ze Yvon zo doodgemoedereerd van zijn pernod zag nippen, realiseerde ze zich hoe gemakkelijk en snel hij zich kon aanpassen aan zijn omgeving. Hij voelde zich in het hartje van de Khan el

Khalili even goed op zijn gemak als hier in het Hilton-hotel. Hij straalde hetzelfde zelfvertrouwen uit, dezelfde kalmte. Erica bekeek zijn kleding wat nauwkeuriger en zag hoe onberispelijk ze naar zijn maat waren vervaardigd. Ze vergeleek de elegance van zijn uiterlijk met Richards onveranderlijke confectie-verschijning en moest glimlachen, hoewel ze wist dat Richard geen enkele belangstelling had voor kleren en een dergelijke vergelijking niet helemaal fair was.

Erica nam een slok van haar drankje en begon kalmer te worden. Ze nam een tweede, grotere slok en ademde diep in alvorens te slikken. 'Goeie genade, wat een ervaring,' zei ze. Ze steunde haar hoofd met haar handen en begon haar slapen te masseren. Yvon bleef zwijgen. Na een paar minuten ging ze rechtop zitten en rechtte haar rug. 'Wat ben je van plan te gaan doen met betrekking tot dat Seti-beeld?'

'Ik ga het opsporen,' zei Yvon. 'Ik moet het te pakken krijgen voor het Egypte uit is. Heeft Abdoel Hamdi tegen jou iets gezegd over de plaats van bestemming? Geen enkele aanwijzing?'

'Alleen maar dat het enkele uren in zijn winkel bleef en spoedig zijn reis zou vervolgen. Verder niets.'

'Ongeveer een jaar geleden dook er een soortgelijk beeld op en...'

'Hoe bedoel je, soortgelijk?' vroeg Erica opgewonden.

'Een verguld standbeeld van Seti I,' zei Yvon.

'Heb je het zelf kunnen zien, Yvon?'

'Nee. Als dat het geval was geweest had het nu niet in Houston gestaan. Het werd door een oliebaron via een Zwitserse bank aangekocht. Ik heb geprobeerd het spoor te volgen, maar Zwitserse banken zijn bijzonder onwillig om mee te werken. Ik heb niets kunnen bereiken.'

'Weet je ook of dat Houston-beeld in de sokkel hiëroglyfen had?' vroeg Erica.

Yvon schudde ontkennend het hoofd, terwijl hij een gauloise opstak. 'Ik heb er geen flauw benul van. Waarom vraag je dat?'

'Omdat er in de sokkel van het beeld dat ík heb gezien hiëroglyfen waren aangebracht,' zei Erica, warmlopend voor het onderwerp. 'En daarbij is me opgevallen dat er twee verschillende koningsnamen op voorkwamen: Seti I en Toetanchamon!'

Yvon nam een diepe haal van zijn sigaret en keek Erica vragend aan. Zijn dunne lippen waren samengeknepen toen hij de rook via zijn neusgaten liet ontsnappen. 'Hiëroglyfen zijn mijn specialiteit,' zei Erica verdedigend.
'Het is onmogelijk dat de namen van Seti I en Toetanchamon op één en hetzelfde standbeeld voorkomen,' zei Yvon gelaten.
'Het is inderdaad vreemd,' hernam Erica, 'maar bij mij bestaat niet de minste twijfel. Jammer genoeg heb ik niet de tijd gekregen ook de rest te vertalen. Mijn eerste gedachte was dat het beeld een imitatie was.'
'Het was géen imitatie,' zei Yvon. 'Hamdi zou niet vermoord zijn om een namaakbeeld. Kun je de naam Toetanchamon niet verwisseld hebben met die van een andere farao?'
'Onmogelijk,' zei Erica. Ze zocht in haar tas naar een pen, tekende de koningsnaam van Toetanchamon op haar servet en schoof dat uitdagend in Yvons richting. 'Dit was uitgesneden in de sokkel van het beeld dat ik heb gezien.'
Yvon staarde naar de schets en rookte peinzend, zonder iets te zeggen. Erica keek gespannen naar hem.
'Waarom werd die oude man vermoord?' vroeg ze eindelijk. 'Dat lijkt zo zinloos. Als ze zo graag dat beeld willen hebben hadden ze het toch ook zo wel kunnen meenemen? Hamdi was moederziel alleen.'
'Ik zou het echt niet weten,' bekende Yvon, opkijkend van de ruw geschetste cartouche met de naam Toetanchamon. 'Misschien heeft de "Vloek der Farao's" er iets mee te maken.' Hij glimlachte. 'Ongeveer een jaar geleden volgde ik het spoor van een handelsweg voor Egyptische oudheden naar een tussenpersoon in Beiroet, die de stukken in ontvangst nam van Egyptische Mekkapelgrims. Ik had nog maar nauwelijks contact gelegd of de tussenpersoon werd om zeep gebracht. Ik vraag me af of die moord iets met mij te maken had!'
'Geloof je dat hij om dezelfde redenen werd vermoord als Abdoel Hamdi?' vroeg Erica.
'Nee. Feitelijk kwam hij tussen twee vuren te zitten: christelijke en mohammedaanse kogels. Dat neemt niet weg dat ik juist op weg was naar hem toe, toen het gebeurde.'

'Het is zo'n zinloze tragedie,' zei Erica verdrietig, opnieuw aan Abdoel denkend.
'Dat is het zeker,' viel Yvon haar bij. 'Maar bedenk wel dat Abdoel Hamdi geen onschuldig bloedje was. Hij wist waarmee hij speelde. Dat standbeeld was van onschatbare waarde. En temidden van al deze schrijnende armoede kan geld bergen verzetten. Dat is de ware reden waarom het een vergissing zou zijn als jij naar de politie stapte. Zelfs in de meest gunstige omstandigheden zal het heel moeilijk voor je zijn, iemand te vinden die jij kunt vertrouwen. Als er zoveel geld op het spel staat zal de politie zelf niet helemaal eerlijk handelen.'
'Ik weet nog niet wat ik zou moeten doen,' zei Erica. 'Maar wat zijn jouw plannen, Yvon?'
Hij nam opnieuw een haal aan zijn gauloise en liet zijn blik door de smakeloos gedecoreerde bar dwalen. 'Hopelijk bevat Hamdi's correspondentie wat nuttige informatie. Veel is het niet, maar het is tenminste een begin. Ik moet uitzoeken wie hem hebben vermoord.' Toen hij Erica weer aankeek kwam er een ernstiger uitdrukking op zijn gezicht. 'Het is heel goed mogelijk dat ik jou nodig zal hebben om hem definitief te identificeren. Zou je dat willen doen?'
'Natuurlijk, als ik het tenminste kán,' zei Erica. 'Ik heb de moordenaars eigenlijk niet zo goed kunnen zien, maar ik zou je graag willen helpen, heus.' Erica dacht na over wat ze zojuist had gezegd. De woorden hadden zo triviaal geklonken. Maar Yvon leek er geen notitie van te hebben genomen. In plaats daarvan stak hij zijn hand uit en pakte zachtjes haar pols vast.
'Daar ben ik heel blij om,' zei hij warm. 'Nu moet ik er vandoor. Ik zit in het Meridien-hotel, suite 800. Dat is op het eiland Roda.' Yvon wachtte even, maar zijn hand bleef zachtjes Erica's pols omklemmen. 'Ik zou het erg prettig vinden als je vanavond met mij zou willen dineren. Deze dag moet jou wel een afschuwelijke indruk van Caïro hebben bezorgd – en ik zou je graag de andere kant van de medaille willen laten zien.'
Zijn onverwachte aanbod vleide Erica. Yvon was ongelooflijk charmant en vermoedelijk zou hij uit wel duizend vrouwen kunnen kiezen, die allemaal dolgraag met hem wilden dineren. Zijn

belangstelling ging overduidelijk uit naar het standbeeld, maar haar eigen reacties waren verwarrend.
'Bedankt, Yvon, maar ik ben echt totaal uitgeput. Ik heb nog steeds moeite met het grote tijdsverschil en heb gisteren niet zo best geslapen. Misschien een andere avond.'
'We zouden vroeg kunnen gaan eten. Ik lever je dan voor tienen hier weer af. Na je ervaringen van vandaag geloof ik niet dat jij hier in je eentje op je hotelkamer moet gaan zitten piekeren.'
Erica keek op haar horloge. Het was nog geen zes uur. Tien uur zou niet al te laat worden en eten moest ze trouwens tóch.
'Als je het niet erg vindt mij hier weer om tien uur af te zetten, zal ik graag met je gaan eten.'
Yvon versterkte zijn greep een ogenblik, om haar daarna los te laten. '*Entendu*,' zei hij en wenkte om de rekening.

Boston: 11.00 uur

Richard Harvey keek neer op de corpulente massa van Henrietta Olsons buik. Het boven- en onderlaken was al omgeslagen teneinde het gebied boven de galblaas vrij te maken. Het resterende deel van Henrietta's lichaam was bedekt, ter bescherming van haar waardigheid.
'Wel, mevrouw Olson, wijst u maar eens waar u de pijn heeft gevoeld,' zei Richard. Er schoot een hand tussen de lakens vandaan. Henrietta porde met haar wijsvinger in haar buik, vlak onder het rechterdeel van haar ribbenkast.
'En hier ook, dokter,' zei Henrietta, terwijl ze zich op haar rechterzij rolde en haar vinger in het middendeel van haar rug priemde. 'Hier precies,' zei ze, met haar wijsvinger stevig porrend in Richards buik, ter hoogte van zijn nieren. Richard rolde zodanig met zijn ogen dat alleen Nancy Jacobs, zijn assistente, het kon zien; maar ze schudde haar hoofd, blijkbaar van mening dat Richard ongebruikelijk kortaangebonden deed tegen zijn patiënten.
Richard keek op naar de klok. Hij wist dat hij nog drie patiënten moest afwerken voor hij kon gaan lunchen. Hoewel zijn drie jaar oude praktijk als internist verbazingwekkend goed liep en hij veel

van zijn werk hield, waren sommige dagen een regelrechte beproeving. Aandoeningen met betrekking tot corpulentie en te veel roken maakten zo'n negentig procent van al zijn ziektegevallen uit. Dit was mijlenver verwijderd van de intellectuele intensiteit die hij had ervaren in zijn stage-periode in het Algemeen Ziekenhuis. En nu, bovenop dit probleem, was er ook nog die situatie met Erica ontstaan. Dit alles maakte het voor hem nagenoeg onmogelijk, zich op gevallen als de galblaas van mevrouw Olson te concentreren.

Er werd kort op de deur geklopt, waarna Sally Marinski, de receptioniste, haar hoofd naar binnen stak. 'Dokter, uw telefoontje zit onder de knop, lijn één.'

Richards gelaat verhelderde. Hij had Sally gevraagd Janice Baron, Erica's moeder, op te bellen.

'Neemt u mij niet kwalijk, mevrouw Olson,' zei Richard. 'Ik moet even een telefoontje afhandelen. Ik ben zo terug.' Hij beduidde Nancy te blijven.

Richard sloot de deur van zijn werkkamer, nam de hoorn van de haak en drukte op de knop.

'Hallo, Janice.'

'Richard, Erica heeft nog steeds niet geschreven.'

'Dank je vriendelijk. Ik wéet dat ze nog niet heeft geschreven. De reden waarom ik je bel is dat ik je wil vertellen dat ik werkelijk stapelgek begin te worden. Ik wil van jou horen wat ik volgens jou zou moeten doen.'

'Ik geloof dat je op dit moment niet zoveel keus hebt, Richard. Je zult eenvoudig moeten wachten tot Erica terug is.'

'Waarom geloof jij dat ze is gegaan?'

'Ik heb er geen idee van. Ik heb nooit iets van dat Egyptische gedoe begrepen, vanaf het allereerste moment waarop ze aankondigde dat ze daarin verder wilde studeren. Als haar vader niet gestorven was, zou het misschien mogelijk zijn geweest haar wat verstand in te pompen.'

Richard wachtte even alvorens te antwoorden. 'Ik bedoel, ik ben blij dat zij ergens belangstelling voor heeft, maar een hobby mag toch nooit een bedreiging vormen voor de rest van iemands leven!'

'Ik ben het met je eens, Richard.'

Er viel opnieuw een stilte en Richard speelde afwezig met zijn briefopener. Hij wilde Janice een vraag voorleggen, maar durfde hem niet goed te stellen.
'Wat zou je ervan vinden als ik zelf naar Egypte ging?' vroeg hij eindelijk.
Zwijgen.
'Janice?' vroeg Richard, zich afvragend of de verbinding misschien verbroken was.
'Egypte?! Richard, je kunt niet zo maar uit je praktijk weglopen!'
'Het zou moeilijk zijn, maar als het nodig is kan het. Ik kan voor een vervanger zorgen.'
'Nou... misschien is het wel een goede gedachte. Maar ik weet het niet, Erica heeft altijd al een eigen willetje gehad. Heb je het er met haar over gehad?'
'Nee, we hebben er nooit over gesproken. Ik denk dat zij gewoon veronderstelde dat ik nu niet weg kon.'
'Misschien maakt het haar duidelijk dat je werkelijk om haar geeft,' zei Janice peinzend.
'Dat ik om haar géef?! Grote God, ik heb nota bene een hypotheek genomen op dat huis in Newton, compleet met aanbetaling!'
'Wel, misschien was dat nu niet precies wat Erica in gedachten had, Richard. Ik geloof werkelijk dat de moeilijkheid zit in het feit dat jij te laks bent geweest. Dus misschien is het wel een goed idee, als je naar Egypte gaat.'
'Ik weet nog niet wat ik zal doen, maar alvast bedankt, Janice.'
Richard legde de hoorn op de haak en wierp een blik op zijn agenda, met de lijst van patiënten voor die middag. Dit zou een lange, lange dag worden.

Caïro: 21.10 uur

Erica leunde achterover terwijl de beide attente kelners hun tafeltje afruimden. Yvon had zich zo kortaangebonden en bevelend tegenover hen gedragen dat Erica er bijna verlegen van was geworden, maar het was haar duidelijk dat Yvon gewend was aan efficiënte bedienden, die des te beter werkten naarmate je minder tegen ze zei. Ze hadden copieus gedineerd bij kaarslicht: kruidige nationale gerechten die Yvon met veel deskundigheid had besteld. Het restaurant droeg de romantische maar weinig toepasselijke naam Casino de Monte Bello en was gelegen op het hoogste punt van de Moekattam-heuvels. Vanaf haar plaats op de veranda kon Erica in oostelijke richting kijken naar de ruige Arabische bergen, die dwars over het Arabische schiereiland in de richting van China één lange keten vormden. Noordwaarts kon zij de zich vertakkende aderen van de rivierdelta zien op de plaats waar de Nijl zich opsplitste, op zoek naar de Middellandse Zee. Naar het zuiden toe zag ze de rivier vanuit het hart van Afrika komen, zich kronkelend als een platte, glinsterende slang. Maar het meest indrukwekkende uitzicht was verreweg naar het westen, waar de minaretten en koepels van Caïro hun toppen verhieven boven de mistdeken die de stad bedekte. Aan de donker wordende zilveren hemel verschenen fonkelende sterren, in harmonie met de lichten van de stad beneden. Erica verkeerde in de ban van visioenen die betrekking hadden op Duizend-en-Een Arabische Nachten. De stad ademde een exotische, zinnelijke en geheimzinnige atmosfeer, die de onverkwikkelijke gebeurtenissen van die dag onweerstaanbaar op de vlucht dreef.

'Caïro bezit een uiterst krachtige, bittere charme,' zei Yvon. Zijn gezicht was verborgen in de schaduw, totdat het amber van zijn sigaret robijnrood werd als hij inhaleerde, zodat zijn scherp gesneden trekken zichtbaar werden. 'De stad heeft zo'n ongelooflijke geschiedenis achter zich. De corruptie, de wreedheden, het onophoudelijke geweld – het is allemaal zo fantastisch en grotesk, dat het iedere vorm van begrijpen tart.'

'Is er veel veranderd?' vroeg Erica, denkend aan Abdoel Hamdi.

'Minder dan de mensen denken. De corruptie is hier een manier van leven. Datzelfde geldt voor de armoede.'

'En omkoping?'

'Daar is al helemaal niets in veranderd,' zei Yvon, zorgvuldig zijn as boven de asbak afkloppend.

Erica nam een teugje van haar wijn. 'Je hebt me ervan overtuigd dat ik maar beter niet naar de politie kan gaan. Ik weet werkelijk niet of ik de moordenaars van Abdoel Hamdi ooit zou kunnen her-

kennen. En het laatste wat ik wil is wel verstrikt raken in een moeras van Arabische intriges.'
'Het is het verstandigste wat je kunt doen. Geloof me maar.'
'Toch zit het me nog dwars. Ik kan er niets aan doen, maar ik heb het gevoel alsof ik me onttrek aan mijn verantwoordelijkheid als mens. Ik bedoel, getuige zijn van een moord zonder er iets aan te doen. Maar jij bent van mening dat het feit dat ik de politie er niet bij haal jou zal helpen bij je kruistocht tegen de zwarte markt?'
'Absoluut. Als de autoriteiten lucht krijgen van dat Seti-standbeeld voor ik het heb kunnen achterhalen, zal iedere kans om in de zwarte markt te infiltreren voorgoed verkeken zijn.' Yvon stak zijn hand uit en kneep haar geruststellend in de hand.
'Maar zul je bij jouw pogingen tot het opsporen van het Seti-standbeeld ook proberen de moordenaars van Abdoel Hamdi te vinden?' vroeg Erica.
'Dat spreekt vanzelf,' zei Yvon. 'Maar begrijp me alsjeblieft niet verkeerd. Mijn motief is het beeld én het bestrijden van de zwarte markt. Ik wil mezelf niet voor de gek houden door te denken dat ik in staat zal zijn, de zedelijke opvattingen hier in Egypte te beïnvloeden. Maar als ik inderdaad die moordenaars vind, zal ik zeker de autoriteiten waarschuwen. Stelt dat je geweten een beetje gerust?'
'Ja,' antwoordde ze.
Recht beneden hen floepten schijnwerpers aan, die de citadel verlichtten. Het kasteel biologeerde Erica, omdat het bij haar beelden opriep van de kruistochten.
'Eén ding dat jij vanmiddag tegen me hebt gezegd verbaast me een beetje,' zei ze, zich omdraaiend naar Yvon. 'Je had het over "de Vloek van de farao's" Jij gelooft toch zeker niet in dat soort onzin?'
Yvon glimlachte, maar wachtte tot de kelner de heerlijk geurende Arabische koffie had geserveerd alvorens te antwoorden. 'De Vloek van de farao's! Laten we zeggen dat ik een dergelijk denkbeeld niet helemaal van de hand wijs. De oude Egyptenaren hebben zich geweldig veel moeite getroost om hun doden te beveiligen en te bewaren. Zij waren befaamd om hun belangstelling voor het occulte én ze waren experts op het gebied van de meest uiteenlo-

pende vergiften. *Alors*...' Yvon nam een teugje van zijn koffie. 'Veel mensen die met de schatten uit de graftombes van de farao's te maken hebben gehad, zijn op geheimzinnige wijze gestorven. Daarover bestaat niet de minste twijfel.'
'De wetenschap heeft er anders sterke twijfels over,' zei Erica. 'Ongetwijfeld was de pers er altijd vlug bij om verschillende verhalen te overdrijven, maar niettemin hebben er zich enkele zeer vreemde sterfgevallen voorgedaan onder de ontdekkers van de tombe van Toetanchamon, om te beginnen de dood van lord Carnavon zelf. Er moet haast wel iets achter zitten; in hoeverre weet ik niet. De reden waarom ik het over de "Vloek" heb gehad, was dat deze twee handelaren ogenschijnlijk allebei een "warm spoor" waren, maar vlak voor ik ze kon spreken werden vermoord. Toeval? Vermoedelijk wel, ja.'
Na de koffie wandelden ze over de heuveltop naar een spookachtig mooie ruïne van een moskee. Ze bewaarden het stilzwijgen, geboeid en onder de indruk van de stille schoonheid ervan. Yvon bood haar zijn hand, toen ze over enkele rotsblokken klauterden om temidden van de hoog oprijzende dakloze muren van het eens zo trotse gebouw te kunnen staan. Boven hun hoofden lag de Melkweg uitgezaaid tegen de nachtelijk-blauwe hemel. Voor Erica lag de magische charme van Egypte besloten in het verleden van deze beschaving. En hier, in de duisternis van deze middeleeuwse ruïne, kon ze die charme bijna tastbaar voelen.
Op hun terugweg naar de auto sloeg Yvon een arm om haar heen, maar hij bleef kalmpjes doorpraten over de moskee en leverde haar als beloofd vlak voor tienen af bij de hoofdingang van het Hilton-hotel. Toch moest Erica, toen ze in de lift op weg was naar haar kamer, tegenover zichzelf toegeven dat ze een tikkeltje verliefd was. Deze Yvon was een charmante en duivels aantrekkelijke man.
Toen ze haar kamerdeur had bereikt stak ze de sleutel in het slot, deed de deur open en knipte het licht aan, terwijl ze haar draagtas op het bagagerek in de kleine vestibule liet vallen. Ze sloot de deur en schoof beide grendels ervoor. De airconditioning werkte op volle toeren, maar aangezien ze er de voorkeur aan gaf niet in een kunstmatig gekoelde slaapkamer te slapen, liep ze naar de schake-

laar bij het balkon om hem uit te schakelen.
Halverwege bleef ze plotseling staan en onderdrukte krampachtig een gil. In de gemakkelijke stoel in de hoek van de kamer zat een man. Hij zei niets en bleef roerloos zitten. Hij had zuiver bedouïense gelaatstrekken maar was met zorg gekleed in een grijs flanellen pak van Europese snit, een wit overhemd en een zwarte stropdas. Het feit dat hij zich absoluut niet bewoog en haar met doorborende ogen aanstaarde had een verlammende uitwerking op haar. Hij leek wel een angstaanjagend beeldhouwwerk, uitgevoerd in donkerglanzend brons. Ofschoon Erica thuis wel eens in haar fantasie had bedacht hoe heftig ze zich teweer zou stellen als ze ooit met een mogelijke verkrachting werd geconfronteerd, deed ze nu helemaal niets. Haar stem weigerde dienst, haar armen hingen slap langs haar zijden.
'Mijn naam is Achmed Khazzan,' zei de gedaante eindelijk, met een stem die diep en welsprekend klonk. 'Ik ben algemeen directeur van de Oudheidkundige Dienst van de Arabische Republiek Egypte. Ik maak u mijn excuses voor het feit dat ik u zo overval, maar het is noodzakelijk.' Hij stak een hand in zijn binnenzak en haalde een zwartleren portefeuille voor de dag. De portefeuille viel in zijn uitgestrekte hand open. 'Mijn officiële identiteitsbewijs, als u wilt.'
Erica's gelaat trok spierwit weg. Ze had echt naar de politie willen gaan. Ze wist dat ze naar de politie had moeten gaan. Nu zat ze lelijk in de nesten. Waarom had ze ook naar Yvon geluisterd? Nog altijd verlamd door de hypnotische blik van de man, kon Erica geen woord uitbrengen.
'Ik vrees dat u met mij mee zult moeten komen, juffrouw Erica Baron,' zei Achmed, die opstond en naar haar toeliep. Erica had nog nooit zulke stekende ogen gezien. In een gelaat dat objectief gesproken even knap was als dat van Omar Shariff verlamden ze haar en joegen haar de stuipen op het lijf.
Erica stamelde iets onsamenhangends, maar slaagde er eindelijk in een andere kant op te kijken. Er verschenen pareltjes koud zweet op haar voorhoofd. Ze kon voelen hoe haar onderarmen vochtig en klam werden. Ze had nog nooit ergens moeilijkheden met de autoriteiten gehad. Nu was ze volkomen van streek. Werk-

tuigelijk trok ze een vest aan en pakte haar draagtas op.
Achmed bleef zwijgen terwijl hij de deur naar de gang opende; de uitdrukking van intense concentratie op zijn gezicht veranderde geen moment. Erica kreeg allerlei visioenen van donkere, afschuwelijke cellen toen ze samen met hem door de hal liep. Plotseling leek Boston heel ver weg te zijn.
Achmed wuifde bij de ingang van het Hilton en onmiddellijk kwam er een zwarte sedan voorrijden. Hij opende het achterportier en beduidde Erica in te stappen, wat ze snel deed, in de hoop dat bereidwillige medewerking haar verzuim om de moord op Abdoel te melden kon goedmaken. Toen de auto wegreed bleef Achmed volharden in zijn drukkende en intimiderende stilzwijgen, waarbij hij Erica af en toe een starende blik toewierp.
Erica's verbeeldingskracht draaide op angstaanjagend hoge toeren. Ze dacht aan de ambassade van de Verenigde Staten en aan het Amerikaanse consulaat. Moest ze eisen dat men haar gelegenheid gaf iemand te bellen; en zo ja, wat moest ze dan zeggen? Toen ze uit het raampje keek zag ze dat het in de stad nog altijd wemelde van andere auto's en voetgangers, hoewel de grote rivier er uitzag als een lint van stilstaande zwarte inkt.
'Waar brengt u mij heen,' vroeg Erica. Haar stem had een vreemde klank, zelfs voor haarzelf.
Achmed gaf niet dadelijk antwoord. Erica stond al op het punt haar vraag te herhalen, toen hij eindelijk begon te spreken. 'Naar mijn kantoor in het ministerie van Openbare Werken. Het is niet ver meer.'
Inderdaad draaide de zwarte sedan niet lang daarna de hoofdweg af en reed een betonnen oprijlaan op, gelegen voor een regeringsgebouw met pilaren. Een nachtwaker opende de zware, massieve voordeur toen ze de trappen bestegen.
Toen begon een wandeling die haast even lang leek als de autorit vanaf het Hilton. Uitsluitend begeleid door het holle geluid van hun voetstappen op de geaderde marmeren vloer wandelden ze door een verbijsterend aantal verlaten gangen, terwijl ze steeds dieper doordrongen in dit labyrint-achtige heiligdom van een florerende bureaucratie. Eindelijk bereikten ze het goede kantoor.
Achmed ontsloot de toegangsdeur en ging haar voor door de se-

cretarie, tot aan de nok gevuld met kasten, stalen bureaus en typemachines van een ouderwets model. Toen hij een ruime werkkamer betrad, wees hij Erica een stoel aan. Deze stond tegenover een oud mahoniehouten bureau, dat netjes was opgeruimd en was voorzien van een reeks zorgvuldig geslepen potloden en een nieuw groen vloeiblad. Nog altijd bleef Achmed het stilzwijgen bewaren, terwijl hij zijn grijze flanellen colbertje uittrok.

Erica voelde zich als een in de hoek gedreven dier. Ze had verwacht meegenomen te worden naar een vertrek vol beschuldigende gezichten, waar ze zou worden onderworpen aan de gebruikelijke bureaucratische gang van zaken, zoals het nemen van foto's en vingerafdrukken. Ze had gerekend op moeilijkheden vanwege het feit dat zij haar paspoort niet bij zich had, omdat dit door de hotelklerk in bewaring was genomen toen ze zich had laten inschrijven – met de toelichting dat er een stempel in moest worden aangebracht en het paspoort de eerstvolgende vierentwintig uur niet terug zou zijn. Maar deze lege werkkamer vond ze nog veel angstaanjagender. Wie kon weten waar ze uithing? Ze dacht aan Richard en aan haar moeder en vroeg zich af of ze internationaal zou mogen telefoneren.

Zenuwachtig keek ze het kantoor rond. Het was met Spartaanse soberheid ingericht en heel erg netjes. Aan de muren hingen ingelijste foto's van verschillende archeologische monumenten, samen met een poster waarop het begrafenismasker van Toetanchamon was te zien. De rechter muur werd bedekt door twee grote landkaarten. Een ervan was een kaart van Egypte, waar op verschillende plaatsen kleine spelden met rode knopjes in waren gestoken. De andere kaart was een plattegrond van de necropolis van Thebe, waarbij de graftombes waren aangegeven met metalen kruisjes in de vorm van een oorlogsdecoratie.

Erica beet op haar lip om haar ongerustheid te verbergen en keek weer in Achmeds richting. Tot haar verrassing was hij druk in de weer met een elektrische theepot.

'Wilt u misschien een kopje thee?' vroeg hij, zich omdraaiend.

'Nee, dank u,' zei Erica, afgestompt door de griezelige omstandigheden. Maar geleidelijk aan begon haar geest de suggestie te overwegen dat zij misschien overhaaste conclusies had getrokken. En

ze dankte de hemel dat ze er geen bekentenissen had uitgeflapt voor ze had gehoord wat deze Egyptenaar haar had te zeggen.
Achmed schonk zichzelf een kop thee in en liep ermee naar zijn bureau. Langzaam roerde hij er twee klontjes suiker door en liet eens te meer zijn dwingende blik op Erica rusten. Haastig sloeg ze haar ogen neer om de uitwerking te verzachten en zei, zonder op te kijken: 'Ik zou graag willen weten waarom ik naar deze werkkamer ben gebracht.'
Achmed gaf geen antwoord. Erica keek op om zich ervan te overtuigen of hij haar wel had gehoord – en toen hun blikken elkaar kruisten knalde Achmeds stem als een zweepslag.
'Ik wil weten wat u hier in Egypte uitvoert!' zei hij, nagenoeg schreeuwend.
Zijn woede overviel Erica onverhoeds en ze struikelde over haar eigen woorden. 'Ik... ik ben hier... Ik ben egyptologe.'
'En u bent jodin, niet waar?' snauwde Achmed.
Erica was schrander genoeg om in te zien dat Achmed haar uit haar evenwicht probeerde te brengen, maar ze wist niet zeker of ze sterk genoeg was om zijn aanval af te slaan. 'Inderdaad,' zei ze eenvoudig.
'Ik wens te weten waarom u in Egypte bent,' herhaalde Achmed, opnieuw zijn stem verheffend.
'Ik kwam hier om...' zei Erica afwerend.
'Ik wil weten wat het doel is van uw reis – en voor wie u werkt!'
'Ik werk voor niemand en er was geen speciaal doel voor mijn reis,' zei Erica nerveus.
'U verwacht van mij, te geloven dat u geen bedoeling had met uw reisje?' sneerde Achmed cynisch. 'Kom nou, juffrouw Erica Baron.' Hij glimlachte en zijn donkere huid onderstreepte de hagelwitte kleur van zijn tanden.
'Natuurlijk had ik een bedoeling,' zei Erica met gesmoorde stem. 'Ik bedoelde alleen dat ik geen illegale doeleinden of motieven heb.' Haar stem stierf weg toen ze zich haar ingewikkelde moeilijkheden met Richard herinnerde.
'Het klinkt niet erg overtuigend,' zei Achmed, 'volstrekt niet overtuigend.'
'Dat spijt me,' zei Erica. 'Ik ben egyptologe. Ik heb acht jaar lang

de beschaving van het oude Egypte bestudeerd. Ik werk op de egyptologische afdeling van een museum. Ik heb deze reis altijd al willen maken. Ik had al jaren geleden plannen hier naar toe te gaan, maar mijn vaders dood maakte dat onmogelijk. Pas dit jaar kon ik het voor elkaar krijgen. Ik heb afspraken gemaakt om hier wat werk te doen, maar ik ben hier eigenlijk op vakantie.'
'Wat voor werk?'
'Ik was van plan wat vertalingswerkzaamheden te doen ter plaatse; van hiëroglyfen van het Nieuwe Rijk, in Boven-Egypte.'
'Dus u bent hier niet om oudheden op te kopen?'
'Hemeltje, nee!' zei Erica.
'Hoe lang kent u Yvon Julien de Margeau al?' Hij boog zich voorover, zijn ogen verankerd aan die van Erica.
'Ik heb hem vandaag voor de eerste maal gezien,' flapte Erica eruit.
'Hoe leerde u hem kennen?'
Haar polsslag werd sneller en opnieuw verschenen er zweetpareltjes op haar voorhoofd. Zou Achmed dan tóch op de hoogte zijn van de moord? Een ogenblik eerder zou ze hebben gezegd van niet, maar nu was ze daar niet meer zo zeker van. 'We maakten op de bazaar kennis met elkaar,' stamelde Erica. Ze hield haar adem in. 'Is het u bekend dat monsieur de Margeau bekend staat vanwege het feit dat hij waardevolle nationale schatten van Egypte opkoopt?'
Erica was bang dat haar opluchting overduidelijk te zien zou zijn. Kennelijk wist Achmed nog niets van de moord. 'Nee,' zei ze. 'Ik had er geen idee van.'
'Heeft u enig inzicht,' vervolgde Achmed, 'in de omvang van het probleem waarmee wij zijn geconfronteerd, inzake het tot staan brengen van de zwarte handel in oudheden?' Hij stond op en wandelde naar de kaart van Egypte.
'Ik kan het me wel ongeveer voorstellen,' zei Erica, die door de vele richtingen waarin het gesprek zich bewoog het spoor bijster begon te raken. Nog steeds wist ze niet waarom ze was meegenomen naar Achmeds kantoor.
'De situatie is bijzonder slecht,' zei Achmed. 'Neem nou bijvoorbeeld de buitengewoon grote beschadigingen bij de diefstal van

tien platen met hiëroglyfen in basreliëf, platen die in 1974 uit de tempel van Dendera werden ontvreemd. Een ramp, een nationale schande.' Achmeds wijsvinger rustte op de rode knop van een speld die op de lokatie van de tempel te Dendera in de kaart was gestoken. 'Ze moeten door insiders zijn gestolen. Maar deze zaak kon nooit worden opgelost. Hier in Egypte werkt de armoede tegen ons.' Achmeds stem stierf weg. De uitdrukking op zijn gezicht weerspiegelde zijn innerlijke spanning en toewijding. Voorzichtig raakte zijn wijsvinger de rode knopjes van andere spelden. 'Al deze spelden geven een grote diefstal van oudheden aan. Als ik een redelijke staf had en over een behoorlijk budget beschikte om de bewakers een redelijk loon te betalen, zou ik aan dit alles tenminste iets kunnen doen.' Achmed sprak meer in zichzelf dan tegen Erica. Toen hij zich omdraaide leek hij bijna verbaasd, haar in zijn kantoor aan te treffen.

'Wat voert monsieur de Margeau eigenlijk uit in Egypte?' vroeg hij, met terugkerende woede.

'Ik weet het echt niet,' zei Erica. Ze dacht terug aan het beeld van Seti en aan Abdoel Hamdi. Ze wist dat zij, als ze over het beeld iets zei, ook melding moest maken van de moord.

'Hoe lang blijft hij hier?'

'Ik heb er geen flauw idee van. Ik heb de man pas vandaag leren kennen.'

'Maar u hebt vanavond met hem gedineerd.'

'Dat klopt,' zei Erica stroef.

Achmed liep terug naar zijn bureau. Hij leunde voorover en keek dreigend omlaag in Erica's grijsgroene ogen. Ze kon zijn heftigheid bespeuren en probeerde zijn blik te beantwoorden, maar zonder veel succes. Ze had weer wat zelfvertrouwen gekregen, nu ze besefte dat Achmed belangstelling koesterde voor Yvon, niet voor haar. Maar toch was ze nog bang. Bovendien: ze hád gelogen. Ze wist heel goed dat Yvon hier was vanwege dat standbeeld.

'Wat bent u onder het eten over monsieur de Margeau te weten gekomen?'

'Dat hij bijzonder charmant kan zijn,' zei Erica ontwijkend.

Achmed liet zijn hand dreunend op het bureau neerkomen, waardoor enkele potloden opsprongen en Erica ineenkromp.

'Ik stel geen belang in zijn persoonlijkheid,' zei Achmed langzaam. 'Ik wil weten waarom Yvon de Margeau in Egypte is.'
'Nou, waarom vraagt u het hem niet zelf?' zei Erica eindelijk. 'Per slot van rekening ben ik alleen maar met hem wezen eten.'
'Gaat u vaak uit eten met mannen die u zojuist hebt leren kennen?' vroeg Achmed.
Erica bestudeerde zijn gezicht zeer zorgvuldig. De vraag verraste haar, maar ja, tenslotte was deze hele dag vol verrassingen geweest. Zijn stem leek wat teleurstelling uit te drukken, maar Erica wist dat dát absurd was.
'Ik ga heel zelden met vreemdelingen dineren,' zei ze verdedigend, 'maar met Yvon de Margeau voelde ik me dadelijk op m'n gemak en ik vond hem erg charmant.'
Achmed liep naar zijn colbertje en trok het bedachtzaam aan. Hij dronk het restje van zijn thee in één teug op en keek Erica weer aan.
'Ik verzoek u, om uw eigen bestwil, dit gesprek vertrouwelijk te houden. Ik zal u nu naar uw hotel terugbrengen.'
Nu begreep Erica er minder van dan ooit. Toen ze toekeek hoe Achmed de potloden opraapte die van zijn bureau waren gevallen, werd ze plotseling overweldigd door schuldgevoelens. Deze man koesterde duidelijk de oprechte wens om de zwarte handel in oudheden een halt toe te roepen – en zíj hield informatie voor hem achter. Toch was deze ervaring met Achmed tegelijkertijd angstaanjagend voor haar; zoals Yvon haar al had gewaarschuwd gedroeg hij zich in geen enkel opzicht als de Amerikaanse autoriteiten die zij had meegemaakt. Ze besloot zich door hem naar haar hotel te laten terugbrengen zonder iets te zeggen. Per slot van rekening zou ze nog altijd contact met hem kunnen opnemen, als ze vond dat dat noodzakelijk was.

Caïro: 23.15 uur

Yvon Julien de Margeau droeg een roodzijden ochtendjas van Christian Dior, die hij ter hoogte van zijn middel losjes had dichtgebonden, zodat het grootste deel van zijn behaarde borst zichtbaar was. Alle glazen schuifdeuren van suite-nummer 800 stonden open en de koele woestijnwind speelde zachtjes door het vertrek. Op het brede balkon was een tafeltje neergezet en vanaf zijn zitplaats kon Yvon in noordelijke richting over de Nijl de rivierdelta zien. In de verte doemde de slanke, fallische observatietoren op het eiland Gezira op, halverwege de delta. Op de rechter Nijloever kon Yvon het Hilton-hotel zien en zijn gedachten bleven telkens weer terugkeren naar Erica. Ze was heel anders dan alle vrouwen die hij ooit had gekend. Hij was zowel geshockeerd als dat hij zich aangetrokken voelde door haar hartstochtelijke belangstelling voor de egyptologie en wist niet wat hij van haar gepraat over een carrière moest denken. Na een ogenblik haalde hij zijn schouders op, haar beschouwend in de context waarmee hij het beste vertrouwd was. Ze was zeker niet de mooiste vrouw met wie hij de laatste tijd had omgegaan, maar toch had hij iets aan haar opgemerkt dat een subtiele, maar toch krachtige sensualiteit in haar persoonlijkheid liet vermoeden.

Yvon had midden op het tafeltje zijn diplomatenkoffertje gezet, dat gevuld was met de omvangrijke correspondentie die hij en Raoul in Antica Abdul hadden aangetroffen. '*Alors,*' zei Yvon plotseling, met zijn vrije hand tegen de brief slaand die hij zat te lezen. 'Stephanos Markoulis. Hamdi correspondeerde met Markoulis! De reisagent uit Athene.'

'Dat zou wel eens kunnen zijn wat we zoeken,' zei Raoul hoopvol. 'Geloof je dat er een bedreiging achter zit?'

Yvon bleef verder lezen. Na enkele minuten keek hij op. 'Ik ben er niet zeker van of er in deze brief een bedreiging is vervat. Hij zegt alleen maar dat hij belangstelling heeft en graag zou willen overkomen teneinde een compromis te bereiken. Maar hij zegt niet waarover het gaat.'

'Hij kan alleen maar doelen op het beeld van Seti I,' merkte Raoul op.

'Misschien, maar mijn intuïtie zegt van niet. Markoulis kennende zou hij heel wat openlijker zijn geweest als het alleen maar om dat beeld ging. Er moet meer achter zitten. Hamdi moet hem hebben bedreigd.'

'Als dat zo is: Hamdi was geen idioot.'

'Hij was een volslagen idioot,' zei Yvon. 'Hij is namelijk morsdood!'
'Markoulis correspondeerde ook met ons vermoorde contact in Beiroet,' zei Raoul.
Yvon keek verrast op. Hij was de relatie tussen Markoulis en zijn contact in Beiroet totaal vergeten. 'Ik dacht zo dat we maar eens bij Markoulis moesten beginnen. We weten dat hij Egyptische oudheden verhandelt. Probeer eens of je verbinding met Athene kunt krijgen.'
Raoul kwam moeizaam omhoog van de divan en gaf zijn instructies aan de hoteltelefoniste. Na ongeveer een minuut meldde hij: 'Het telefoonverkeer vanavond is bijzonder stil; vanavond althans, volgens de telefoniste. Het zou niet al te lang duren. Nou, dat zou in Egypte zo ongeveer een wonder zijn.'
'Mooi,' zei Yvon, zijn diplomatenkoffertje afsluitend. 'Hamdi correspondeerde met ieder belangrijk museum ter wereld, maar Markoulis is nog altijd mijl op zeven. Onze enige échte hoop is Erica Baron.'
'Maar ik zie niet in hoe zij ons veel zou kunnen helpen,' zei Raoul.
'Ik heb anders een ideetje,' zei Yvon onder het opsteken van een sigaret. 'Erica heeft de gezichten van twee van de drie mannen die bij de moord betrokken waren gezien.'
'Dat zal wel zo zijn, maar ik betwijfel of zij ze zou herkennen.'
'Dat is waar. Maar ik geloof niet dat het veel uitmaakt, zolang de moordenaars maar denken dat ze hen wél kan herkennen.'
'Ik geloof niet dat ik je kan volgen,' zei Raoul.
'Zou het mogelijk zijn, in de onderwereld van Caïro het gerucht te verspreiden dat Erica Baron de moord heeft gezien en de moordenaars gemakkelijk kan identificeren?'
'Ah!' zei Raoul, terwijl zijn gezicht plotseling een begrijpende uitdrukking aannam. 'Ik begrijp waaraan je denkt. Je wilt Erica Baron gebruiken als lokeend, om de moordenaars uit hun tent te lokken!'
'Precies. Er is geen kijk op dat de politie iets zal ondernemen omtrent Hamdi. De Oudheidkundige Dienst zal eveneens niets doen, tenzij ze iets over dat Seti-beeld hebben gehoord. Dus hoeven we geen rekening te houden met Achmed Khazzan. Hij is de enige

functionaris die het ons moeilijk zou kunnen maken.'
'Er is alleen één grote moeilijkheid,' zei Raoul ernstig.
'En dat is?' vroeg Yvon, een dikke rookwolk uitblazend.
'Het is een heel gevaarlijk spelletje. Vermoedelijk komt het neer op het ondertekenen van een doodvonnis voor mademoiselle Erica Baron. Ik ben ervan overtuigd dat ze haar zullen doden.'
'Bestaat er een mogelijkheid haar te beschermen?' vroeg Yvon, zich Erica's ranke leest, warmte en hartverwarmende nuchterheid herinnerend.
'Waarschijnlijk wel, mits we de juiste man ervoor gebruiken.'
'Jij denkt aan Khalifa?'
'Inderdaad.'
'Dat betekent moeilijkheden. Hij is verdomd lastig.'
'Dat wel. Maar hij is ook de beste die er is. Als je het meisje wilt beschermen én de moordenaars te pakken wilt krijgen zul je Khalifa nodig hebben. De eigenlijke moeilijkheid is dat hij duur is. Buitengewoon duur.'
'Dat vind ik niet zó erg. Ik wil dat beeld hebben, ik heb het nodig. Ik weet zeker dat dat beeld precies het keerpunt voor me zal zijn dat ik nodig heb. Feitelijk geloof ik, dat het in dit stadium de enige manier is. Ik heb alle paperassen van Abdoel Hamdi die we hébben doorgenomen. Jammer genoeg zit er nagenoeg niets tussen dat betrekking heeft op de zwarte handel.'
'Dacht je heus dat dát ertussen zou zitten?'
'Het was misschien een beetje te veel gevraagd, dat geef ik toe. Gezien dat wat Hamdi me in zijn brief schreef dacht ik dat het mogelijk zou zijn. Maar neem contact op met Khalifa. Ik wil dat hij morgenochtend meteen Erica Baron begint te schaduwen. Bovendien denk ik dat ik zelf ook wat tijd aan haar zal besteden. Ik geloof niet dat ze me alles heeft verteld.'
Raoul nam Yvon met een ongelovig glimlachje op.
'Goed, goed,' zei Yvon. 'Jij kent me gewoon té goed. Die vrouw heeft nu eenmaal iets dat ik bijzonder aantrekkelijk vind.'

Athene: 11.45 uur

Stephanos Markoulis stak zijn hand over zijn schouder en knipte het licht uit. De kamer baadde in de zachtblauwe gloed van de maan, die via de openslaande deuren naar het balkon de kamer bescheen.

'Wat is Athene toch een romantische stad,' zuchtte Deborah Graham, en maakte zich los uit Stephanos' omarming. Haar ogen fonkelden in het maanlicht. Ze was half bedwelmd door zowel de bijzondere atmosfeer als door de fles Demestica-wijn, die nu leeg op het tafeltje naast haar stond. Haar gladde blonde haar hing losjes over haar schouders en met een koket rukje van haar hoofd wierp ze het achter haar oren. Haar bloesje was losgeknoopt en het wit van haar borsten vormde een sterk contrast met haar door de mediterrane zon gebruinde huid.

'Ik ben het helemaal met je eens,' zei Stephanos. Zijn grote hand begon haar borsten zachtjes te masseren. 'Dat is de reden waarom ik in Athene ben gaan wonen. Athene is een stad voor minnaars.' Stephanos had deze uitdrukking op een andere avond van een ander meisje gehoord en had zich toen voorgenomen, dit gezegde zelf ook eens te gebruiken. Stephanos' hemd stond eveneens open, maar dat was altíjd het geval. Hij had een brede borst, overdekt met zwart haar dat fungeerde als achtergrond voor een verzameling massief gouden kettingen en medaillons. Stephanos was er bijzonder op gebrand Deborah in zijn bed te krijgen. Hij had Australische meisjes altijd buitengewoon gewillig gevonden – en ze waren goed in bed. Van verschillende kanten had hij gehoord dat ze zich in Australië heel anders gedroegen, maar dat interesseerde hem niet. Hij stelde zich ermee tevreden zijn geluk toe te schrijven aan de romantische atmosfeer hier, én aan zijn eigen verleidingskunst. Maar voornamelijk aan het laatste.

'Bedankt dat je me hier hebt gevraagd, Stephanos,' zei Deborah ernstig.

'Het genoegen is geheel aan mijn kant,' glimlachte Stephanos.

'Zou je het erg vinden als ik een ogenblik het balkon op ging?'

'Niet in het minst,' zei Stephanos die in stilte knarsetandde vanwege het uitstel.

Deborah hield haar bloesje dicht en stapte naar de dubbele deuren. Stephanos keek waarderend naar de golvende beweging van haar billen onder haar verbleekte spijkerbroek. Hij schatte dat ze een jaar of negentien zou zijn. 'Verdwaal maar niet, daar buiten,' riep hij.
'Stephanos, dit balkon is hooguit een meter breed.'
'Ik hoor dat je snel leert waar het sarcasme betreft,' antwoordde Stephanos. Plotseling voelde hij een zweem van twijfel opkomen omtrent de vraag of Deborah wel zo gemakkelijk voor hem zou vallen. Ongeduldig stak hij een sigaret op en blies de rook met kracht naar het plafond.
'Stephanos, kom eens even buiten en leg me uit wat ik hier allemaal zie.'
'Verdomme,' mompelde Stephanos in zichzelf. Met tegenzin stond hij op en voegde zich bij haar. Deborah leunde zover ze kon over het balkonhek en wees omlaag naar de Ermonstraat.
'Is dat het Constitutie-plein, dat ik nog net kan zien?'
'Inderdaad.'
'En dat is een hoekje van het Parthenon,' zei Deborah, de andere kant op wijzend.
'Je slaat de spijker op z'n kop.'
'O, Stephanos, dit is werkelijk prachtig!' Ze blikte naar hem op, sloeg haar armen om zijn nek en keek in zijn brede gezicht. Zijn uiterlijk had haar dadelijk sterk aangetrokken, vanaf het allereerste moment waarop hij haar in de Plaka had aangesproken. Hij had diepe lachrimpels die zijn gezicht karakter verleenden, plus een zware baard die naar Deborah's mening zijn mannelijkheid nog verhoogde. Ze was nog steeds een beetje bang over het feit dat ze ermee had ingestemd mee te gaan naar de flat van deze vreemdeling, maar toch maakte iets in de omstandigheid dat ze in Athene was, en niet in Sidney, dat het allemaal in orde leek. Bovendien versterkte de angst haar stemming alleen maar, terwijl ze al ongelooflijk opgewonden was.
'Wat voor werk doe je eigenlijk, Stephanos?' vroeg ze, onbewust door het uitstel haar verwachtingen opvoerend.
'Doet dat er iets toe?'
'Ik stel er alleen belang in. Maar je hóeft het me niet te vertellen.'

'Ik bezit een reisagentschap, Aegean Holidays. Daarnaast smokkel ik wat. Maar meestal hou ik me bezig met rokken jagen.'
'O, Stephanos, wees nou even ernstig.'
'Ik bén serieus. Ik heb een goedlopend reisagentschap, maar ook smokkel ik machineonderdelen naar Egypte; en oudheden eruit. Maar zoals ik al zei zit ik meestal achter de vrouwtjes aan. Dat is de enige bezigheid die me nooit verveelt.'
Deborah bestudeerde de donkere ogen van Stephanos. Tot haar verbazing maakte zijn bekentenis een vrouwenversierder te zijn de verboden roes van deze ervaring alleen nog maar bedwelmender voor haar. Ze wierp zich tegen zijn borst.
Stephanos was goed in bijna alles wat hij ondernam. Hij kon voelen hoe haar remmingen langzaam wegsmolten. Met een gevoel van bevrediging tilde hij haar op en droeg haar de flat in. Hij liep door de woonkamer rechtstreeks door naar de slaapkamer. Zonder zich te verzetten liet ze zich door hem uitkleden. Ze zag er verrukkelijk naakt uit in het blauwe maanlicht.
Terwijl hij zijn broek omlaag liet glijden bukte Stephanos zich en kuste Deborah teder op de mond. Ze stak haar armen uit en verlangde ernaar dat hij haar zou nemen. Verbijsterend onverwachts begon de telefoon naast het bed plotseling te rinkelen. Stephanos knipte het licht aan om een blik op de klok te werpen. Het was bijna middernacht. Er moest iets fout zitten.
'Neem jij maar op,' commandeerde Stephanos.
Deborah keek hem verrast aan, maar nam snel de hoorn van de haak. Ze zei hello en probeerde de telefoon ogenblikkelijk door te geven aan Stephanos, uitleggend dat het een internationaal telefoontje was. Stephanos beduidde haar dat zij de hoorn moest houden, en fluisterde haar zacht in het oor dat ze moest vragen wie er aan de lijn was. Deborah luisterde gehoorzaam, vroeg wie er belde en legde toen haar hand over het mondstuk.
'Het is Caïro. Een zekere monsieur Yvon Julien de Margeau.'
Razendsnel griste Stephanos de telefoon uit haar handen, waarbij de uitdrukking op zijn gezicht plotseling omsloeg van speelsheid in berekening. Deborah liet zich terugvallen en bedekte haar naaktheid. Nu ze zijn gezicht zo zag realiseerde ze zich dat ze een vergissing had begaan. Ze probeerde haar kleren te pakken, maar Ste-

phanos zat op haar spijkerbroek.
'Je wilt me toch niet gaan wijsmaken dat je me in het holst van de nacht alleen maar belt voor een vriendschappelijk babbeltje,' zei Stephanos zonder zijn ergernis te verhelen.
'Je hebt gelijk, Stephanos,' zei Yvon kalmpjes. 'Ik wilde je vragen naar Abdoel Hamdi. Ken je hem?'
'Natuurlijk ken ik die hond! Wat is er met hem?'
'Heb je ooit wel eens zaken met hem gedaan?'
'Dat is een tamelijk persoonlijke vraag, Yvon. Waar wil je heen?'
'Hamdi werd vandaag vermoord.'
'Dat is dan jammer,' zei Stephanos sarcastisch. 'Maar wat heb ik daarmee te maken?'
Deborah probeerde nog steeds haar spijkerbroek te redden. Voorzichtig legde ze haar ene hand op zijn rug en trok met de andere. Stephanos was zich bewust van de manoeuvre, maar niet van het doel. Woest haalde hij uit en sloeg haar met de rug van zijn hand, zodat ze door het geweld van de klap naar de andere kant van het bed werd geworpen. Met trillende handen trok ze de kleren aan waarover ze beschikte.
'Heb jij er enig idee van wie Hamdi vermoord kan hebben?' vroeg Yvon.
'Er zijn massa's mensen die de schoft dood wilden zien,' zei Stephanos nijdig. 'Mij inbegrepen.'
'Heeft hij soms geprobeerd jou te chanteren?'
'Luister eens, de Margeau, ik geloof niet dat ik ook maar één van dit soort vragen ga beantwoorden. Ik bedoel, wat levert het mij allemaal op?'
'Ik ben bereid wat informatie met jou uit te wisselen. Ik beschik over enkele inlichtingen die jij graag zult willen hebben.'
'Probeer het maar.'
'Hamdi was in het bezit van een Seti-beeld dat er net zo uitzag als dat in Houston.'
Stephanos liep vuurrood aan. 'Jezus Christus!' brulde hij, en sprong op, zonder te letten op zijn naaktheid. Deborah zag haar kans schoon en griste haar spijkerbroek van het bed. Eindelijk aangekleed bracht ze zichzelf aan de andere kant van het bed in betrekkelijke veiligheid en drukte zich tegen de muur.

'Hoe is hij aan dat Seti-beeld gekomen?' vroeg Stephanos, proberend zijn woede te bedwingen.
'Geen flauw idee,' zei Yvon.
'Is er officiële ruchtbaarheid aan het geval gegeven?'
'Niets. Ik was toevallig onmiddellijk na de moord ter plaatse. Ik heb alle paperassen van Hamdi te pakken gekregen, met inbegrip van jouw laatste brief.'
'Wat ga je ermee doen?'
'Voor het ogenblik nog niets.'
'Zat er iets tussen over de zwarte handel in het algemeen? Probeerde hij soms grote onthullingen voor te bereiden?'
'Hmmm. Dus hij probeerde jou af te persen!' zei Yvon.
'Het antwoord is nee. Geen grote onthullingen. Heb jij hem laten vermoorden, Stephanos?'
'Als ik het was geweest, dacht je dan werkelijk dat ik jou dat aan je neus ging hangen, de Margeau? Wees nou even reëel.'
'Ik vond alleen dat ik het je even moest vragen. Feitelijk zitten we op een warm spoor. De moord werd door een deskundige getuige van vlakbij gadegeslagen.'
Stephanos bleef bij de deur naar de woonkamer staan en keek peinzend in de richting van het balkon. 'Deze getuige, kan hij de moordenaars identificeren?'
'Absoluut. En toevallig is hij een bijzonder aantrekkelijke zij, die toevallig ook nog egyptologe is. Ze heet Erica Baron en zit in het Hilton, hier in Caïro.'
Met een druk op de knop verbrak Stephanos de verbinding en draaide een plaatselijk nummer. Hij trommelde ongeduldig op de telefoon terwijl de verbinding tot stand kwam. 'Evangelos, pak je koffer. We gaan morgenochtend naar Caïro.' Hij had al opgehangen voor Evangelos had kunnen antwoorden. 'Verdomme!' brulde hij de nacht in. Op dat moment kreeg hij Deborah in het oog, die hij helemaal was vergeten. Een ogenblik lang was hij verbijsterd over het feit dat hij niet meer aan haar aanwezigheid had gedacht. 'Maak dat je wegkomt!' schreeuwde hij. Deborah krabbelde op de been en rende de kamer uit. Haar vrijheid in Griekenland bleek precies zo gevaarlijk en onvoorspelbaar als haar thuis voortdurend was voorgehouden.

Caïro: 24.00 uur

Toen zij uit de met rook bezwangerde cocktailbar kwam knipperde Erica met haar oogleden tegen het felle licht in de hal van het Hilton. De ervaring met Achmed en de intimiderende uitwerking van het reusachtige regeringsgebouw hadden haar zo van haar stuk gebracht, dat ze tot de conclusie was gekomen behoefte te hebben aan een drankje. Ze had zich willen ontspannen, maar het bezoek aan de bar bleek geen gelukkige gedachte te zijn geweest. Ze had niet in alle rust van haar drankje kunnen genieten; enkele Amerikaanse architecten hadden de inval gekregen dat zij precies het juiste tegengif vormde voor een saaie avond. Niemand was ook maar even bereid geweest te geloven dat ze alleen wilde zijn. Dus had ze haar glas snel leeggedronken en was vertrokken.

Nu ze hier achterin de hal stond kon ze de fysieke uitwerking van de whisky aan den lijve bespeuren, en bleef ze een ogenblik staan om haar evenwichtsgevoel de kans te geven zich te herstellen. Jammer genoeg had de alcohol haar vrees niet kunnen verminderen. Deze was alleen maar toegenomen, terwijl de onbeschaamde ogen van de mannen in de bar haar beginnende paranoia hadden gevoed. Ze vroeg zich af of ze soms werd gevolgd. Langzaam liet ze haar blik door de foyer dwalen. Een Europeaan op een van de zitbanken zat overduidelijk naar haar te gluren, over de rand van zijn leesbril. Een gebaarde Arabier in een golvende, witte mantel die naast een vitrine met juwelen stond staarde met zijn strakke, koolzwarte ogen eveneens in haar richting. Een reusachtige neger met het uiterlijk van Idi Amin grijnsde haar vanaf de receptiebalie toe.

Erica schudde haar hoofd. Ze besefte dat de uitputting haar parten speelde. Als ze in Boston in haar eentje had rondgewandeld zou ze ook zijn aangegaapt. Ze haalde diep adem en zette koers naar de rij liften.

Toen ze haar kamerdeur bereikte herinnerde Erica levendig hoe ze was geschrokken toen ze Achmed in haar kamer had aangetroffen. Haar pols begon sneller te kloppen toen ze de deur openduwde. Voorzichtig knipte ze het licht aan. De stoel waarin Achmed had gezeten was leeg. Vervolgens keek ze de badkamer in. Ook

die was leeg. Toen ze de beide grendels op de deur schoof zag ze een enveloppe op de grond in het halletje liggen.
Het was Hilton-postpapier. Ze liep naar het balkon, scheurde de enveloppe open en las dat monsieur Yvon Julien de Margeau had gebeld en haar verzocht hem terug te bellen, onverschillig hoe laat. Onder de tekst was een gestempeld vierkantje aangebracht, gevolgd door het woord 'dringend'.
Erica ademde de koele nachtlucht in en begon kalmer te worden, geholpen door het spectaculaire uitzicht. Ze was nog nooit in een woestijn geweest en verbaasde zich erover dat er aan de horizon evenveel sterren waren te zien als recht boven haar. Vlak voor haar strekte het brede, zwarte lint van de Nijl zich uit als het natte, zwarte asfalt van een reusachtige autoweg. In de verte kon ze de geïllumineerde en mysterieuze Sfinx zien liggen, die zwijgend de geheimen van het verleden bewaakte. Vlak naast dit mythische schepsel verhieven de legendarische piramiden hun granieten massa's hemelwaarts. Ondanks hun grote ouderdom deden hun strakke meetkundige lijnen denken aan futuristische bouwwerken, alsof de tijd hier werd omgedraaid. Toen ze naar links keek zag Erica het eiland Roda liggen, dat eruitzag als een in de Nijl afgemeerde oceaanstomer. Op de dichtstbijzijnde punt van het eiland zag ze de lichten van hotel Meridien, en haar gedachten keerden terug naar Yvon. Ze las de boodschap nog eens door en vroeg zich af of Yvon misschien iets af kon weten van Achmeds onverwachte bezoek. Ook overwoog ze of ze het hem moest vertellen, áls hij het al niet wist. Maar innerlijk voelde ze een sterke aandrang zich niet in te laten met de autoriteiten. En het kwam haar voor dat dat precies was wat er zou kunnen gebeuren als zij Yvon op de hoogte bracht van Achmeds bezoek. Als Achmed en Yvon iets met elkaar hadden was dat hún zaak. Yvon zou zich wel weten te redden.
Op de rand van haar bed gezeten verzocht Erica om verbinding met het Meridien-hotel, suite 800. Ze klemde de hoorn tussen haar wang en schouder en begon haar bloes los te knopen. De koele lucht op haar huid deed haar goed. Het duurde bijna een vol kwartier voor de verbinding tot stand was gebracht en Erica merkte dat de Egyptische telefoons de kuren vertoonden waarvoor ze al

was gewaarschuwd.
'Ja?' Het was Raoul.
'Goeienavond. Met Erica Baron. Kan ik Yvon aan de lijn krijgen?'
'Een ogenblik.'
Het bleef even stil en Erica trok haar schoenen uit. Over haar voeten liep een scheidslijn van stof uit Caïro.
'Goeienavond,' zei Yvon opgewekt.
'Hallo, Yvon. Ik kreeg een boodschap dat ik je moest bellen. Er stond "dringend" op.'
'Ja, ik wilde je zo spoedig mogelijk spreken, maar zoveel haast was er nu ook weer niet bij. Ik vond het een verrukkelijke avond en wilde je even bedanken.'
'Dat is heel aardig van je, zo'n compliment,' zei Erica, licht blozend.
'Om eerlijk te zijn, ik vond je vanavond heel erg mooi en verlang ernaar je terug te zien.'
'Werkelijk?' vroeg Erica, zonder eerst na te denken.
'Beslist. Ik zou het eigenlijk bijzonder prettig vinden als je morgenochtend samen met mij zou willen ontbijten. Ze serveren hier verrukkelijke eieren, in het Meridien.'
'Liever niet, maar bedankt, Yvon,' zei Erica. Ze had van Yvons gezelschap genoten, maar voelde er niets voor om haar tijd in Egypte te verdoen aan een flirt. Ze was hierheen gekomen om het onderwerp van haar studie met eigen ogen te kunnen bekijken en wilde zich nergens door laten afleiden. Maar wat belangrijker was: ze wist nog steeds niet precies hoe ze haar eigen verantwoordelijkheid met betrekking tot dat schitterende beeld van Seti I moest beoordelen.
'Ik kan je door Raoul laten ophalen, overal waar je maar wilt,' zei Yvon, haar gedachtenstroom onderbrekend.
'Merci, Yvon, maar ik ben echt helemaal op. Ik wil morgenochtend heel lang uitslapen.'
'Ik begrijp het. Je zou me even kunnen bellen zodra je wakker bent.'
'Yvon, ik heb écht van de avond genoten, vooral na deze afschuwelijke middag. Maar ik geloof dat ik nu wat tijd voor mezelf no-

dig heb. Ik zou graag wat willen rondneuzen als toeriste.'
'Ik zal je met alle genoegen wat meer van Caïro laten zien,' zei Yvon hardnekkig.
Erica wenste de dag niet met Yvon door te brengen. Haar belangstelling voor Egypte was van té persoonlijke aard om er iemand anders in te laten delen. 'Yvon, wat zeg je ervan samen opnieuw te gaan eten? Dat zou mij het beste uitkomen.'
'Uiteraard zou er aan de dag ook een etentje vast hebben gezeten, maar ik begrijp het, Erica. Alleen een etentje is ook uitstekend en ik zal me er bijzonder op verheugen. Maar laten we een tijd afspreken. Zeg maar een uur of negen.'
Na een vriendelijk afscheid legde Erica de hoorn op de haak. Ze verbaasde zich over Yvons hardnekkigheid. Ze had zelf niet het gevoel gehad er vanavond erg voordelig te hebben uitgezien. Ze stond op en bekeek zichzelf in de slaapkamerspiegel. Ze was achtentwintig, maar sommige mensen vonden haar er jonger uitzien. Opnieuw merkte ze de minuscule rimpeltjes op, die op haar laatste verjaardag op wonderbaarlijke wijze waren verschenen. Toen zag ze een klein puistje, dat zich op haar kin begon te vormen. 'Verdomme,' zei ze, terwijl ze het uit probeerde te knijpen. Dat lukte niet. Erica keek naar zichzelf en verwonderde zich over de mannen. Ze vroeg zich af wat zij nu eigenlijk op prijs stelden.
Ze deed haar beha en daarna haar rok uit. Terwijl ze stond te wachten tot het water uit de douche warm zou worden staarde ze in de badkamerspiegel. Ze draaide haar hoofd opzij, betastte de lichte knik in haar neus en vroeg zich af of ze er iets aan zou moeten doen. Toen ze achteruitstapte om het totale effect te zien was ze redelijk tevreden met haar lichaam, hoewel ze vond dat ze meer beweging moest gaan nemen. Plotseling voelde ze zich erg eenzaam. Ze dacht na over het leven dat ze eigenzinnig in Boston was ontvlucht. Ze had wat moeilijkheden gehad, maar misschien was weglopen naar Egypte niet het goede antwoord. Erica liet de douche stromen, liep terug naar de slaapkamer en staarde naar de telefoon. Impulsief vroeg ze een gesprek aan met Richard Harvey en was hevig teleurgesteld toen de telefoniste haar vertelde dat het minstens twee uur zou duren, misschien zelfs nog langer. Erica beklaagde zich, waarop de telefoniste zei dat ze blij moest zijn dat de

lijnen niet zo druk bezet waren. Gewoonlijk duurde het verscheidene dagen om vanuit Caïro naar Amerika te bellen; náar de stad bellen was gemakkelijker. Erica bedankte haar en hing op. Starend naar de zwijgende telefoon voelde ze een plotselinge opwelling van verdriet. Ze bedwong haar niet doelgerichte tranen in het besef dat ze veel te uitgeput was om over wat dan ook verder na te denken, voor ze wat zou hebben geslapen.

Caïro: 00.30 uur

Achmed keek hoe de weerkaatste lichtjes figuren vormden op het Nijloppervlak, terwijl zijn auto over de Brug van de 26e juli naar Gezira, het eiland in de Nijl, reed. Zijn chauffeur bleef voortdurend op de claxon drukken, maar Achmed probeerde het hem niet langer te verbieden. Iedere autobestuurder in Caïro was van mening dat toeteren even noodzakelijk was als sturen.
'Ik sta morgenochtend om acht uur klaar,' zei Achmed, toen hij uit zijn wagen stapte voor zijn huis aan de Shari Ismaïl Mohammad in het district Zamalek. De chauffeur knikte bevestigend, keerde snel en verdween in de nacht. Achmeds voetstappen waren traag toen hij zijn lege flat in Caïro binnenstapte. Hij gaf veruit de voorkeur aan zijn kleine huisje aan de Nijloever in Luxor, zijn geboortestad in Boven-Egypte. Hij ging er dan ook zo vaak mogelijk heen. Maar zijn zware plichten als directeur van de Oudheidkundige Dienst hielden hem vaker vast in de stad dan hij leuk vond. Misschien meer dan iemand anders was Achmed zich bewust van de negatieve gevolgen van de gigantische bureaucratie die Egypte had geschapen. Om het volgen van hoger onderwijs te bevorderen en aan te moedigen kreeg iedere gegradueerde aan de universiteit de garantie dat hij een baan bij de overheid zou krijgen. Als gevolg daarvan waren er veel te veel ambtenaren, die te weinig te doen hadden. In een dergelijk systeem kon niemand zich ooit veilig voelen, zodat de meesten hun tijd besteedden aan het veilig stellen van hun baantje. Zonder de financiële ondersteuning van Saoedi-Arabië zou de hele topzware bende binnen een dag als een kaartenhuis in elkaar zakken.

Dit soort gedachten hadden op Achmed een deprimerende uitwerking, want zelf had hij alle mogelijke offers gebracht om tot zijn huidige positie op te klimmen. Hij had doelbewust gestreefd naar de leiding van de Oudheidkundige Dienst en nu hij die in handen had moest hij de enorme tekortkomingen van deze dienst onder ogen zien. Tot dusverre waren al zijn pogingen tot ingrijpende reorganisaties op verwoede tegenkanting gestuit.
Hij ging op zijn Egyptische rococodivan zitten en haalde enkele memorandi uit zijn aktentas. Hij las de titels: 'Herziene veiligheidsmaatregelen voor de necropolis van Luxor, met inbegrip van het Dal der Koningen,' en 'Ondergrondse bomvrije opslagruimten voor de schatten van Toetanchamon.' Hij opende het eerste dossier, omdat hij voor dat onderwerp een bijzondere belangstelling koesterde. Hij had kortgeleden de gehele veiligheidsdienst die de necropolis van Luxor moest bewaken gereorganiseerd. Na zijn aanstelling tot directeur had hij hieraan de grootste prioriteit gegeven.
Achmed las de eerste paragraaf twee keer door, voor hij zichzelf moest bekennen dat hij zijn aandacht niet bij het onderwerp had. Hij bleef voortdurend het fijne gezichtje van Erica Baron voor zich zien. Haar schoonheid had hem sterk aangegrepen, toen hij haar in haar hotelkamer voor het eerst had gezien. Hij was van plan geweest haar flink van haar stuk te brengen voor het verhoor, maar tenslotte was hij degene geweest die uit zijn evenwicht was gebracht. Er waren, niet qua uiterlijk, maar qua gedrag, veel overeenkomsten tussen Erica en een vrouw op wie Achmed smoorverliefd was geworden gedurende zijn driejarige studie in Harvard. Het was Achmeds tot nu toe enige liefdesaffaire geweest – en het feit dat zij hem eraan had herinnerd was pijnlijk voor hem geweest. De folterende smart die hij had ervaren toen hij naar Oxford vertrok achtervolgde hem nog steeds. De wetenschap dat hij haar nooit meer terug zou zien maakte deze ervaring voor hem de moeilijkste die hij ooit had moeten verwerken. Dit had een grote invloed op hem gehad. Vanaf dat moment was hij de liefde uit de weg gebleven, teneinde de doeleinden na te kunnen streven die zijn familie voor hem had vastgesteld.
Achmed liet zijn achterhoofd tegen de muur leunen en riep in zijn

verbeelding het beeld op van Pamela Nelson, het meisje uit Radcliffe. Hij kon haar door de nevel van veertien lange jaren duidelijk zien. Ogenblikkelijk herinnerde hij zich die ogenblikken van zondagsmorgens ontwaken, waarbij de Bostonse koude door hun liefde buiten was gesloten. Hij wist nog hoe hij ervan had genoten naar haar te kunnen kijken als ze sliep, en altijd heel voorzichtig haar voorhoofd en wangen placht te strelen, tot ze zich bewoog en tegen hem glimlachte.

Achmed hees zich moeizaam op de been en liep naar de keuken. Hij hield zich bezig met thee zetten, probeerde te ontsnappen aan de herinneringen die Erica zo sterk bij hem had wakker geroepen. Het leek pas gisteren dat hij naar Amerika was vertrokken. Zijn ouders hadden hem naar het vliegveld uitgeleide gedaan, hem overspoelend met goede raadgevingen en aanmoedigingen, zich niet bewust van de angsten van hun zoon. De gedachte aan Amerika was voor de jongen uit Boven-Egypte overweldigend en opwindend geweest, maar Boston was voor hem verschrikkelijk eenzaam gebleken. Tenminste, totdat hij Pamela had leren kennen. Toen was zijn verblijf bijna een droom geworden. Zich koesterend in Pamela's gezelschap had hij hongerig zijn leerstof verslonden, zodat hij Harvard in drie jaar had doorlopen. Achmed nam zijn thee mee naar de woonkamer, terug naar zijn steenharde divan. Het warme vocht ontspande zijn verkrampte maag. Na zorgvuldig nadenken begreep hij waarom Erica Baron hem aan Pamela Nelson had doen denken. Hij had in Erica diezelfde intelligentie en persoonlijke generositeit bespeurd die Pamela had gebruikt om haar diepste innerlijk te bemantelen. Het was de verborgen vrouw in haar geweest op wie Achmed verliefd was geworden. Achmed sloot zijn ogen en herinnerde zich Pamela's naakte lichaam. Hij zat volkomen roerloos. Het enige geluid dat hoorbaar was was het tikken van de marmeren pendule op het dressoir. Plotseling deed hij zijn ogen weer open. Het staatsieportret van een lachende Sadat wiste zijn warme herinneringen uit. Het heden drong zich onweerstaanbaar aan hem op, en Achmed slaakte een zucht. Toen moest hij om zichzelf lachen. Zich in zijn herinneringen verliezen was voor hem ongebruikelijk. Hij wist dat zijn verantwoordelijkheden tegenover zijn afdeling en zijn familie weinig ruimte open

lieten voor zulke sentimentele denkbeelden. Hij had moeten vechten voor zijn huidige positie en was nu vlakbij zijn uiteindelijke doel.
Achmed nam het memorandum over het Dal der Koningen weer op en probeerde opnieuw het door te lezen. Maar zijn geest weigerde mee te werken; zijn gedachten bleven afdwalen naar Erica Baron. Hij dacht eraan hoe gemakkelijk ze te doorzien was geweest tijdens de ondervraging. Hij wist dat dergelijke reacties niet getuigden van zwakheid, maar eerder van een gevoelige natuur. Tegelijkertijd was hij er absoluut van overtuigd dat Erica niets van belang kon weten.
Plotseling herinnerde Achmed zich de woorden van de assistent die hem was komen rapporteren dat Erica met Yvon Julien de Margeau had gedineerd. Hij had verteld dat de Margeau haar had meegenomen naar het Casino de Monte Bello en dat de omgeving uiterst romantisch had geleken.
Achmed stond op en begon door de kamer te ijsberen. Hij voelde woede in zich opkomen, zonder te weten waarom. Wat voerde de Margeau uit in Egypte? Was hij van plan nog meer oudheden op te kopen? Gedurende zijn voorgaande bezoeken aan het land was Achmed niet in staat geweest hem voortdurend in het oog te laten houden. Nu bestond er misschien een mogelijkheid. Als de relatie tussen Erica en de Margeau inniger werd zou hij de man via Erica kunnen schaduwen.
Hij nam de telefoon en belde zijn directe ondergeschikte, Zaki Riad. Hij droeg hem op Erica Baron vierentwintig uur per dag te laten schaduwen, met ingang van de volgende morgen. Tevens liet hij Riad weten dat de man die haar schaduwde rechtstreeks bij hem verslag diende uit te brengen. 'Ik wens te weten waar ze gaat en staat en met wie ze contacten heeft. Alles.'

Caïro: 02.45 uur

Het was een geluid waarmee ze niet vertrouwd was, dat maakte dat Erica plotseling rechtop in bed ging zitten. Aanvankelijk had ze geen besef van haar omgeving: ze hoorde het geluid van stro-

mend water en ze droeg alleen een broekje. Het knarsende, metaalachtige geluid herhaalde zich en ze werd zich ervan bewust dat zij in haar hotelkamer was en dat de telefoon ging. Het geluid van stromend water kwam uit de douchecel, waar de douche nog altijd open stond. Ze was op de sprei in slaap gevallen, terwijl het licht nog volop brandde.
Ze was nog steeds wat versuft toen ze de hoorn van de haak nam. De telefoniste meldde dat de verbinding met Amerika tot stand was gekomen. Na enkele veraf klinkende geluiden viel de lijn dood. Ze riep verschillende keren luid hallo. Toen haalde ze haar schouders op, hing op en liep naar de badkamer om de douchekraan dicht te draaien. Een terloopse blik in de spiegel liet haar schrikken. Ze zag er ontzettend uit. Ze had rode ogen met opgezette oogleden, terwijl het puistje op haar kin was gegroeid.
Opnieuw ratelde de telefoon en ze holde terug naar de slaapkamer om hem op te nemen.
'Ik ben ontzettend blij dat je belt, schat. Hoe was de reis?' Richards stem aan de andere kant van de lijn klonk blij.
'Vreselijk,' zei Erica.
'Vreselijk? Wat is er dan aan de hand?' Richard was ogenblikkelijk gealarmeerd. 'Is alles goed met je?'
'Met mij is alles in orde. Het was alleen niet wat ik ervan had verwacht,' zei Erica. Nu ze Richards neiging tot overdreven beschermen bespeurde, kwam ze opeens tot de conclusie dat ze er waarschijnlijk verkeerd aan had gedaan hem te bellen. Maar aangezien er nu toch niets aan viel te veranderen, vertelde ze hem over het beeld en de moord, haar dodelijke angst, Yvon en Achmed.
'Grote God,' zei Richard, kennelijk met stomheid geslagen. 'Erica, ik wil dat je onmiddellijk naar huis komt, met de eerstvolgende vlucht!' Er viel een pauze. 'Erica, heb je me verstaan?'
Erica streek haar haar naar achteren. Richards bevel had een negatieve uitwerking. Hij verkeerde niet in de positie om haar bevelen te geven, wat zijn motieven ook mochten zijn.
'Ik ben niet van plan, nu al uit Egypte weg te gaan,' zei ze afgemeten.
'Luister, Erica, je hebt het me laten voelen. Je hoeft het me niet extra in te peperen, vooral niet als je in gevaar verkeert.'

'Ik verkeer niet in gevaar,' zei Erica effen, 'en wát heb ik je eigenlijk laten voelen?'
'Dat je onafhankelijk bent van mij. Ik heb het begrepen. Je hoeft nu niet langer dwars te liggen.'
'Richard, ik geloof niet dat je er iets van hebt begrepen. Het ligt niet zo eenvoudig. Ik lig helemaal niet dwars. Het oude Egypte betekent nu eenmaal erg veel voor mij. Al van kind af aan heb ik ervan gedroomd een bezoek aan de piramiden te kunnen brengen. Ik ben hier omdat ik dat graag wíl.'
'Nou, ik vind dat je je dwaas aanstelt.'
'Eerlijk gezegd vind ik dit geen geschikt onderwerp voor een transatlantisch telefoontje. Jij blijft het feit negeren dat ik behalve vrouw ook nog egyptologe ben. Ik heb acht jaar van mijn leven besteed aan het studeren voor mijn graad en stel levendig belang in mijn werk. Het is belangrijk voor me!' Erica voelde hoe haar woede opnieuw bezit van haar begon te nemen.
'Belangrijker dan onze relatie?' vroeg Richard op een toon die het midden hield tussen boosheid en gekrenkte trots.
'Voor mij even belangrijk als het dokter-zijn voor jou is.'
'De geneeskunde en de egyptologie zijn niet met elkaar te vergelijken.'
'Er zijn natuurlijk verschillen. Alleen vergeet je dat iemand de egyptologie even toegewijd kan zijn als jij de geneeskunde. Maar ik ben niet van plan hierover nog iets te zeggen, op dit moment. En ik ben ook niet van plan om naar Boston terug te gaan. Nu nog niet.'
'Dan kom ík naar Egypte,' zei Richard, alsof hij het had over naar de bioscoop gaan.
'Nee,' zei Erica alleen.
'Nee?'
'Dat zei ik, ja – nee! Kom níet naar Egypte. Alsjeblieft! Als je al iets voor me wilt doen, bel dan mijn baas even, Herbert Lowery – en vraag hem of hij me hier zo spoedig mogelijk wil bellen. Het is blijkbaar heel wat eenvoudiger om naar Egypte te bellen, dan omgekeerd.'
'Ik wil Lowery met alle genoegen bellen, maar weet je wel zeker dat je niet wilt dat ik naar je toe kom?' vroeg Richard, nog steeds

verbaasd over haar afwijzing.
'Héel zeker,' zei Erica, voor ze hem gedag zei en een eind aan het gesprek maakte.

Toen de telefoon even na vier uur 's morgens opnieuw begon te ratelen schrok Erica niet zoals ze de eerste keer rechtop was gevlogen. Maar ze was bang dat Richard haar terug probeerde te bellen en liet de telefoon daarom verschillende keren overgaan, om te bepalen wat ze precies tegen hem zou zeggen. Het was Richard echter niet, maar Lowery.
'Erica, is alles wel goed met je?'
'Uitstekend, meneer Lowery. Ik maak het echt prima.'
'Richard leek ernstig ongerust toen hij me een uurtje geleden belde. Hij zei dat jij wilde dat ik jou belde.'
'Inderdaad, meneer Lowery. Ik zal het u uitleggen,' zei Erica, zich oprichtend om zichzelf te helpen wakker te worden. 'Ik wilde met u praten over iets heel verbazingwekkends – en men vertelde mij dat het gemakkelijker was om naar Caïro te bellen dan van Caïro naar het buitenland. Heeft Richard u iets verteld over mijn eerste dag hier?'
'Nee. Hij zei dat je wat moeilijkheden had. Meer niet.'
'Moeilijkheden is nauwelijks het juiste woord,' zei Erica. In vogelvlucht schetste ze Lowery de gebeurtenissen van die dag. Toen, zo gedetailleerd als ze zich maar kon herinneren, beschreef ze hem het beeld van Seti I.
'Niet te geloven,' zei Lowery, toen ze was uitgesproken. Feitelijk heb ik het beeld van Houston zelf gezien. De man die het had gekocht is schaamteloos rijk en hij liet zowel Leonard van het Metropolitan als mij in zijn Boeing 707 naar Houston vliegen om het te controleren op echtheid. We waren het er allebei over eens dat dit het mooiste beeld was dat ooit in Egypte was aangetroffen. Ik meende dat het vermoedelijk afkomstig was uit Abydos of Luxor. Het verkeerde in verbazingwekkend goede conditie. Het was moeilijk te geloven dat het 3000 jaar lang begraven was geweest. Overigens, het beeld dat jij me hebt beschreven moet zo te horen identiek zijn.'
'Waren er in de sokkel van dat Houston-beeld hiëroglyfen aange-

bracht?' vroeg Erica.
'Inderdaad,' antwoordde Lowery. 'Er stonden wat uiterst zonderlinge religieuze vermaningen op, maar daarnaast waren er in het voetstuk enkele rijen buitengewoon vreemde hiëroglyfen uitgebeiteld.'
'Net als bij het beeld dat ik heb gezien!' riep Erica opgewonden.
'Ze waren bijzonder moeilijk te vertalen,' hernam Lowery, 'maar er stond zoiets als: 'De eeuwige rust zij Seti I vergund, die regeerde na Toetanchamon.'
'Fantastisch,' zei Erica. 'Ook in het beeld dat ik heb gezien waren de namen van Seti I én Toetanchamon aangebracht. Ik was er zeker van, maar het is zo vreemd.'
'Ik ben het met je eens dat het volkomen onlogisch is dat ook de naam Toetanchamon op het beeld staat. Om eerlijk te zijn twijfelden Leonard en ik aan de echtheid van het beeld, toen we dit zagen. Maar er viel aan de echtheid niet te twijfelen. Heb je toevallig gezien welke van de namen van Seti I was gebruikt?'
'Ik geloof dat het de naam was die is geassocieerd met de god Osiris,' zei Erica. 'Wacht, ik kan het u met zekerheid vertellen.' Plotseling herinnerde Erica zich de scarabee die Hamdi haar had geschonken. Ze betastte de broek die ze over een stoel had gehangen. De scarabee zat nog steeds in haar zak.
'Ja, het was de Osiris-naam,' zei Erica. 'Ik herinnerde me zojuist dat het dezelfde naam was als op een uitstekende imitatie van een scarabee. Overigens, doctor Lowery, kunt u misschien een foto van de hiëroglyfen op het Houston-beeld voor mij te pakken krijgen en die aan mij opsturen?'
'Ongetwijfeld. Ik weet de naam van die man nog, een zekere Jeffrey Rice. Hij zal buitengewoon geïnteresseerd zijn, als hij te horen krijgt dat er nog zo'n zelfde beeld bestaat. En ik denk dat hij in ruil voor dat nieuws wel zal willen meewerken.'
'Het is tragisch,' zei Erica, 'dat dit beeld niet kon worden onderzocht op de plaats waar het werd gevonden.'
'Inderdaad,' zei doctor Lowery. 'Dat is het eigenlijke probleem dat de zwarte handel veroorzaakt. Die schatgravers verwoesten zoveel waardevolle informatie.'
'Ik wist dat er een zwarte markt bestond, maar ik heb me nooit

gerealiseerd hoe omvangrijk die is,' zei Erica. 'Ik zou er werkelijk graag iets tegen willen ondernemen.'
'Dat is een nobel streven. Maar er staan geweldige belangen op het spel. En zoals Abdoel Hamdi aan den lijve heeft ondervonden is het een dodelijk spel óok.'
Erica bedankte doctor Lowery voor zijn telefoontje en vertelde hem dat zij binnenkort naar Luxor wilde gaan om aan haar vertalingen te werken. Lowery maande haar tot voorzichtigheid en raadde haar aan, zoveel mogelijk te genieten.
Nadat ze had opgehangen genoot Erica van haar gevoel van opwinding. Het hielp haar zich te herinneren waarom ze eigenlijk egyptologie was gaan studeren. Toen ze weer onder het laken kroop voelde ze hoe al haar oorspronkelijke enthousiasme voor haar reis weer was teruggekomen.

Tweede dag

Caïro: 07.55 uur

Caïro ontwaakte vroeg. De ezelwagentjes, beladen met land- en tuinbouwprodukten waren hun dagelijkse trek naar de stad al begonnen nog voordat het nachtelijke duister begon plaats te maken voor de eerste straaltjes daglicht aan de oostelijke hemel. De geluiden bestonden uit het geratel van houten wagenwielen, het schuren van tuigage en het getinkel van halsklokjes van lammeren en geiten die naar de markt werden gedreven. Toen de zon de horizon liet oplichten kregen de door dieren getrokken wagens gezelschap van op benzine of dieselolie lopende voertuigen. De bakkerijtjes kwamen tot leven en de lucht werd bezwangerd met de verrukkelijke geur van vers gebakken brood. Tegen een uur of zeven verschenen de taxi's als insekten uit hun holen en begon de claxonsymfonie. Er verschenen steeds meer mensen op straat en de temperatuur begon te stijgen.

Omdat ze haar balkondeur op een kier had laten staan werd Erica al spoedig overvallen door de geluiden van het verkeer over de El Tahrir-brug en de brede laan met de exotische naam Korneisj el-Nil, die voor het Hilton langs de Nijloever volgde. Ze draaide zich om en staarde naar het bleke blauw van de ochtendhemel. Ze voelde zich een stuk beter dan ze had verwacht. Toen ze op haar horloge keek verbaasde ze zich erover dat ze niet langer was blijven slapen. Het was nog niet eens acht uur.

Erica duwde zichzelf op tot zithouding. De namaak-scarabee lag op het tafeltje naast de telefoon. Ze pakte hem op en kneep erin, alsof ze zich van de werkelijkheid ervan wilde overtuigen. Na een nachtje slaap leken de gebeurtenissen van de vorige dag haar een droom toe.

Ze bestelde ontbijt op haar kamer en begon plannen te maken voor de nieuwe dag. Ze besloot tot een bezoek aan het Egyptisch Museum en wilde tevens enkele tentoonstellingen over het Oude Rijk bezoeken. Daarna zou ze naar Sakkara gaan, de necropolis van Mennofer, de hoofdstad van het Oude Rijk. Ze wilde de on-

vermijdelijke gewoonte van de toerist om rechtstreeks naar de piramide van Gizeh te hollen vermijden.
Het ontbijt was heel eenvoudig: vruchtesap, meloen, verse croissants, wat honing en zoete Arabische koffie. Het werd haar op elegante wijze geserveerd op het balkon met het schitterende uitzicht. Hier, waar de piramiden in de verte de zon reflecteerden en de Nijl geruisloos voorbijgleed, voelde Erica zich behaaglijk.
Na zichzelf opnieuw koffie te hebben ingeschonken haalde Erica haar Nagel-gids van Egypte en sloeg het hoofdstuk over Sakkara open. Voor één enkele dag was er veel te veel te zien en ze nam zich voor om haar excursie zo doelmatig mogelijk te plannen. Plotseling herinnerde ze zich de reisgids die Hamdi haar had geleend. De Baedeker zat nog steeds diep weggestopt in haar canvas draagtas. Voorzichtig sloeg ze de kaft open, die niet meer zo goed gebonden was, en bekeek de naam en het adres op het schutblad: Nasil Malmoed, Shari El Tahir 180. Het maakte haar attent op de wrede ironie van Abdoel Hamdi's laatste woorden: 'Ik reis heel wat af en ben misschien niet in Caïro als jij vertrekt.' Ze schudde het hoofd, realiseerde zich hoezeer de oude man gelijk had gehad. Toen sloeg ze het hoofdstuk over Sakkara op en begon de oude Baedeker te vergelijken met de nieuwe Nagel. Hoog boven haar zweefde een zwarte valk op de wind, om zich plotseling als een steen omlaag te laten vallen en neer te duiken op een snuffelende rat in een steegje.

Negen verdiepingen lager stak Khalifa Khalil in zijn gehuurde Egyptische Fiat een hand uit en drukte de aansteker in. Hij wachtte geduldig tot de aansteker omhoog sprong. Lui achterover leunend stak hij met duidelijk genot een sigaret op en zoog de rook diep in zijn longen. Hij was een hoekige, gespierde man met een grote haakneus, die zijn mond tot een eeuwigdurende grijns leek te vertrekken. Zijn bewegingen bezaten een soort ingehouden gratie, als die van een wilde kat. Als hij omhoog keek, naar het balkon van kamer 932, kon hij zijn prooi waarnemen. Met behulp van zijn krachtige veldkijker kon hij Erica uitstekend zien en hij stond zichzelf toe te genieten van het uitzicht op haar benen. Heel behoorlijk, dacht hij en feliciteerde zichzelf dat hij zo'n aangena-

me opdracht had gekregen.
Erica verschoof haar benen in zijn richting, zodat hij moest grinniken; een grijns die zijn uiterlijk uitgesproken huiveringwekkend maakte, omdat een van zijn bovenste snijtanden zo was afgebroken dat er alleen een vlijmscherpe punt was blijven staan. Gekleed in zijn onafscheidelijke zwarte pak met zwarte stropdas vonden veel mensen dat hij veel weg had van een vampier.
Khalifa was een ongewoon succesvolle fortuinzoeker, die niet de minste aanleiding had om te klagen over gebrek aan werk in het turbulente Midden-Oosten. Hij was in Damascus geboren en in een weeshuis grootgebracht. In Irak had hij een commando-opleiding gevolgd, maar was de dienst uitgegooid omdat hij geen greintje teamgeest bleek te bezitten. Ook bezat hij geen greintje van een geweten. Hij was een pathologische killer, die uitsluitend met behulp van geld in de hand kon worden gehouden. Khalifa lachte vergenoegd bij de gedachte dat hij evenveel betaald kreeg als babysitter voor een mooie Amerikaanse toeriste, als voor het smokkelen van scherpschuttersgeweren, bestemd voor opstandige Koerden in Turkije.
Khalifa bekeek zorgvuldig de balkons die aan dat van Erica grensden en ontdekte niets dat er verdacht uitzag. De instructies die hij van de Fransman had gekregen waren simpel geweest. Hij diende Erica Baron tegen een mogelijke moordaanslag te beschermen en de daders te pakken. Hij liet zijn verrekijker langzaam van het Hilton wegdraaien en nam de mensen langs de Nijloever in het vizier. Hij wist dat het moeilijk zou zijn, Erica te beschermen tegen een schot op afstand uit een krachtig geweer. Niemand maakte een verdachte indruk. In een reflexbeweging klopte zijn hand geruststellend op het halfautomatische Stechkin-pistool in het holster onder zijn linker arm. Het was zijn kostbaarste bezit. Hij had het gestolen van de KGB-agent die hij in opdracht van de Mossad in Syrië had vermoord.
Toen hij zijn aandacht en kijker weer op Erica richtte, kon Khalifa zich maar moeilijk voorstellen waarom iemand een meisje dat er zo fris uitzag zou willen vermoorden. Ze zag eruit als een perzik die rijp was om te plukken en hij vroeg zich af of Yvons motieven wel zuiver zakelijk waren.

Plotseling stond het meisje op, verzamelde haar boeken en verdween in haar kamer. Khalifa liet zijn verrekijker zakken om de uitgang van het Hilton te bekijken. Hij zag de gebruikelijke stoet taxi's en ochtenddrukte.

Gamal Ibrahim worstelde met zijn krant, de *El Achram,* proberend de voorpagina om te slaan. Hij zat op de achterbank van de taxi die hij voor de hele dag had gehuurd en die geparkeerd stond op de oprijlaan van het Hilton, recht tegenover de ingang. De portier had geprotesteerd, maar sputterde niet langer tegen zodra hij het legitimatiebewijs van Gamals afdeling, de Oudheidkundige Dienst, te zien had gekregen. Op de zitplaats naast Gamal lag een vergroting van de pasfoto van Erica Baron. Telkens als er een vrouw het hotel uitkwam vergeleek Gamal haar gezicht met dat op de foto.
Gamal was achtentwintig jaar. Hij was bijna een meter tweeënzestig lang en een tikje te zwaar. Hij was getrouwd, had twee kinderen van respectievelijk één en drie jaar oud en was, even voordat hij zijn doctorsbul aan de universiteit van Caïro in ontvangst had genomen, in de lente van dit jaar, aangesteld bij de Oudheidkundige Dienst. Hij was half juli bij de dienst gaan werken, maar alles was niet zo van een leien dakje gegaan als hij had verwacht. De staf was zo uitgebreid, dat de enige taken die men hem had opgedragen losse opdrachten waren geweest, opdrachten van een zonderling karakter – zoals bijvoorbeeld deze: Erica Baron schaduwen en verslag uitbrengen van wat ze had gedaan. Gamal pakte Erica's foto haastig op, toen er twee vrouwen uit de ingang kwamen en in een taxi stapten. Gamal had nog nooit iemand geschaduwd en vond het een vernederende opdracht, maar hij verkeerde niet in de positie te weigeren, vooral omdat hij rechtstreeks verslag moest uitbrengen aan de directeur, Achmed Khazzan. Gamal had massa's ideeën voor de dienst en meende dat hij misschien nu de kans zou krijgen ze te spuien.

Aangezien ze zich verstandig wilde kleden voor de hitte die ze in Sakkara verwachtte, trok Erica een lichtbeige katoenen bloes met korte mouwen aan boven een iets donkerder gekleurde lange pantalon, die aan het middel kon worden ingesnoerd. Ze stopte haar Polaroid, een zaklantaarn en de oude Baedeker uit 1929 in haar draagtas. Na de beide gidsen zorgvuldig te hebben vergeleken was ze het eens geworden met Abdoel Hamdi. De Baedeker was stukken beter dan de Nagel. Bij de receptie kon ze haar paspoort weer in ontvangst nemen, dat blijkbaar volgens de regelen der kunst was geregistreerd. Ook werd ze voorgesteld aan haar gids voor die dag, Anwar Selim. Erica wilde eigenlijk geen gids, maar de receptionist van het hotel had er op aangedrongen. Omdat ze de vorige dag zoveel hinder had gehad van haar belagers, was ze tenslotte gezwicht en stemde ze erin toe zeven pond voor de gids en tien voor de taxi met chauffeur te betalen. Anwar Selim was een broodmagere man van een jaar of vijfenveertig, die op de revers van zijn grijze pak een metalen speldje met het nummer 113 droeg, als bewijs voor het feit dat hij een officiële gids mét vergunning was.

'Ik heb een prachtige excursie voor u,' verklaarde Selim, die behept was met de gewoonte midden in zijn zinnen te glimlachen. 'Allereerst zullen we een bezoek brengen aan de grote piramide, in de ochtendkoelte. Daarna...'

'Nee, dank u,' viel Erica hem in de rede. Ze stapte achteruit. Selims gebit verkeerde in een desolate toestand en zijn adem zou een aanvallende neushoorn tot staan kunnen brengen. 'Ik heb zelf al plannen gemaakt. Ik wil eerst naar het Egyptisch Museum voor een kort bezoekje, daarna gaan we naar Sakkara.'

'Maar het zal midden op de dag gloeiend heet zijn in Sakkara!' protesteerde Selim. Zijn mond was verhard tot een glimlach en de huid van zijn gezicht was getaand door de voortdurende blootstelling aan de Egyptische zon.

'Daar twijfel ik geen moment aan,' verzekerde Erica die probeerde een eind aan deze samenspraak te maken. 'Maar dat is de route die ik wil volgen.'

Zonder de uitdrukking op zijn gelaat te veranderen opende Selim het portier van de gehavende taxi die voor haar was besteld. De chauffeur was nog jong en had een baard van drie dagen.

Terwijl ze weg reden voor de korte rit naar het museum, legde Khalifa zijn verrekijker op de bodem van zijn wagen. Hij liet Erica's taxi rustig de straat uitrijden voor hij de motor startte, zich afvragend of hij op een of andere manier wat inlichtingen over de gids en de taxichauffeur kon vergaren. Toen hij de eerste versnelling inschakelde zag hij een tweede taxi onmiddellijk na die van Erica de oprijlaan van het Hilton uitdraaien. Beide taxi's sloegen bij de eerstvolgende kruising rechtsaf.

Gamal had Erica dadelijk herkend toen ze naar buiten kwam, zonder zijn foto te hoeven raadplegen. Haastig had hij het nummer van de gids, 113, in de marge van zijn krant gekrabbeld voor hij zijn chauffeur opdracht gaf Erica's taxi te volgen. Toen ze het Egyptisch Museum hadden bereikt hielp Selim Erica uit de taxi, die even verderop in de schaduw van een esdoorn bleef staan wachten. Gamal liet zijn chauffeur onder een andere boom stilhouden, vanwaar hij Erica's taxi duidelijk kon zien. Toen sloeg hij zijn krant weer open en verdiepte zich in een lang artikel over Sadats voorstellen met betrekking tot de westelijke Jordaanoever.

Khalifa parkeerde zijn wagen buiten het museumterrein en liep doelbewust langs Gamals taxi om te zien of hij de man herkende. Hij kende hem echter niet. In de ogen van Khalifa waren de gedragingen van Gamal nu al verdacht, maar gehoor gevend aan zijn instructies wandelde hij na Erica en haar gids het museum binnen.

Erica was het befaamde museum met veel enthousiasme binnen gestapt, maar zelfs haar deskundigheid en belangstelling konden de neerdrukkende atmosfeer niet overwinnen. De voorwerpen van onschatbare waarde leken in de stoffige zalen al even weinig op hun plaats als in het Boston Museum aan Huntington Avenue. De mysterieuze beelden en onbewogen gezichten van steen ademden de dood, in plaats van onsterfelijkheid. De museumbewakers droegen witte uniformen en zwarte baretten, reminiscenties aan het koloniale tijdperk. Schoonmakers met rieten bezems veegden het stof en vuil van de ene zaal naar de andere, zonder het ooit op te ruimen. De enige personeelsleden die echt werkten waren de onderhoudsmannen, die in kleine, met touw afgebakende gedeelten de muren bijpleisterden of eenvoudige timmerkarweitjes opknapten met gereedschappen die er net zo uitzagen als die in oude Egyptische fresco's stonden afgebeeld.

Erica probeerde de omgeving te negeren en zich te concentreren op de befaamdste stukken. In zaal 32 werd ze getroffen door de levensechtheid van de zandstenen beelden van Rahotep, de broeder van Chefren, en van zijn gemalin Nofretes. Hun gezichten hadden een serene uitdrukking en leken verrassend eigentijds. Erica stelde zich tevreden met het stil bekijken van hun gezichten, maar haar gids voelde zich genoopt haar het volle profijt te laten trekken van zijn kennis. Hij vertelde Erica wat Rahotep tot Chefren had gezegd toen hij het beeld voor het eerst te zien had gekregen. Erica wist dat dit zuivere fantasie was. Beleefd gaf ze Selim te verstaan dat hij uitsluitend haar vragen moest beantwoorden en vertelde hem dat zij de meeste objecten uitstekend kende.

Terwijl Erica om het beeld van Rahotep heen liep dwaalde haar blik door het middenpad van de zaal alvorens terug te keren naar het beeld. Heel even meende ze bij de ingang de gedaante te zien van een donkere man met een voortand die er uitzag als de slagtand van een roofdier, maar toen ze zich weer omdraaide was er niemand in de deuropening te zien. Het gebeurde zo snel dat het haar een onrustig gevoel bezorgde. De gebeurtenissen van de vorige dag hadden haar waakzaam gemaakt en terwijl ze rond het beeld van Rahotep wandelde keek ze diverse malen naar de ingang, maar de donkere gedaante verscheen niet opnieuw. In plaats daarvan drong een bijzonder luidruchtig groepje Franse toeristen de zaal binnen. Erica gebaarde Selim dat ze wilde vertrekken en liep vanuit zaal 32 de lange galerij in, die zich voortzette door de gehele westelijke vleugel van het gebouw. Er was absoluut niemand in de gang, maar toen ze door een dubbele boog naar de noordwestelijke hoek keek, zag Erica opnieuw heel even een donkere schim wegschieten.

Terwijl Selim probeerde haar diverse beroemde objecten onderweg te laten zien, wandelde Erica haastig door de lange galerij naar de plaats waar deze samenkwam met een soortgelijke gang langs de noordzijde van het museum. Buiten adem volgde Selim op een drafje deze voortsnellende Amerikaanse, die het museum blijkbaar met de snelheid van het licht wilde bekijken.

Vlak voor de kruising bleef ze abrupt staan. Selim kwam achter haar tot stilstand, rondkijkend om te zien wat haar aandacht kon hebben gevangen. Ze stond naast een beeld van Senmoet, de rent-

meester van koningin Hatsjepsoet. Maar in plaats van het te bestuderen keek ze voorzichtig om een hoekje de noordgalerij in.
'Als er iets is dat u bijzonder graag wilt zien,' begon Selim, 'zal ik u graag...'
Nijdig gebaarde Erica Selim dat hij stil moest zijn. Erica liep naar het midden van de galerij, op zoek naar de donkere schim. Ze kon niets ontdekken en voelde zich een beetje voor gek staan. Er kwam een Duits echtpaar voorbij, dat arm in arm ruzie maakte over de plattegrond van het museum.
'Juffrouw Baron,' zei Selim, die duidelijk moeite deed om geduldig te blijven, 'ik ken dit museum op m'n duimpje. Als er iets is dat u graag zoudt willen zien, behoeft u het maar te zeggen.'
Erica kreeg te doen met de man en probeerde iets te bedenken dat ze hem kon vragen, zodat hij zich wat nuttiger zou gaan voelen.
'Zijn er in dit museum ook grafvoorwerpen van Seti I?'
Selim legde zijn lange wijsvinger tegen zijn al even lange neus en dacht diep na. Toen, zonder iets te zeggen, stak hij zijn vinger in de lucht en beduidde Erica hem te volgen. Hij bracht haar naar de tweede verdieping, naar zaal 47 boven de ingangshal. Hij stelde zich op naast een grote, schitterend afgewerkte en bewerkte plaat kwartsiet, met het nummer 388.1. 'Het deksel van de sarcofaag van Seti de Eerste,' kondigde hij trots aan.
Erica keek naar de stenen plaat en vergeleek die in haar verbeelding met het schitterende beeld dat zij gisteren had gezien. Het was een armzalige vergelijking. Ze herinnerde zich dat de eigenlijke sarcofaag van Seti I was geroofd en nu in een klein museum in Londen prijkte. Het was haar pijnlijk duidelijk hoezeer de zwarte handel het Egyptisch Museum in Caïro had benadeeld.
Selim wachtte tot Erica opkeek. Toen trok hij haar bij de hand mee naar de ingang van een andere zaal, haar beduidend dat ze de bewaker bij de deur vijftien piaster moest betalen om binnen te mogen. Eenmaal in de zaal koos Selim een route tussen de lange en lage glazen vitrines door, totdat hij een vitrine bij de muur bereikte. 'De mummie van Seti de Eerste,' zei Selim vergenoegd.
Toen ze neerkeek op het uitgedroogde gelaat, voelde Erica zich een beetje misselijk. Het was precies het soort gezicht dat de grime-kunstenaars van Hollywood nastreefden voor talloze horror-

films. Ze merkte op dat de oren uiteen waren gevallen en dat het hoofd niet langer vastzat aan de romp. In plaats van onsterfelijkheid uit te stralen wekten deze overblijfselen de sterke indruk dat de verschrikking van de dood bestendig was.
Om zich heen kijkend naar de overige mummies in de zaal, bedacht Erica dat deze versteende lichamen Egypte niet opnieuw tot leven wekten, maar juist onderstreepten hoe ontzaglijk veel tijd was verstreken na de oud-Egyptische beschaving.
Ze keek opnieuw naar het gelaat van Seti I. Het had absoluut niets van dat wondermooie standbeeld dat ze de vorige dag had gezien. Er was geen enkele gelijkenis te ontdekken. Het gezicht van het beeld had smalle kaken gehad, met een kaarsrechte neus, terwijl deze mummie zeer brede kaken en een haakneus had, die aan een havik deed denken. Ze kreeg er kippevel van en huiverde voor ze zich omdraaide. Ze beduidde Selim haar te volgen en liep de zaal uit, verlangend uit het stoffige museum weg te komen en de openlucht in te gaan.

Erica's taxi vervoerde haar in hoog tempo Caïro uit naar het Egyptische platteland, zodat zij de chaotische drukte in de stad snel achter zich lieten. Ze reden langs de westelijke Nijloever in zuidelijke richting. Selim had geprobeerd een gesprek gaande te houden door Erica te vertellen wat Ramses de Tweede wel tot Mozes had gezegd, maar deed er tenslotte het zwijgen toe. Erica wilde Selim niet nodeloos krenken en had geprobeerd hem naar zijn gezin te vragen, maar de gids leek daarover niet te willen praten. Dus reden ze zwijgend verder en kon Erica in alle rust van het uitzicht genieten. Ze vond het kleurcontrast tussen het saffierblauw van de Nijl en het stralende groen van de bevloeide akkers prachtig. Het was het seizoen voor de dadeloogst en ze passeerden regelmatig volgeladen ezeltjes die palmtakken vol rode vruchten torsten. Ter hoogte van de industriestad Hilwan aan de oostelijke Nijloever splitste de asfaltweg zich op de westelijke oever, zodat Erica's taxi plotseling naar rechts afboog. De chauffeur drukte herhaaldelijk op zijn claxon, ondanks het feit dat de weg geheel vrij was.
Gamal lag slechts een stuk of vijf zes autolengten achter. Hij zat letterlijk op het puntje van zijn bank en praatte met de chauffeur

over koetjes en kalfjes. Hij had het colbert van zijn grijze pak uitgetrokken vanwege de hitte, en hij wist dat het nog heter zou worden.

Bijna 500 meter verder terug liet Khalifa zijn autoradio bulderen, zodat de onharmonisch klinkende muziek de auto vulde. Hij was er nu van overtuigd dat Erica al door iemand anders werd geschaduwd, maar dan volgens een wel heel eigenaardige methode. Die taxi bleef veel te dichtbij. Bij de ingang van het museum had hij de passagier goed kunnen opnemen. Hij had eruitgezien als een student aan de universiteit, maar Khalifa had al eerder met studerende terroristen te maken gehad. Hij wist dat hun onschuldige uiterlijk een camouflage was voor meedogenloosheid en brutaal lef.

Erica's taxi reed een palmbosje binnen. De bomen stonden zo dicht opeen dat het bosje eruitzag als een woud van coniferen. Koele schaduw volgde op onbarmhartige zonneschijn. In een klein dorpje met stenen huizen hielden ze stil. Aan de ene kant stond een heel kleine moskee. Er tegenover lag een open ruimte met een albasten Sfinx van tachtig ton, massa's brokstukken van gebroken beeldhouwwerk en een gigantisch, omgevallen zandstenen beeld van Ramses II. Aan de rand van de open ruimte bevond zich een kleine uitspanning met de trotse naam Café Sfinx.

'De legendarische stad Memphis,' verklaarde Selim plechtig.

'Je bedoelt Mennofer,' zei Erica, naar de armzalige overblijfselen kijkend. Memphis was de Griekse naam. De oud-Egyptische naam was Mennofer. 'Ik zou graag willen trakteren op koffie of thee,' voegde ze er haastig aan toe, toen ze zag dat ze zijn trots had gekrenkt.

Terwijl ze naar de uitspanning wandelde was Erica blij dat ze erop voorbereid was geweest dat er van de eens zo machtige hoofdstad van het oude Egypte slechts armzalige restanten over zouden zijn, anders zou ze zich erg teleurgesteld hebben gevoeld. Ze werd benaderd door een grote groep armoedige jongetjes met hun verzameling valse oudheden, maar ze werden door Selim en de taxichauffeur op zeer doelmatige wijze verdreven. Ze stapten een kleine veranda met ronde metalen tafeltjes op en bestelden consumpties. De beide mannen namen koffie, Erica koos sinaasappelsap.

Terwijl het zweet in stroompjes over zijn gezicht liep stapte Gamal uit zijn taxi, de *Al Achram* krampachtig in zijn hand. Hoewel hij aanvankelijk besluiteloos was blijven zitten, had hij zichzelf er tenslotte van overtuigd dat hij beslist iets moest drinken. Na zijn koffie in ontvangst te hebben genomen dook hij weg achter zijn krant.

Khalifa bleef Gamals mollige gestalte door een geweertelescoop in de gaten houden maar hij liet de vingers van zijn rechterhand ontspannen. Hij had zijn wagen ongeveer vijfenzeventig meter voor de open ruimte in Memphis stilgezet en snel zijn FN-sluipschuttersgeweer uit Israël uit de hoes gehaald. Hij zat nu ineengedoken op de achterbank van zijn auto en de loop van het geweer rustte op de sponning van het open portierraampje aan de bestuurderskant. Vanaf het moment waarop Gamal uit zijn taxi was gestapt had Khalifa hem voortdurend in het vizier gehouden. Indien Gamal ook maar één onverwachte beweging in Erica's richting had gemaakt, zou Khalifa hem in zijn achterwerk hebben geschoten. Dat zou hem wel niet hebben gedood, maar zijn bewegingsvrijheid ernstig hebben belemmerd, zoals Khalifa zichzelf voorhield.

Erica genoot niet erg van haar drankje, als gevolg van de zwerm vliegen die de veranda bewoonde. Ze lieten zich niet door een wuivende hand verjagen en sommige waren zelfs af en toe op haar lippen geland. Ze stond op, vertelde de mannen dat zij zich niet behoefden te haasten en wandelde de open ruimte op. Voor ze weer in de taxi stapte bleef Erica bij de albasten Sfinx staan om deze te bewonderen. Ze vroeg zich af wat voor geheimen hij wel zou kunnen verklappen, als hij kon spreken. Het beeld was zeer oud en was nog gedurende het Oude Rijk gemaakt. Weer in de taxi reden ze verder door het dichte palmenbos, totdat de bomen schaarser begonnen te worden. Nu verschenen er weer gecultiveerde akkers, doorsneden door bevloeiingskanalen die verstopt waren met algen en waterplanten. Plotseling verhief de trappenpiramide van Zoser zijn vertrouwde silhouet boven de palmkruinen. Erica's hart begon van opwinding sneller te kloppen. Ze stond op het punt, een bezoek te brengen aan het oudste stenen bouwwerk dat ooit door de mens was gebouwd, op een lokatie die voor egyp-

tologen in heel Egypte de belangrijkste was. Hier had de beroemde architect Imhotep een trap naar de hemel gebouwd, bestaande uit zes reusachtige treden die een hoogte van zestig meter bereikten. Met dit bouwwerk had hij het tijdperk van de grote piramiden ingeluid.
Erica voelde zich net een ongeduldig schoolkind op weg naar een circusvoorstelling. Ze had het uitstel van het hotsend en botsend doorsteken van een klein dorpje met lemen huizen vóor het oversteken van een groot bevloeiingskanaal vreselijk gevonden. Vlak na de brug hielden de akkers op en begon de zengende Libische woestijn. Zonder enige overgang. Het was alsof je, zonder zonsondergang, vanuit het middaguur plotseling in middernacht werd gedompeld. Plotseling zag Erica aan weerskanten van de weg alleen nog maar rotsen, zand en een trillend waas van hitte.
Toen de taxi in de schaduw van een grote touringcar tot stilstand kwam, was Erica de eerste die uitstapte. Selim moest hollen om haar bij te kunnen houden. De chauffeur zette alle vier de portieren van zijn kleine auto open voor zoveel mogelijk ventilatie terwijl hij moest wachten.
Khalifa begreep hoe langer hoe minder van het gedrag van Gamal. Zonder verder aandacht aan Erica te schenken had de man zijn krant genomen en was hij in de schaduw van de muur rond de piramide gaan zitten. Hij nam zelfs niet de moeite Erica naar binnen te volgen. Khalifa dacht enkele minuten na en overwoog wat hij het beste zou kunnen doen. In de veronderstelling dat Gamals aanwezigheid wel eens een slimme afleidingsmanoeuvre zou kunnen zijn, besloot hij in de buurt te blijven van Erica. Hij trok zijn colbertje uit, nam zijn halfautomatische Stechkin in zijn rechterhand en hing het jasje eroverheen.
Het volgende uur liet Erica zich helemaal bedwelmen door de ruïnes. Dit was het Egypte waarvan ze had gedroomd. Met haar achtergrondkennis kon zij de overblijfselen van de necropolis vertalen tot de trotse prestatie die deze bouwwerken 5000 jaar geleden hadden belichaamd. Ze wist wel dat ze onmogelijk in één dag alles kon zien, dus stelde ze zich tevreden met het vluchtig bekijken van de voornaamste dingen. Ze genoot van het onverwachte, zoals de cobrareliëfs waarover ze nooit iets had gelezen. Selim had zich ein-

delijk bij de hem toebedeelde rol neergelegd en bleef voornamelijk in de schaduw. Niettemin was hij blij toen Erica omstreeks een uur of twaalf beduidde dat ze verder wilde.
'Er is hier een klein café-restaurant,' zei Selim hoopvol.
'Ik zou nu dolgraag een paar van de graftomben van edelen willen zien,' zei Erica. Ze was nu veel te opgewonden om te rusten.
'Het restaurant staat vlak naast de mastaba van Ti en het serapeum,' zei Selim.
Erica's ogen verhelderden. Het serapeum was een van de meest unieke monumenten van het oude Egypte. In deze catacomben waren de gemummificeerde overblijfselen van Apis-stieren bijgezet, met evenveel pracht en praal als een farao waardig zou zijn geweest. Het serapeum was onder gigantische krachtsinspanningen met de hand uitgehakt in massieve rots. Erica had begrip voor de moeite die men zich had getroost voor de bouw van menselijke tombes, maar niet voor die van de stieren. Ze was ervan overtuigd dat de graftombe voor de Apis-stieren een of ander mysterie verborg, dat nog ontraadseld moest worden. 'Goed, op naar het serapeum,' zei ze glimlachend.
Gezien zijn corpulentie had Gamal het in de hitte erg met zichzelf te kwaad. Zelfs in Caïro waagde hij zich omstreeks het middaguur nooit buiten. Sakkara omstreeks twaalf uur ging welhaast zijn krachten te boven. Terwijl zijn chauffeur Erica's taxi volgde probeerde hij manieren te bedenken om dit te overleven. Misschien zou hij wat schaduw kunnen vinden en de chauffeur Erica laten volgen totdat ze terugging naar Caïro. Voor hem remde de taxi van Erica af en parkeerde voor het Sakkara-restaurant. Gamal keek om zich heen en herinnerde zich dat hij, toen hij als kind met zijn ouders hier een bezoek had gebracht, door een angstaanjagende, duistere en onderaardse grot had gewandeld, waarin stieren waren begraven. Hoewel de grot hem bang had gemaakt wist hij nog dat het er verrukkelijk koel was geweest.
'Is hier niet ergens het serapeum?' vroeg hij, de chauffeur op zijn schouder tikkend.
'Even verderop,' antwoordde de chauffeur, wijzend naar de ingang van een uitgraving die als toegang fungeerde.
Gamal richtte zijn blik op Erica, die uit haar taxi was gestapt en nu

de rij sfinxen stond te bekijken die naar de toegang leidden. Plotseling wist Gamal waar hij koelte zou gaan zoeken. Trouwens, bedacht hij, het zou best aardig zijn om het serapeum na zoveel jaar nog eens terug te zien.
Khalifa was niet erg op z'n gemak en haalde nerveus zijn hand door zijn vettige haar. Hij was tot de conclusie gekomen dat Gamal toch niet de amateur was die hij voorgaf te zijn. Hij was een beetje al te nonchalant. O, als hij maar zeker kon zijn van de bedoelingen van die knaap. Dan zou hij hem allang hebben neergeschoten en aan Yvon de Margeau hebben uitgeleverd. Maar hij moest eenvoudig wachten totdat Gamal tot handelen overging. De situatie was heel wat ingewikkelder en gevaarlijker dan hij had verwacht. Khalifa schroefde de geluiddemper op de loop van zijn pistool en stond al op het punt uit zijn auto te stappen, toen hij Gamal een uitgraving in zag lopen die naar een onderaardse toegangsdeur leidde. Hij raadpleegde zijn kaart. Het was het serapeum. Toen Khalifa omkeek naar Erica, die onbezorgd een zandstenen sfinx fotografeerde, wist hij dat er slechts één reden kon zijn waarom Gamal als eerste in het serapeum wilde zijn. In een van de donkere, nauwe ruimten of een van de smalle onderaardse gangen zou Gamal op de loer gaan liggen als een giftige slang, om toe te kunnen slaan als dat het minst werd verwacht. Het serapeum was een volmaakte plek voor een moordaanslag.
Ondanks zijn ervaring van vele jaren wist Khalifa niet goed wat hij moest doen. Hij kon eveneens vóor Erica Baron het serapeum binnengaan en proberen of hij Gamals schuilplaats zou kunnen vinden, maar dat zou wel eens te riskant kunnen zijn. Hij besloot dat hij samen met Erica naar binnen moest en als eerste diende toe te slaan.
Erica wandelde de helling naar de ingang af. Ze was niet bepaald dol op grotten en hield eigenlijk niet van besloten ruimten. Al voor ze het serapeum in liep kon ze de vochtige koelte voelen, terwijl een tintelende gewaarwording op haar dijen het ontstaan van kippevel aankondigde. Ze moest zichzelf dwingen verder te gaan. Een haveloze Egyptenaar met een haviksgezicht nam haar geld in ontvangst. Het serapeum ademde iets dreigends.
Binnen, in de schemerige toegangsgalerij, kon Erica de mysterieu-

ze beklemming voelen die bepaalde aspecten van de oud-Egyptische beschaving eeuwenlang op allerlei mensen hadden uitgeoefend. De donkere gangen leken op tunnels naar de wereld van de nethers, de Egyptische godenfiguren. Ze riepen gedachten op aan de griezelige macht van het occulte. Ze volgde Selim en wandelde steeds dieper deze bizarre omgeving binnen. Ze liepen door een oneindig lange gang met onregelmatige en ruw uitgehakte wanden, schaars verlicht door kleine gloeilampjes op onregelmatige afstanden van elkaar. Op de plaatsen tussen de lampen maakten donkere schaduwen het moeilijk iets te onderscheiden. Andere toeristen hadden de eigenaardigheid om onverwachts uit het duister op te duiken; hun stemmen klonken hol en werden gevolgd door herhaaldelijke echo's. Haaks op de hoofdgang liepen verschillende andere galerijen, die elk een met hiëroglyfen overdekte gigantische sarcofaag van zwarte steen bevatten. Slechts heel weinig zijgalerijen waren verlicht. Erica vond dat ze nu wel genoeg had gezien, maar Selim bleef aandringen, bewerend dat de mooiste sarcofaag helemaal achteraan stond en dat er een houten omloop omheen was gebouwd, zodat ze zelfs de inscripties aan de binnenkant zou kunnen zien. Aarzelend liep Erica achter Selim verder. Eindelijk bereikten ze de bewuste galerij en Selim stapte opzij om Erica te laten passeren. Ze stak haar hand uit om zich vast te houden aan de houten leuning die naar de omloop leidde.
Khalifa was één bonk gespannen zenuwen toen hij Erica op korte afstand volgde. Hij had de veiligheidspal van zijn pistool overgehaald en hield het wapen in zijn rechterhand, verborgen onder zijn jasje. Hij had op een haar na op enkele toeristen geschoten, toen deze plotseling uit de duisternis waren komen opdoemen. Toen hij de hoek van de laatste galerij omsloeg bevond hij zich hooguit een meter of vier, vijf achter Erica. Op het ogenblik dat hij Gamal zag reageerde hij in een reflex. Erica beklom juist het korte houten trapje dat naast de glanzend gepolijste granieten sarcofaag was aangebracht. Gamal stond op het platform omlaag te kijken naar Erica, terwijl ze het trapje opliep. Hij had een pas achterwaarts gezet om wat verder van de rand te staan. Jammer genoeg voor Khalifa bevond Erica zich precies tussen hemzelf en Gamal, zodat ze zijn uitzicht belemmerde en een direct schot onmogelijk maak-

te. In paniek stortte Khalifa zich naar voren, Selim met kracht opzij gooiend. Hij stormde het trapje op en gooide Erica voorover, zodat ze op haar knieën viel en languit voor de voeten van de totaal verraste Gamal terechtkwam.
De loop van Khalifa's verborgen pistool braakte korte vlammetjes uit en de dodelijke klompjes metaal verscheurden Gamals borst en doorboorden zijn hart. Langzaam begonnen zijn handen omhoog te gaan. Zijn kleine gezicht verwrong zich van pijn en verbijstering, toen hij wankelde en voorover viel, bovenop Erica. Khalifa dook over het houten hekje en trok intussen zijn mes uit zijn gordel. Selim gilde, voor hij probeerde er vandoor te gaan. De toeristen op het platform hadden nog niet helemaal begrepen wat er was gebeurd. Khalifa stormde door de galerij naar de elektrische draden die de stroomtoevoer naar de primitieve verlichting verzorgden. Hij beet op zijn tanden om zich te wapenen tegen een mogelijke schok en sneed toen met een ruk de draad door, waardoor het hele serapeum in volslagen duisternis werd gedompeld.

Caïro: 12.30 uur

Stephanos Markoulis bestelde nog een whisky voor zichzelf en Evangelos Papparis. Beide mannen droegen tricothemden met openstaande kraag en zaten in een zithoek van de La Parisiennebar van het Meridien-hotel. Stephanos verkeerde in een nerveuze, geprikkelde stemming, en Evangelos kende zijn baas goed genoeg om zich koest te houden.
'Die verrekte Fransman,' zei Stephanos, die op zijn horloge keek. 'Hij zei dat hij dadelijk beneden zou komen, maar we zitten hier nu al twintig minuten.'
Evangelos haalde zijn schouders op. Hij zei niets, want hij wist dat hij alleen maar Stephanos nog nijdiger kon maken, wát hij ook in het midden zou proberen te brengen. In plaats daarvan bukte hij zich om het kleine pistool te verschuiven dat hij even boven de schacht van zijn rechter laars om zijn kuit had gebonden. Evangelos was een zwaargespierde vent met zeer geprononceerde trekken en zware wenkbrauwen, die zijn uiterlijk iets van een Nean-

derthaler verleenden, behalve dan dat zijn schedel volkomen kaal was.

Op dat ogenblik verscheen Yvon Julien de Margeau in de deuropening, zijn aktentas in de hand. Hij droeg een blauwe blazer met een ascot, een soort stropdas waarvan de brede uiteinden plat over elkaar hingen. Raoul kwam achter hem aan. De beide mannen keken de bar door.

'Die rijke knapen zien er altijd uit alsof ze op weg zijn naar een polo-wedstrijd,' zei Stephanos sarcastisch. Hij wuifde om Yvons aandacht te trekken. Evangelos verschoof het tafeltje iets, om zijn rechterhand wat meer bewegingsvrijheid te gunnen. Yvon zag hen zitten en wandelde naar hen toe. Hij schudde Stephanos de hand en stelde Raoul voor alvorens te gaan zitten.

'Hoe was de vlucht?' informeerde Yvon met gemaakte hartelijkheid, zodra hij had besteld.

'Verschrikkelijk,' zei Stephanos. 'Waar zijn de paperassen van die oude man?'

'Jij maakt ook geen woord meer vuil dan nodig is,' zei Yvon glimlachend. 'Misschien is dat ook wel het beste. Maar hoe dan ook, ik wil eerst weten of jij Abdoel Hamdi hebt laten vermoorden.'

'Als ik Hamdi had vermoord, geloof je dan heus dat ik naar deze uithoek van de hel zou zijn gekomen?' vroeg Stephanos vol hoon. Hij verachtte lieden als Yvon, die nog nooit van hun leven één dag hadden hoeven werken, uit de grond van zijn hart.

Ervan overtuigd dat zwijgen nuttig kon zijn tegenover een figuur als Stephanos, begon Yvon met veel omslag een nieuw pakje Gauloises open te maken. Hij ging rond met de sigaretten, maar Evangelos was de enige die er een aannam. Hij stak zijn hand uit naar het pakje, maar Yvon plaagde hem door het juist buiten zijn bereik te houden. Daardoor kon hij de tatoeëring op de behaarde en gespierde onderarm van Evangelos onderscheiden. Het was een hoela-danseres, met vlak daaronder het woord 'Hawaï.' Eindelijk liet hij Evangelos de sigaret pakken en vroeg: 'Ga je nog vaak naar Hawaï?'

'Als jongen heb ik op vrachtschepen gevaren,' zei Evangelos. Hij stak de Gauloise aan met het brandende kaarsje op de tafel en ging achterover zitten.

Yvon wendde zich nu tot Stephanos die zijn ongeduld niet onder stoelen of banken stak. Met zorgvuldige bewegingen stak Yvon met zijn gouden aansteker zijn sigaret aan voordat hij iets zei.
'Nee,' zei Yvon. 'Nee, ik geloof niet dat jij naar Caïro zou zijn gekomen als jij Hamdi om zeep had geholpen. Tenzij je je ergens zorgen over maakte; tenzij er iets mis was gegaan. Maar om je de waarheid te zeggen, Stephanos, ik weet niet wat ik er van moet denken. Je bent hier tamelijk snel heen gekomen. Dat is een tikkeltje verdacht. Trouwens, ik ben te weten gekomen dat de moordenaars van Hamdi niet uit Caïro afkomstig waren.'
'Aha!' snauwde Stephanos nijdig. 'Laat me eens kijken of ik dit goed begrijp. Jij hoort dat de moordenaars niet uit Caïro komen. Daaruit concludeer je dan maar dat ze kennelijk uit Athene afkomstig zijn. Is dat jouw manier van redeneren?'
Stephanos wendde zich tot Raoul. 'Hoe kun jij voor zo'n man werken?' Hij tikte met zijn wijsvinger tegen zijn voorhoofd.
Raoul knipperde zelfs niet met zijn ogen. Zijn handen lagen op zijn knieën. Toch was hij erop voorbereid om in een onderdeel van een seconde over te gaan tot handelen.
'Het spijt me dat ik je moet teleurstellen, Yvon,' zei Stephanos, 'maar je zult ergens anders op zoek moeten naar de moordenaar van Hamdi. Ik ben het niet geweest.'
'Erg jammer,' zei Yvon. 'Het zou heel wat vragen hebben beantwoord. Heb jij er enig idee van wie het gedaan zou kunnen hebben?'
'Niet in het minst,' zei Stephanos. 'Maar ik heb zo het gevoel dat Hamdi heel wat vijanden had gemaakt. Wat zou je ervan vinden om mij Hamdi's papieren eens te laten zien?'
Yvon tilde zijn aktentas op tafel en legde zijn vinger op het slot. Hij wachtte. 'Nog een andere vraag. Heb je er enig benul van waar dat Seti-beeld kan zijn?'
'Helaas niet, nee,' zei Stephanos, begerig naar de aktentas kijkend.
'Ik wil dat beeld,' zei Yvon.
'Als ik er iets over hoor zal ik het je laten weten,' zei Stephanos.
'Je hebt me anders niet de kans gegeven, dat Houston-beeld te bekijken,' zei Yvon, Stephanos zorgvuldig in het oog houdend.

Stephanos keek op van de aktentas. Zijn gezicht verried een spoor van verbazing. 'Hoe kom je erbij dat ik iets met dat Houston-beeld te maken zou hebben gehad?'
'Laten we het er maar op houden dat ik het weet,' zei Yvon.
'Heb je dat soms in Hamdi's papieren gelezen?' vroeg Stephanos woest.
Bij wijze van antwoord knipte Yvon het slot van zijn aktentas open en schudde Hamdi's correspondentie op het tafeltje uit. Lui achterover leunend nipte hij nonchalant van zijn pernod terwijl Stephanos haastig de papieren doorbladerde. Hij vond zijn eigen brief aan Abdoel Hamdi en legde die opzij. 'Is dit alles?' vroeg hij.
'Meer hebben we niet kunnen vinden,' antwoordde Yvon, die zich weer tot het groepje wendde.
'Heb je de tent wel goed doorzocht?' vroeg Stephanos.
Yvon wierp tersluiks een blik op Raoul, die bevestigend knikte.
'Heel erg goed,' onderstreepte hij.
'Er moet meer zijn geweest,' zei Stephanos. 'Ik kan me niet voorstellen dat de schoft alleen maar blufte. Hij zei dat hij 5000 dollar in contanten wilde hebben, anders zou hij de papieren aan de autoriteiten geven.' Opnieuw snuffelde Stephanos de paperassen door, langzamer ditmaal.
'Als jij ernaar moest raden, wat zou er volgens jou dan met het Seti-beeld gebeurd kunnen zijn?' vroeg Yvon, een nieuwe slok van zijn pernod nemend.
'Ik zou het niet weten,' zei Stephanos, zonder op te kijken van een aan Hamdi geadresseerde brief, verzonden door een handelaar in Los Angeles. 'Maar als je er iets aan hebt, kan ik je wel verzekeren dat het nog hier is, in Egypte.'
Er viel een pijnlijke stilte. Stephanos zat druk te lezen. Raoul en Evangelos hielden elkaar over de rand van hun glas angstvallig in het oog. Yvon staarde uit het raam. Ook hij geloofde dat het Seti-beeld nog steeds in Egypte was. Van waar hij zat kon hij het zwembad zien, waarachter de Nijl zich uitstrekte. In het midden van de rivier was de bekende Nijl-fontein in werking, die een dikke kolom water hoog de lucht in slingerde. Aan weerskanten van de gigantische waterstraal waren vele kleine regenboogjes te zien. Yvon dacht aan Erica Baron en hoopte dat Khalifa zo bekwaam

zou zijn als Raoul had beweerd. Als Stephanos Hamdi had vermoord en nu iets tegen Erica wilde ondernemen, zou Khalifa zijn beloning verdienen.
'Hoe staat het met die Amerikaanse vrouw?' vroeg Stephanos, die schijnbaar Yvons gedachten had gelezen. 'Ik wil haar spreken.'
'Ze woont in het Hilton,' zei Yvon. 'Maar ze is wat zenuwachtig door deze hele affaire. Dus spring voorzichtig met haar om. Zij is de enige aanwijzing waarover ik beschik om me op het spoor te zetten van dat Seti-beeld.'
'Ik heb op dit moment niet zo'n belangstelling voor dat beeld,' zei Stephanos, die de papieren van zich afschoof. 'Maar ik wil met haar praten en ik beloof je dat ik met mijn gebruikelijke tact zal optreden. Zeg, ben je al iets meer te weten gekomen over die Abdoel Hamdi?'
'Niet veel. Hij kwam eigenlijk uit Luxor. Hij is enkele maanden geleden naar Caïro gekomen om hier een nieuwe antiquiteitenzaak te vestigen. Hij had een zoon die op dit moment nog steeds een antiekzaak in Luxor drijft.'
'Heb je die zoon opgezocht?' vroeg Stephanos.
'Nee,' zei Yvon en stond op. Hij had z'n buik vol van Stephanos.
'Vergeet niet me op de hoogte te houden, als je iets meer over het beeld te weten komt. Ik kan het me veroorloven.' Met een vage glimlach draaide Yvon zich om. Raoul stond eveneens op en volgde hem.
'Geloof je hem?' vroeg Raoul, toen ze buiten waren.
'Ik weet niet wat ik ervan moet denken,' zei Yvon, verder lopend. 'Of ik hem wel of niet geloof is minder belangrijk dan de vraag of ik hem wel of niet vertrouw. Hij is de grootste opportunist die ik ooit heb ontmoet, niemand uitgezonderd. Ik wil dat Khalifa wordt gewaarschuwd dat hij bijzonder voorzichtig moet zijn, als Stephanos Erica ontmoet. Als hij probeert haar iets aan te doen wil ik dat hij hem neerschiet.'

Sakkara: 13.48 uur

In het vertrek bevond zich één vlieg, die herhaaldelijk een grillige

koers aflegde tussen de beide ramen. Het gezoem van zijn vleugeltjes klonk luidruchtig in deze voor het overige stille ruimte, vooral als het insekt tegen de ruit botste.
Erica keek de kamer rond. De muren en het plafond waren wit gesausd. De enige versiering bestond uit een glimlachende poster van Anwar Sadat. De enige, houten deur was gesloten.
Erica zat op een stoel met rechte leuning. Boven haar hoofd hing een kale gloeilamp, die aan een gerafelde zwarte draad van het plafond afhing. Naast de deur stond een klein metalen tafeltje, aangevuld met een tweede stoel van het model waarop ze zelf zat.
Erica's uiterlijk was volkomen geruïneerd. Haar pantalon was ter hoogte van de rechterknie gescheurd, terwijl haar knie een flinke schaafwond vertoonde. Op het rugpand van haar beigekleurige bloes prijkte een grote rode vlek van opgedroogd bloed.
Ze stak haar hand horizontaal voor zich uit en probeerde vast te stellen of het trillen al minder werd. Ze kon het moeilijk beoordelen. Op een gegeven moment had ze gedacht dat ze zou moeten overgeven, maar de aanval van misselijkheid was voorbijgegaan. Nu voelde ze elkaar opvolgende golven van duizeligheid, die ze meester kon worden door haar ogen stijf dicht te knijpen. Er viel niet aan te twijfelen dat ze nog steeds in een lichte shocktoestand verkeerde, maar langzamerhand werd haar denken helderder. Zo wist ze bijvoorbeeld dat ze was meegenomen naar een politiebureau in het dorp Sakkara.
Erica wreef in haar handen en merkte dat ze klam werden zodra ze weer aan de gebeurtenissen in het serapeum dacht. Toen Gamal bovenop haar was gevallen had ze eerst gedacht dat de grot boven haar was ingestort en zij bekneld lag onder het puin. Ze had wanhopig geprobeerd zich vrij te maken, maar binnen de smalle hekjes van de houten trap was dat onmogelijk geweest. Bovendien was het zo stikdonker om haar heen, dat ze er zelfs niet zeker van was geweest of ze haar ogen open had of dicht. Toen had ze de warme, kleverige vloeistof op haar rug gevoeld. Pas later ontdekte ze dat het het bloed was geweest van de stervende man die bovenop haar had gelegen.
Erica schudde een nieuwe golf van misselijkheid van zich af en keek op toen de deur werd geopend. Dezelfde man die er eerder

een half uur voor nodig had gehad om een of ander officieel formulier met een gebroken potlood in te vullen stapte binnen. Hij sprak maar weinig Engels, maar maakte Erica met veel misbaar duidelijk dat zij hem moest volgen. Het oeroude pistool in de holster op zijn rug stelde haar niet gerust. Ze had de bureaucratische chaos waarvoor Yvon zo bang was geweest al aan den lijve ondervonden: blijkbaar werd ze eerder als verdachte dan als een onschuldig slachtoffer beschouwd. Vanaf het moment waarop de 'arm der wet' was gearriveerd op de plaats van de moord was chaos troef geweest in het daarop volgende pandemonium. Op een zeker moment kregen twee politieagenten het over een stukje bewijsmateriaal zo erg met elkaar aan de stok, dat het bijna op een kloppartij was uitgedraaid. Ze hadden Erica's paspoort ingenomen en haar in een afgesloten arrestantenwagen naar Sakkara vervoerd, in een auto die zo heet was als een oven. Ze had talloze malen verzocht of ze het Amerikaanse consulaat mocht bellen, maar men had bij wijze van antwoord slechts de schouders opgehaald, terwijl de heren met elkaar bleven redetwisten over de vraag wat ze met haar moesten beginnen.
Nu volgde Erica de man met het oude pistool door het bouwvallige politiebureau naar buiten. Dezelfde auto die haar vanuit het serapeum hierheen had vervoerd stond te wachten met draaiende motor. Erica probeerde om haar paspoort te vragen, maar in plaats van haar te antwoorden liet de man haar vlug in de arrestantenwagen stappen. De deur werd dichtgesmeten en afgesloten. Anwar Selim zat al ineengedoken op de houten bank. Sinds de catastrofe in het serapeum had Erica hem niet meer gezien en ze was zo blij hem te hebben teruggevonden, dat ze bijna haar armen om hem heen sloeg, om hem te smeken haar te willen zeggen dat alles wel weer in orde zou komen. Maar toen ze in de auto stapte keek hij haar vuil aan en wendde zijn hoofd af.
'Ik wist wel dat ik moeilijkheden met u zou krijgen,' zei hij, zonder haar aan te kijken.
'Moeilijkheden? Met mij?' Ze zag dat hij handboeien om zijn polsen had en kromp ineen.
De auto schoot plotseling vooruit en de beide passagiers moesten zich vasthouden om niet te vallen. Erica voelde straaltjes zweet

langs haar rug lopen.
'U gedroeg zich vanaf het allereerste moment vreemd,' zei Selim, 'vooral in het museum. U was iets van plan. En ik zal het ze vertellen ook.'
'Ik...' begon Erica. Maar ze sprak niet verder. De angst verduisterde haar geest. Ze had de moord op Hamdi moeten melden. Selim wierp haar een blik toe en spuwde op de vloer van de wagen.

Caïro: 15.10 uur

Toen Erica uit de arrestantenwagen stapte herkende ze de hoek van het El Tahrirplein. Ze wist dat ze in de buurt van het Hiltonhotel was en wenste dat ze terug kon naar haar kamer om een paar telefoontjes te plegen en om hulp te vragen. Het zien van de handboeien bij Selim had haar vrees doen toenemen, en ze vroeg zich af of ze onder arrest stond.
Samen met Selim werd ze met spoed het gebouw van de Algemene Veiligheidspolitie binnengeleid. Het was stampvol mensen. Daar werden ze van elkaar gescheiden. Ze werd gefotografeerd, er werden vingerafdrukken van haar genomen en tenslotte werd ze naar een vertrek zonder ramen gebracht.
Haar begeleider salueerde stram voor een Arabier die aan een eenvoudig houten tafeltje in een dossier zat te lezen. Zonder op te kijken wuifde hij met zijn rechterhand, waarna Erica's begeleider vertrok en zachtjes de deur achter zich dichttrok. Erica bleef staan. Het bleef doodstil, een stilte die alleen werd onderbroken als de man een blad omsloeg. Door TL-lampen glom zijn kale hoofd als een gewreven appel. Hij had dunne lippen die zich bijna onmerkbaar bewogen onder het lezen. Hij was onberispelijk gekleed in een hagelwit en martiaal uniform met opstaande kraag. Door de epaulet op zijn linkerschouder liep een zwarte leren riem, waaraan een holster voor een automatisch pistool was bevestigd. Hij sloeg de laatste bladzijde om. Erica ving een glimp op van een Amerikaans paspoort, dat met een grote paperclip in het dossier was aangebracht en hoopte dat ze met iemand zou spreken die voor rede vatbaar was.

'Gaat u toch zitten, juffrouw Baron,' zei de politiefunctionaris, nog altijd zonder op te kijken. Hij had een kortaangebonden stem waarin geen enkele emotie doorklonk. Zijn smalle snorretje was kaarsrecht geschoren en zo scherp als een scheermes. De punt van zijn lange neus krulde.
Erica nam plaats op de houten stoel tegenover het tafeltje. Eronder kon ze, naast de glimmende laarzen van de politieman, haar canvas draagtas zien staan. Ze was bang geweest hem nooit meer te zullen terugzien.
Eindelijk legde de man het dossier neer en pakte het paspoort op. Hij sloeg het open bij Erica's foto, waarna zijn ogen verschillende malen tussen de foto en haar gezicht heen en weer dwaalden. Toen legde hij het paspoort voor zich op tafel, naast de telefoon.
'Ik ben luitenant Iskander,' verklaarde hij, zijn handen vouwend op het tafelblad. Daarna zweeg hij even en keek Erica onderzoekend aan. 'Wat gebeurde er precies in het serapeum?'
'Ik weet het niet,' stamelde Erica. 'Ik klom een trapje op om een sarcofaag te gaan bekijken. Op dat moment werd ik van achteren neergeslagen. Daarna viel er iemand bovenop mij en ging het licht uit.'
'Heeft u gezien wie u heeft neergeslagen?' Zijn uitspraak verried een licht Engels accent.
'Nee,' zei Erica. 'Het ging allemaal razendsnel in z'n werk.'
'De man die bovenop u viel werd neergeschoten. Heeft u de schoten niet gehoord?'
'Nee, niet bewust tenminste. Ik hoorde verschillende geluiden, alsof iemand een mat uitklopte. Maar ik heb geen schoten gehoord.'
Luitenant Iskander knikte en noteerde iets in het dossier. 'Wat gebeurde er daarna?'
'Ik kon niet onder de man vandaan komen die bovenop mij was gevallen,' zei Erica, zich opnieuw haar doodsangst herinnerend. 'Er klonken enkele kreten, geloof ik, maar ik ben er niet helemaal zeker van. Wel herinner ik me dat iemand een paar kaarsen kwam brengen. Ze hielpen me op de been en iemand zei me dat de man dood was.'
'Dat is alles?'

'Eerst kwamen de bewakers van het serapeum, daarna de politie.'
'Hebt u gekeken naar de man die neergeschoten was?'
'Min of meer. Ik vond het nogal moeilijk naar hem te kijken.'
'Had u hem ooit eerder gezien?'
'Nee,' zei Erica.
Hij stak zijn hand onder de tafel, tilde de draagtas op en schoof deze Erica toe. 'Kijkt u even of er iets ontbreekt.'
Erica controleerde de inhoud. Fototoestel, gids, portemonnee – er scheen niets te ontbreken. Ze telde haar geld en controleerde haar reischeques. 'Alles lijkt in orde.'
'Dus men heeft u niet beroofd.'
'Nee,' zei Erica. 'Ik denk van niet.'
'U bent afgestudeerd egyptologe. Klopt dat?' vroeg luitenant Iskander.
'Ja,' zei Erica.
'Verbaast het u als u hoort dat de vermoorde man werkte voor de Oudheidkundige Dienst?'
Iskanders kille ogen vermijdend staarde Erica naar haar handen en realiseerde zich voor de eerste maal dat ze voortdurend nerveuze bewegingen met haar handen had gemaakt. Ze hield haar handen stil en dacht na. Hoewel ze innerlijk de drang voelde Iskanders vragen snel te beantwoorden, wist ze dat de vraag die haar zojuist was gesteld belangrijk was, misschien wel de belangrijkste uit het hele verhoor. Hij deed haar denken aan Achmed Khazzan. Hij had gezegd dat hij directeur van de Oudheidkundige Dienst was. Misschien zou híj kunnen helpen.
'Ik weet eigenlijk niet wat ik daarop moet antwoorden,' zei ze tenslotte. 'Het verbaast me niet dat de man voor de Oudheidkundige Dienst werkte. Hij kon iedereen zijn geweest. In elk geval kende ik hem beslist niet.'
'Waarom bracht u een bezoek aan het serapeum?' vroeg luitenant Iskander.
Erica herinnerde zich Selims beschuldigingen in de arrestantenwagen en overdacht haar antwoord zorgvuldig. 'De gids die ik voor de hele dag had gehuurd stelde het voor,' zei Erica.
Luitenant Iskander sloeg het dossier weer open en noteerde opnieuw iets.

'Mag ik u een vraag stellen?' vroeg Erica met aarzelende stem.
'Zeker.'
'Kent u Achmed Khazzan?'
'Natuurlijk,' zei luitenant Iskander. 'U kent de heer Khazzan?'
'Inderdaad – en ik zou graag met hem willen spreken,' zei Erica.
Luitenant Iskander stak zijn hand uit naar de telefoon en bleef naar Erica kijken, terwijl hij een nummer draaide. Hij glimlachte niet.

Caïro: 16.05 uur

De wandeling scheen eindeloos. De gangen voor haar strekten zich zo ver uit, dat hun uiteinden door de werking van het perspectief zo groot leken als een speldeknop. En het wemelde er van mensen. Egyptenaren in de meest uiteenlopende kledij, vanaf westerse kostuums tot gerafelde boernoezen, stonden in rijen te wachten voor de deuren van kantoren, of kwamen er in groepjes uit. Sommigen lagen op de grond te slapen, zodat Erica en haar begeleider over hen heen moesten stappen. Er hing een benauwende atmosfeer van sigaretterook, knoflook en de vettige geur van lamsvlees.
Toen Erica het kantoor van de Oudheidkundige Dienst bereikte herinnerde ze zich de vele kasten, bureaus en ouderwetse schrijfmachines van de vorige avond. Het verschil was dat ze nu allemaal bezet werden door ogenschijnlijk hard werkende ambtenaren. Na een korte periode van wachten werd Erica de werkkamer van Achmed binnengeleid. De airconditioning werkte op volle toeren en de frisse koelte in het vertrek was een welkome opluchting.
Achmed stond achter zijn bureau uit het raam te kijken. Tussen het Hilton en het kale skelet van het in aanbouw zijnde nieuwe Intercontinental was een stukje van de Nijl zichtbaar. Hij draaide zich om toen Erica binnenkwam.
Ze had zich erop voorbereid om haar moeilijkheden er in één stroom uit te flappen, als een overstromende rivier, om daarna Achmed om hulp te smeken. Maar iets in de uitdrukking van zijn gelaat weerhield haar. Er lag een verdrietige trek op zijn gezicht.

Zijn ogen waren versluierd en zijn dikke, zwarte haar was verward, alsof hij herhaaldelijk zijn hand door zijn haar had gehaald.
'Is alles goed met u?' vroeg Erica oprecht bezorgd.
'Ja,' zei Achmed langzaam. Zijn stem klonk aarzelend en gedeprimeerd. 'Ik heb nooit geweten wat voor spanningen het leiden van deze dienst met zich mee kon brengen.' Hij liet zich in zijn stoel vallen, zijn ogen een ogenblik gesloten. De eerste maal had Erica slechts intuïtief zijn gevoelige natuur aangevoeld. Nu wilde ze om het bureau heenlopen en de man troosten.
Achmed opende zijn ogen. 'Het spijt me,' zei hij. 'Neemt u plaats alstublieft.'
Erica gehoorzaamde.
'Ik heb een beknopt verslag gekregen van dat voorval in het serapeum, maar ik zou graag het verhaal in uw eigen woorden willen horen.'
Erica begon bij het begin. Daar ze absoluut alles wilde vertellen, maakte ze zelfs melding van de donkere schim in het museum die haar nerveus had gemaakt.
Achmed luisterde aandachtig, zonder haar te onderbreken. Pas nadat ze haar verhaal had beëindigd begon hij te spreken. 'De doodgeschoten man heette Gamal Ibrahim en was hier werkzaam, bij de Oudheidkundige Dienst. Hij was een beste jongen.' Achmeds ogen glinsterden van tranen. Nu ze een uiterlijk zo krachtige man zo bewogen zag, heel anders dan de Amerikaanse mannen die zij kende, vergat Erica haar eigen moeilijkheden. Dit vermogen tot het openlijk laten blijken van emoties was een zeer aantrekkelijke eigenschap. Achmed sloeg zijn ogen neer en vermande zich, alvorens verder te gaan. 'Heeft u Gamal in de loop van de morgen eerder opgemerkt?'
'Ik dacht van niet,' zei Erica, overigens zonder veel overtuiging. 'Het ís mogelijk dat ik hem in de uitspanning te Memphis heb gezien, maar ik ben er niet zeker van.'
Achmed haalde zijn hand door zijn dikke haardos. 'Vertelt u me eens,' zei hij, 'was Gamal al op het houten platform in het serapeum, toen u het trapje opkwam?'
'Dat klopt,' zei Erica.
'Dat lijkt me heel vreemd,' zei Achmed.

'Waarom?' informeerde Erica.
Achmed leek lichtelijk te blozen. 'Ik denk alleen even hardop,' zei hij ontwijkend. 'Er klopt helemaal niets van, het is allemaal zo onlogisch.'
'Zo denk ik er ook over, meneer Khazzan. En ik wil u verzekeren dat ik met die hele kwestie niets te maken had. Absoluut niets. Verder vind ik dat ik de gelegenheid zou moeten krijgen, de Amerikaanse ambassade te bellen.'
'U mag de Amerikaanse ambassade opbellen,' antwoordde Achmed. 'Maar eerlijk gezegd zal dat niet nodig zijn.'
'Ik geloof dat ik wel wat hulp zou kunnen gebruiken.'
'Miss Baron, het spijt me dat men u vandaag zoveel last heeft bezorgd. Maar feitelijk is dit óns probleem. U zult kunnen bellen met iedereen die u maar wilt, zodra u terug bent in uw hotel.'
'Dus u gaat me hier niet vasthouden?' vroeg Erica, bijna angstig om te geloven wat ze hoorde.
'Natuurlijk niet,' zei Achmed.
'Dat is goed nieuws,' zei Erica. 'Maar er is nog iets anders dat ik u moet vertellen. Ik had het u gisteravond al moeten vertellen, maar ik was bang. In ieder geval...' Ze haalde diep adem. 'Ik heb twee buitengewoon vreemde, angstige dagen achter de rug. Ik weet niet welke dag erger was. Gistermiddag ben ik zonder het te willen getuige geweest van een tweede moord, hoe ongelooflijk dat ook moge klinken.' Onwillekeurig huiverde Erica. 'Ik zag bij toeval hoe een oude man die Abdoel Hamdi heette door drie mannen werd vermoord, en...'
Achmeds stoel kwam met een donderende klap op de vloer terug. Hij had achterover zitten leunen. 'Hebt u hun gezichten gezien?' Zijn verbazing en bezorgdheid waren overduidelijk.
'Twee van hen, ja, de derde niet,' zei Erica.
'Zou u degenen die u hebt gezien kunnen identificeren?' vroeg Achmed.
'Misschien. Ik weet het niet zeker. Maar ik wil graag mijn verontschuldigingen aanbieden voor het feit dat ik u dit gisteravond niet heb verteld. Ik was werkelijk heel erg bang.'
'Dat begrijp ik,' zei Achmed. 'Maak u maar geen zorgen. Ik regel het wel. Maar uiteraard zullen we u nog een massa vragen moeten

stellen.'
'Nog meer vragen...' zei Erica gelaten. 'Eigenlijk zou ik graag zo snel mogelijk weg willen uit Egypte. Deze reis pakt volkomen anders uit dan mijn bedoeling was geweest.'
'Dat spijt me, juffrouw Baron,' zei Achmed, die langzamerhand de houding terugvond die Erica zich herinnerde van de vorige avond. 'Onder deze omstandigheden zult u geen toestemming krijgen te vertrekken, alvorens deze kwesties zijn opgehelderd óf wij er zeker van zijn dat u ons niet verder kunt helpen. Het spijt me oprecht dat u er op deze manier bij betrokken bent geraakt. Maar u zult vrij zijn om overal heen te gaan waarheen u maar wilt – mits u mij even laat weten of u van plan bent uit Caïro weg te gaan. Nog eens, het staat u volkomen vrij dit probleem met de Amerikaanse ambassade te bespreken. Maar u moet wel voor ogen houden dat zij over onze binnenlandse aangelegenheden geen zeggenschap hebben.
'In het land vastgehouden worden is heel wat aangenamer dan celarrest,' zei Erica, zwakjes glimlachend. 'Hoelang zal het naar u mening duren voor ik toestemming krijg te vertrekken?'
'Moeilijk te zeggen. Misschien een week. Hoewel het misschien moeilijk voor u zal zijn, raad ik u aan te proberen uw ervaringen hier als enkele ongelukkige incidenten te beschouwen. Ik vind dat u moet proberen van uw verblijf in Egypte te genieten.' Achmed speelde met de potloden op zijn bureau, voor hij verder begon te spreken. 'Als regeringsvertegenwoordiger zou ik u graag vanavond een etentje willen aanbieden en u laten zien dat Egypte bijzonder aangenaam kan zijn.'
'Dank u wel,' zei Erica, oprecht getroffen door Achmeds zorgzaamheid, 'alleen ben ik bang dat ik al heb afgesproken met Yvon Julien de Margeau.'
'O, ik begrijp het,' zei Achmed, haar ogen vermijdend. 'Wel, aanvaardt u alstublieft mijn excuses, in naam van onze regering. Ik zal u naar uw hotel laten rijden en beloof u dat ik nog contact met u op zal nemen.'
Hij stond op en reikte Erica de hand, over zijn bureau heen. Zijn handdruk was aangenaam stevig en warm. Erica wandelde de kamer uit, verrast door het abrupte eind van het onderhoud en stom-

verbaasd over haar vrijheid.
Zodra zij weg was liet Achmed zijn adjunct-directeur, Zaki Riad, naar zijn kamer komen. Riad werkte al vijftien jaar langer bij de dienst, maar was gepasseerd bij Achmeds komeetachtige opkomst en aanstelling tot directeur. Ofschoon hij een intelligente man met een snelwerkende geest was, was hij lichamelijk het volslagen tegendeel van Achmed. Hij was corpulent en had een wat opgeblazen gezicht, terwijl zijn haar even zwart en krullend was als de vacht van een karakoel-lammetje.
Achmed was naar de reusachtige landkaart van Egypte gelopen en draaide zich om toen zijn assistent plaats had genomen. 'Wat maak jij van dit alles, Zaki?'
'Ik kan er geen touw aan vastknopen,' antwoordde Zaki, zijn voorhoofd afvegend, dat ondanks de airconditioning transpireerde. Hij genoot ervan, Achmed onder druk te zien staan.
'Al sla je me dood, ik kan maar niet uitknobbelen waarom Gamal werd neergeschoten,' zei Achmed die met zijn rechtervuist in zijn geopende linkerhandpalm sloeg. 'God, zo'n jonge vent nog, met een vrouw en twee kinderen. Geloof jij dat zijn dood iets te maken had met het feit dat hij Erica Baron schaduwde?'
'Ik zie niet in, hoe,' zei Zaki. 'Maar ik veronderstel dat die mogelijkheid bestaat.' Deze laatste opmerking was bedoeld als een steek onder water. Zaki stak een gedoofde pijp in zijn mond, zonder acht te slaan op de as die op zijn borst dwarrelde.
Achmed bedekte zijn ogen met zijn hand en masseerde zijn hoofdhuid; toen liet hij zijn hand langzaam omlaag glijden om zijn weelderige snor te strelen. 'Het is allemaal zo verdomd onlogisch.' Hij draaide zich om en keek naar de grote landkaart. 'Ik vraag me af of er soms iets in Sakkara aan de hand is. Misschien zijn er illegaal enkele nieuwe graftombes ontdekt.' Hij liep weer naar zijn bureau en ging zitten. 'Maar wat nog verontrustender is: de immigratiedienst berichtte mij dat Stephanos Markoulis vandaag in Egypte is aangekomen. Zoals je weet komt hij hier niet al te vaak.' Achmed boog zich voorover en keek Zaki Riad recht aan. 'Vertel me eens, wat heeft de politie ons over Abdoel Hamdi gerapporteerd?'
'Heel weinig,' zei Zaki. 'Blijkbaar werd hij beroofd. De politie wist erachter te komen dat de oude man er kortgeleden duidelijk

beter was komen voor te staan en zijn antiekhandel van Luxor naar Caïro had verplaatst. Bovendien had hij kans gezien, stukken van grotere waarde in te kopen. Hij moet over wat geld hebben beschikt. Dus werd hij beroofd.'

'Enig idee waar dat geld vandaan kwam?' vroeg Achmed.

'Nee, maar er is iemand die dat misschien kan vertellen. De oude man heeft een zoon die in Luxor in oudheden handelt.'

'Heeft de politie die zoon ondervraagd?' vroeg Achmed.

'Niet dat ik weet,' zei Zaki. 'Dat zou voor de politie wat al te logisch zijn geweest. In feite hebben ze niet zoveel belangstelling voor de zaak om daartoe over te gaan.'

'Maar ik wél,' zei Achmed. 'Zorg voor luchtvervoer, zodat ik vanavond nog naar Luxor kan gaan. Ik zal de zoon van Abdoel Hamdi morgenochtend eens een bezoekje brengen. Stuur bovendien wat extra bewakers naar de necropolis van Sakkara.'

'Weet je zeker dat dit het juiste moment voor jou is om uit Caïro weg te gaan?' vroeg Zaki die met de steel van zijn pijp gebaarde.

'Zoals je al zei: als Stephan Markoulis in Caïro is moet er iets aan de hand zijn.'

'Misschien heb je gelijk, Zaki,' zei Achmed. 'Maar ik geloof dat ik er even tussenuit moet en een dag of wat in mijn eigen huis aan de Nijl moet doorbrengen. Ik kan er niets aan doen, maar ik voel me ontzettend verantwoordelijk voor die arme Gamal. Als ik me zo gedeprimeerd voel is Luxor een goede balsem voor mijn emoties.'

'En hoe moet het dan met die Amerikaanse vrouw, Erica Baron?' Met een roestvrijstalen aansteker stak Zaki de brand in zijn pijp.

'Ze maakt het uitstekend. Ze was wat angstig, maar ze leek zich al weer aardig in de hand te hebben tegen de tijd dat ze hier wegging. Ik weet nog niet hoe ik zelf zou reageren als ik binnen vierentwintig uur getuige was geweest van twee moorden, vooral niet als een van de slachtoffers bovenop mij terecht was gekomen.'

Zaki nam enkele bedachtzame halen van zijn pijp, voor hij het gesprek voortzette. 'Vreemd. Maar, Achmed, toen ik je naar miss Baron vroeg informeerde ik niet naar haar gezondheid. Ik wilde weten of je haar wilde laten schaduwen.'

'Nee,' zei Achmed nijdig. 'Vanavond niet. Ze zal in het gezelschap zijn van de Margeau.' Bijna op hetzelfde ogenblik dat hij de woor-

den uitsprak voelde Achmed zich beschaamd. Zijn emotionaliteit was niet op z'n plaats.
'Dit is niets voor jou, Achmed,' zei Zaki, zijn superieur aandachtig opnemend. Hij kende Achmed nu al verscheidene jaren, maar had nog nooit gemerkt dat Achmed belangstelling had voor vrouwen. Nu leek het er plotseling verdacht veel op dat Achmed jaloers was. Nu hij in Achmed een potentiële menselijke zwakheid had ontdekt was Zaki inwendig in zijn nopjes. Hij had een gloeiende afkeer gekregen van Achmeds onberispelijke staat van dienst.
'Misschien is het wel het beste voor je om een paar dagen naar Luxor te gaan. Ik zal in elk geval met alle plezier de zaken hier in Caïro in de hand houden en zal persoonlijk een onderzoek in Sakkara instellen.'

Caïro: 17.35 uur

Zelfs toen de regeringsauto voor het Hilton stopte kon Erica nog altijd niet geloven dat ze haar hadden laten gaan. Ze opende het portier nog voor de auto helemaal stilstond en bedankte de chauffeur alsof hij persoonlijk de hand had gehad in haar vrijlating. Het Hilton binnenstappen was bijna alsof ze thuiskwam.
Ook nu was het bijzonder druk in de foyer. De middagvluchten hadden een gestage stroom passagiers uitgebraakt. De meesten zaten op hun koffers te wachten, terwijl de inefficiënte hotelorganisatie de dagelijkse stortvloed probeerde te verwerken.
Erica realiseerde zich hoe slecht haar uiterlijk hier op z'n plaats moest lijken. Ze was verhit en bezweet en zag er ontzettend uit. De grote bloedvlek zat nog altijd op haar rug en haar katoenen pantalon verkeerde in een desolate conditie, onder de vuile vlekken en met een gescheurde rechterknie. Als er een andere manier was geweest om haar kamer te bereiken zou ze die hebben gebruikt. Ongelukkig genoeg moest ze dwars over het grote roodblauwe Oosterse tapijt onder de grote kristallen kroon de hal oversteken. Ze had het gevoel alsof ze in de schijnwerpers stond en de mensen begonnen haar aan te gapen.
Een van de mannen achter de receptiebalie kreeg haar in het oog

en wees met zijn pen in haar richting. Erica versnelde haar pas en durfde niet achter om te kijken, uit angst dat er iemand zou komen om haar tegen te houden. Ze bereikte de liften en drukte verschillende malen op de knop, terwijl het lichtje dat aangaf waar de lift zich bevond langzaam de begane grond naderde. Zodra de liftdeuren opengleden stapte ze naar binnen en vroeg de liftbediende om de negende etage.

Hij knikte zwijgend. De deuren begonnen dicht te glijden, maar voor ze zich hadden kunnen sluiten klemde er zich een hand om de rand, die de liftbediende dwong de deuren weer te openen. Erica drukte zich tegen de achterwand van de lift en hield haar adem in.

'Goeiendag,' zei een grote man met een stetson en grote cowboylaarzen. 'Bent u Erica Baron?'

Erica's mond ging open, maar er kwam geen geluid uit.

'Ik ben Jeffrey John Rice, uit Houston. U bent Erica Baron?' De man bleef de deur vasthouden om te voorkomen dat hij dicht kon glijden. De liftbediende stond erbij als een stenen standbeeld.

Als een schuldig kind knikte Erica bevestigend.

'Heel prettig, kennis met u te kunnen maken, juffrouw Baron.' Jeffrey Rice stak zijn hand uit.

Erica tilde haar eigen hand op als een automaat. Jeffrey Rice begon hem uitbundig te schudden. 'Zeer vereerd, juffrouw Baron. Ik zou u graag willen voorstellen aan mijn vrouw.'

Zonder haar hand los te laten trok Jeffrey Rice haar met kracht de lift uit. Ze struikelde naar voren, haastig haar draagtas vastgrijpend toen de riem van haar schouder glipte.

'We hebben urenlang op u zitten wachten,' zei Rice, Erica met zich meetrekkend naar de foyer.

Na vier of vijf onbeholpen passen wist ze haar hand uit de greep van Rice te bevrijden. 'Meneer Rice,' zei ze toen ze stilstond., 'ik zou graag kennis willen maken met uw vrouw, maar een andere keer, graag. Ik heb een buitengewoon beroerde dag achter de rug.'

'Inderdaad zie je er wat gehavend uit, liefje, maar laten we iets gaan drinken.'

Opnieuw stak hij zijn hand uit en greep haar pols vast.

'Meneer Rice!' zei Erica scherp.

'Kom nou, liefje. We hebben de halve wereld afgereisd om je te pakken te krijgen!'
Erica staarde naar het getaande, spiegelglad geschoren gezicht van Jeffrey Rice. 'Wat bedoelt u precies, meneer Rice?'
'Precies wat ik zei. Mijn vrouw en ik zijn uit Houston hierheen gekomen om u te kunnen spreken. We hebben de hele nacht gevlogen. Gelukkig beschik ik over mijn eigen vliegtuig. Het minste wat u kunt doen is een drankje met ons gebruiken.'
Plotseling kwam de naam haar bekend voor. Jeffrey Rice, was dat niet de man die in het bezit was van dat andere beeld van Seti I, dat nu in Houston stond? Het was al laat op de avond geweest, toen ze er met doctor Lowery over had gesproken, maar nu herinnerde ze het zich weer.
'U komt uit Houston?'
'Klopt. We zijn de oceaan overgevlogen. Een paar uur geleden geland. Nou, kom maar mee en maak kennis met mijn vrouw, Priscilla.'
Erica liet zichzelf willoos door de foyer trekken, om te worden voorgesteld aan Priscilla Rice, een zuidelijke schoonheid met een diep decolleté en een kolossale diamantring aan haar vinger, die wat fonkelen en glanzen betreft met succes wedijverde met de reusachtige kristallen kroon aan het plafond. Haar Texas-accent was nog zangeriger dan dat van haar echtgenoot.
Jeffrey Rice loodste zijn vrouw en Erica als een herdershond de Taverne-bar in. Zijn gebiedende manier van doen en luide stem waren een garantie voor een zeer vlotte bediening, temeer daar hij kwistig Egyptische bankbiljetten van een pond uitdeelde als fooi.
In het schemerige licht van de cocktailbar ebde Erica's achterdocht wat weg. Ze gingen in een hoek-séparé zitten, waar Erica's gescheurde en smerige kleren niet op zouden vallen.
Jeffrey Rice bestelde bourbon puur voor zichzelf en zijn vrouw en een wodka-tonic voor Erica, die zichzelf voelde kalmeren en zelfs moest lachen om de opgesmukte verhalen van de man uit Texas over hun ervaringen met de douane. Erica gunde zichzelf een tweede wodka-tonic.
'Wel, en nu ter zake,' zei Jeffrey Rice wat minder luid. 'Ik wil dit uurtje beslist niet bederven, maar we hebben een lange weg afge-

legd. Naar verluidt zoudt u een beeld van farao Seti I hebben gezien.'
Erica merkte op dat de houding van Rice een opmerkelijke verandering had ondergaan. Ze veronderstelde dat hij een geslepen zakenman was onder dat mom van de joviale Texas-miljonair.
'Doctor Lowery zei dat u wat foto's van dat beeld van mij wilde hebben, vooral van de hiëroglyfen in de sokkel. Die foto's heb ik hier bij me.' Jeffrey Rice trok een enveloppe uit zijn binnenzak en hield die omhoog. 'Welnu, ik wil u deze foto's met genoegen afstaan, mits u mij vertelt waar u dat beeld hebt gezien waarover u met doctor Lowery hebt gesproken. Ziet u, ik was van plan om mijn beeld aan de stad Houston te schenken, maar dat zou nu niet bepaald een unieke schenking zijn als er een hele massa van dat soort beelden in omloop was. Met andere woorden: ik ben van plan dat beeld te kopen dat u hebt gezien. Feitelijk ben ik bereid om 10000 dollar te betalen aan degene die me alleen maar kan vertellen waar het is, zodat ik het kan kopen. Uzelf inbegrepen.'
Erica zette haar glas neer en staarde Jeffrey Rice aan. Nu ze de schrijnende armoede in Caïro had gezien wist ze, dat 10000 dollar hier dezelfde uitwerking zouden hebben als een miljard dollar in New York. Deze 'beloning' zou een ongelooflijke druk in de onderwereld van Caïro veroorzaken. Aangezien de dood van Abdoel Hamdi zonder twijfel in verband stond met het standbeeld, konden de 10000 dollar die haar zojuist waren geboden voor het verstrekken van inlichtingen talloze nieuwe sterfgevallen teweegbrengen. Het was een angstaanjagende gedachte.
Haastig beschreef Erica de ervaring die ze met Abdoel Hamdi en het beeld van Seti I had opgedaan. Rice luisterde aandachtig, na de naam van Abdoel Hamdi te hebben genoteerd. 'Weet u of nog iemand anders dat beeld te zien heeft gekregen?' vroeg hij, zijn stetson naar achteren schuivend.
'Niet dat ik weet,' zei Erica.
'Is er nog iemand anders die wist dat Abdoel Hamdi dat beeld in zijn bezit had?'
'Ja,' zei Erica. 'Yvon Julien de Margeau. Hij logeert in het Meridien. Hij liet doorschemeren dat Hamdi met potentiële kopers over de gehele wereld had gecorrespondeerd, dus vermoedelijk

zijn er heel wat mensen die wisten dat Hamdi het beeld in zijn bezit had.'

'Het ziet er naar uit dat dit een stuk leuker wordt dan we hadden verwacht,' zei Rice die zich over de tafel boog en zijn vrouw op de slanke leest klopte.

Hij wendde zich weer tot Erica en overhandigde haar de enveloppe met foto's. 'Hebt u er enig idee van waar dat beeld op dit moment kan zijn?'

Erica schudde haar hoofd. 'Niet in het minst,' zei ze en opende de enveloppe. Ondanks het zwakke licht kon ze gewoon niet langer wachten om de foto's te bekijken, dus haalde ze de foto's uit de enveloppe en bestudeerde de eerste aandachtig.

'Dat is nog eens een beeld, niet?' zei Rice, alsof hij Erica foto's liet zien van zijn eerstgeborene. 'Daarbij vergeleken ziet al dat spul van Toetanchamon eruit als kinderspeelgoed.'

Jeffrey Rice had gelijk. Terwijl ze de foto's bekeek moest Erica toegeven dat het beeld verbijsterend mooi was. Maar ook kon ze iets anders opmerken. Voor zover ze zich kon herinneren was dit beeld identiek aan het beeld dat zij had gezien. Toen weifelde ze. Terwijl ze het beeld van Rice bekeek zag ze dat de rechterhand de met juwelen bezette scepter vasthield. Maar ze herinnerde zich nu dat de scepter zich bij het beeld van Abdoel in de linkerhand had bevonden! De beelden waren níet precies gelijk: het waren elkaars spiegelbeelden! Vlug keek Erica de overige foto's door. Het waren afbeeldingen van het beeld vanuit iedere mogelijke gezichtshoek – zeer goede foto's, die kennelijk door een beroepsfotograaf waren gemaakt. Eindelijk, onderaan het stapeltje, vond ze de close-ups. Erica voelde haar hart sneller gaan kloppen toen ze de hiëroglyfen zag. Het was te donker in de bar om de inscripties duidelijk te kunnen zien, maar door de foto schuin te houden kon ze de beide farao-cartouches zien. Daar stonden de beide koningsnamen: Seti I en Toetanchamon. Verbazingwekkend.

'Juffrouw Baron,' zei Jeffrey Rice, 'het zou ons een genoegen doen als u met ons het diner zou willen gebruiken. 'Priscilla Rice lachte haar warm toe, toen haar echtgenoot deze uitnodiging uitsprak.

'Dank u,' zei Erica, de foto's weer in de enveloppe stekend. 'Jam-

mer genoeg heb ik al plannen gemaakt. Misschien een andere avond, als u tenminste nog in Egypte blijft.'
'Vanzelfsprekend,' zei Jeffrey Rice. 'Of u en uw gezelschap zouden ons vanavond gezelschap kunnen houden.'
Erica overwoog dit aanbod een moment, maar sloeg het toen af. Jeffrey Rice en Yvon de Margeau pasten volstrekt niet bijelkaar. Erica wilde zich al excuseren toen ze aan iets anders dacht. 'Meneer Rice, hoe heeft u uw beeld van Seti I eigenlijk gekocht?' Haar stem klonk aarzelend, want ze was zich bewust van het indringende karakter van haar vraag.
'Met geld, m'n liefje!' Jeffrey Rice lachte uitbundig en sloeg met zijn hand op tafel. Blijkbaar vond hij het een geweldige grap. Erica glimlachte zwakjes en wachtte, in de hoop dat hij iets meer zou loslaten.
'Ik hoorde erover via een bevriende kunsthandelaar in New York. Hij belde me op en zei dat er een schitterend stuk Egyptisch goudsmeedwerk achter gesloten deuren geveild zou gaan worden.'
'Achter gesloten deuren?'
'Ja, zonder publiciteit. Min of meer ongemerkt. Dat gebeurt zo vaak.'
'Was dat hier, in Egypte?'
'Nee, Zürich.'
'Zwitserland,' zei Erica ongelovig. 'Waarom Zwitserland?'
Jeffrey Rice haalde zijn schouders op. 'Op dat soort veilingen stel je geen vragen. Je moet een zekere etiquette in acht nemen.'
'Weet u ook hoe het in Zürich terecht was gekomen?'
'Nee,' zei Rice. 'Zoals ik al zei stel je geen vragen. De veiling was georganiseerd door een van de grote Zwitserse banken – en die zijn gewoonlijk zo gesloten als een oester. Het enige wat zij willen is geld.' Glimlachend stond hij op en bood aan, Erica tot de lift te begeleiden. Blijkbaar was hij niet van plan verder nog iets te zeggen.
Erica's hoofd duizelde toen ze haar kamer binnenstapte. De verklaringen van Jeffrey Rice waren daar in even grote mate verantwoordelijk voor als de beide wodka-tonics. Terwijl hij samen met haar op de lift had staan wachten, liet hij zich terloops ontvallen dat het Seti-beeld niet de enige en eerste Egyptische oudheidkun-

dige vondst was die hij in Zürich had gekocht. Hij was in het bezit van verschillende gouden beelden en een schitterend halssnoer met borstschild, objecten die vermoedelijk allemaal stamden uit de regeringsperiode van Seti I.

Erica legde de enveloppe met foto's op de kleine secretaire en dacht na over de voorstellingen die zij vroeger had gehad van de zwarte markt in oudheden: iemand vond een klein kunstvoorwerp in het zand en verkocht dat aan iemand die het graag wilde hebben. Nu zag ze zich gedwongen toe te geven dat de uiteindelijke verkoop plaatsvond in de met lambrizeringen betimmerde vergaderzalen van internationale banken. Het was niet te geloven.

Erica trok haar bloes uit, staarde naar de bloedvlek en gooide het kledingstuk impulsief in de afvalemmer. Haar pantalon deelde het lot van de bloes. Toen ze haar beha afdeed zag ze dat het bloed zelfs door het bandje van de beha was geabsorbeerd. Maar ze kon zich niet zo lichtvaardig van haar beha ontdoen. Erica vond het kopen van beha's altijd weer moeilijk en ze kende slechts enkele merken die haar prettig zaten. Alvorens iets overhaast te doen trok ze de bovenste lade van de ladenkast open, waarin ze haar lingerie had opgeborgen, om te tellen hoeveel ze er had meegenomen. Maar in plaats van te tellen betrapte ze zich er op dat ze naar haar ondergoed stond te staren. Lingerie was de enige buitensporigheid die Erica zich altijd had veroorloofd, zelfs gedurende haar magere jaren als studente. Ze genoot van het geruststellende, vrouwelijke gevoel dat duur ondergoed haar verschafte. Om die reden sprong ze er zuinig mee om en had ze, toen ze haar koffer had uitgepakt, er rustig de tijd voor genomen om haar spullen netjes op te bergen. Maar nu zag de inhoud van de la er anders uit. Iemand had haar bezittingen doorzocht!

Erica stond op en keek de kamer rond. Het bed was opgemaakt, dus kennelijk was het kamermeisje binnen geweest. Maar zou iemand van het huishoudelijk personeel in haar spullen hebben gerommeld? Het was natuurlijk mogelijk. Haastig controleerde ze de middelste lade en trok haar spijkerbroek eruit. In de broekzak zaten haar diamanten oorringen, het laatste cadeau dat zij van haar vader had gekregen. Haar vliegtuigticket voor de terugreis en het stapeltje reischeques zat onaangeroerd in de kontzak. Toen ze

had vastgesteld dat alles er nog was slaakte ze een zucht van verlichting en legde de broek terug.
Ze bekeek opnieuw de inhoud van de bovenste lade en vroeg zich af of ze die morgen zelf aan haar spullen was geweest. Ze wandelde naar de badkamer, pakte haar plastic toilettas en controleerde de inhoud. Natuurlijk stopte ze er alles niet keurig netjes in, maar toch gebruikte ze de diverse artikelen op een ordelijke manier en liet ze ze na gebruik gewoon in de tas vallen. Normaal gesproken zou haar cleanser op de bodem hebben moeten liggen; in plaats daarvan lag het potje bovenop. Net als haar voorbehoedspillen, die ze altijd 's avonds innam. Erica staarde zichzelf aan in de spiegel. Haar ogen hadden een gekrenkte uitdrukking, dezelfde uitdrukking die ze hadden gehad nadat die jongen haar de vorige dag in de bazaar had betast. Iemand had aan haar spullen gezeten. Erica vroeg zich af of ze het voorval aan de hoteldirectie moest melden. Maar wat moest ze zeggen, terwijl er niets was ontvreemd?
Erica liep terug naar het halletje en sloot nerveus haar kamerdeur af door de grendel ervoor te schuiven. Toen wandelde ze naar het balkon en keek door de glazen schuifdeur naar buiten, waar de felle Egyptische zon de westelijke horizon begon te naderen. De Sfinx zag eruit als een hongerige leeuw, klaar voor de sprong. De piramiden verhieven hun massieve vormen naar een bloedrode hemel. Erica wilde dat ze zich wat gelukkiger in hun schaduwen kon voelen.

Caïro: 22.00 uur

Het etentje met Yvon ontpopte zich als een verrukkelijk romantisch intermezzo. Erica stond zelf versteld van haar geestelijke veerkracht; ondanks de akelige dag en de schuldgevoelens die ze had gehad na haar telefoongesprek met Richard bleek ze in staat van de avond volop te genieten. Yvon had haar aan haar hotel afgehaald toen de plaats waar de zon was ondergegaan nog nagloeide als een uitdovend vuur. Ze waren in zuidelijke richting langs de Nijl gereden, weg uit de stoffige hitte van Caïro naar het stadje Maädi. Toen de sterren aan de donker wordende hemel begonnen op te lichten was Erica's gespannenheid in de koele avondlucht vervluchtigd.

Het restaurant droeg de naam Sea Horse en lag pal aan de Nijl, op de oostelijke oever. Gebruik makend van het volmaakte avondklimaat in Egypte was de eetzaal aan alle vier de zijden geheel open. Aan de overkant van de rivier waren de geïllumineerde piramiden van Gizeh zichtbaar boven een rij palmen. Hun diner bestond uit verse vis en reusachtige garnalen uit de Rode Zee, die op een open vuur waren gegrild. Ze spoelden hun eten weg met een gekoelde witte wijn die Gianaclis werd genoemd. Yvon vond de wijn afschuwelijk en lengde hem aan met mineraalwater, maar Erica vond de lichtelijk zoete, fruitige smaak ervan heel lekker.

Ze keek toe hoe hij dronk en bewonderde zijn strakzittende, donkerblauwe zijden overhemd. Het deed haar denken aan haar zijden bloesjes, die ze erg waardeerde en alleen bij speciale gelegenheden droeg. Eigenlijk zou dat zijden overhemd op haar een verwijfde indruk hebben moeten maken, maar dat was niet het geval. In feite leek de zilveren glans ervan zijn mannelijkheid te onderstrepen. Erica had er ruimschoots de tijd voor genomen om zich te kleden, en haar moeite bleek niet tevergeefs. Haar pas gewassen haar had ze losjes aan weerskanten van haar hoofd naar achteren gekamd en werd nu door kammetjes van schildpad op de plaats gehouden. Ze had een chocoladekleurige japon van jersey met een geplooide kraag, pofmouwtjes en een stretch-taille uitgekozen. Eronder droeg ze, voor de eerste maal sinds ze uit het vliegtuig was gestapt, een panty. Ze wist dat ze er op haar allervoordeligst uitzag en het totaaleffect stelde haar tevreden, toen het zachte Nijl-briesje haar nek streelde.

Hun gesprek was luchthartig begonnen, maar al spoedig raakten ze over de beide moorden aan de praat. Yvons pogingen te ontdekken wie Abdoel Hamdi had vermoord waren allemaal op niets uitgelopen. Hij vertelde Erica dat hij alleen te weten was gekomen dat de moordenaars niet uit Caïro afkomstig waren geweest. Toen beschreef Erica haar afschuwelijke ervaring in het serapeum en de daarop gevolgde episode met de Egyptische politie.

'Ik wou dat je mij jou vandaag had laten vergezellen,' zei Yvon, verbaasd zijn hoofd schuddend toen Erica haar relaas had beëin-

digd. Hij schoof zijn hand over de tafel en drukte zachtjes haar hand.
'Ik ook,' gaf Erica toe en keek naar hun beider vingers die elkaar nauwelijks raakten.
'Ik moet je een bekentenis doen,' zei Yvon zachtjes. 'Toen ik je voor de eerste maal ontmoette had ik alleen maar belangstelling voor dat Seti-beeld. Maar nu vind ik je onweerstaanbaar charmant.' Zijn tanden glansden in het kaarslicht.
'Ik ken je nog niet goed genoeg om te weten wanneer je iemand plaagt,' zei Erica, zichzelf bekennend dat ze zich voelde als een bakvis.
'Ik plaag je niet, Erica. Je bent volkomen anders dan alle vrouwen die ik ooit heb ontmoet.'
Erica keek naar buiten, over de donker geworden Nijl. Een vage beweging op de dichtstbijzijnde zandbank trok haar aandacht en ze kon met enige moeite enkele vissers onderscheiden, die aan een bootje met een zeil bezig waren. Ze waren blijkbaar naakt, want hun huid glinsterde in het duister als gepolijst onyx. Terwijl haar blik enkele ogenblikken door het tafereeltje gevangen werd gehouden, dacht ze na over Yvons opmerking. Het had geklonken als een afgezaagd cliché en in die zin een tikje vernederend. Toch was het mogelijk dat er enige waarheid in stak, want Yvon was anders dan iedere man die ze ooit had gekend.
'Ook het feit dat jij afgestudeerd egyptologe bent,' vervolgde Yvon, 'vind ik fascinerend, omdat – en dat bedoel ik als een compliment – jij een soort Oost-Europese sensualiteit uitstraalt die ik verrukkelijk vind. Trouwens, ik geloof dat jij wel iets van dezelfde Egyptische geheimzinnigheid ademt als dit mysterieuze land zelf.'
Ik vind mezelf door en door Amerikaans,' zei Erica.
'Ah – maar Amerikanen bezitten uiteenlopende etnische kenmerken, die er bij jou nogal uitspringen. Ik vind ze bijzonder aantrekkelijk. Om je de waarheid te zeggen heb ik genoeg van het koele blonde uiterlijk van de noorderling.'
Hoe vreemd het haar ook voorkwam, Erica wist niet wat ze hierop moest antwoorden. Het laatste wat ze wel had verwacht of gewild was een dweperige verliefdheid, die haar emotioneel kwetsbaar kon maken.

Yvon leek haar ongemak te bespeuren en veranderde van onderwerp terwijl hun tafeltje werd afgeruimd. 'Erica, zou je met enige mogelijkheid de moordenaar van vandaag uit het serapeum kunnen herkennen? Heb je zijn gezicht kunnen zien?'
'Nee,' zei Erica. 'Het leek alsof de wereld verging. Ik heb niemand gezien.'
'God, wat een afschuwelijke ervaring. Ik kan gewoon niets ergers bedenken. En die man viel nog wel bovenop je! Ongelooflijk. Maar je weet dat moorden op regeringsfunctionarissen in het Midden-Oosten een dagelijks verschijnsel zijn. Nou, God zij dank ben je zelf niet gewond geraakt. Ik weet dat het moeilijk voor je zal zijn, maar ik zou proberen er niet meer aan te denken. Het was eenvoudig een krankzinnig toeval. Het feit dat het nog aansluit op de moord op Abdoel Hamdi maakt het des te erger. Twee moorden binnen twee dagen! Ik weet niet of ik het zelf wel had kunnen verwerken.'
'Ik weet dat het waarschijnlijk toeval is geweest,' zei Erica, 'maar één ding blijft me dwarszitten. De ongelukkige man die vermoord werd werkte niet alleen voor de regering; nee, hij werkte voor de Oudheidkundige Dienst. Dus beide slachtoffers hadden met oudheden te maken, maar ik veronderstel vermoedelijk in tegenovergestelde richting: de één eerlijk, de ander op een oneerlijke manier. Maar wat weet ik er nu nóg van? Niets waarschijnlijk.' Erica glimlachte wrang.
De kelner bracht Arabische koffie en serveerde het dessert. Yvon had griesmeelpudding met een harde suikerlaag besteld, bestrooid met walnoten en rozijnen.
'Een van de verbazingwekkende aspecten van jouw avontuur is,' zei Yvon, 'het feit dat je niet door de politie in hechtenis bent genomen.'
'Dat is niet helemaal waar. Ik ben weliswaar slechts enkele uren vastgehouden, maar ik mag het land niet verlaten.' Erica proefde het dessert, maar kwam tot de slotsom dat het z'n calorieën niet waard was.
'Dat stelt niets voor. Je hebt geluk dat je niet in de nor zit. Ik zou er alles om willen verwedden dat je gids nog steeds in de cel zit.'
'Ik geloof dat ik mijn vrijheid aan Achmed Khazzan te danken

heb,' zei Erica.
'Jíj kent Achmed Khazzan?' Zijn lepel bleef in de lucht hangen.
'Ik weet eigenlijk niet hoe ik onze relatie moet kenschetsen,' zei Erica. 'Nadat jij me gisteravond had thuisgebracht zat Achmed Khazzan in mijn kamer op me te wachten.'
'Is dat wáar?' Toen zijn lepel de tafel raakte maakte dat een kletterend geluid.
'Als jij je er al zo over verbaast, dan moet je je eens proberen voor te stellen hoe ík eraan toe was! Ik meende dat ik was gearresteerd omdat ik de moord op Hamdi niet had gemeld. Hij nam me mee naar zijn bureau en heeft me daar een uur lang vragen zitten stellen.
'Niet te geloven,' zei Yvon, zijn mond afvegend met zijn servet. 'Achmed Khazzan was al op de hoogte van de moord op Hamdi?'
'Ik weet niet of hij het wist of niet,' zei Erica. 'Ik dacht eerst van wel. Waarom zou hij me anders mee hebben genomen? Maar hij sprak er met geen woord over en ik was veel te bang om erover te praten.'
'Maar wat wilde hij dán van jou?'
'Voornamelijk inlichtingen over jou.'
'Over mij?' Yvon speelde de verbaasde onschuld en prikte met zijn wijsvinger op zijn borst. 'Erica, je hebt twee zeer verbazingwekkende dagen achter de rug. Ik heb Achmed Khazzan zelfs nog nooit ontmoet – en ik kom toch al heel wat jaartjes in Egypte. Wat vroeg hij allemaal over mij?'
'Hij wilde weten wat jij in Egypte uitvoerde.'
'En wat heb je hem verteld?'
'Dat ik het niet wist.'
'Je hebt niet over dat Seti-beeld gesproken?'
'Nee. Ik vreesde dat als ik dat Seti-beeld ter sprake zou brengen, ik automatisch ook over de moord op Hamdi zou moeten praten en erin betrokken zou raken.'
'Zei hij zelf iets over dat Seti-beeld?'
'Geen woord.'
'Erica, je bent fantastisch.' Plotseling boog hij zich over het smalle tafeltje, nam Erica's hoofd tussen zijn beide handen en kuste haar op beide wangen.

Ze stond verstomd over de uitbundigheid van dat gebaar en voelde dat ze begon te blozen, iets dat haar in jaren niet meer was overkomen. Verlegen nam ze een slok van haar koffie. 'Ik geloof niet dat Achmed Khazzan alles geloofde wat ik hem had verteld.'
'Hoe kom je op die gedachte?' Yvon bepaalde zijn aandacht weer tot het dessert.
'Toen ik vanmiddag in mijn hotel terugkwam merkte ik dat mijn spullen iets anders lagen als ik ze had achtergelaten. Ik geloof dat mijn kamer werd doorzocht. Gezien het feit dat ook Achmed Khazzan de vorige avond al in mijn kamer was geweest, kan ik alleen maar veronderstellen dat de Egyptische autoriteiten zijn teruggekomen. Alle dingen van waarde waren er nog. Er werd niets gestolen. Alleen, ik heb er geen idee van waarnaar ze hebben gezocht.'
'Yvon kauwde peinzend en keek Erica recht in de ogen. 'Zit er een nachtgrendel op je deur?'
'Ja.'
'Gebruik die,' zei Yvon. Hij nam een nieuwe hap pudding en slikte bedachtzaam voor hij opnieuw het woord nam. 'Erica, toen jij bij deze Abdoel Hamdi op bezoek was, heeft hij jou toen documenten of brieven gegeven?'
'Nee,' zei Erica. 'Hij gaf me een namaak-scarabee die er heel echt uitziet. Verder haalde hij me over om zijn Beadeker te gebruiken, in plaats van mijn Nagel-reisgids.
'Waar heb je die dingen?' vroeg Yvon.
'Hier, in mijn tas,' zei Erica. Ze stak haar hand in haar draagtas en haalde de Baedeker eruit, zonder de losgeraakte harde kaft met schutblad, die ze op haar kamer had achtergelaten. De scarabee zat in haar portemonnée.
Yvon pakte de scarabee op en hield hem vlak bij de kaarsvlam. 'Weet je wel zeker dat dit namaak is?'
'Ziet er goed uit, niet waar?' zei Erica. 'Ik dacht eerst ook dat hij echt was, maar Hamdi verzekerde me van niet. Hij zei dat zijn zoon hem had gemaakt.'
Yvon zette de scarabee zorgvuldig op tafel en pakte de reisgids. 'De Beadeker is werkelijk geweldig,' zei hij. Hij bladerde voorzichtig het boek door en bekeek iedere pagina zorgvuldig. 'Het is

de beste reisgids die ooit over Egypte is geschreven, vooral met betrekking tot Luxor.' Yvon schoof het boek zonder kaft Erica toe. 'Vind je het erg als ik deze op echtheid laat onderzoeken?' vroeg hij, de scarabee tussen duim en wijsvinger houdend.
'Je bedoelt, met behulp van koolstofdatering?'
'Inderdaad,' zei Yvon. 'Ik vind hem er erg goed uitzien en bovendien draagt hij de cartouche van Seti de Eerste. Volgens mij is het bot.'
'Je hebt gelijk, wat het materiaal betreft. Hamdi zei dat zijn zoon deze scarabee's maakt van de botten van mummies uit de openbare catacomben uit de oudheid. Dus zal de koolstofdatering kloppen. Ook legde hij uit dat het bewerkte oppervlak er zo oud uitziet doordat zijn zoon ze eerst aan de kalkoenen voert.'
Yvon schoot in de lach. 'De antiek-industrie hier in Egypte gaat bijzonder inventief te werk. Maar desondanks zou ik graag deze scarabee willen laten onderzoeken.'
'Ik vind het allemaal best, maar ik wil hem beslist terughebben.' Erica nam een laatste slok van haar koffie, maar kreeg bittere koffieprut in haar mond. 'Yvon, waarom heeft Achmed Khazzan zoveel belangstelling voor jouw doen en laten?'
'Ik denk dat hij zich zorgen maakt over mij,' zei Yvon. 'Maar waarom hij met jou heeft gesproken, in plaats van rechtstreeks met mij – dat is een vraag die ik niet kan beantwoorden. Hij ziet mij als een gevaarlijke verzamelaar van oudheden. Hij weet dat ik enkele belangrijke aankopen heb gedaan, gedurende mijn pogingen om de zwarte handel op te rollen. Het feit dat ik iets aan die zwarte markt probeer te doen heeft voor hem geen enkele betekenis. Achmed Khazzan is nu eenmaal een radertje van de bureaucratische machine hier. In plaats van mijn hulp te aanvaarden zitten ze vermoedelijk in hun rats, vanwege hun baantjes. Bovendien is er nog altijd die smeulende haat tegen de Fransen en de Engelsen. En ik ben van gemengd Frans-Engelse komaf.'
'Jij bent gedeeltelijk van Engelse afkomst?' vroeg Erica ongelovig.
'Ik geef het niet vaak toe,' zei Yvon met zijn sterk Franse accent. 'De Europese genealogie is vaak ingewikkelder dan de meeste mensen denken. Onze familie-residentie is het Chateau Valois, in

de omgeving van Rambouillet, een plaats tussen Parijs en Chartres. Mijn vader is de markies de Margeau, maar mijn moeder komt uit de Engelse familie Harcourt.'
'Dat klinkt wel even anders dan Toledo, Ohio,' zei Erica zacht.
'Pardon?'
'Ik zei dat het erg boeiend klinkt,' zei Erica glimlachend, terwijl Yvon de rekening voldeed.
Bij het verlaten van het restaurant sloeg Yvon een arm om Erica's middel. Het gaf haar een prettig gevoel. De avondlucht was aanmerkelijk koeler geworden en de bijna volle maan scheen door de takken van de eucalyptusbomen die langs de weg stonden. In het donker tsjirpte een legertje krekels, wat Erica herinnerde aan de augustusnachten die zij als kind in Ohio had beleefd. Het was een geruststellende herinnering.
'Wat voor belangrijke Egyptische oudheden heb jij hier kunnen kopen?' vroeg Erica, toen ze Yvons Fiat naderden.
'Een paar prachtige stukken, die ik je dolgraag eens zou willen laten zien,' zei Yvon. 'Ik ben vooral aan enkele gouden beeldjes gehecht. Een beeldje van Nechbet en een beeldje van Isis.'
'Heb je soms ook stukken van Seti de Eerste gekocht?'
Yvon maakte het portier aan de kant van de passagier open. 'Misschien een halsketen. De meeste stukken die ik heb stammen uit het Nieuwe Rijk. Een deel ervan zou uit de tijd van Seti de Eerste afkomstig kunnen zijn.'
Erica stapte in de auto en Yvon raadde haar aan om haar veiligheidsgordel vast te maken. 'Ik heb wat gedaan aan autoracen,' zei Yvon, 'en ik doe de riem altijd om.'
'Ik had het kunnen raden,' zei Erica die zich het ritje van de vorige dag herinnerde.
Yvon lachte. 'Iedereen beweert dat ik een tikkeltje snel rij. Ik hou van hard rijden.' Hij tastte in het handschoenenkastje naar zijn autohandschoenen. 'Ik veronderstel dat jij net zoveel afweet van Seti de Eerste als ikzelf. Gek eigenlijk. De datum waarop deze in de rotsen uitgehakte graftombe in de oudheid werd geplunderd is tamelijk nauwkeurig bekend. Toch hadden de loyale priesters uit de twintigste dynastie kans gezien zijn mummie te redden – en ze hebben hun inspanningen uitstekend gedocumenteerd.'

'Ik heb de mummie van Seti de Eerste vanmorgen gezien,' zei Erica.
'Ironisch, niet?' vroeg Yvon, onder het starten van de motor. 'Het kwestbare lichaam van Seti de Eerste werd ons nagenoeg intact overgeleverd. Zoals je weet was de mummie van Seti de Eerste een van de koningsmummies in de legendarische tombe die aan het eind van de vorige eeuw illegaal werd ontdekt door die schrandere familie Rasoel.' Yvon draaide zich om om achteruit te kunnen rijden. 'Die Rasoels hebben hun vondst tien jaar lang geleidelijk kunnen exploiteren voor ze werden betrapt. Een boeiend verhaal.' Hij draaide weg van het restaurant en gaf gas, richting Caïro. 'Sommige mensen geloven nog steeds dat er nog bepaalde grafstukken van Seti de Eerste moeten worden ontdekt. Als je deze reusachtige tombe in Luxor bezoekt, zul je daar plaatsen ontdekken waar gedurende deze eeuw mensen geprobeerd hebben met officiële toestemming nieuwe tunnels uit te hakken om een of andere geheime grafkamer te vinden. Ze werden daartoe geïnspireerd doordat er zo nu en dan op de zwarte markt stukken van Seti de Eerste bleven opduiken. Toch is het niet verbazingwekkend als er enkele Seti-I-stukken aan het licht komen. Vermoedelijk werd hij begraven met een verbijsterende hoeveelheid bezittingen. En ook al werd zijn tombe geplunderd, in het oude Egypte werden gestolen grafobjecten dikwijls opnieuw in omloop gebracht. In de loop der eeuwen werd het spul waarschijnlijk talloze malen gestolen en begraven. Dientengevolge zal een groot deel ervan nog steeds in de grond zitten, zeer waarschijnlijk. Maar heel weinig mensen hebben er een idee van hoeveel lieden er op dit moment nog in Luxor naar oudheden spitten. Deze boeren zeven iedere nacht het zand van de woestijn – en zo af en toe vinden ze iets spectaculairs.'
'Zoals dat beeld van Seti de Eerste?' zei Erica, opnieuw een blik op Yvons profiel werpend. Hij glimlachte, zodat ze zijn hagelwitte tanden kon zien afsteken tegen zijn gebruinde huid.
'Precies,' antwoordde hij. 'Maar kun jij je voorstellen hoe de graftombe van Seti eruit moet hebben gezien vóor het graf werd geplunderd? Goeie genade, het moet fantastisch zijn geweest. Voor ons zijn de schatten van Toetanchamon vandaag de dag oogver-

blindend, maar naast die van Seti de Eerste zouden ze volkomen verbleken.'

Erica wist dat Yvon gelijk had, vooral nu zij dat Seti-beeld in Antica-Abdul had gezien. Seti I was een belangrijke farao geweest die over een wereldrijk had geheerst, Toetanchamon daarentegen was niet meer dan een kindkoning die vermoedelijk nimmer de feitelijke macht had uitgeoefend.

'*Merde*!' schreeuwde Yvon, toen zij in een van de alomtegenwoordige kuilen in de weg terechtkwamen. De wagen begon te slingeren door de kracht van de schok. Naarmate ze dichter bij Caïro kwamen werd de weg steeds slechter, zodat ze snelheid moesten minderen. De stad begon met hutjes van karton, dat met stokken omhoog werd gehouden. Deze hutjes vormden de behuizing voor mensen die pas hun intrek in de stad hadden genomen. Het karton maakte vervolgens plaats voor gegolfd plaatijzer en doeken, met hier en daar gesloopte olievaten. Tenslotte werd deze sloppenstad gevolgd door lemen hutten, en tenslotte door de stenen huizen van de stad zelf. Maar de atmosfeer van schrijnende armoede hing als een ongezond miasma in de lucht.

'Zou je het leuk vinden nog even mee te komen naar mijn suite, voor een glaasje cognac?' vroeg Yvon.

Erica keek zijn richting uit en probeerde haar gevoelens op een rijtje te zetten. De kans was groot dat Yvons aanbieding niet zo onschuldig was als het had geklonken. Anderzijds voelde ze zich beslist tot hem aangetrokken – en na deze bewogen dag was het denkbeeld om dicht in iemands nabijheid te zijn bijzonder aanlokkelijk. Toch was lichamelijke aantrekking niet altijd een betrouwbare richtlijn voor hoe je je op diende te stellen; en deze Yvon was bijna te goed om waar te kunnen zijn. Terwijl ze hem zo zat op te nemen moest ze tegenover zichzelf toegeven dat hij haar ervaring te boven ging. Het was allemaal te veel en te vlug voor haar.

'Bedankt, Yvon,' zei Erica warm, 'maar ik geloof dat het beter is van niet. Misschien voel je iets voor een drankje in het Hilton?'

'Maar natuurlijk!' Een ogenblik voelde Erica zich teleurgesteld omdat Yvon niet verder aandrong. Misschien was ze het slachtoffer van haar eigen fantasieën.

Toen ze het hotel bereikten vonden ze allebei dat een wandeling beter zou zijn dan een verblijf in de rokerige bar. Hand-in-hand staken ze de drukke Korneisj el-Nil over naar de Nijl en wandelden de El Tahrir-brug op. Yvon wees haar het Meridien-hotel op het puntje van het eiland Roda. Een eenzaam vissersbootje gleed geruisloos door het glinsterende pad van maanlicht op het water. Onder het wandelen sloeg Yvon zijn arm om Erica heen en Erica liet haar hand de zijne bedekken. Opnieuw voelde ze zich verlegen. Het was lang geleden dat ze samen was geweest met een andere man dan Richard.

'Vandaag is een zekere Griek met de naam Stephanos Markoulis in Caïro aangekomen,' zei Yvon, toen hij bij de balustrade van de brug was blijven staan. Ze staarden naar de dansende lichtjes die door het oppervlak van het water werden weerspiegeld. 'En ik geloof dat hij je zal opbellen om te proberen je te spreken te krijgen.'

Erica keek vragend op.

'Stephanos Markoulis handelt in Athene in Egyptische oudheden. Hij komt zelden of nooit in Egypte. Ik weet niet waarom hij hier is, maar ik zou er graag achter willen komen. Hij beweert dat hij vanwege de moord op Abdoel Hamdi hierheen is gekomen. Maar hij zou wel eens hier kunnen zijn voor dat Seti-beeld.'

'En hij wil mij spreken in verband met de moord?'

'Ja,' zei Yvon. Hij bleef Erica's blik vermijden. 'Ik weet niet op welke manier hij erbij betrokken is, maar hij is het.'

'Yvon, ik geloof niet dat ik nog iets met die moord op Abdoel Hamdi te maken wil hebben. Eerlijk gezegd jaagt die hele kwestie me de stuipen op het lijf. Ik heb je alles verteld wat ik weet.'

'Ik begrijp het best,' zei Yvon sussend, 'maar jammer genoeg ben jij het enige wat ik heb.'

'En wat bedoel je daar mee?'

Yvon draaide zijn hoofd om en keek haar aan. 'Jij bent het enige spoor dat naar het Seti-beeld kan leiden. Op de een of andere manier was Stephanos Markoulis betrokken bij de verkoop van dat eerste Seti-beeld aan die miljonair in Houston. Ik vrees dat hij ook met dat tweede beeld iets te maken heeft. Je weet hoe belangrijk het voor me is om de illegale handel in oudheden tegen te gaan.'

Erica keek naar de vrolijke lichten van het Hilton aan de overkant.

'De man uit Houston die dat eerste Seti-beeld kocht is vandaag

ook in Caïro aangekomen. Hij zat vanmiddag in de foyer op mij te wachten. Hij heet Jeffrey Rice.'
Yvon kneep zijn lippen merkbaar samen.
'Hij vertelde me,' vervolgde Erica, 'dat hij 10000 dollar uitloofde voor iedereen die hem kon vertellen waar dat Seti-beeld is, zodat hij het zou kunnen kopen.'
'Jezus,' zei Yvon. 'Die aanbieding zal heel Caïro in een schiettent veranderen. En ik maakte me nog wel bezorgd over de mogelijkheid dat Achmed Khazzan en zijn Oudheidkundige Dienst op de hoogte zouden komen van het bestaan van dat beeld. Nou, Erica, dit betekent dat ik snel te werk zal moeten gaan. Ik kan heel goed begrijpen dat jij er verder niet bij betrokken wilt raken, maar alsjeblieft, doe me een plezier en praat eens met Markoulis. Ik móet eenvoudig weten wat hij in zijn schild voert, en jij kunt me daarbij helpen. Als Jeffrey zoveel geld uitlooft kunnen we veilig aannemen dat dat beeld nog steeds te koop is. En als ik niet snel tot handelen overga zal het beslist spoorloos verdwijnen in een of andere particuliere verzameling. Het enige wat ik van je vraag is dat je eens met Markoulis praat en mij vertelt wat hij tegen jou zegt. Álles wat hij zegt.'
Erica keek naar het smekende gezicht van Yvon. Ze voelde hoe zeer hij zijn zaak was toegedaan en wist hoe belangrijk het was dat het schitterende Seti-beeld voor het grote publiek bewaard zou blijven.
'Weet je zeker dat me niets kan overkomen?'
'Natuurlijk,' zei Yvon. 'Als hij belt, spreek dan af in een openbare gelegenheid, dan hoef je je nergens zorgen over te maken.'
'Goed dan,' zei ze. 'Maar het kost je wél nog een etentje!'
'*D'accord*,' zei Yvon en hij kuste Erica – dit keer op haar mond.
Erica bekeek Yvons knappe gezicht aandachtig. Rond zijn mondhoeken speelde een warme glimlach. Een ogenblik vroeg ze zich af of hij haar misschien probeerde te gebruiken. Toen gaf ze zichzelf een standje vanwege haar achterdocht. Trouwens, het was heel goed mogelijk dat zij hém gebruikte...

Terwijl ze terugging naar haar kamer voelde Erica zich een stuk beter dan ze zich vanaf het allereerste begin van haar reis had gevoeld. Yvon had haar verlangens gewekt op een manier die ze sinds lang niet meer had ervaren, aangezien zelfs de fysieke aspecten van haar relatie met Richard al maandenlang niet meer bevredigend voor haar waren geweest. Yvon was blijkbaar in staat zijn seksuele verlangens onderschikt te maken aan een zinvolle relatie. Hij was bereid geweest te wachten – en dat gaf haar een prettig gevoel. Voor haar kamerdeur gekomen stak ze vlug de sleutel in het slot en smeet de deur wijd open. Alles leek op zijn plaats. Ze dacht aan de honderden films die ze had gezien en wilde dat ze enkele voorzieningen in haar kamer had getroffen om te kunnen vaststellen of er iemand in haar kamer was geweest. Ze knipte het licht aan en beende naar de slaapkamer. Leeg. Daarna controleerde ze de badkamer, glimlachend om haar eigen gevoel voor melodrama.

Toen, met een zucht van opluchting, duwde ze de toegangsdeur naar haar kamer dicht, die met een zachte bons dichtviel, gevolgd door een geruststellend klikje van het automatische Amerikaanse slot. Ze schopte haar schoenen uit, draaide de airconditioning af en zette de schuifdeur naar het balkon open. De schijnwerpers die de piramiden en de Sfinx illumineerden waren gedoofd. Ze liep terug naar de kamer, trok haar jersey japon over haar hoofd en hing hem op. In de verte kon ze de geluiden horen van het verkeer dat ondanks het late uur nog steeds de Korneisj-el-Nil verstopte. Voor het overige was het stil in het hotel. Pas toen ze bezig was met het verwijderen van haar oog-make-up hoorde ze het eerste onmiskenbare geluid bij haar kamerdeur.

Ze staakte haar bewegingen en staarde naar haar spiegelbeeld. Ze had alleen nog haar beha en panty aan, terwijl ze haar ene oog had ontdaan van make-up. In de verte toeterden de onvermijdelijke claxons, gevolgd door een stilte. Opnieuw hoorde ze het gedempte geluid van metaal op metaal. Erica voelde het bloed uit haar gezicht wegtrekken. Iemand stak een sleutel in het slot van haar kamerdeur. Dat besef maakte dat ze zich langzaam omdraaide. De grendel zat niet op de deur die uitkwam op het halletje. Erica was volkomen verlamd. Ze kon zichzelf er niet toe dwingen om vliegensvlug naar de grendel te rennen en die erop te schuiven. Ze vreesde dat ze hem er niet voor kon krijgen voor de deur zou open-

gaan. Opnieuw hoorde ze het slot klikken.
Toen, terwijl ze toekeek, begon de deurknop langzaam te draaien. Erica keek naar het slot op de deur van de badkamer. Dat was niet meer dan een knopje op de deurkruk, terwijl de deur zelf dun en breekbaar leek. Opnieuw dwong het geluid van de sleutel die met geweld in het slot werd omgedraaid haar, naar de langzaam draaiende deurknop te kijken. Als een in de hoek gedreven dier liet ze haar ogen razendsnel door de kamer dwalen, op zoek naar een ontsnappingsmogelijkheid. Het balkon! Zou ze naar het aangrenzende balkon kunnen overstappen? Nee, ze zou een ravijn van negen verdiepingen moeten oversteken. Toen herinnerde ze zich het telefoontoestel. Ze rende op kousevoeten door de kamer en rukte de hoorn van de haak. Aan de andere kant van de lijn hoorde ze als uit de verte de telefoon overgaan. Alsjeblieft, schreeuwde ze geluidloos, neem op, alsjeblieft, geef antwoord! Bij de kamerdeur hoorde ze een paar laatste klikjes, die verschilden van de vorige en aankondigden dat de sleutel nu helemaal rond was gedraaid. Nu was de deur niet langer op slot en zonder verder geluid zwaaide hij open op een kier, zodat er een spleetje schel licht uit de gang de kamer binnenviel. Erica viel op haar knieën. Ze smeet de hoorn op het bed en drukte zich plat tegen de vloer, om vervolgens onder het bed te kruipen.
Onder de beddesprei vandaan kon ze nog juist de onderkant van de deur open zien zwaaien. Uit de telefoon kwam een zoemend geluid. Erica wist dat de telefoon haar zou verraden; het was een onmiskenbaar teken dat ze zich had verstopt! Er sloop een man haar kamer binnen, die de deur zachtjes achter zich sloot. Terwijl Erica hem in folterende angst gadesloeg liep hij naar het bed en buiten haar gezichtsveld. Ze durfde haar hoofd niet te bewegen. Boven zich hoorde ze hoe de hoorn op de haak werd gelegd. Daarna wandelde de indringer zachtjes haar gezichtsveld binnen en controleerde kennelijk de badkamer.
Het koude zweet stond op Erica's gezicht terwijl ze zijn voeten naar het toilet zag lopen. Hij was op zoek naar háár! De toiletdeur ging open en weer dicht. De man wandelde terug naar het midden van de kamer en bleef staan. Zijn voeten bevonden zich slechts enkele passen van Erica's hoofd vandaan. Toen kwamen ze naar

voren, stap voor stap. Vlak voor het bed bleven ze staan. Ze had ze kunnen aanraken, zo dichtbij was hij.
Plotseling werd de sprei opgetrokken en staarde Erica omhoog, recht in het gezicht van de man.
'Erica, wat spook je in hemelsnaam onder het bed uit?'
'Richard!' schreeuwde Erica – en barstte uit in tranen.
Hoewel Erica nog veel te geschrokken was om zich te bewegen, trok Richard haar onder het bed vandaan en klopte haar af.
'Nee, werkelijk,' zei hij met een grijns, 'wat deed je daar onder dat bed?'
'O Richard,' zei Erica, plotseling haar armen om zijn nek slaand. 'Ik ben zo blij dat jij het bent! Ik kan je gewoon niet vertellen hóe blij.' Ze drukte zich stijf tegen hem aan en omklemde hem krampachtig.
'Ik zou je wat vaker moeten verrassen,' zei hij in zijn schik, zijn armen om haar naakte rug leggend. Zo bleven ze enkele ogenblikken staan, terwijl Erica zich probeerde te vermannen en haar tranen droogde.
'Ben je het werkelijk?' zei ze eindelijk, opkijkend naar zijn gezicht. 'Ik kan het haast niet geloven. Droom ik misschien?'
'Je droomt echt niet. Ik ben het wel degelijk. Misschien een tikkeltje uitgeput, maar ik ben hier, samen met jou in Egypte.'
'Je ziet er wat moe uit.' Erica veegde zijn haar van zijn voorhoofd. 'Is alles goed met je?'
'Ja, met mij is alles in orde. Alleen wat moe. Technische storing, zeiden ze. We hadden bijna vier uur oponthoud in Rome. Maar het was de moeite waard. Je ziet er fantastisch uit. Sinds wanneer maak je maar één oog op?'
Erica glimlachte en knuffelde hem teder. 'Ik zou er nog een stuk beter hebben uitgezien als je me even had gewaarschuwd, van tevoren. Hoe heb je je vrij kunnen maken?' Ze leunde in zijn armen achterover, en zette zich met haar handen af tegen zijn borst.
'Ik ben een paar maanden geleden ingevallen voor iemand wiens vader op sterven lag. Hij was tot wederdienst bereid. Nu behandelt hij alle spoedgevallen en de opgenomen patiënten. De praktijk moet gewoon maar even wachten. Bovendien ben ik bang dat ik er met mijn hoofd niet erg bij ben geweest. Ik heb je ontzettend

gemist.'
'Ik jou ook, Richard. Ik denk dat ik je daarom heb opgebeld.'
'Ik was blij dat je belde,' zei Richard. Hij kuste haar voorhoofd. 'Toen ik je een jaar geleden vroeg of je misschien met me meekon naar Egypte, beweerde je dat je je onmogelijk vrij zou kunnen maken.'
'Wel...' zei Richard, 'ik was toen nog niet zo gerust op de praktijk. Maar dat was een jaar geleden – en nu ben ik hier, samen met jou in Egypte. Ik kan het zelf nog maar nauwelijks geloven. Maar Erica, vertel me eens, wat deed je nu eigenlijk onder dat bed?' Rond zijn mondhoeken ontstond een glimlach. 'Heb ik je soms bang gemaakt? Dat was echt mijn bedoeling niet, en het spijt me als het zo was. Ik dacht dat je misschien lag te slapen, dus wilde ik zachtjes naar binnen komen om je wakker te maken, zoals ik thuis altijd doe.'
'Of je mij bang hebt gemaakt?' Ze lachte sarcastisch. Ze bevrijdde zich uit zijn armen om haar witte ochtendjas uit de badkamer te halen. 'Ik sta nóg te trillen op mijn benen! Ik bedoel, je hebt me doodsangsten laten uitstaan!'
'Het spijt me,' zei Richard.
'Hoe ben je aan de sleutel gekomen?' Erica zat op de rand van haar bed, haar handen in haar schoot.
Richard haalde zijn schouders op. 'Ik ben gewoon naar de receptie gestapt en heb er om de sleutel van kamer 932 gevraagd.'
'En die hebben ze jou zo maar gegéven? Ze stelden geen vragen?'
'Niets. In hotels is dat niets bijzonders. Ik hoopte dat ze niets zouden vragen, zodat ik je werkelijk kon verrassen. Ik wilde zelf je gezicht kunnen zien als jij voor het eerst te weten kwam dat ik in Caïro was.'
'Richard, na alles wat ik de laatste paar dagen heb moeten doormaken was dit vermoedelijk het ergste wat je me had kunnen aandoen.' Haar stem kreeg een scherpe klank. 'Feitelijk was het tamelijk stom.'
'Goed, goed,' zei Richard, die gemaakt afwerend zijn handen opstak. 'Het spijt me dat ik je bang heb gemaakt. Het was niet mijn bedoeling.'
'Dacht je soms dat ik niet bang zou zijn, als jij in het holst van de

nacht mijn kamer komt binnensluipen? Zelfs in Boston zou dat niet erg slim zijn geweest. Ik geloof niet dat jij je ook maar een ogenblik hebt afgevraagd wat ik ervan zou vinden. En écht, Richard, dat zou toch niet te veel zijn gevraagd.'

'Tja, ik was zo opgewonden dat ik je weer terug zou zien. Ik bedoel, ik heb een afstand van zo'n negentien biljard kilometers afgelegd.' Richards glimlach begon te verdwijnen. Zijn zandkleurige haar zat in de war en hij had donkere kringen onder zijn ogen.

'Hoe langer ik erover nadenk, hoe idioter het klinkt. Grote God, ik had wel een hartaanval kunnen krijgen. Je hebt me echt doodsbang gemaakt.'

'Het spijt me; ik héb al gezegd dat het me spijt.'

'Het spijt me,' herhaalde Erica afgemeten. 'Ik veronderstel dat "het spijt me" alles weer in orde moet brengen. Nou, dat is níet zo! Het was al erg genoeg om binnen twee dagen twee moorden te zien gebeuren – maar als klap op de vuurpijl word ik ook nog blootgesteld aan een halfvolwassen grappenmaker! Genoeg is genoeg!'

'Ik dacht anders dat je blij was me te zien,' zei Richard verdedigend. 'Je zei zoëven dat je blij was me te zien.'

'Ik was alleen maar blij dat je geen verkrachter of moordenaar was.'

'Nou, dat geeft een man tenminste het gevoel dat hij hartelijk welkom is.'

'Richard, wat doe je in 's hemelsnaam hier?'

'Ik ben hier om jou te zien. Ik heb de halve wereld afgereisd naar deze stoffige, hete stad omdat ik jou wilde laten zien hoeveel ik om je geef.'

Erica deed haar mond open, maar ze begon niet dadelijk te spreken. Haar ergernis ebde wat weg. 'Maar ik heb je uitdrukkelijk gevraagd níet te komen,' zei ze, alsof ze een stout kind toesprak.

'Dat weet ik, maar ik heb het er met je moeder over gehad.' Richard was op het bed gaan zitten en probeerde Erica's hand te pakken.

'Wat?' vroeg ze, zijn tastende hand ontwijkend, 'vertel me dat nóg eens!'

'Wat moet ik je nog eens vertellen?' vroeg Richard verbijsterd. Hij bespeurde haar hernieuwde woede, maar begreep er nu hele-

maal niets meer van.
'Jij hebt met mijn moeder tegen mij samengezworen!'
'Zo zou ik het niet willen noemen. We hebben erover gesproken of ik hierheen zou moeten gaan.'
'Prachtig,' sneerde Erica. 'En ik wed dat jullie tot de conclusie zijn gekomen dat Erica, die kleine meid, eenvoudig een moeilijke fase doormaakt en er wel overheen zal groeien. Je moet haar alleen maar behandelen als een kind en haar een poosje laten betijen.'
'Luister eens, Erica. Als je het nog niet wist: jouw moeder heeft alleen maar jouw belangen op het oog.'
'Daar ben ik nog niet zo zeker van,' zei Erica. Ze stond op van het bed. 'Mijn moeder kan maar geen onderscheid maken tussen haar en mijn leven. Ze zit veel te veel op m'n lip en ik heb het gevoel alsof ze al mijn energie opzuigt. Kun je dat begrijpen?'
'Nee, dat kan ik niet,' zei Richard, die nu zelf ergernis in zich voelde opwellen.
'Dat dacht ik al. Ik begin zo langzamerhand te geloven dat het iets te maken heeft met mijn joodse afkomst. Mijn moeder staart zich zo blind op het feit dat ik in haar voetstappen moet treden, dat ze niet eens meer de moeite neemt om erachter te komen wie ík eigenlijk ben. Misschien wil ze inderdaad wel het beste voor me, maar ik geloof ook dat ze háar leven wil rechtvaardigen door het mijne. De moeilijkheid is alleen dat mijn moeder en ik volkomen van elkaar verschillen; we zijn in totaal andere werelden opgegroeid.'
'De enige keren dat ik jou als een kind zie zijn de ogenblikken waarop je praat zoals je nu doet!'
'Ik geloof niet dat je er ook maar iets van snapt, Richard, helemaal niets! Je weet zelfs niet eens waarom ik hier ben, in Egypte. Hoe vaak ik het je ook heb uitgelegd, je weigert eenvoudig het te begrijpen.'
'Dat ben ik niet met je eens. Ik geloof dat ik wel weet waarom jij hier bent. Je bent eenvoudig bang je definitief te binden. Zo eenvoudig ligt dat. Jij wilt je onafhankelijkheid bewijzen.'
'Richard, waag het niet om de rollen om te draaien. Jij was degene die bang was je voorgoed te binden. Een jaar geleden wilde je zelfs niet over een huwelijk práten. En nu wil jij plotseling een echtge-

note, een huis en een hond – en ik geloof niet dat de volgorde veel verschil voor je maakt. Nou, ik bén geen bezit, niet voor jou en ook niet voor mijn moeder. Ik ben hier niet in Egypte om mijn onafhankelijkheid te bewijzen. Als ik dát had gewild was ik wel naar een van die ingeblikte vakantieoorden gegaan, zoals de Club Mediterranée, waar je niet hoeft na te denken. Ik ben naar Egypte gekomen omdat ik acht jaar lang egyptologie heb gestudeerd en het mijn roeping is. Het hoort evenzeer bij me als de geneeskunde bij jou.'

'Je probeert me dus te vertellen dat de liefde en het stichten van een gezin bij jou op de tweede plaats komen, ná jouw carrière.'

Erica sloot haar ogen en zuchtte. 'Nee, niet op de tweede plaats. Alleen zou jouw huidige voorstelling van het huwelijk erop neerkomen, dat ik van iedere intellectuele ambitie moet afzien. Jij hebt mijn werk altijd al als een soort gecompliceerde liefhebberij gezien. Je neemt het niet serieus.'

Richard probeerde dit te ontkennen, maar Erica vervolgde: 'Ik beweer niet dat jij het niet leuk vond dat ik een of ander buitenissig doctoraat wilde halen. Maar dat kwam niet omdat je het voor míj leuk vond. Het paste alleen toevallig in jouw straatje van persoonlijke grootheid. Ik geloof dat jij je daardoor liberaler voelde, intellectueler.'

'Erica, ik geloof niet dat dit helemaal eerlijk tegenover mij is.'

'Begrijp me niet verkeerd, Richard. Ik weet dat ik er deels ook schuldig aan ben. Ik heb er nooit m'n best voor gedaan om jou te laten blijken hoe enthousiast ik ben voor mijn werk. Áls ik al iets deed, was het dat ik het camoufleerde – uit angst dat het jou zou afschrikken. Maar nu is het anders. Ik erken wie en wat ik ben. Dat betekent nog niet dat ik niet zou willen trouwen. Het betekent wel dat ik geen genoegen neem met de rol van het brave huisvrouwtje die jij voor mij in gedachten had. En ik ben hier naar Egypte gekomen om iets te doen waarbij ik mijn beroepsmatige deskundigheid kan gebruiken.'

Richard bezweek onder het gewicht van Erica's argumentatie. Hij was veel te moe om ruzie te maken. 'Als jij zo graag nuttig wilt zijn, waarom heb je dan zo'n buitenissig vak gekozen? Ik bedoel, heus Erica, egyptologie! De hiëroglyfen van het Nieuwe Rijk!' Ri-

chard liet zich achterover op het bed vallen. Zijn voeten raakten nog steeds de grond.
'Er is anders heel wat meer te doen om Egyptische oudheden dan jij je ooit zult kunnen voorstellen,' zei Erica. Ze wandelde naar de secretaire om de enveloppe met foto's te pakken die Jeffrey John Rice haar had gegeven. 'De laatste paar dagen ben ik zelf ook op pijnlijke manier met m'n neus op dat feit gedrukt. Bekijk deze foto's maar eens!' Erica wierp de enveloppe op Richards borst.
Uiterst moeizaam kwam Richard overeind en haalde de foto's uit de enveloppe. Hij keek ze snel door en stopte ze weer terug. 'Aardig beeldje,' zei hij onaangedaan, weer terugvallend op het bed.
'Aardig beeldje?' zei Erica cynisch. 'Dit zou wel eens het allermooiste Egyptische grafbeeld zijn dat ooit werd gevonden – en ik ben getuige geweest van twee moorden, waarvan er volgens mij minstens één vanwege dat beeld werd gemaakt. En jij zegt alleen maar "aardig beeldje!"'
Richard opende één oog en keek naar Erica, die uitdagend tegen de secretaire leunde. De punten van haar borsten waren zichtbaar door het kant van haar ochtendjas. Zonder zich weer op te richten haalde Richard opnieuw de foto's uit de enveloppe en bekeek ze wat nauwkeuriger. 'Goed dan,' zei hij eindelijk. 'Een aardig dodelijk beeld. Maar wat bedoel je eigenlijk – twée moorden? Je hebt er toch niet vandaag wéer een gezien, wel?' Richard drukte zich op tot een halfzittende houding. Zijn ogen waren slechts half geopend.
'Ik heb er niet alleen een gezien, maar bovendien viel het slachtoffer bovenop me. Het zou moeilijk zijn een moord te bedenken waarbij je er dichter bij bent en er niet bij betrokken zou zijn.'
Richard bleef Erica verscheidene minuten aanstaren. 'Ik geloof dat je maar beter mee terug kunt gaan naar Boston,' zei hij, met zoveel gezag als hij kon opbrengen.
'Ik blijf hier,' zei Erica botweg. 'In feite denk ik iets te gaan ondernemen tegen de zwarte handel in Egyptische oudheden. Ik geloof dat ik kan helpen. En ik wil ervoor zorgen dat dat beeld van Seti de Eerste niet uit Egypte wordt gesmokkeld.'
Door haar intense concentratie was Erica blind en doof voor het verstrijken van de tijd. Toen ze op haar horloge keek zag ze tot

haar verbazing dat het al half drie 's morgens was. Ze zat achter het kleine, ronde tafeltje dat ze vanuit de kamer naar het balkon had gesleept, samen met de staande schemerlamp op het nachtkastje. De lamp wierp een plas helder licht op de tafel, zodat ze de foto's van het Houston-beeld goed kon zien.

Richard lag in diepe slaap op het bed, met al zijn kleren nog aan. Erica had verwoede pogingen gedaan een eigen kamer voor hem te krijgen, maar het hotel was volgeboekt, net als het Sheraton, het Shepheard en het Meridien. Nog terwijl Erica pogingen deed om een hotel op het eiland Gezira te bellen, was zijn ademhaling overgegaan in snurken en had ze beseft dat hij in slaap was gevallen. Ze kreeg medelijden met hem. Ze had niet gewild dat hij die nacht bij haar bleef, omdat ze niet het risico wilde lopen dat hij met haar zou willen vrijen. Maar aangezien hij al in slaap was gevallen kwam ze tot de slotsom dat ze de volgende morgen wel een kamer voor hem zou kunnen vinden.

Te opgewonden om zelf te kunnen slapen, had ze besloten om aan de hiëroglyfen op de foto's te gaan werken. Ze stelde vooral belang in de korte inscriptie waarin de beide cartouches van Seti I en Toetanchamon voorkwamen. De vertaling van hiëroglyfen bleef altijd lastig, aangezien er in het schrift geen klinkers voorkwamen en de symbolen op de juiste manier moesten worden geïnterpreteerd. Toch leek de inscriptie op dit Seti-beeld nog duisterder dan gewoonlijk, alsof de schrijver ervan een gecodeerde boodschap had willen achterlaten. Erica wist zelfs niet met zekerheid of de mededeling van links naar rechts óf omgekeerd moest worden gelezen. Wat ze ook probeerde, niets leek erg logisch te klinken. Waarom was de naam van de kindkoning Toetanchamon aangebracht op de beeltenis van een machtige farao?

De beste interpretatie van de tekst die ze kon vinden luidde: '*De eeuwige rust* (of vrede) *zij gegund* (of vergund) *aan zijne majesteit, de koning van Boven- en Beneden-Egypte, de zoon van Amon-Re, de lieveling van Osiris, farao Seti I, die heerst* (of *bestuurt* of *resideert*) *na* (of *achter* of *onder*) *Toetanchamon.*' Voor zover ze zich kon herinneren kwam dat vrij redelijk overeen met wat Lowery haar door de telefoon had verteld. Maar ze was niet tevredengesteld. Het leek ál te eenvoudig. Zonder twijfel had Seti I circa vijf-

tig jaar na Toetanchamon geheerst of geleefd. Maar waarom hadden ze van alle farao's nu juist Toetanchamon vermeld, in plaats van Toetmosis IV of een van de andere grote bouwers van het Egyptische rijk? Ook zat haar de vertaling van het op een na laatste woord dwars. Ze verwierp de uitleg 'onder' omdat er geen enkel dynastiek verband bestond tussen Seti I en Toetanchamon. Er had geen enkele familierelatie of verwantschap bestaan. In feite was ze er tamelijk zeker van dat de naam van Toetanchamon nog vóor Seti's tijd was uitgewist door farao Horemheb, de vroegere legeraanvoerder die zich van de macht meester had gemaakt. Ook verwierp ze de vertaling 'achter' vanwege de onbeduidendheid van Toetanchamon. Dan bleef alleen de vertaling 'na' over.
Erica las de zin luidop. Opnieuw klonk het té eenvoudig – en om die reden op geheimzinnige wijze gecompliceerd. Toch fascineerde het haar om pogingen te doen door te dringen in het denken van een menselijke geest die 3000 jaar eerder had gefunctioneerd.
Toen ze over haar schouder naar de slapende gestalte van Richard in haar kamer keek, besefte Erica meer dan ooit hoe breed de kloof was die hen van elkaar scheidde. Richard zou nimmer begrijpen waarom Egypte haar zo fascineerde; noch zou hij ooit begrip ontwikkelen voor het feit dat intellectuele opwinding een belangrijk bestanddeel van haar identiteit vormde.
Ze stond op achter het tafeltje en droeg de lamp en de foto's de kamer in. Toen het lichtschijnsel op Richards gezicht viel weken zijn lippen iets uiteen en zag hij er plotseling ontzettend jong uit, bijna als een jongen. Erica herinnerde zich hoe hun relatie was begonnen en verlangde terug naar die periode, toen alles zoveel eenvoudiger was geweest. Ze gaf werkelijk om hem, maar ze vond het moeilijk de werkelijkheid onder ogen te zien: Richard zou altijd Richard blijven. Zijn loopbaan als arts belette hem zichzelf in welk perspectief dan ook te kunnen zien, zodat Erica nu het feit onder ogen moest zien dat hij nooit werkelijk zou veranderen.
Ze knipte de lamp uit en strekte zich naast hem uit op het bed. Hij kreunde en draaide zich om, waarbij hij zijn hand op Erica's borstkas legde. Zachtjes legde ze zijn hand terug. Ze wenste afstand te bewaren en wilde niet dat hij haar aanraakte. Ze dacht aan Yvon, die haar behandelde als zowel zijn intellectuele gelijke, als in haar

hoedanigheid van vrouw. Erica keek in het schemerige licht naar Richard en realiseerde zich dat ze hem van de Fransman zou moeten vertellen. Richard zou gekrenkt zijn. Ze staarde naar het donkere plafond en probeerde zich zijn jaloerse reactie voor te stellen. Hij zou zeggen dat Erica alleen maar was gevlucht om een minnaar te zoeken. Hij zou nooit begrijpen hoezeer ze was toegewijd aan haar pogingen te beletten dat het tweede beeld van Seti I geruisloos het land werd uitgesmokkeld. 'Je zult het zien,' fluisterde ze naar Richard in het donker, 'ik zal dat beeld vinden.' Richard kreunde in zijn slaap en draaide zich om.

Derde dag

Caïro: 08.00 uur

Toen Erica de volgende morgen wakker werd, meende ze dat ze opnieuw de douche open had laten staan, maar al spoedig herinnerde ze zich Richards onverwachte komst en besefte ze dat hij onder de douche moest staan. Erica streek een weerbarstige haarlok van haar voorhoofd en liet haar hoofd over het kussen rollen, zodat ze door de open balkondeur naar buiten kon kijken. Het geluid van de gestage verkeersstroom versmolt met het geluid van de douche en klonk even kalmerend als een waterval in de verte. Ze sloot genietend haar ogen en dacht terug aan de besluiten die ze de vorige avond had genomen. Op dat moment kwam er plotseling een einde aan het geluid van de douche. Erica verroerde zich niet. Richard kwam nu de kamer binnen terwijl hij krachtdadig zijn haar droogwreef. Erica draaide zich heel voorzichtig om en bleef zich slapende houden, maar gluurde onder haar oogleden door in Richards richting. Tot haar verrassing was hij spiernaakt. Ze sloeg hem gade terwijl hij zich verder afdroogde, naar de balkondeur liep en de grote piramiden en de Sfinx in de verte bekeek. Hij had een aantrekkelijk lichaam, dat was een feit. Ze keek naar de sierlijke ronding van zijn stevige billen en vond dat zijn goedgevormde benen kracht uitstraalden. Erica sloot haar ogen, uit angst dat Richards sexy lichaam en hun onderlinge vertrouwdheid haar te machtig zouden worden.

Het eerste dat Erica daarna wist, was dat zij zachtjes wakker werd geschud. Ze opende haar ogen en keek recht in het dromerige blauw van Richards ogen. Hij glimlachte ondeugend tegen haar en ze zag dat hij een spijkerbroek en een strakzittende marineblauwe pullover had aangetrokken. Zijn haar was zo goed mogelijk gekamd als zijn natuurlijke krullen dat toelieten.

'Kom er eens uit, schone slaapster,' zei Richard, haar voorhoofd kussend. 'Over vijf minuten wordt het ontbijt gebracht.'

Terwijl ze zich stond te douchen overwoog Erica hoe ze haar poot stijf kon houden zonder harteloos te lijken. Ze hoopte dat Yvon

haar niet zou bellen. De herinnering aan hem maakte dat ze weer terugdacht aan het Seti-beeld. Het was één ding in het holst van de nacht te besluiten een kruistocht te beginnen; maar het was heel iets anders om er een begin mee te maken. Ze wist dat ze een of ander plan moest hebben als ze het beeld hoopte te vinden. Ze zeepte zich in met de scherp-geurende Egyptische zeep en overwoog voor de eerste maal het nog niet verdwenen gevaar, dat voor haar voortvloeide uit het feit dat zij ooggetuige was geweest van de moord op Abdoel Hamdi. Zich verbaasd afvragend waarom ze niet eerder had gedacht aan dit aspect van de positie waarin ze zich bevond, spoelde ze zich haastig af en stapte uit de douchecel. 'Natuurlijk,' zei ze luidop. 'De vraag of ik wel of niet in gevaar verkeer hangt er helemaal van af of de moordenaars wéten dat ik de moord heb gezien. Maar ze hébben mij niet gezien.'
Erica haalde een kam door haar natte haar om het uit de knoop te halen en keek in de spiegel. Het kleine puistje op haar kin had alleen een rood plekje achtergelaten en de Egyptische zon had haar huid nu al een aantrekkelijke teint bezorgd. Toen ze bezig was met het opmaken van haar gezicht, probeerde Erica zich het gesprek met Abdoel Hamdi voor de geest te halen. Hij had gezegd dat het beeld tijdelijk bij hem verbleef, alvorens het zijn reis zou voortzetten – vermoedelijk over de Egyptische grens. Erica hoopte dat de moord op Hamdi niet betekende dat het beeld het land al zou hebben verlaten. Haar veronderstelling werd gesteund door het feit dat Yvon, Jeffrey Rice of de Griek over wie Yvon het had gehad beslist zouden hebben gehoord of het beeld in een of ander neutraal land boven water was gekomen, zoals in Zwitserland. Al met al was ze er tamelijk zeker van dat het beeld niet alleen nog in Egypte zou zijn, maar zelfs nog in Caïro.
Erica inspecteerde haar make-up. Het kon ermee door. Ze had slechts een klein beetje mascara gebruikt. De wetenschap dat de Egyptische vrouwen van duizenden jaren geleden hun ogen op dezelfde manier hadden aangezet had iets romantisch voor haar.
Richard klopte op de badkamerdeur. 'Het ontbijt is geserveerd op de veranda,' zei hij, proberend een Engels accent na te bootsen. Zijn stem klonk veel te opgewekt, bedacht Erica. Het zou haar moeilijker vallen met hem te praten.

Erica riep door de deur dat ze over enkele minuten klaar zou zijn en begon zich aan te kleden. Ze miste haar katoenen pantalon, want ze wist dat een spijkerbroek in dit hete klimaat heel wat warmer zou zitten. Worstelend met de strakke broekspijpen dacht ze na over de Griek. Ze had er geen idee van wat hij van haar wilde, maar misschien zou hij een nuttige bron van inlichtingen kunnen zijn. Misschien kon ze dat wat hij van haar wilde ruilen voor wat inside-information over de manier waarop de zwarte markt functioneerde. Het was een schot in het duister, maar het was tenminste een begin.

Erica stopte haar bloes in en vroeg zich af of de Griek – of, wat dat betreft, wie dan ook – zou weten wat de betekenis was van de hiëroglyfen die ze gisteravond had geprobeerd te vertalen. Het mysterie van Seti I zelf overschaduwde de verdwijning van zijn grafbeeld. Er waren 3000 jaren voorbijgegaan sinds deze oude Egyptenaar had geleefd en geademd. Afgezien van zijn zeer geslaagde veldtochten in het Midden-Oosten en Libië, gedurende de eerste decade van zijn regeringsperiode, kon Erica zich alleen over hem herinneren dat deze machtige farao een uitgebreid tempelcomplex in Abydos had laten bouwen, de tempel in Karnak had vergroot en het meest indrukwekkende koningsgraf in het Dal der Koningen had laten uithakken.

Daar ze inzag dat er meer onthullende informatie over hem beschikbaar moest zijn, besloot Erica terug te gaan naar het Egyptisch Museum en gebruik te maken van haar introducties als egyptologe. Het zou haar iets te doen geven zolang ze moest wachten totdat de Griek contact met haar zou opnemen. Iemand anders die haar misschien inlichtingen zou kunnen verschaffen was de zoon over wie Abdoel Hamdi had gesproken, de zoon die een antiekzaak in Luxor zou bezitten. Terwijl Erica de deur van de badkamer opendeed nam ze haar besluit. Ze zou zo snel mogelijk langs de Nijl stroomopwaarts gaan, naar Luxor, naar de zoon van Abdoel Hamdi. Ze was ervan overtuigd dat dit de beste gedachte was die in haar was opgekomen.

Richard had zich onledig gehouden met het bestellen van een uitgebreid ontbijt. Net als de vorige ochtend was het opgediend op het balkon. Onder de zilveren schalen troffen ze eieren, bacon en vers Egyptisch brood aan. In een schaaltje ijssplinters werden schijfjes papaja koud gehouden. De koffie wachtte erop om te worden ingeschonken. Richard draaide als een zenuwachtige ober rond het tafeltje en schikte de borden en servetten.

'Ah, uwe hoogheid,' zei Richard nog steeds met zijn Engelse accent, 'uw ontbijt is gereed.' Galant schoof hij een van de stoelen achteruit en beduidde Erica met een weids gebaar dat ze plaats moest nemen. 'Na u,' zei hij, een voor een de borden opheffend.

Erica voelde zich oprecht aangedaan. Richard bezat niets van Yvons fijnbesnaarde hoffelijkheid, maar zijn gedrag was vertederend. Hoe bot hij zich onder de meeste omstandigheden ook kon gedragen, Erica wist dat hij tamelijk kwetsbaar was. En ook wist ze dat zij hem veel pijn kon doen. Aarzelend begon ze: 'Ik weet niet in hoeverre jij je nog iets herinnert van ons gesprek van vannacht...'

'Alles,' zei Richard, zijn vork opstekend. 'Feitelijk zou ik, voor je verder gaat, een voorstel willen doen. Ik vind dat wij linea recta naar de Amerikaanse ambassade moeten toestappen en ze precies vertellen wat jou is overkomen.'

'Richard,' zei Erica, beseffend dat hij haar op zijpaden probeerde te brengen, 'de Amerikaanse ambassade zou toch niets kunnen uitrichten. Wees realistisch. Er is me in feite niets overkomen, er is alleen iets in mijn omgeving gebeurd. Nee, ik ga níet naar de Amerikaanse ambassade!'

'Mij best,' zei Richard, 'als je er zo over denkt vind ik het prima. Nu over de andere dingen die je tegen mij hebt gezegd. Over ons.' Richard liet zwijgend zijn koffiekop ronddraaien. 'Ik geef toe dat er wel iets waars zit in wat jij hebt gezegd over mijn houding tegenover jouw werk. Wel, ik zou je willen vragen iets voor me te doen.' Hij sloeg zijn ogen op en keek Erica aan. 'Laten we samen hier een dag in Egypte doorbrengen, om zo te zeggen op jouw manier. Geef mij de kans om te zien waarom het eigenlijk allemaal gaat.'

'Maar, Richard...' begon Erica. Ze wilde hem vertellen over Yvon en over haar gevoelens tegenover hem.

'Alsjeblieft, Erica. Je zult moeten toegeven dat we het hier al eerder over hebben gehad. Gun me een beetje tijd. We zullen vanavond met elkaar praten, dat beloof ik je. Per slot van rekening

ben ik voor jou helemaal hierheen gekomen. Dat zou je toch wel íets moeten zeggen.'
'Inderdaad zegt dat me wel iets,' zei Erica vermoeid. Zulke emotionele ogenblikken waren uitputtend voor haar. 'Maar zelfs dit soort beslissingen zouden wij gezamenlijk hebben moeten nemen. Ik waardeer de moeite die je hebt genomen, maar ik geloof nog steeds niet dat je begrijpt waarom ik hier ben. Het lijkt erop dat we allebei een heel andere opvatting hebben over de toekomst van onze relatie.'
'Daar zullen we vanavond over praten,' zei Richard. 'Maar nu niet. Vanavond. Het enige wat ik van je vraag, is dat we samen een prettige dag doorbrengen, zodat ik iets van Egypte te zien krijg en kan begrijpen wat de egyptologie voor je betekent. Ik geloof dat ik wel wat recht heb op zoveel consideratie.'
'Goed dan,' zei Erica met tegenzin. 'Maar vanavond wordt er gepraat!'
Richard slaakte een diepe zucht. 'Nu dat is geregeld zullen we eens kijken wat we vandaag zullen gaan doen. Ik zou werkelijk die dingen eens willen zien.' Richard wees met een stukje toast in de richting van de Sfinx en de piramiden van Gizeh.
'Het spijt me,' zei Erica. 'De dag is al ingedeeld. We gaan vanmorgen eerst naar het Egyptisch Museum om te zien wat zij afweten van Seti de Eerste; en vanmiddag gaan we terug naar de plaats waar de eerste moord is gepleegd – Antica Abdul. De piramiden zullen nog even moeten wachten.'
Erica probeerde haar ontbijt haastig naar binnen te werken en de kamer uit te zijn voor het onvermijdelijke telefoontje zou komen. Ze slaagde niet in haar opzet. Richard was bezig met het verwisselen van het filmrolletje in zijn Nikon toen ze de hoorn opnam.
'Hallo,' zei ze zachtjes. Zoals ze al had gevreesd was het Yvon. Ze wist dat ze zich nergens schuldig over hoefde te voelen, maar toch was dat het geval. Ze had Richard over de Fransman willen vertellen, maar hij had haar de mond gesnoerd.
Yvon verkeerde in een opgewekte stemming en sprak vol warmte over de voorgaande avond. Erica zei ja en nee op de geëigende momenten, maar ze wist dat ze stug moest overkomen.
'Erica, alles goed met je?' vroeg Yvon.

‘Ja, ja, prima.’ Erica probeerde koortsachtig een manier te vinden om een eind aan het gesprek te maken.
‘Je zult het me toch wel vertellen als er iets mis is?’ vroeg hij. Zijn stem klonk verontrust.
‘Natuurlijk,’ zei Erica vlug.
Er viel een stilte. Yvon wist dat er iets mis was.
‘We waren het er gisteravond allebei over eens dat we de dag samen hadden moeten doorbrengen. Dus wat zou je denken van vandaag? Laat mij je wat rondleiden.’
‘Nee, dank je,’ zei Erica. ‘Ik heb hier iemand te gast, die gisteravond laat uit de Verenigde Staten is aangekomen om mij te verrassen.’
‘Dat geeft niet,’ zei Yvon. ‘Je gast is ook welkom.’
‘Deze gast is toevallig, een...’ Erica weifelde. ‘Vriend’ klonk te onvolwassen.
‘Je minnaar?’ vroeg Yvon aarzelend.
‘Een vriend,’ zei Erica. Ze kon niets beters bedenken.

Yvon smeet de hoorn op de haak. ‘Vrouwen!’ zei hij nijdig, op zijn lippen bijtend.
Raoul keek op van zijn weken oude *Paris Match* en probeerde niet te glimlachen. ‘Dat Amerikaanse meisje bezorgt je enige moeilijkheden.’
‘Bek dicht,’ snauwde Yvon met een ergernis die niet bij hem paste. Hij stak een sigaret op en blies de rook naar het plafond. Hij geloofde dat het heel goed mogelijk was dat Erica’s gast onverwachts was gekomen. Toch bleef er een spoor van twijfel bij hem hangen: dat ze het hem doelbewust niet had verteld en hem aan het lijntje had gehouden.
Hij drukte zijn sigaret uit en liep naar het balkon. Hij was niet gewend dat vrouwen hem van zijn stuk brachten. Als zij te lastig bleken liet hij ze los. Zo simpel lag het. Er waren meer dan genoeg vrouwen op de wereld. Hij staarde omlaag naar een tiental feloekka’s die voor de wind naar het zuiden voeren. De vredige aanblik maakte dat hij zich wat beter begon te voelen.
‘Raoul, ik wil dat Erica Baron opnieuw wordt geschaduwd,’ riep hij.

'Uitstekend,' zei Raoul. 'Ik heb Khalifa in het Sheherezade-hotel ondergebracht om hem bij de hand te hebben.'
'Laat hij zich gedekt proberen te houden,' zei Yvon. 'Ik wens niet dat er nog meer onnodig bloed wordt vergoten.'
'Khalifa houdt vol dat de man die hij neerschoot op de loer lag voor Erica.'
'Die man werkte echt voor de Oudheidkundige Dienst. Ik kan me niet voorstellen dat hij Erica wilde vermoorden.'
'Nou, ik verzeker je dat Khalifa een eersteklas vakman is. Ik wéet het,' zei Raoul.
'Dat is hem maar geraden ook,' zei Yvon grimmig. 'Stephanos rekent erop dat hij het meisje vandaag te spreken krijgt. Waarschuw Khalifa. Er kunnen moeilijkheden ontstaan.'

'Doctor Sarwat Fachry kan u nu ontvangen,' zei de robuuste secretaresse met de uitpuilende boezem. Ze was een jaar of twintig en straalde gezondheid en enthousiasme uit, een verademing na de overigens drukkende atmosfeer in het museum.
De werkkamer van de curator leek een schemerige grot. De zonwering was dicht en het vertrek werd koel gehouden door een ratelende airconditioner. De kamer was betimmerd met lambrizeringen van donker gekleurd hout en had veel weg van een Victoriaanse studeerkamer. Een van de muren was getooid met een imitatie-open-haard, die hier in Caïro beslist niet op zijn plaats leek. De overige wanden waren geheel bedekt door boekenkasten. Midden in de kamer stond een groot bureau met stapels boeken, tijdschriften en documenten. Achter dat bureau zetelde Fachry, die over de rand van zijn bril opkeek toen Erica en Richard binnenkwamen. Hij was een kleine man met nerveuze bewegingen, een jaar of zestig oud, met markante gelaatstrekken en weerbarstig grijs haar.
'Van harte welkom, doctor Baron,' zei hij, zonder op te staan. Erica's aanbevelingsbrieven trilden lichtjes in zijn hand. 'Iemand van het Museum of Fine Arts uit Boston is hier altijd welkom. We zijn Reisner veel dank verschuldigd voor zijn briljante werk.' Fachry keek Richard aan.
'Ik ben doctor Baron niet,' zei Richard glimlachend.
Erica zette nog een pas naar voren. 'Ik ben doctor Baron en ik

dank u voor uw gastvrijheid.'
De verbaasde trek op het gelaat van Fachry maakte plaats voor verlegen begrijpen. 'Neemt u mij niet kwalijk,' zei hij eenvoudig. 'Uit uw aanbevelingsbrieven begrijp ik dat u van plan bent, te velde enkele vertalingen te maken van de monumenten uit het Nieuwe Rijk. Daar ben ik heel blij mee. Er moet nog veel werk worden verzet. Als ik u ergens mee van dienst kan zijn, dan graag.'
'Dank u,' zei Erica. 'Eigenlijk wilde ik u vragen of u mij een genoegen zoudt willen doen. Ik stel belang in wat achtergrondinformatie over Seti de Eerste. Zou het misschien mogelijk zijn dat ik het materiaal doorkijk waarover het museum beschikt?'
'Zeker,' zei Fachry. De klank van zijn stem had een subtiele verandering ondergaan. Hij had vragender geklonken, alsof Erica's verzoek hem had verrast.
'Jammer genoeg is er nog niet veel bekend over Seti de Eerste, zoals u ongetwijfeld zult weten. Naast de vertalingen die we hebben van de inscripties op de monumenten, beschikken we nog over wat correspondentie van Seti die betrekking heeft op zijn eerste veldtochten in Palestina. Maar dat is zo ongeveer alles. Ik ben ervan overtuigd dat u uw kennis zult kunnen vergroten door middel van uw vertalingen ter plaatse. De vertalingen die we hebben zijn al tamelijk oud, en we weten inmiddels heel wat meer van het schrift dan in die tijd.'
'Hoe staat het met zijn mummie?' vroeg Erica.
Fachry gaf Erica haar aanbevelingsbrieven terug. Het trillen van zijn arm werd heviger toen hij zijn hand uitstak. 'Ja, we hebben ook zijn mummie. Die bevond zich in de grot bij Deir el Bahri, die illegaal door de familie Rasoel werd gevonden en leeggeroofd. De mummie is boven te zien.'
Hij wierp een blik naar Richard, die opnieuw glimlachte.
'Werd de mummie ooit nauwkeurig onderzocht?' vroeg Erica.
'Inderdaad,' zei Fachry. 'Er is een autopsie gehouden.'
'Een autopsie?' zei Richard vol ongeloof. 'Hoe kun je een mummie onderwerpen aan een autopsie?'
Erica greep Richards arm beet. Hij begreep de hint en deed er verder het zwijgen toe. Fachry sprak verder alsof hij de vraag niet had gehoord. 'Bovendien werd de mummie kortgeleden door een

Amerikaans onderzoeksteam geröntgend. Ik zal al het materiaal waarover wij beschikken met genoegen voor u laten klaarleggen in de bibliotheek.' Fachry stond op en opende de deur van zijn werkkamer. Hij liep enigszins voorovergebogen, waarbij hij de indruk wekte van een gebochelde die zijn gekromde handen langs zijn zijden liet bungelen.
'Nog een andere vraag,' zei Erica. 'Heeft u veel materiaal over het openen van de graftombe van Toetanchamon?'
Richard keek langs Erica tersluiks naar de appetijtelijke secretaresse. Ze had het druk met over haar schrijfmachine hangen.
'Aha,' zei Fachry, terwijl ze de marmeren gang instapten. 'Daarmee kunnen we u helpen. Zoals u weet willen we een deel van de fondsen die worden opgebracht door de rondreis van de schatten van Toetanchamon door de wereld gebruiken voor de bouw van een speciaal museum dat deze stukken moet herbergen. We zijn nu in het bezit van de complete aantekeningen van Carter in wat hij zijn *"Journal of Entry"* noemde, overgenomen op microfilm. Daarnaast hebben we een omvangrijke verzameling van de correspondentie tussen Carter, Carnarvon en anderen die bij de ontdekking van de tombe betrokken zijn geweest.'
Doctor Fachry droeg Richard en Erica over aan de zorgen van een zwijgzame jongeman, die hij hen voorstelde als Talat. Talat luisterde aandachtig naar de ingewikkelde instructies die Fachry hem gaf, boog en verdween door een zijdeur.
'Hij zal u het materiaal brengen dat wij van Seti de Eerste hebben,' zei Fachry. 'Ik dank u voor uw komst – en als ik u verder ergens mee kan helpen, laat het me dan even weten.' Hij schudde Erica de hand, maar moest toen een onwillekeurige kramp van zijn gelaatsspieren onderdrukken, die zijn mond vertrok tot een spottende grijns. Toen hij wegliep waren zijn handen krampachtig opgetrokken en graaiden zijn vingers ritmisch in het niets.
'Goeie genade, wat een oord,' zei Richard toen de curator was vertrokken. 'Een charmante knaap!'
'Deze Fachry heeft toevallig een uitstekende staat van dienst. Hij is gespecialiseerd in de religie van het oude Egypte, de begrafenisriten en de methodes van mummificatie.'
'Mummificatie-methoden! Ik had het kunnen raden. Ik ken een

grote kerk in Parijs waar hij zo in dienst zou worden genomen.'
'Probeer nou even serieus te blijven,' zei Erica, glimlachend ondanks zichzelf. Ze namen plaats aan een van de lange en gehavende eiken tafels in de grote zaal van de bibliotheek. Letterlijk alles was bedekt met een dun laagje Caïro-stof. Onder Erica's stoel was een spoor van kleine voetafdrukken op de grond te zien. Richard vertelde haar dat het spoor door een rat moest zijn gemaakt.
Talat kwam terug met twee grote rode mappen die met koordjes waren dichtgebonden. Hij overhandigde ze aan Richard die verachtelijk glimlachte en de mappen doorgaf aan Erica. Op de eerste was de aanduiding geschreven: 'Seti I, A.' Erica maakte de koordjes los en spreidde de inhoud van de map op de tafel uit. Het waren kopieën van wetenschappelijke artikelen over de farao, deels in het Frans, enkele in het Duits, maar voor het merendeel in het Engels.
'Pssst!' Talat raakte Richards arm aan.
Richard draaide zich om, verbaasd over het geluid.
'Wilt u scarabees van de oude mummies? Heel goedkoop.' Talat stak zijn gesloten hand uit, de palm naar boven. Hij wierp als een handelaar in pornografische foto's uit de vijftiger jaren een blik om zich heen, waarna hij langzaam zijn vingers open liet gaan om twee enigszins klamme scarabee's te onthullen.
'Meent deze knaap wat hij zegt?' vroeg Richard. 'Hij wil ons een paar scarabees verkopen.'
'Ongetwijfeld zijn ze vals,' zei Erica, zonder zich de tijd te gunnen van haar werk op te kijken.
Richard nam een van de scarabees uit de geopende hand van Talat.
'Eén pond,' zei Talat, die zenuwachtig begon te worden.
'Erica, bekijk dit eens even. Deze kleine scarabee ziet er goed uit. Deze knaap heeft wel lef, zeg, om hier zijn zaakjes af te handelen.'
'Richard, scarabees kun je hier overal kopen, zoveel je maar wilt. Misschien kun je beter rondkijken in het museum, terwijl ik hier de zaak afmaak.' Ze keek naar hem op om te zien hoe hij haar voorstel opvatte, maar hij had niet naar haar geluisterd. Hij had de tweede scarabee uit Talats hand gepakt.
'Richard,' zei Erica, 'laat je nou niet in de boot nemen door de

eerste de beste handelaar die je ziet. Laat mij eens even kijken.' Ze nam een van de kunstvoorwerpen en draaide hem om teneinde de hiëroglyfen aan de onderkant te lezen. 'Grote God,' zei ze.
'Geloof je dat hij écht is?' wilde Richard weten.
'Nee, hij is niet echt, maar het is een uitstekende imitatie. Té goed zelfs. De cartouche van Toetanchamon is erop aangebracht. Ik denk dat ik wel weet wie hem heeft gemaakt. De zoon van Abdoel Hamdi. Verbazingwekkend goed.'
Erica kocht de scarabee van Talat voor vijfentwintig piaster en stuurde de jongen weg. 'Ik heb er al een van de zoon van Abdoel waarop de naam Seti I is aangebracht.' Erica nam zich voor, Yvon de namaak-scarabee terug te vragen. 'Ik vraag me af welke faraonamen hij nog meer gebruikt.'
Op Erica's aandringen bepaalden zij hun aandacht weer tot de artikelen. Richard nam verschillende kopieën voor zijn rekening. Het bleef een halfuurtje stil.
'Dit is wel het droogste spul dat ik ooit heb doorgeworsteld,' zei Richard eindelijk, een van de artikelen op tafel gooiend. 'En ik dacht nog wel dat de pathologie niet interessant was! Mijn God!'
'Het moet allemaal met elkaar in verband worden gebracht,' zei Erica neerbuigend. 'Wat jij hier ziet zijn allemaal stukjes en brokjes die zorgvuldig werden verzameld over een machtige heerser die 3000 jaar geleden heeft geleefd.'
'Nou, als er wat meer dynamiek in deze artikelen zat zou het allemaal een stuk gemakkelijker zijn,' lachte Richard.
'Seti de Eerste regeerde vlak na de farao die geprobeerd heeft om de Egyptische godsdienst om te zetten in een monotheïstische religie,' zei Erica, zonder op Richards commentaar te letten. 'Deze farao heette Echnaton. Het hele land was ondergedompeld in chaos. Seti bracht daarin verandering. Hij was een krachtig heerser, die erin slaagde om de rust in het land en in het grootste deel van de vazalstaten van het rijk te herstellen. Hij kwam omstreeks zijn dertigste aan de macht en heeft ongeveer vijftien jaar geregeerd. Met uitzondering van zijn veldtochten in Palestina en Libië zijn er maar heel weinig bijzonderheden over hem bekend; iets wat heel jammer is, omdat hij regeerde in een bijzonder interessante periode uit de Egyptische geschiedenis. Ik heb het over een

periode van een jaar of vijftig, vanaf Echnaton tot en met Seti de Eerste. Het moet een uiterst boeiende tijd zijn geweest, vol binnenlandse onlusten, opstanden en beroeringen. Het is gewoonweg frustrerend dat we er niet meer van afweten.' Erica klopte op het stapeltje artikelen. 'Gedurende die periode heeft Toetanchamon de dubbele kroon van Egypte gedragen. Vreemd genoeg was het een enorme teleurstelling voor de egyptologen toen de schitterende graftombe van Toetanchamon werd ontdekt. Ondanks alle schatten die erin werden aangetroffen werden er geen historische documenten gevonden. Geen enkele papyrus. Niet één!'

Richard haalde zijn schouders op.

Erica realiseerde zich dat hij zijn best deed, maar hij kon eenvoudig niet in haar enthousiasme delen. Ze richtte haar aandacht weer op de tafel. 'We zullen eens kijken wat er in die andere map zit,' zei ze en liet de inhoud van 'Seti I, B' op tafel glijden. Ogenblikkelijk veerde Richard op. Er lagen tientallen foto's van Seti's mummie op tafel, met inbegrip van fotografische reprodukties van röntgenfoto's, een autopsie-verslag en diverse kopieën van artikelen.

'Grote hemel,' zei Richard, met een gespeelde uitdrukking van afschuw op zijn gezicht. Hij raapte een foto van het gezicht van Seti I op. 'Dit ziet er bijna even erg uit als het eerste lijk dat ik in mijn eerste jaar anatomie moest ontleden.'

'Het ziet er op het eerste gezicht wat afschuwwekkend uit, maar hoe langer je kijkt, hoe serener dat gezicht wordt.'

'Kom nou, Erica, het ziet eruit als een geest. Sereen? Kom nou toch! Richard pakte het autopsieverslag en begon erin te lezen.

Erica ontdekte een röntgenfoto van de gehele mummie. De mummie zag eruit als een geraamte, waarvan de armen over de borst waren gevouwen. Een heel normaal geraamte. Desondanks bekeek ze de foto nauwkeurig. Plotseling realiseerde ze zich dat er iets niet klopte. De armen lagen weliswaar gekruist over elkaar, zoals bij alle farao's, maar de handen waren open, in plaats van gekromd. De vingers waren gestrekt. Alle overige farao's waren begraven met de dorsvlegel en de scepter in hun handen, de symbolen van hun hoge waardigheid. Maar niet Seti I. Erica probeerde te begrijpen waarom.

'Dit is geen autopsie,' zei Richard, haar gedachtenstroom onderbrekend. 'Ik bedoel, de inwendige organen ontbreken. Ze hadden alleen maar het uitwendige lichaam. Bij een post-mortum wordt het lichaam zelf maar heel vluchtig bekeken, tenzij er uitdrukkelijke indicaties bestaan. Een autopsie is in feite het microscopisch onderzoek van de inwendige organen. Het enige wat ze hier hebben gedaan is het onderzoeken van wat spier- en huidweefsels.' Hij nam de röntgenfoto uit Erica's hand en hield de foto op armlengte om hem te bestuderen. 'De longen zijn in ieder geval schoon,' zei Richard lachend. Erica begreep er niet veel van, dus legde Richard haar uit dat de borstkas op de röntgenfoto leeg was, aangezien de longen in de oudheid uit het lichaam waren verwijderd. Toen hij het uitlegde klonk het lang zo grappig niet meer en zijn stem stierf weg. Erica keek over Richards arm naar de foto. De open handen van Seti I kon ze nog steeds niet verklaren. Iets in haar vertelde haar dat ze belangrijk waren.

In de grote glazen vitrine lagen twee getypte kaartjes. Om de tijd te doden bukte Khalifa zich om ze te lezen. Een van de kaartjes was erg oud en er stond op: 'De gouden troon van Toetanchamon, omstreeks 1355 v. Chr.' Het tweede kaartje was nieuw en zei: 'Tijdelijk verwijderd als onderdeel van de reizende tentoonstelling van de schatten van Toetanchamon.' Vanaf de plaats waar Khalifa stond had hij het volle zicht op Erica en Richard, dwars door de lege vitrine. Normaal zou hij een schaduwobject nooit zo dicht zijn genaderd, maar hij was nu geïntrigeerd. Hij had nog nimmer een dergelijke opdracht gehad. De vorige dag had hij gemeend Erica te hebben gered van een zekere dood, alleen om achteraf een uitbrander te moeten aanhoren van Yvon de Margeau. De Margeau had hem verteld dat hij alleen maar een miezerig ambtenaartje om zeep had geholpen. Maar Khalifa wist wel beter. Dat ambtenaartje had op de loer gelegen voor Erica – en er was iets met dat jonge Amerikaanse vrouwtje dat Khalifa fascineerde. Hij róók groot geld. Als de Margeau werkelijk zo kwaad was geweest als hij voorgaf te zijn, zou hij hem wel zijn congé hebben gegeven. Maar hij bleef hem 200 dollar per dag betalen en had hem, Khalifa, in het Sheherezade-hotel ondergebracht. En nu werd de zaak door een nieuwe ontwikkeling ingewikkelder gemaakt: door een vriendje dat Richard heette. Khalifa wist dat Yvon helemaal niet in zijn schik was met dat vriendje, hoewel de Fransman hem had verteld dat hij niet geloofde dat Richard een gevaar voor Erica was. Maar Khalifa moest van Yvon wel op zijn hoede blijven, en nu vroeg hij zich af of hij er misschien voor moest zorgen dat Richard van het toneel verdween.

Terwijl Erica en Richard doorliepen naar de volgende expositie stapte Khalifa achter een andere lege vitrine met een kaartje met de tekst: 'Tijdelijk verwijderd...' Zich verschuilend achter een geopende reisgids probeerde hij hun gesprek op te vangen. Het enige wat hij hoorde was iets over de grote rijkdom van de grote farao's. Maar ook dat had volgens Khalifa de klank van groot geld, dus sloop hij nog iets dichterbij. Hij genoot van de opwinding en het gevaar dat de korte afstand met zich meebracht, zelfs al bestond dat gevaar alleen in zijn fantasie. Deze mensen konden op geen enkele manier een bedreiging voor hem zijn. Hij zou ze allebei binnen twee seconden kunnen doden. Feitelijk wond die gedachte hem nog meer op.

'Het merendeel van alle werkelijk schitterende stukken bevindt zich momenteel in New York,' zei Erica, 'maar kijk eens naar deze hanger, hier.' Ze wees en Richard onderdrukte een geeuw. 'Al deze dingen werden samen met de onbetekenende Toetanchamon begraven. Probeer je maar eens voor te stellen wat er allemaal met Seti de Eerste begraven moet zijn.'

'Geen idee,' zei Richard, zijn gewicht overbrengend op zijn andere been.

Erica keek op en bespeurde zijn verveling. 'Goed,' zei ze troostend. 'Je hebt je goed gehouden. Laten we teruggaan naar het hotel om te lunchen en te zien of er soms nog boodschappen zijn achtergelaten. Dan wandelen we naar de bazaar.'

Khalifa sloeg Erica aandachtig gade toen ze wegliep. Hij genoot van de strakke ronding van haar jeans. Zijn gedachten aan geweldpleging versmolten met gedachten van intiemere en wellustiger aard.

Toen ze in het hotel terugkwamen lag er inderdaad een boodschap

met een telefoonnummer op Erica te wachten. Ook was er een kamer vrij voor Richard. Hij aarzelde en keek Erica smekend aan, voor hij naar de receptie liep om zich in te laten schrijven. Erica trok zich terug in een van de cellen met telefoon-automaat, maar ze had geen geluk met het ingewikkelde apparaat. Ze zei Richard dat ze vanuit haar kamer zou opbellen.
De boodschap was simpel geweest. 'Ik zou graag het genoegen hebben u te kunnen spreken, zo spoedig het u uitkomt. Stephanos Markoulis.' Erica huiverde bij de gedachte dat ze iemand zou ontmoeten die tot over zijn oren in de zwarte handel zat en misschien zelfs een moordenaar was. Maar hij was degene die het eerste Setibeeld had verkocht, en hij zou belangrijk kunnen zijn als zij het spiegelbeeld ervan wilde opsporen. Ze herinnerde zich Yvons waarschuwing om een openbare gelegenheid uit te kiezen en was voor de eerste maal blij dat Richard bij haar was.
De telefoniste van het hotel functioneerde stukken beter dan de mechanische voorziening in de hal. Het telefoontje kwam snel door. 'Hallo, hallo!' De stem van Stephanos klonk autoritair.
'U spreekt met Erica Baron.'
'Ach ja, inderdaad. Bedankt dat u belt. Ik verheug me erop, u te kunnen spreken. We hebben een gemeenschappelijke vriend, Yvon de Margeau. Charmante kerel. Ik geloof dat hij u al had verteld dat ik zou bellen en graag een afspraak met u wilde maken voor een babbeltje. Kunnen we elkaar vanmiddag ergens ontmoeten, laten we zeggen rond half drie?'
'Waar had u gedacht?' vroeg Erica, denkend aan Yvons waarschuwing. Ze hoorde in de verte een zwaar donderend geluid.
'Zeg het maar, liefje,' zei Stephanos, die zijn stem wat verhief om het geluid op de achtergrond te overstemmen.
Erica brieste van nijd over zijn onbeschaamde manier van spreken. 'Ik weet het niet,' zei ze, op haar horloge kijkend. Het was nu half twaalf. Richard en zij zouden om half drie waarschijnlijk in de bazaar rondwandelen.
'Wat zou u zeggen van het Hilton?' opperde Stephanos.
'Vanmiddag ben ik in de Khan el Khalili-bazaar,' zei Erica. Ze overwoog of ze melding zou maken van Richards aanwezigheid, maar zag er van af. Het leek geen slechte gedachte om een verras-

singselement achter de hand te houden.
'Een ogenblikje,' zei Stephanos. Erica kon hem gedempt met iemand horen praten.
Stephanos had zijn hand over de microfoon gelegd. 'Excuus dat ik u heb laten wachten,' zei hij op een toon waaruit bleek dat het hem volstrekt niet speet. 'Kent u de Al Azhar-moskee, vlak bij de Khan el Khalili?'
'Ja,' zei Erica. Ze herinnerde zich dat Yvon haar de moskee had aangewezen.
'Dan zullen we elkaar daar ontmoeten,' zei Stephanos. 'Het is gemakkelijk te vinden. Half drie dus. Ik verheug me werkelijk op onze ontmoeting, liefje. Yvon de Margeau heeft me leuke dingen over je verteld.'
Erica zei goeiendag en hing nijdig op. Ze voelde zich beslist niet op haar gemak en was zelfs een beetje bang. Maar ze had zich vast voorgenomen om dit door te zetten terwille van Yvon; ze was er zeker van dat hij haar nooit in contact zou hebben gebracht met Stephanos, als er werkelijk gevaar bij was geweest. Niettemin wenste ze dat het achter de rug was.

Luxor: 11.40 uur

Gekleed in zijn ruimzittende wit-katoenen hemd en korte broek voelde Achmed Khazzan zich redelijk ontspannen. Hij was nog altijd ontsteld over de gewelddadige dood van Gamal Ibrahim, maar was nu in staat dit ongelukkige voorval toe te schrijven aan Allah's ondoorgrondelijke wegen, zodat zijn schuldbesef was weggeëbd. Als leidinggevend functionaris wist hij dat hij dergelijke gebeurtenissen onder ogen moest zien.
De vorige avond had hij zijn verplichte bezoek aan het ouderlijk huis gebracht. Hij hield innig veel van zijn moeder, maar was het niet eens met haar besluit om thuis te blijven teneinde voor zijn invalide vader te kunnen zorgen. Zijn moeder was een van de eerste vrouwen geweest die in Egypte een universitaire graad hadden behaald. En Achmed had liever gezien dat zij haar opleiding op een nuttige manier gebruikte. Ze was een bijzonder intelligente

vrouw en zou Achmed geweldig hebben kunnen helpen. Gedurende de oorlog van 1956 was Achmeds vader levensgevaarlijk gewond geraakt – in dezelfde oorlog die Achmeds broer had opgeëist. Achmed kende in Egypte geen enkel gezin dat niet de tragische tol had moeten betalen voor een van de vele oorlogen die Egypte had gevoerd, en als hij erover nadacht beefde hij van woede.

Na het bezoek aan zijn ouders had Achmed goed en langdurig geslapen in zijn eigen kleine lemen woning in Luxor. Zijn huishoudster had een heerlijk ontbijt van versgebakken brood en heerlijk geurende koffie voor hem gemaakt. En Zaki had hem opgebeld om te melden dat er twee speciale agenten in burger naar Sakkara waren gestuurd. Alles leek rustig in Caïro. En, wat misschien wel het allerbelangrijkste was, Achmed had met succes een familiecrisis weten te bezweren. Een neef van hem, die hij tot hoofdbewaker van de necropolis van Luxor had bevorderd, was rusteloos geworden en wilde verhuizen naar Caïro om sneller promotie te kunnen maken. Achmed had geprobeerd redelijk met hem te praten, maar toen dat niet hielp had hij de tactvolle benadering gelaten voor wat het was en hem kwaad bevolen dat hij moest blijven waar hij was. De vader van de neef, een aangetrouwde oom van Achmed, had geprobeerd te bemiddelen. Achmed had de oudere man eraan moeten herinneren dat de vergunning voor het drijven van de souvenirwinkel in het Dal der Koningen, die hij hem had bezorgd, gemakkelijk kon worden ingetrokken. Nadat deze kwestie was geregeld had Achmed eindelijk de tijd gekregen wat administratief werk af te maken. De wereld zag er dus wat beter en ordelijker voor hem uit dan de vorige dag.

Nadat hij het laatste memorandum dat hij ter lezing had meegenomen in zijn tas had gestopt, voelde Achmed zich tamelijk voldaan. In Caïro zou hij er tweemaal zoveel tijd voor nodig hebben gehad om datzelfde materiaal door te worstelen. Dit was Luxor. Hij was dol op Luxor, het oude Thebe. Achmed vond dat de lucht hier iets magisch had; iets waardoor hij zich gelukkiger voelde, meer op zijn gemak.

Hij stond op van zijn stoel in de grote woonkamer. De buitenmuren van zijn huis waren verblindend wit gesausd – en hoewel het er

van binnen rustiek uitzag was het smetteloos schoon. Het huis was gebouwd door een reeks bestaande lemen gebouwtjes tot één geheel samen te voegen. Het resultaat was een tamelijk smal huis van maar zes meter breed, maar buitengewoon diep, met aan de linkerkant een lange gang. Rechts lag een reeks gastvertrekken. De primitieve keuken bevond zich helemaal achterin het huis en er was geen stromend water. Achter de keuken lag een smalle tuin, begrensd door een stal voor Achmeds kostbaarste bezit, een driejarige zwarte Arabische volbloed die hij Sawda had genoemd. Achmed had zijn bediende opdracht gegeven dat hij Sawda moest zadelen en de hengst om half twaalf klaar moest hebben staan. Hij was van plan, nog voor de lunch de zoon van Abdoel Hamdi, Tewfik Hamdi, in zijn antiekzaak te ondervragen. Achmed had het gevoel dat het van belang was dit verhoor persoonlijk af te nemen. Daarna wilde hij, nadat de grootste hitte van de dag voorbij was, de Nijl oversteken, onaangekondigd naar het Dal der Koningen rijden en daar het nieuwe beveiligingssysteem te inspecteren dat hij in het leven had geroepen. Hij zou nog voldoende tijd over hebben om 's avonds nog naar Caïro terug te keren.
Sawda schraapte ongeduldig met zijn hoeven over de grond, toen Achmed verscheen. De jonge hengst leek zo weggelopen uit een renaissance-sculptuur: iedere spier was uitgehouwen in volmaakt zwart marmer. Het hoofd van het paard was schitterend gevormd, met vlammende neusgaten en fijne lijnen. De zwarte ogen wedijverden qua peilloze diepte met die van Achmed zelf. Onder het rijden voelde Achmed de geweldige kracht en levensenergie van het vurige dier dat hem op zijn rug droeg. Slechts met moeite kon hij de hengst ervan weerhouden, over te gaan in een daverend snelle galop. Achmed wist dat de grillige persoonlijkheid van Sawda een weerspiegeling was van zijn eigen onvoorspelbare en wispelturige hartstochten. Vanwege deze overeenkomsten moest het paard enkele scherpe woorden in het Arabisch worden toegesproken, en moest Achmed de teugels strak houden om de hengst in bedwang te houden, opdat paard en ruiter zich als één eenheid konden voortbewegen door de met zonnestralen doorweven schaduw onder de palmbomen langs de oever van de Nijl.
Tewfik Hamdi's antiekzaak was een van de vele antiekwinkeltjes

die zich in een reeks stoffige smalle straatjes achter de tempel van Luxor hadden genesteld. Ze waren zonder uitzondering dicht in de buurt van de belangrijke hotels gelegen, en hun voortbestaan was afhankelijk van de nietsvermoedende, argeloze toerist. De meeste 'kunstvoorwerpen' die zij verkochten waren imitaties, die op de westelijke Nijloever waren vervaardigd. Achmed wist niet precies waar Hamdi's antiekhandel was, dus vroeg hij de weg zodra hij in de buurt van de eeuwenoude tempel was gekomen.
Hij kreeg de straatnaam en het nummer te horen en vond het winkeltje zonder moeite. Het bleek echter gesloten. En niet alleen maar voor de middagpauze. Het was hermetisch afgesloten met houten schotten, iets wat anders alleen voor de nacht gebeurde.
Achmed bond Sawda in een schaduwrijke plek vast en ging in de naburige winkels naar Tewfik informeren. Hij kreeg overal dezelfde antwoorden. Inderdaad, Tewfiks winkel was de hele dag niet open geweest – en, ja, het wás vreemd, want Tewfik Hamdi had jarenlang geen enkele dag in zijn winkel ontbroken. Een van de handelaars voegde eraan toe, dat de afwezigheid van Tewfik misschien verband hield met het feit dat zijn vader kortgeleden in Caïro was overleden.
Op zijn terugweg naar Sawda kwam Achmed opnieuw langs de winkel. De toegangsdeur met het plankier ervoor trok zijn aandacht. Toen hij nauwkeuriger keek ontdekte Achmed een lange nieuwe spleet in het hout. Het leek erop dat een deel van het plankier kortgeleden was losgerukt en naderhand weer op zijn plaats was gebracht. Achmed stak zijn vingers tussen de spleet en trok. Er was geen beweging in te krijgen. Achmed keek naar de bovenkant van het primitieve luik en zag dat het hout aan de deurpost was gespijkerd, in plaats er van binnenuit aan te zijn opgehangen. Hij kwam tot de conclusie dat Tewfik Hamdi vertrokken moest zijn in de verwachting dat hij langere tijd zou wegblijven.
Achmed deed enkele passen achterwaarts en streelde zijn snor. Toen haalde hij zijn schouders op en wandelde terug naar Sawda. Hij meende dat het waarschijnlijk waar was dat Tewfik Hamdi naar Caïro was vertrokken. Achmed vroeg zich af hoe hij te weten kon komen waar Tewfik Hamdi woonde.
Voor hij bij zijn paard was aangekomen liep Achmed een oude

huisvriend tegen het lijf en bleef hij even staan voor een praatje; zijn gedachten waren echter mijlenver van de uitgewisselde beleefdheden. Het feit dat Hamdi zijn winkel had dichtgespijkerd was buitengewoon eigenaardig. Zodra hij kon excuseerde Achmed zich, wandelde de winkelstraat uit en liep het netwerk van open steegjes binnen die naar de ruimte achter de winkels leidden. De middagzon scheen onbarmhartig en werd weerkaatst door de witgepleisterde muren, zodat er zweet op zijn voorhoofd verscheen. Hij voelde een straaltje zweet langs zijn rug sijpelen. Onmiddellijk achter de winkels bevond zich een groepje primitieve behuizingen. Terwijl Achmed verder liep renden er kippen kakelend voor hem uit en hielden naakte jonge kinderen op met spelen om hem aan te gapen. Met enige moeite en na enkele malen verkeerd te zijn gelopen bereikte Achmed de achterdeur van de antiekwinkel van Tewfik Hamdi. Door de kieren in de deur kon hij een kleine stenen binnenhof zien.

Aangegaapt door enkele jongetjes van een jaar of drie, vier zette Achmed zijn schouder tegen de houten deur en wist hem ver genoeg open te duwen om naar binnen te kunnen gaan. De binnenhof was misschien een meter of vijf lang, en Achmed ontdekte aan het uiteinde een tweede houten deur. Links zag hij een open poortje. Toen Achmed de houten deur van binnenuit terugduwde in zijn oorspronkelijke stand zag hij uit het poortje een donkerbruine rat komen, die razendsnel de binnenhof overstak en in een aarden afvoerpijp verdween. De lucht was heet, benauwend en roerloos.

In het poortje bleek een deur te zitten die openstond en uitkwam in een kleine kamer. Kennelijk woonde Tewfik hier. Achmed stapte over de drempel. Op een ruwhouten tafeltje lag een rottende mango naast een stuk geitekaas, overdekt met vliegen. De kamer was volkomen overhoop gehaald en was één grote chaos. Van een kast in de hoek was het deurtje afgerukt. Overal slingerden documenten en papieren rond. In de lemen muren waren diverse gaten gehakt. Achmed nam de toestand met steeds grotere bezorgdheid in zich op en probeerde te begrijpen wat er was gebeurd.

Haastig liep hij door de kleine kamer naar de deur die toegang gaf

tot de winkel. Deze bleek niet op slot en zwaaide met een jammerend gekrijs open. In de winkelruimte was het aardedonker. Door de kieren in het luik voor de winkeldeur konden slechts dunne straaltjes zonlicht in het vertrek doordringen en Achmed bleef staan om zijn ogen aan het duister te laten wennen. Hij hoorde het geritsel van kleine pootjes. Nog meer ratten.
De wanorde in de winkel zelf was zo mogelijk nog groter dan in het woonvertrek. De grote kasten langs de wanden waren omgesmeten, stuk gehakt en midden in de ruimte op een hoop gegooid. De inhoud van de kasten was stukgegooid en verbrijzeld. Het leek wel alsof er in de winkel een wervelstorm had gewoed. Achmed moest brokstukken van het winkelmeubilair wegschuiven om naar binnen te kunnen. Hij zocht zich een weg naar het midden van de ruimte en verstijfde. Hij had Tewfik Hamdi gevonden! Gemarteld. Dood. Iemand had Tewfik ruggelings op de houten toonbank getrokken, die overdekt was met opgedroogd bloed. Zijn handen waren met grote nagels aan de toonbank gespijkerd, één in iedere hand, de armen uitgespreid. Nagenoeg alle nagels van zijn vingers waren uitgetrokken. Daarna waren zijn polsen doorgesneden. Men had hem gedwongen toe te kijken hoe hij doodbloedde. Zijn bloedeloze gezicht was spookachtig bleek en er was een smerige doek in zijn mond gepropt om zijn gegil te smoren, zodat zijn wangen onnatuurlijk en grotesk bol stonden.
Achmed joeg de vliegen weg; hij zag dat de ratten zich aan het lijk tegoed hadden gedaan. De bestialiteit van deze moord vervulde hem met walging, en het feit dat de moord hier was gepleegd, in zijn geliefde Luxor, maakte hem razend. Zijn woede ging gepaard met de vrees dat de zonden en verdorvenheden van het stedelijke Caïro zich zouden verspreiden als een pest. Achmed wist dat hij de besmettingshaard moest isoleren.
Hij bukte zich en keek in de levenloze ogen van Tewfik Hamdi. Ze weerspiegelden de verschrikking waarvan ze getuige waren geweest terwijl het leven uit hun wegvloeide. Maar waarom? Achmed richtte zich op – de stank van de dood was bijna onverdraaglijk. Voorzichtig zocht hij zich een weg door de chaos naar de kleine binnenhof. Het zonlicht scheen warm op zijn gezicht, hij bleef een ogenblik zo staan en haalde diep adem. Hij wist dat hij niet

naar Caïro terug kon voor hij meer te weten was gekomen. Zijn gedachten dwaalden af naar Yvon de Margeau. Overal waar hij verscheen ontstonden moeilijkheden.
Achmed wrong zich door de deur naar het steegje en trok hem achter zich dicht. Hij had besloten rechtstreeks door te rijden naar het hoofdbureau van politie bij het spoorwegdepot van Luxor; daarna zou hij met Caïro bellen. Toen hij Sawda besteeg vroeg hij zich af wat Tewfik Hamdi kon hebben gedaan of geweten om een dergelijk lot te ondergaan.

Caïro: 14.05 uur

'Aardige winkel,' zei Richard toen hij uit de drukke steeg de winkel binnenstapte. 'Een zeer uitgebreid assortiment. Ik kan hier terecht voor al mijn kerstaankopen.'
Erica kon haar ogen niet geloven toen zij de lege ruimte zag. Er was niets meer dat aan Antica Abdul herinnerde, behalve wat scherven van gebroken aardewerk. Het leek alsof de winkel nooit had bestaan. Het kralen gordijn in de ingang was verdwenen; de tapijten en kleden waren weg. Er was geen stukje doek of hout van de winkelinrichting achtergebleven.
'Ik kán het eenvoudig niet geloven,' zei Erica. Ze liep naar de plaats waar de toonbank met de glazen dekruit had gestaan. 'Hier hing een zwaar gordijn, dat de ruimte in tweeën deelde.' Ze wandelde naar achteren en draaide zich om naar Richard. 'Hier was ik toen de moord werd gepleegd. God, het was zo afschuwelijk. De moordenaar stond precies daar waar jij nu staat, Richard.'
Richard keek omlaag naar zijn voeten en verwijderde zich van de plaats des onheils. 'Het ziet ernaar uit dat alles door dieven is gestolen,' zei hij. 'Ik veronderstel dat alles hier van waarde is, gezien de armoede.'
'Je zult ongetwijfeld wel gelijk hebben,' zei Erica, terwijl ze een zaklantaarn uit haar tas haalde, 'maar het lijkt er eerder op dat er hier meer is gebeurd dan alleen maar geplunderd. Die gaten in de muur... die waren er eerst niet.'
Ze knipte de lantaarn aan en liet het licht in enkele gaten schijnen.

'Een zaklantaarn!' zei Richard verrast. 'Je bent werkelijk op alles voorbereid.'
'Iedereen die zonder zaklantaarn naar Egypte gaat begaat de vergissing van zijn leven.'
Richard liep naar een van de pas uitgehakte gaten in de muur en schrapte wat van het gedroogde leem los. 'Vandalisme in Caïro, denk ik,' zei hij.
Erica schudde haar hoofd. 'Volgens mij is deze winkel uiterst grondig doorzocht.'
Richard keek om zich heen en zag dat de vloer op sommige plaatsen was opengebroken. 'Misschien wel, maar wat dan nog? Ik bedoel, waar kunnen ze naar gezocht hebben?'
Erica kauwde op de binnenkant van haar wang, een gewoonte die ze had als ze zich concentreerde. Richards vraag leek redelijk. Misschien verborgen de inwoners van Caïro vaak hun geld of kostbaarheden in de muren of onder de vloer. Maar de toestand herinnerde haar eraan dat ook haar eigen kamer was doorzocht. Gehoor gevend aan een plotselinge opwelling monteerde ze het flitslicht op haar Polaroid en nam een foto van het inwendige van de lege winkel.
Richard voelde Erica's ongerustheid aan. Blijkbaar voelde ze zich niet op haar gemak. 'Vind je het vervelend hier terug te zijn?'
'Nee,' zei Erica. Ze wilde geen voedsel geven aan Richards al te beschermende houding. Desondanks voelde ze zich in het restant van Antica Abdul inderdaad volstrekt niet op haar gemak. Het onderstreepte de realiteit van de moord op Abdoel Hamdi. 'We hebben nog tien minuten om de Al Azhar-moskee te bereiken. Ik wil op tijd zijn voor meneer Stephanos Markoulis.' Ze haastte zich de winkel uit, blij dat ze weg kon.
Op het moment dat zij de overvolle steeg instapten duwde Khalifa zich af van de muur waartegen hij had staan leunen. Opnieuw had hij zijn jasje over zijn rechterhand gedrapeerd om zijn halfautomatische Stechkin te camoufleren. De veiligheidspal was overgehaald. Raoul had hem verteld dat Erica in de loop van de middag een ontmoeting zou hebben met Stephanos, en Khalifa wilde haar in de drukte van de bazaar niet kwijtraken. De Griek stond bekend om zijn meedogenloos toepassen van geweld en Khalifa

werd er goed voor betaald om geen risico's te nemen.

Aan de westzijde van het drukke en zonovergoten plein voor de Al Azhar-moskee kwamen Richard en Erica uit de Khan el Khalili. Door de stoffige hitte op het plein gingen zij de betrekkelijke koelte in de bazaar beter waarderen. Ze staken het plein dwars over in de richting van de oude moskee, intussen bewonderend opkijkend naar de drie slanke minaretten die als naalden in de bleekblauwe lucht priemden. In het gewoel van de menigte kwamen ze moeilijk vooruit en ze moesten elkaar stevig vasthouden om te voorkomen dat ze van elkaar zouden worden gescheiden. Het gedeelte van het plein voor de moskee deed Erica denken aan Haymarket in Boston, met zijn honderden fruit- en groentenverkopers en hun handkarren, kooplui die voortdurend met hun klanten sjacherden over de prijs van hun waar. Erica voelde zich duidelijk opgelucht toen ze samen met Richard de moskee bereikte en de hoofdingang inwandelde, die bekend staat als de Kapperspoort. De omgeving veranderde als bij toverslag. De geluiden van het overvolle plein konden niet tot in het stenen gebouw doordringen. Het was hier koel en naargeestig, als in een mausoleum.

'Dit doet me denken aan de voorbereiding op een operatie,' zei Richard glimlachend toen hij de papieren sloffen over zijn schoenen aantrok. Ze wandelden door de toegangshal en gluurden de open poortjes door die uitkwamen op verduisterde vertrekken. De muren waren opgetrokken uit grote zandsteenblokken, die het gebouw eerder het aanzien van een kerker gaven dan dat van een bedehuis. 'Ik geloof,' zei Erica, 'dat ik wat nauwkeuriger had moeten afspreken waar we elkaar in deze moskee zouden ontmoeten.'

Na een aantal boogpoorten te hebben gepasseerd wandelden Richard en Erica tot hun verrassing weer de stralende zonneschijn in. Ze bevonden zich aan de rand van een uitgestrekte, rechthoekige binnenhof, die aan alle vier de zijden werd omzoomd door zuilengalerijen met gepunte Perzische bogen. Het was een vreemde aanblik, want hoewel deze binnenhof zich in het hart van Caïro bevond was hij leeg en nagenoeg volkomen stil. Erica en Richard bleven in de schaduw staan en bekeken ademloos de sierlijke lijnen van de exotische puntbogen en geschulpte borstweringen, afgewerkt met sierlijk bewerkte kantelen.

Erica was onrustig. Ze was zenuwachtig over de aanstaande ontmoeting met Stephanos Markoulis en deze vreemde omgeving versterkte haar angsten. Richard nam haar bij de hand en leidde haar over de rechthoekige binnenhof naar een puntboog die iets hoger was dan de andere en een eigen koepeldak bezat. Terwijl ze het binnenhof overstaken probeerde Erica iets te onderscheiden in de violette schaduwen onder de zuilengalerijen om haar heen. Op de zandstenen vloer zaten enkele gedaanten in witte mantels.

Evangelos Papparis sloop uiterst langzaam om de marmeren pilaar en hield Erica en Richard voortdurend in het oog. Zijn zesde zintuig waarschuwde hem dat hij op moeilijkheden voorbereid moest zijn. Hij bevond zich in de noordelijke hoek van de binnenhof, diep in de schaduw van de zuilengalerij. Erica en Richard verwijderden zich nu in diagonale richting van zijn standplaats. Evangelos wist niet met zekerheid of de vrouw die hij zag lopen Erica was die hij hier verwachtte; voornamelijk omdat ze door een man werd vergezeld. Maar de beschrijving leek te kloppen. Dus toen het paar de toegangsboog naar de *mihrab* bereikte liep hij terug naar het midden van de zuilengalerij en maakte met zijn arm een langzaam draaiende beweging, om daarna twee vingers op te steken. Stephanos Markoulis, die zich diep had teruggetrokken in de enorme, door pilaren geschraagde gebedsruimte, zwaaide terug. Hij bevond zich op een meter of zestig afstand van Papparis. Dank zij de vooraf gemaakte afspraken wist Markoulis nu dat Erica samen met iemand anders was gekomen. Gewapend met deze informatie liep hij om de pilaar voor hem en ging er tegen staan leunen. Links van hem had zich een groepje Islam-studenten verzameld rond hun leraar, die op zangerige toon voorlas uit de Koran.

Toen Evangelos Papparis op het punt stond naar de hoofdingang te wandelen ving hij een glimp op van Khalifa. Hij trok zich haastig terug in de schaduw en probeerde verwoed dat profiel thuis te brengen. Toen hij opnieuw keek was de gedaante verdwenen en waren Richard en Erica de bidruimte binnengegaan. Dat was het moment waarop Evangelos het zich herinnerde. De man die op zo'n verdachte manier zijn colbertje over zijn arm had gehangen was niemand minder dan Khalifa Khalil, de beruchte huurmoordenaar.

Evangelos liep terug naar het midden van de zuilengalerij, maar hij kon Stephanos niet meer zien. Besluiteloos bleef hij staan. Toen draaide hij zich om, nadat hij het besluit had genomen om na te gaan of Khalifa zich nog in het gebouw bevond.

Erica had de beschrijving van de Al Azhar-moskee in de Baedeker gelezen en wist dat zij de oorspronkelijke *mihrab* of gebedsnis voor zich zagen. De nis was geheel bekleed met een ingewikkeld mozaïek van uiterst kleine stukjes marmer en albast, die in ingewikkelde meetkundige figuren waren gerangschikt.

'Deze nis is georiënteerd op Mekka,' fluisterde Erica.

'Het is hier afschuwelijk,' zei Richard zacht. Zo ver hij in het schemerige licht kon kijken zag hij links en rechts een woud van marmeren pilaren. Hij liet zijn blik over de grond van de gebedsnis dwalen en zag dat de vloer bedekt was met elkaar overlappende Oosterse tapijten.

'Wat is dat voor een geur, die ik ruik?' vroeg hij, de lucht opsnuivend.

'Wierook,' zei Erica. 'Luister!'

Ze hoorden het onophoudelijke geluid van gedempte stemmen en vanaf hun standplaats konden ze talloze groepjes studenten aan de voeten van hun leraren zien zitten. 'De moskee fungeert niet langer als universiteit,' fluisterde Erica, 'maar wordt nog steeds gebruikt voor het onderwijzen van de Koran.'

'Dat lijkt me een leuke manier om te studeren,' zei Richard, wijzend naar een slapende gedaante die met opgetrokken knieën op een tapijtje lag.

Erica draaide zich om en keek terug naar de reeks puntbogen van het zonovergoten binnenhof. Ze wilde hier weg. De moskee ademde een sinistere, doodse atmosfeer als in een graftombe, en ze was tot de conclusie gekomen dat dit geen geschikte plaats was voor een ontmoeting met een onbekende. 'Kom, Richard.' Ze pakte zijn hand, maar Richard wilde nog verder de zuilenhal binnen en bood weerstand.

'Laten we die tombe van sultan Rachman eens gaan bekijken, waarover je hebt gelezen,' zei hij, Erica's vlucht naar het zonlicht verijdelend.

Erica draaide zich om naar Richard. 'Ik zou liever...' Ze maakte

haar zin niet af. Over Richards schouder zag ze tussen de pilaren een man hun richting uitkomen. Ze wist dadelijk dat het Stephanos Markoulis was.
Richard zag de uitdrukking op haar gezicht en volgde haar blik. Hij draaide zich om en keek naar de naderende gestalte. Hij kon de spanning in haar hand voelen. Daar hij wist dat zij de man zelf had willen ontmoeten, vroeg hij zich af waarom ze zo opgewonden was.
'Erica Baron,' zei Stephanos met een brede glimlach. 'Ik zou je uit duizenden hebben herkend. Je bent veel mooier dan Yvon heeft laten doorschemeren.' Stephanos deed geen enkele moeite om zijn bewondering te verbergen.
'Mister Markoulis?' vroeg Erica, hoewel ze er geen moment aan twijfelde. Zijn zalvende optreden en gladde uiterlijk beantwoordden geheel aan haar verwachtingen. Het enige wat ze niet had verwacht was het grote gouden kruis op zijn borst. In de moskee leek de glans ervan een geweldprovocatie.
'Stephanos Christos Markoulis,' bevestigde de Griek trots.
'Dit is Richard Harvey,' zei Erica, Richard naar voren trekkend.
Stephanos wierp hem een blik toe en negeerde hem verder. 'Ik zou je alleen willen spreken, Erica.' Hij stak zijn hand uit.
Zonder acht te slaan op zijn gebaar klemde Erica zich nog steviger vast aan Richards hand. 'Ik heb liever dat Richard er bij blijft.'
'Zoals je wilt.'
'Dit is een tamelijk melodramatische plek,' zei Erica.
Stephanos schoot in de lach. Het geluid weergalmde tussen de pilaren. 'Inderdaad. Maar bedenk wel dat het jouw idee was om niet in het Hilton af te spreken.'
'Ik geloof dat we dit beter zo snel mogelijk kunnen afhandelen,' zei Richard. Hij wist absoluut niet wat er aan de hand was, maar hij hield er niet van Erica zo van haar stuk te zien.
De glimlach van Stephanos verdween. Hij was niet gewend aan tegenkanting.
'Waarover wenst u mij te spreken?' vroeg Erica.
'Over Abdoel Hamdi,' zei Stephanos zakelijk. 'Je herinnert je hem toch nog wel?'
Erica wilde zo min mogelijk loslaten. 'Ja,' zei ze.

'Wel, vertel me eens wat je van hem weet. Heeft hij je iets verteld dat abnormaal was? Iets uitzonderlijks, dat je is opgevallen? Heeft hij je brieven of documenten meegegeven?'
'Waarom?' zei Erica uitdagend. 'Waarom zou ik u vertellen wat ik weet?'
'Misschien kunnen we elkaar helpen,' zei Stephanos. 'Heb je belangstelling voor oudheden?'
'Ja,' zei Erica.
'Nou, dan kan ik je helpen. Waarvoor heb je belangstelling?'
'Voor een levensgroot standbeeld van Seti de Eerste,' zei Erica, zich voorover buigend om de uitwerking van haar woorden te kunnen taxeren.
Als hij al verrast was liet hij daar niets van merken. 'Je hebt het over belangrijke zaken,' zei hij eindelijk. 'Heb je enig idee van de geldbedragen die daarmee gemoeid zijn?'
'Ja,' zei Erica. Feitelijk had ze er geen flauwe notie van. Ze kon er zelfs geen slag naar slaan.
'Heeft Hamdi met jou over een dergelijk beeld gesproken?' vroeg Stephanos. Zijn stem klonk nu anders, serieuzer.
'Inderdaad,' zei Erica. Het feit dat ze eigenlijk zo weinig wist maakte dat ze zich bijzonder kwetsbaar voelde.
'Heeft Hamdi je gezegd waar hij dat beeld vandaan had en waar het naar toe ging?'
Het gezicht van Stephanos straalde nu dodelijke ernst uit en Erica huiverde, ondanks de warmte. Ze probeerde erachter te komen wat Stephanos van haar te weten wilde komen. Dat moest wel verband houden met de plaats van bestemming van het beeld na de moord. Dus moest het oorspronkelijk op weg zijn geweest naar Athene! Zonder op te kijken zei Erica zacht: 'Hij heeft me niet verteld wie hem dat beeld had verkocht...' Opzettelijk liet ze het tweede deel van zijn vraag onbeantwoord. Ze wist dat ze gokte, maar als haar opzet slaagde zou Stephanos denken dat zij enkele geheimen te horen had gekregen. Misschien zou ze hem zo iets kunnen ontlokken.
Maar er werd een voortijdig einde aan het onderhoud gemaakt. Plotseling dook er een massieve gedaante op uit de schaduwen achter Stephanos. Erica zag een kolossaal kaal hoofd met een ga-

pende steekwond, die vanaf de kruin via de neusbrug afdaalde en op de rechterwang eindigde. De wond leek met behulp van een scheermes toegebracht te zijn; ondanks de diepte bloedde hij nauwelijks. De hand van de man werd naar Stephanos uitgestrekt en Erica begroef hijgend haar nagels in Richards hand.
Stephanos reageerde verbazend snel en soepel op Erica's waarschuwing. Hij draaide zich razendsnel om zijn as en liet zich naar rechts vallen, terwijl zijn rechterbeen uitschoot voor wat een karate-trap moest zijn. Op het laatste moment toomde hij zichzelf in, daar hij Evangelos herkende.
'Wat is er gebeurd?' vroeg Stephanos gealarmeerd, zijn evenwicht hervindend.
'Khalifa,' gromde Evangelos. 'Khalifa is in de moskee!'
Stephanos duwde de verzwakte Evangelos tegen een pilaar om hem te ondersteunen en keek vlug om zich heen. Van onder zijn linkeroksel trok hij een kleine maar dodelijk uitziende automatische Beretta te voorschijn en schoof de veiligheidspal naar voren.
Bij het zien van het wapen drukten Richard en Erica zich tegen elkaar aan, in volslagen ongeloof. Nog voor ze konden reageren schalde er een bloedstollende kreet door de reusachtige bidruimte. Vanwege de echo's was moeilijk te bepalen waar het geluid vandaan was gekomen. Terwijl de kreet wegstierf hield het mompelend voorlezen uit de Koran op. Er viel een dodelijke stilte, als de stilte voor een alles verwoestende holocaust. Niemand verroerde zich. Vanaf de plek waar Richard en Erica zich tegen elkaar aan drukten konden ze verscheidene groepjes studenten met hun leraren zien. Ook daar heersten verwarring en toenemende vrees. Wat gebeurde er?
Plotseling knalden er schoten en weergalmde het dodelijke geluid van ricocherende kogels door de marmeren ruimte. Zowel Erica en Richard als Stephanos en Evangelos bukten zich, zonder zelfs maar te weten in welke richting het gevaar schuilde. 'Khalifa,' kreunde Evangelos.
Nu verscheurden andere kreten de gewijde stilte, gevolgd door een soort trillingen. Opeens realiseerde Erica zich dat dit het geluid was van rennende voetstappen. De groepjes studenten waren opgesprongen en keken in noordelijke richting. Plotseling draai-

den zij zich om en begonnen te rennen. Een in paniek gebrachte menigte rende haar richting uit door het woud van pilaren. Er klonken opnieuw schoten. De menigte werd een op hol geslagen kudde.

Zonder verder acht te slaan op de Grieken sprongen Erica en Richard op uit hun ineengedoken houding en vluchtten zuidwaarts, ze renden hand in hand tussen de pilaren door om te proberen de in paniek geraakte horde die achter hen opdrong voor te blijven. Ze renden in den blinde verder totdat ze het eind van de hal hadden bereikt. Enkele studenten snelden hen voorbij met van angst wijd opengesperde ogen, alsof het gebouw achter hen in brand stond. Erica en Richard volgden hen toen zij bukkend door een laag deurtje schoten en een stenen gang in renden. De gang kwam uit in een mausoleum; aan de achterkant ervan bevond zich een opening waar een zware houten deur op een kier stond die naar buiten leidde. Ze renden de stoffige straat in, waar zich nu al een opgewonden menigte had verzameld. Erica en Richard sloten er zich niet bij aan, maar vertraagden hun pas tot een stevig wandeltempo en lieten de moskee achter zich.

'Dit is een krankzinnig oord,' zei Richard. Zijn stem klonk eerder nijdig dan opgelucht. 'Wat was er verdomme daarbinnen aan de hand?' Hij verwachtte geen antwoord en Erica reageerde niet. Ze was nu al drie dagen achtereen tegen haar wil ooggetuige geweest van onverwachte gewelddaden, en bij iedere gelegenheid leek het geweld meer en meer met haar persoontje verband te houden. Het toeval was niet langer een redelijke verklaring.

Richard greep haar hand vast en trok haar achter zich aan door de overvolle straten. Hij wilde een zo groot mogelijke afstand scheppen tussen henzelf en de Al Azhar-moskee.

'Richard...' bracht Erica eindelijk uit, haar zij vasthoudend, 'Richard, loop een beetje langzamer, alsjeblieft.'

Voor een grote kledingzaak bleven ze staan. Er lag een woedende trek om Richards mond. 'Die Stephanos, had je kunnen weten dat hij gewapend zou zijn?'

'Ik zag een beetje tegen de ontmoeting met hem op, maar...'

'Geef nou maar gewoon antwoord op mijn vraag, Erica. Wist je dat hij gewapend zou zijn?'

'Ik heb er geen moment aan gedacht.' De klank van Richards stem stond haar niet aan.
'Blijkbaar was dit iets waar je rekening mee had moeten houden. Trouwens, wie ís deze Stephanos Markoulis eigenlijk?'
'Hij is een antiekhandelaar uit Athene. Kennelijk is hij betrokken bij de zwarte handel in Egyptische oudheden.'
'En wie heeft deze ontmoeting, als je het tenminste zo kunt noemen, geregeld?'
'Een kennis vroeg me of ik met Stephanos wilde praten.'
'En wie is deze nobele vriend, die jou overlevert in handen van een gangster?'
'Hij heet Yvon de Margeau. Hij is Fransman.'
'En wat voor soort kennis is hij eigenlijk van je?'
Erica keek op naar Richards gezicht dat nu rood was van woede. Erica trilde nog op haar benen vanwege de ervaring die ze zojuist had opgedaan en wist niet hoe ze op zijn emotie moest reageren.
'Het spijt me wat er is gebeurd,' zei ze met gemengde gevoelens inzake haar excuus.
'Nou,' zei Richard spinnijdig, 'ik zou hetzelfde kunnen zeggen als jij gisteravond deed, toen ik probeerde te zeggen dat ik spijt had over het feit dat ik je aan het schrikken had gemaakt. Zeggen "het spijt me" moet alles zeker weer goedmaken, maar dat is niet het geval. Jij zou er de oorzaak van geweest kunnen zijn dat we nu allebei dood waren. Ik geloof dat jouw escapades nu ver genoeg zijn gegaan. We gaan naar de Amerikaanse ambassade – en daarna ga jij mee terug naar Boston, al zal ik je bij je haren het vliegtuig in moeten sleuren.'
'Richard...' zei Erica, haar hoofd schuddend.
Een lege taxi zocht zich langzaam een weg door de drukte. Richard merkte de wagen over Erica's schouder op en riep de taxi aan, terwijl de mensen met tegenzin plaatsmaakten. Zonder iets te zeggen stapten ze achter in de auto en Richard gaf de chauffeur opdracht naar het Hilton te rijden. Erica voelde een mengeling van boosheid en wanhoop. Als Richard zo onbeschaamd was geweest de chauffeur het adres van de Amerikaanse ambassade op te geven zou ze uit de auto zijn gestapt.
Na tien minuten stilte deed Richard eindelijk zijn mond open. De

boosheid in zijn stem was minder geworden. 'De kwestie is dat jij niet opgeleid bent voor dit soort zaken. Dat zul je moeten inzien.'
'Gezien mijn studie in de egyptologie,' snauwde Erica, 'vind ik dat ik er uitstekend voor opgeleid ben.' Opgesloten door het overige verkeer kroop de taxi met een slakkegang langs een van de reusachtige middeleeuwse stadspoorten van Caïro. Erica bekeek de poort eerst aandachtig door het zijraampje en toen door de achterruit.
'De egyptologie is een studie van een dode beschaving,' zei Richard en tilde zijn hand op alsof hij haar op de knie wilde kloppen. 'Het heeft niets te maken met ons huidige probleem.'
Erica wierp Richard een blik toe. 'Dode beschaving... niets te maken met het huidige probleem.' Die woorden onderstreepten nog eens hoe Richard over haar werk dacht. Het was kleinerend en om uit je vel te springen.
'Je hebt een academische opleiding gevolgd,' vervolgde Richard, 'en ik geloof dat je je bij dat feit maar eens moet neerleggen. Dit duistere detective-gedoe is kinderachtig en gevaarlijk. Het is een belachelijk risico terwille van een beeld, voor wat voor beeld dan ook.'
'Dit is niet zo maar een beeld!' zei Erica woest. 'Trouwens, de kwestie is heel wat ingewikkelder dan jij wilt begrijpen.'
'Ik vind dat het er anders duimendik bovenop ligt. Er is een beeld opgedolven dat een massa geld waard is. Dergelijke bedragen kunnen iedere soort van gedrag verklaren. Maar dit is een probleem voor de verantwoordelijke autoriteiten, niet voor toeristen.'
Erica beet op haar tanden, inwendig briesend van woede over dat etiketje 'toerist'. Terwijl de taxi sneller begon te rijden probeerde ze te begrijpen waarom Yvon had toegelaten dat zij Stephanos ontmoette. Geen enkele verklaring leek haar logisch toe, en ze probeerde vast te stellen wat haar volgende stap moest zijn. Ze wilde volstrekt niet opgeven, ongeacht wat Richard er van zou zeggen. Abdoel Hamdi scheen de centrale spil te zijn waarom alles draaide. Toen herinnerde ze zich zijn zoon en haar eerdere voornemen tot een bezoek aan zijn antiekzaak in Luxor.
Richard leunde voorover en tikte de chauffeur op zijn schouder.

'Spreekt u Engels?'
'De chauffeur knikte. 'Een beetje.'
'U weet waar de Amerikaanse ambassade is?'
'Ja,' zei de chauffeur. Hij keek in zijn achteruitkijkspiegeltje naar Richard.
'Wij gaan níet naar de Amerikaanse ambassade,' zei Erica, ieder woord duidelijk articulerend en luid genoeg uitsprekend dat de chauffeur het kon horen.
'Ik vrees dat ik er op zal moeten stáan,' zei Richard. Hij wendde zich weer tot de chauffeur.
'Je kunt staan op alles wat je maar wilt,' zei Erica effen, 'maar ík ga daar niet heen. Chauffeur, stoppen.' Ze ging op het puntje van de achterbank zitten en schoof de riem van haar draagtas over haar schouder.
'Doorrijden,' beval Richard. Hij probeerde Erica terug te duwen op haar plaats.
'Stop!' brulde Erica.
De chauffeur gehoorzaamde en reed naar de kant van de weg. Nog voor de wagen helemaal stilstond had Erica het portier al open en sprong op de stoep.
Richard sprong haar na, zonder de taxi te betalen. De woedende chauffeur bleef langzaam naast hem rijden toen hij Erica inhaalde en haar arm beetpakte. 'Het wordt tijd om op te houden met dat onvolwassen gedoe,' brulde hij, alsof hij een stout kind dreigde. 'We gaan naar de Amerikaanse ambassade. Je bent volkomen over je toeren. Je neemt te veel hooi op je vork en zult zelf het slachtoffer worden.'
'Richard,' zei Erica, met haar wijsvinger tegen zijn kin tikkend, 'jij gaat maar naar de ambassade, als je dat zo graag wilt. Ik ga naar Luxor. Geloof me, de ambassade kan volstrekt niets in deze zaak ondernemen, zelfs al waren ze daartoe bereid. Ik ga naar Boven-Egypte om te doen waarvoor ik hierheen ben gekomen.'
'Erica, als je vol blijft houden ga ik er vandoor. Dan ga ik terug naar Boston. Ik méen het. Ik ben helemaal hierheen gekomen, maar dat lijkt jou niets te kunnen schelen. Ik kan het gewoon niet geloven.'
Erica zei niets. Ze wilde alleen dat hij wegging.

'En als ik inderdaad vertrek weet ik nog niet wat er van onze relatie moet worden.'
'Richard,' zei Erica bedaard, 'ik ga hóe dan ook naar Boven-Egypte.'

Nu de middagzon laag aan de hemel stond leek de Nijl een plat zilveren lint. Van het oppervlak spatten op onverwachte momenten vonken op, als het water door de wind in beroering werd gebracht. Erica moest haar ogen afschermen tegen de zon om de tijdloze vormen van de piramiden te kunnen onderscheiden. De Sfinx zag eruit alsof hij uit massief goud was gegoten. Ze stond op het balkon van haar kamer in het Hilton-hotel. Het was bijna tijd om te vertrekken. De hotelleiding was dolblij geweest met haar besluit de kamer te ontruimen, want zoals gewoonlijk had men te veel boekingen geaccepteerd. Erica had haar enige koffer gepakt en was reisvaardig. De receptionist in de hal had plaats voor haar geboekt op de slaaptrein naar het zuiden, die om half acht zou vertrekken.
Het vooruitzicht van de reis had haar angst van de laatste paar dagen tot bedaren gebracht, en haar doen vergeten welke emoties ze had ondergaan tijdens haar ruzie met Richard. De tempel te Karnak, het Dal der Koningen, Aboe Simbel, Denderah – dát waren de redenen voor haar komst naar Egypte. Ze zou naar het zuiden gaan en een bezoek brengen aan de zoon van Abdoel Hamdi, maar het met eigen ogen bekijken van de legendarische monumenten zou op de eerste plaats komen. Ze was blij dat Richard had besloten te vertrekken. Ze wilde niet eerder nadenken over hun relatie dan wanneer ze thuis zou zijn. Dan konden ze wel verder zien. Erica controleerde voor de laatste maal de badkamer en werd voor haar moeite beloond doordat ze haar nachtcrême achter het douche-gordijn ontdekte. Ze stopte het doosje in haar tas en keek op haar horloge. Het was nu kwart voor zes. Ze wilde juist op weg gaan naar het station, toen de telefoon begon te rinkelen. Het was Yvon.
'Heb je Stephanos gesproken?' vroeg hij opgewekt.
'Dat heb ik, ja,' zei Erica. Ze liet een veelzeggende pauze ontstaan. Ze had hem niet gebeld, omdat ze boos was dat hij haar aan

een dergelijk gevaar had blootgesteld.
'Wel, wat had hij te zeggen?' vroeg Yvon.
'Heel weinig. Wat hij deed was belangrijker. Hij was in het bezit van een revolver! We waren net met elkaar in gesprek geraakt in de Al Azhar-moskee, toen er een grote, kale vent verscheen, die eruitzag alsof hij met een mes was bewerkt. Hij vertelde Markoulis dat er iemand was die Khalifa heette. Toen brak de hel los. Yvon, hoe heb je ooit van mij kunnen vragen met die man te gaan praten?'
'Grote God,' zei Yvon. 'Erica, ik zou graag willen dat je in je kamer bleef tot ik je terugbel.'
'Het spijt me, Yvon, maar ik sta op het punt te vertrekken. Feitelijk is het zo dat ik wegga uit Caïro.'
'Je gaat weg? Ik dacht dat je op last van hogerhand moest blijven?' zei Yvon verrast.
'Ik mag alleen het land niet verlaten,' zei Erica. 'Ik heb het bureau van Achmed Khazzan gebeld en ze verteld dat ik wegging naar Luxor. Ze vonden het best.'
'Erica, blijf waar je bent, tot ik heb teruggebeld. Is... eh... je vriend van plan om met je mee te gaan?'
'Hij gaat terug naar Amerika. Hij was al net zo van streek over de ontmoeting met Stephanos als ikzelf. Bedankt voor je telefoontje, Yvon. Hou je haaks.'
Erica legde de hoorn vastbesloten op de haak. Ze wist dat Yvon haar op de een of andere manier had gebruikt als lokaas. Hoewel ze geloofde in Yvons kruistocht tegen de zwarte handel in oudheden, hield ze er niet van te worden gebruikt. De telefoon rinkelde opnieuw, maar ditmaal negeerde ze het.
Het kostte haar taxi meer dan een uur om vanaf het Hilton het centraal station te bereiken. Alhoewel Erica zich zorgvuldig had gedoucht voor de reis, was haar bloes binnen een kwartier doordrenkt van het zweet en plakte haar rug aan het hete vinyl van de rugleuning.
Het station grensde aan een druk plein achter een duizenden jaren oud standbeeld van Ramses II, waarvan het tijdloze uiterlijk een schril contrast vormde met het gewoel van het krankzinnige spitsuur. Het station zelf puilde uit van reizigers in alle soorten en ma-

ten, vanaf zakenlieden in westerse kleding tot eenvoudige boeren die lege melkbussen meezeulden. Ofschoon Erica enkele starende blikken opmerkte, probeerde niemand haar lastig te vallen en kon ze zich zonder moeite een weg banen door de massa. Voor het loket van de slaaptrein stond een rijtje mensen en Erica kon haar kaartje betrekkelijk snel kopen. Ze wilde haar reis in het stadje Balianeh onderbreken en daar eens op haar gemak rondkijken. Bij de grote kiosk kocht ze een *Herald Tribune* van twee dagen oud, plus een Italiaans modetijdschrift en enkele populaire boeken over de ontdekking van de tombe van Toetanchamon. Ze kocht zelfs een exemplaar van het boek dat Carter er zelf over had geschreven, ofschoon ze dat al verschillende malen had gelezen.
De tijd ging snel voorbij en ze hoorde haar trein aankondigen. Een Nubische kruier met een schitterende grijns pakte haar koffer aan en tilde hem in het bagagerek. De kruier vertelde haar dat de coupé waarschijnlijk niet vol zou zijn, zodat ze haar spullen over twee zitplaatsen kon uitspreiden. Ze zette haar draagtas op de vloer en leunde achterover in de kussens om de *Herald Tribune* te lezen.
'Hallo,' zei een beminnelijke stem, die haar wat liet schrikken.
'Yvon!' zei ze, oprecht verrast.
'Dag Erica. Ik sta er versteld van dat ik je heb kunnen vinden. Mag ik gaan zitten?'
Erica verzamelde haar lectuur van de plaats naast haar.
'Ik gokte erop dat je per trein naar het zuiden zou gaan. Alle vluchten waren al een poosje volgeboekt.'
Erica liet zich half en half verleiden tot een glimlach. Hoewel ze nog steeds boos op hem was voelde ze zich ondanks alles enigszins gevleid dat Yvon haar was gevolgd, kennelijk met de nodige moeite. Zijn haar zat in de war, alsof hij hard had moeten lopen.
'Erica, ik wil je graag mijn excuses aanbieden voor wat er gebeurde tijdens jouw ontmoeting met Stephanos.'
'Och, feitelijk is er niets gebeurd. Alleen zat het me dwars wat er had kúnnen gebeuren. Jij moet er wel iets van hebben kunnen vermoeden, want jij was degene die me aanraadde een openbare gelegenheid uit te kiezen.'
'Dat heb ik je inderdaad aangeraden, maar alleen maar omdat ik me bezorgd maakte over Stephanos' reputatie inzake de vrouw-

tjes. Ik wilde je niet blootstellen aan ongewenste toenaderingspogingen.'
De trein schokte even en Yvon stond op om uit het raam te kijken. Na zich ervan te hebben overtuigd dat de trein niet wegreed ging hij weer zitten.
'Ik ben je niettemin een etentje schuldig,' zei Yvon. 'Dat was de afspraak. Toe, blijf hier, in Caïro. Ik ben het een en ander te weten gekomen over de moordenaars van Abdoel Hamdi.'
'Wat?' vroeg Erica.
'Dat ze niet uit Caïro kwamen. Ik heb enkele foto's en zou graag willen dat jij ze eens bekeek. Misschien kun je een van hen herkennen.'
'Heb je die foto's meegenomen?'
'Nee, ze liggen in het hotel. Ik had geen tijd meer.'
'Yvon, ik ga naar Luxor. Ik ben vastbesloten.'
'Erica, je kunt altijd nog naar Luxor gaan, wanneer je maar wilt. Ik beschik over een vliegtuig. Ik kan je er morgen heen vliegen.'
Erica staarde naar haar handen. Ondanks haar boosheid, ondanks haar onbestemde gevoel van wantrouwen voelde ze haar vastbeslotenheid wegsmelten. Maar tegelijkertijd was ze het moe om te worden beschermd. Ze was het meer dan zat om anderen voor haar te laten zorgen.
'Bedankt voor je aanbod, Yvon, maar ik geloof dat ik toch maar de trein neem. Ik bel je wel vanuit Luxor.'
Er gilde een fluit. Het was half acht.
'Erica...' begon Yvon, maar de trein begon te rijden. 'Goed dan. Bel me vanuit Luxor. Misschien zie ik je daar wel weer.' Hij rende de gang in en sprong uit de trein, die nu vaart begon te krijgen.
'Verdomme,' zei Yvon, terwijl hij de vertrekkende trein nakeek. Hij liep de drukke wachtkamer in. Bij de uitgang liep hij Khalifa tegen het lijf.
'Waarom zit jij niet in die trein?' snauwde Yvon.
Khalifa grijnsde sluw. 'Ik had opdracht om dat meisje in Caïro te schaduwen. Er is nooit iets gezegd over de trein nemen naar het zuiden.'
'Jezus Christus!' zei Yvon, naar een zijdeur lopend. 'Volg me.'
Raoul zat in de auto te wachten. Hij startte de motor zodra hij

Yvon in het oog kreeg. Yvon opende het achterportier, wachtte tot Khalifa was ingestapt en stapte toen zelf in.
'Wat is er in die moskee gebeurd?' vroeg Yvon, terwijl de auto zich in het verkeer invoegde.
'Moeilijkheden,' zei Khalifa. 'Het meisje ontmoette Stephanos, maar hij had een wachtpost uitgezet. Teneinde haar te beschermen moest ik een eind aan hun ontmoeting maken. Ik had geen andere keus. Het was een ongelukkige plaats voor een ontmoeting, bijna net zo ongelukkig als het serapeum. Maar om je gevoeligheden te ontzien: er is niemand gedood. Ik heb een paar maal geschreeuwd, enkele schoten gelost en de hele moskee ontruimd.' Khalifa lachte verachtelijk.
'Bedankt voor het ontzien van mijn gevoeligheden. Maar vertel me eens, heeft Stephanos Erica bedreigd of ook maar iets gedaan dat niet door de beugel kon?'
'Ik zou het niet weten,' zei Khalifa.
'Maar dat was nu juist wat jij aan de weet moest zien te komen,' zei Yvon.
'Ik moest het meisje beschermen en intussen zoveel mogelijk aan de weet zien te komen,' zei Khalifa. 'Gezien de omstandigheden had ik al mijn aandacht nodig voor de bescherming van het meisje.'
Yvon wendde zijn hoofd af en sloeg een passerende fietser gade, die een grote mand brood op zijn hoofd liet balanceren en sneller vooruitkwam dan zij in de auto. Yvon voelde zich gefrustreerd. De zaken liepen allerellendigst en nu was Erica Baron, zijn laatste straaltje hoop op het terugvinden van het Seti-beeld, ook nog uit Caïro vertrokken. Hij keek naar Khalifa. 'Ik hoop dat je reisvaardig bent, want jij gaat vanavond nog per vliegtuig naar Luxor.'
'Net wat je wilt,' zei Khalifa. 'Deze klus begint interessant te worden.'

Vierde dag

Balianeh: 06.05 uur

'Balianeh nog één uurtje,' zei de kruier door het gordijntje van haar kooi.

'Dank u,' zei Erica. Ze ging rechtop zitten en trok het gordijn opzij dat het kleine raam bedekte. Buiten was het al heel vroeg dag. De hemel had een lichtpurperen kleur en in de verte kon ze zandheuvels zien liggen. De trein had een behoorlijke vaart en maakte zacht slingerende bewegingen. De spoorbaan liep langs de rand van de Libische woestijn.

Erica waste zich boven het piepkleine wastafeltje en gebruikte wat make-up. Ze had 's avonds in de trein geprobeerd een van de boeken over Toetanchamon te lezen die ze op het station had gekocht, maar de wiegende bewegingen van de trein hadden haar dadelijk doen inslapen. Pas in de loop van de nacht was ze lang genoeg wakker geweest om het leeslampje uit te doen.

In de restauratiewagon werd een Engels ontbijt opgediend, toen de eerste tastende stralen van de zon de oostelijke horizon lieten oplichten. Terwijl ze keek ging de purperen kleur van de hemel over in helder lichtblauw. Het was een ongelooflijk mooie zonsopgang.

Onder het drinken van haar koffie had Erica het gevoel alsof er een zware last van haar schouders was gevallen; in plaats daarvan had ze een behaaglijk gevoel van vrijheid. Ze voelde zich alsof de trein haar in razende vaart terugvoerde in de tijd, terug naar het oude Egypte en het land van de farao's.

Het was even over zessen toen ze in Balianeh uit de trein stapte. Hier stapten maar heel weinig passagiers uit, en de trein reed verder zodra de laatste voet het perron betrad. Met enige moeite bracht Erica haar koffer naar een bagageloket en wandelde daarna het station uit. Hier heerste de opgewekte activiteit van een klein stadje op het platteland, dat zojuist was ontwaakt. Er hing opgewektheid in de lucht. De mensen hier maakten een heel wat gelukkiger indruk dan de neerslachtige menigten in Caïro. Alleen was

het hier nog warmer. Zelfs op dit vroege uur kon Erica het verschil al voelen.
In de schaduw van het station stond een rijtje stokoude taxi's te wachten. De meeste chauffeurs lagen met open monden te slapen. Maar toen een van hen Erica in het oog kreeg stonden ze allemaal op en begonnen druk te praten. Tenslotte werd een magere knaap naar voren geduwd. Hij had een grote, onverzorgde snor en een warrige baard, maar leek blij met zijn buitenkansje en maakte een diepe buiging voor Erica, alvorens het portier van zijn taxi model 1940 te openen. Hij kende zelfs enkele woorden Engels, met inbegrip van het woord 'cigarette'.
Erica gaf hem een paar sigaretten en hij was dadelijk bereid haar rond te rijden, belovend dat hij haar op tijd weer af zou leveren bij het station om de trein van vijf uur 's middags naar Luxor te halen. Voor vijf Egyptische ponden werden ze het met elkaar eens.
Ze reden in noordelijke richting het stadje uit en begonnen zich toen in westelijke richting van de Nijl te verwijderen. De chauffeur had zijn draagbare radio vastgebonden aan het dashboard – en wel zo dat de antenne naar buiten stak door het ontbrekende rechter portierraampje. Hij straalde tevredenheid uit. Aan weerszijden van de weg strekte zich een oceaan van suikerriet uit, zo nu en dan onderbroken door een kleine oase van palmbomen.
Ze staken een stinkend irrigatiekanaaltje over en kwamen door het stadje El Araba el Moedfoena. Het was een armzalige verzameling lemen hutten, die praktisch aan de rand van de suikerrietvelden waren gebouwd. Er waren maar weinig mensen te zien, behalve een groepje vrouwen in zwarte kleding die grote waterkruiken op hun hoofd droegen. Erica keek nog eens naar ze om. Ze waren gesluierd. Enkele honderden meters voorbij het dorp zette de chauffeur de auto stil en wees voor zich uit. 'Seti,' zei hij, zonder de sigaret uit zijn mond te nemen. Erica stapte uit. Daar was het dus. Abydos. De plaats die Seti de Eerste had gekozen voor de bouw van zijn schitterende tempel. Juist toen Erica haar reisgids uit haar tas wilde halen, werd ze belegerd door een groep jongetjes die haar scarabeeën wilden verkopen. Ze was de eerste toeriste van die dag en ze kon zich uitsluitend van hun hardnekkige aanprijzingen bevrijden door de toegangsprijs van vijftig piaster te be-

talen en de tempel zelf binnen te gaan.
Met de Baedeker in de hand ging ze op een zandsteenblok zitten en las het hoofdstuk over Abydos door. Ze was vertrouwd met de plattegrond, maar wilde er zich van overtuigen welke gedeelten van de tempel gedurende de regering van Seti I met hiëroglyfen waren verfraaid. De tempel was afgebouwd door de zoon en opvolger van Seti I, Ramses II.

Niet op de hoogte van Erica's plan tot een bezoek aan Abydos, stond Khalifa op het perron in Luxor te wachten tot de passagiers zouden uitstappen. De trein was keurig op tijd aangekomen en werd ogenblikkelijk begroet door een grote menigte, die gretig opdrong tegen de trein. Er ontstond een geweldige beroering en er werd veel geschreeuwd, vooral door de venters met fruit en gekoelde dranken, die hun waren door de openingen zonder ramen van de derdeklas wagons verhandelden aan de passagiers die doorreden naar Aswan. Uitstappende en instappende mensen verdrongen elkaar in steeds grotere haast, doordat er op fluitjes werd geblazen. De Egyptische treinen reden op tijd.
Khalifa stak de ene sigaret na de andere op en liet de rook langs zijn haakneus omhoog kringelen. Hij stond buiten de chaos op een plek vanwaar hij zowel het hele perron als de hoofduitgang kon overzien. Enkele laatkomers haastten zich om de trein nog te halen, die al begon te rijden. Geen spoor van Erica. Toen hij zijn sigaret had opgerookt verliet Khalifa het station door de hoofdingang. Hij zette koers naar het grote postkantoor om naar Caïro te gaan telefoneren. Er zat iets fout.

Abydos: 11.30 uur

Vol verbaasde bewondering wandelde Erica van de ene schitterende zaal naar de andere, tijdens haar ontdekkingstocht door de tempel van Seti I. Eindelijk kon ze zich dan onderdompelen in het elektrificerende mysterie van Oud-Egypte. De basreliëfs die in het gesteente waren uitgehakt waren volmaakt. Ze nam zich voor om nog een aantal dagen lang naar Abydos terug te gaan, teneinde

wat serieus vertaalwerk te doen van de rijkdom aan hiëroglyf-inscripties waarmee de wanden van het tempelcomplex waren overdekt. Voor het ogenblik liet ze alleen snel haar blik langs de muurinscripties glijden om te zien of in deze Seti-teksten de naam Toetanchamon ook maar één keer voorkwam. Dat bleek niet het geval, behalve dan in de zaal die de Galerij der Koningen wordt genoemd en waarin nagenoeg alle namen van Egyptische farao's in chronologische volgorde worden vermeld.
Toen ze de binnenvertrekken van de tempel bezichtigde, waar de overkapping nog intact was, gebruikte ze haar zaklantaarn om de hiëroglyfen te belichten.
In stilte herhaalde Erica een verkorte vertaling van de inscriptie op het Seti-beeld voor zichzelf: 'De eeuwige rust zij Seti I vergund, die na Toetanchamon regeerde.' Ze bekende zichzelf dat deze zin hier, in de tempel van Seti I zelf, even weinig logisch klonk als op het balkon van haar kamer in het Hilton. Erica zocht in haar tas en haalde de foto met de inscriptie op het beeld te voorschijn. Ze zocht in de tempel naar een soortgelijke combinatie van symbolen. Het was een tijdrovende en omslachtige bezigheid, die absoluut niets opleverde. Aanvankelijk kon ze zelfs niet de naam van Seti I vinden, geschreven op dezelfde wijze als op het beeld, dus verbonden met de god Osiris. De schrijfwijze in de tempel associëerde hem meestal met de god Horus.
Ongemerkt ging de ochtend over in de middag, zonder dat Erica zich bewust was van de hitte of behoefte had aan eten. Het was al over drieën toen ze via de Osiriskapel het allerheiligste van de god binnenstapte. Eens was dit een luisterrijke zaal geweest, waarvan het dak door tien pilaren werd ondersteund. Nu baadde de ruimte in het schelle zonlicht, dat de schitterende bas-reliëfs verlichtte die verband hielden met de cultus van Osiris – de god van de doden.
In deze ruimte van de tempelruïne bevonden zich geen andere toeristen en Erica kon alles op haar gemak in zich opnemen, ongestoord genietend van het grote vakmanschap waarmee de muurinscripties waren uitgehouwen. Aan het einde van de lege zaal bereikte ze een lage doorgang. De ruimte erachter was donker. Ze raadpleegde haar Baedeker en stelde vast dat deze ruimte zonder verder commentaar werd beschreven als een vertrek met vier pila-

ren.
Spottend om haar eigen bange voorgevoelens pakte Erica haar zaklantaarn en bukte zich om door het lage poortje te lopen. Langzaam liet ze de lichtbundel langs de muren, pilaren en het plafond van de ruimte glijden, waarin een doodse stilte heerste. Heel voorzichtig zocht ze zich een weg over de onregelmatige vloer en wandelde om de dikke pilaren. In de achterste muur bevonden zich toegangen naar de drie kapellen van Isis, Seti I en Horus. Gretig liep Erica de kapel van Seti I binnen; het feit dat deze kapel zich in het Osiris-heiligdom bevond was bemoedigend.
Het daglicht kon niet in de kleine kapel doordringen. Het licht uit Erica's zaklantaarn kon slechts een klein gedeelte verlichten. De rest van de ruimte lag verzonken in duisternis. Ze begon de lichtbundel rond te zwaaien maar ving bijna onmiddellijk een glimp op van een cartouche van Seti I temidden van de overige hiëroglyfen. De cartouche was precies zo geschreven als op het beeld van Seti I: Seti, in de hoedanigheid van de god Osiris.
Erica bekeek snel de hiëroglyfen die zich in de omgeving van de cartouche bevonden, vermoedend dat de tekst verticaal van links naar rechts moest worden gelezen. Zonder de tekst woord voor woord te vertalen begreep ze al spoedig dat deze kleine kapel na de dood van Seti I was voltooid en bij de Osiris-riten was gebruikt. Toen stuitte ze op iets vreemds. Het leek een eigennaam te zijn. Niet te geloven! Op de monumenten van farao's stonden nooit eigennamen vermeld! Erica reconstrueerde de vocalen. Ne-nef-ta.
Erica liet haar zaklantaarn naar de vloer schijnen om een geschikte plek te zoeken waar ze haar tas even neer kon zetten. Ze wilde een foto maken van deze zonderlinge naam. Ze wilde zich bukken om de tas neer te zetten, maar verstijfde plotseling. In de lichtcirkel zag ze de opgeheven kop van een cobra, het kromme bovenlijf gespannen voor de dodelijke beet. De slang liet telkens zijn gevorkte tong als een miniatuurzweepje naar voren schieten en zijn gele ogen met zwarte spleetpupillen staarden in dodelijke concentratie naar Erica. De angst verlamde haar. Pas toen de slang zijn kop liet zakken en van zijn hoge zitplaats gleed, was Erica in staat achterom te kijken naar het lage toegangspoortje van de kapel. Na een laatste blik op de zich terugtrekkende slang vluchtte ze naar

buiten, naar het bevrijdende zonlicht. Met trillende benen wandelde ze terug naar de kassa bij de ingang.
De wacht bedankte Erica voor de inlichting en vertelde haar dat zij al vele jaren hadden geprobeerd deze cobra te doden. Daarop werd het Osiris-heiligdom tijdelijk afgesloten.
Ondanks het voorval met de slang verliet ze met tegenzin de tempelruïne om zich terug te laten rijden naar Balianeh. Het was een heerlijke dag geweest. Alleen was ze teleurgesteld over het feit dat ze zou moeten wachten met het fotograferen van de naam Nenefta. Erica nam zich voor na te gaan wie deze Nenefta kon zijn geweest, en vroeg zich af of hij soms een van de grootviziers van Seti I was geweest.
De trein naar Luxor vertrok slechts vijf minuten te laat. Erica nestelde zich met een van de boeken over Toetanchamon in haar zitplaats, maar haar aandacht werd gevangen gehouden door het uitzicht. Het Nijldal werd hier smaller, zodat je zo nu en dan aan weerskanten de grenzen van de in cultuur gebrachte landbouwgrond kon zien. Toen de zon de westelijke einder naderde zag Erica dat de mensen naar hun huizen begonnen terug te keren. Kinderen reden op waterbuffels. Mannen leidden ezeltjes voort, die hun zware lasten met moeite meetorsten. Erica kon zo nu en dan een blik slaan in een klein binnenhof. Ze vroeg zich af of deze mensen in hun lemen huizen geborgenheid en liefde zouden kennen, zoals dat in de pastorale mythen werd voorgesteld – of zich onophoudelijk bewust waren van de karigheid van hun bestaan. In zekere zin waren hun levens tijdloos – een vluchtig moment, geleend van de tijd.
Bij Nag Hammadi stak de trein van de westelijke oever naar de oostelijke Nijloever over en reed een uitgestrekte suikerriet-aanplant binnen. Het hoge riet verhinderde ieder uitzicht op het landschap. Erica richtte haar aandacht weer op haar boeken en pakte het boek van Howard Carter en A. C. Mace: *The discovery of the Tomb of Tutankhamen.* Ze begon te lezen en werd onmiddellijk door de lectuur geboeid, ondanks haar vertrouwdheid met de tekst. Steeds opnieuw verraste het haar met hoeveel flair de gortdroge en pijnlijk precieze Carter de pen had gehanteerd. Zijn opwinding over deze grootse ontdekking werd door iedere bladzijde

uitgestraald en Erica betrapte zich erop dat ze steeds sneller begon te lezen, alsof ze een spannende thriller in handen had.

Aangezien ze in het boek waren opgenomen bekeek Erica aandachtig de verzameling schitterende foto's die door Harry Burton waren genomen. Vooral de foto met de beide levensgrote geteerde beelden van Toetanchamon die de verzegelde toegang naar de grafkamer bewaakten vond ze belangwekkend. Ze vergeleek de beelden in haar fantasie met de beelden van Seti I en besefte voor de eerste maal dat zij een van de weinige mensen was die wisten dat deze beelden een paar vormden. Dit was een veelzeggend feit, want de mogelijkheid op het vinden van twee nagenoeg identieke beelden was oneindig klein, terwijl daarentegen de kans dat er nog veel meer kunstvoorwerpen op dezelfde vindplaats begraven moesten liggen buitengewoon groot was. Plotseling begreep Erica dat de vindplaats van de beide Seti-beelden in archeologisch opzicht even belangrijk, zo niet belangrijker kon zijn dan de beelden zelf. Misschien was het opsporen van die vindplaats een logischer doel dan het terugvinden van dat Seti-beeld! Erica staarde uit het raampje naar het wuivende suikerriet en dacht ingespannen na. Misschien kon ze de vindplaats van de beelden op de beste manier opsporen door zich voor te doen als een serieus geïnteresseerde inkoopster van het Museum of Fine Arts. Als ze op overtuigende wijze de indruk kon wekken dat zij bereid was hoge prijzen te betalen, zou men haar misschien enkele waardevolle stukken laten zien. En als er dan meer Seti-materiaal boven water kwam, zou ze misschien te weten kunnen komen waar dat materiaal vandaan kwam. Het woordje áls kwam wel vaak om de hoek kijken. Maar toch was het een plan, vooral indien de zoon van Abdoel Hamdi haar geen verdere inlichtingen zou kunnen verschaffen.

De conducteur liep door de gang en kondigde Luxor aan. Erica voelde zich opgewonden bij het vooruitzicht dat ze Luxor te zien zou krijgen. Ze wist dat Luxor voor Egypte even belangrijk was als Florence voor Italië: het was het juweel van Egypte. Buiten, voor het station, wachtte haar een verrassing. De enige taxi's die nog niet door toeristen waren opgeëist, waren door paarden getrokken rijtuigjes. Erica glimlachte blij; ze hield nu al van Luxor.

Toen ze in het Winter Palace Hotel arriveerde begreep ze waarom ze zo makkelijk een kamer had kunnen boeken, ondanks de vele toeristen. Het hotel werd juist gerenoveerd, en om haar kamer te bereiken moest ze door een kale gang op de tweede verdieping wandelen, waarvan de vloer bedekt was met stapels stenen, zandhopen en zakken cement. Er waren slechts enkele kamers in gebruik. Maar de verbouwing kon haar opgewekte humeur niet bederven. Ze vond het hotel heel prettig. Het had een elegante, Victoriaanse charme. Aan de andere kant van wat eens een tuin was geweest stond het New Winter Palace Hotel. In tegenstelling tot het gebouw waarin zij was ondergebracht was het een hoge, moderne hotelflat met weinig karakter. Nee, ze was ingenomen met haar logies. In plaats van airconditioning had haar kamer een buitengewoon hoog plafond, compleet met een langzaam draaiende ventilator met brede bladen. De balkondeuren gaven toegang tot een ruim balkon met een sierlijk smeedijzeren hek, met uitzicht op de Nijl. Er was geen douche: de betegelde badkamer werd beheerst door een reusachtige porseleinen badkuip, die Erica onmiddellijk vol liet lopen. Ze had nog maar net kans gezien in het verfrissende water te stappen, toen de antieke telefoon in de hotelkamer begon te rinkelen. Een ogenblik lang overwoog ze niet op te nemen. Toen won haar nieuwsgierigheid het van haar ergernis. Ze greep een handdoek uit het rek, wandelde de kamer in en nam de hoorn van de haak.

'Welkom in Luxor, juffrouw Baron.' Het was Achmed Khazzan.

Heel even riep het geluid van zijn stem al haar angsten opnieuw op. Hoewel ze had besloten het Seti-beeld op te sporen, had ze gedacht dat ze het geweld en het gevaar achter zich had gelaten, in Caïro. Nu leek het erop dat de autoriteiten haar gangen bleven nagaan. Toch had zijn stem vriendelijk geklonken.

'Ik hoop dat u van uw verblijf zult genieten,' zei hij.

'Daar ben ik van overtuigd,' zei Erica. 'Ik heb uw bureau verteld dat ik hierheen zou gaan.'

'Ja, ik heb het gehoord. Daarom bel ik u even op. Ik heb het hotel verzocht mij even te verwittigen als u was aangekomen, zodat ik u zou kunnen verwelkomen. Ziet u, juffrouw Baron, ik heb een woning hier in Luxor. Ik kom hier zo vaak mogelijk.'

'Ik begrijp het,' zei Erica, zich afvragend waar het gesprek op uit

zou draaien.
Achmed schraapte zijn keel. 'Juffrouw Baron, ik vroeg me af of u misschien vanavond met mij zou willen dineren.'
'Is dit een officiële of persoonlijke uitnodiging, meneer Khazzan?'
'Zuiver persoonlijk. Ik kan u om half acht laten afhalen.'
Erica overlegde snel. Het leek volkomen onschuldig. 'Goed, ik neem het graag aan.'
'Fantastisch,' zei Achmed, kennelijk verheugd. 'Vertel me eens, juffrouw Baron, houdt u van paardrijden?'
Erica haalde haar schouders op. Eigenlijk had ze al in geen jaren op de rug van een paard gezeten. Maar als kind was ze er dol op geweest en de gedachte, deze eeuwenoude stad te paard in ogenschouw te nemen leek haar bijzonder aantrekkelijk.
'Ja,' zei ze aarzelend.
'Des te beter,' zei Achmed. 'Trek iets aan waarin u kunt rijden, dan zal ik u het een en ander van Luxor laten zien.'

Erica zette zich schrap en liet de zwarte hengst de vrije teugel, toen zij de rand van de woestijn bereikten. Het dier reageerde onmiddellijk en schoot als een raket naar voren. In donderende galop reden ze de kleine zandheuvel op en bleven bijna anderhalve kilometer lang over de top galopperen. Toen toomde Erica de hengst in om op Achmed te wachten. De zon was zojuist ondergegaan, maar het was nog steeds licht en vanaf deze plaats kon Erica neerkijken op de ruïnes van de grote tempel te Karnak. Aan de overkant van de Nijl rezen de bergen van Thebe stijl op achter de geïrrigeerde akkers. Ze kon zelfs enkele toegangen onderscheiden naar de graftombes van de edelen.
Erica werd volkomen door het uitzicht gehypnotiseerd, en het hijgende dier onder haar gaf haar het gevoel alsof ze was teruggevoerd naar het verleden. Achmed haalde haar in en bleef naast haar staan, maar zei niets. Hij voelde haar gedachten aan en wilde niet storen. Tersluiks wierp Erica een korte blik op zijn scherpe profiel, dat zich tegen het zachte licht aftekende. Hij droeg een broek en hemd van ruimzittend katoen; het hemd open tot halverwege zijn borst en de mouwen opgerold tot aan zijn ellebogen. De wind speelde door zijn glanzende, verwarde haar en op zijn voor-

hoofd stonden heel fijne zweetpareltjes.
Erica verbaasde zich nog altijd over zijn uitnodiging en kon zich maar niet losmaken van zijn officiële functie. Hij had zich sinds haar aankomst zeer hartelijk tegenover haar gedragen, maar was weinig mededeelzaam geweest. Ze vroeg zich af of hij zich nog steeds bezighield met Yvon de Margeau.
'Erg mooi hier, niet waar?' vroeg hij eindelijk.
'Schitterend,' zei Erica. Ze worstelde met de hengst, die nu ongeduldig begon te worden en verder wilde draven.
'Ik hou erg veel van Luxor.' Hij keerde zijn gezicht naar Erica. Er lag een ernstige maar enigszins verbaasde trek op zijn gelaat. Erica was ervan overtuigd dat hij nog iets wilde zeggen, maar hij keek haar alleen maar enkele ogenblikken aan en wendde zijn blik toen weer naar het uitzicht over de Nijl.
Terwijl ze zwijgend toekeken begonnen de schaduwen in de ruïnes zich te verdiepen, als voorboden van de komende nacht.
'Neem me niet kwalijk,' zei hij na een poosje, 'u moet wel uitgehongerd zijn. Laten we gaan eten.'
Ze reden om de tempel van Karnak en langs de Nijl terug naar Achmeds rustieke huis. Onderweg zagen ze vissers een feloekka vastmeren. De mannen zongen zacht toen zij de zeilen voor de nacht oprolden. Aangekomen bij Achmeds huis hielp Erica eerst bij het verzorgen van de paarden. Daarna wasten ze hun handen in een houten kuip op de binnenhof voor ze naar binnen gingen.
Achmeds huishoudster had een feestmaal toebereid en in de woonkamer voor hen gedekt. Erica vond de *foel* het lekkerst, een gerecht van bonen, linzen en eierplant, overgoten met sesamolie en fijn gekruid met knoflook en karwij. Het gerecht was bestrooid met geschaafde pinda's. Het hoofdgerecht bestond uit gevogelte, waarvan Erica eerst dacht dat het piepkuiken was, maar Achmed legde haar uit dat het *hamama* was: boven houtskool geroosterde duif.
In de vertrouwde omgeving van zijn huis ontspande Achmed zich en ging het praten hem gemakkelijker af. Hij vroeg Erica honderd uit over haar jeugd in Ohio. Ze voelde zich wat verlegen toen ze hem vertelde dat ze van joodse afkomst was, en verbaasde zich erover dat het voor Achmed geen enkel verschil maakte. Hij legde

haar uit dat de tegenstelling van zuiver politieke aard was en alleen betrekking had op de staat Israël, niet op de joden zelf. De Egyptenaren beschouwden beiden niet als synoniem met elkaar.
Achmed stelde vooral belang in haar flat in Cambridge en liet haar alle mogelijke details beschrijven die ze zelf onbeduidend vond. Pas toen ze klaar was vertelde hij haar dat hij Harvard had bezocht. Naarmate de avond vorderde vond ze hem weliswaar gereserveerd, maar niet gesloten. Hij wilde best over zichzelf praten, als ze hem ernaar vroeg. Hij had een verrukkelijke manier van spreken, met zijn licht Engelse accent dat hij had overgehouden van zijn studiejaren in Oxford, de universiteit waaraan hij was gepromoveerd. Hij bleek een gevoelige aard te hebben, want toen Erica hem vroeg of hij wel eens afspraakjes had gemaakt met Amerikaanse meisjes, vertelde hij haar over Pamela – en met zoveel gevoel dat Erica de tranen in haar ogen voelde opwellen. Toen shockeerde hij haar met de manier waarop de relatie was beëindigd. Hij was vanuit Boston naar Engeland vertrokken en had het contact zonder meer afgebroken.
'Bedoel je dat je haar nooit hebt geschreven?' vroeg Erica ongelovig.
'Nooit,' zei Achmed zacht.
'Maar waarom niet?' drong Erica aan. Ze was verzot op een happy end en verafschuwde het tegendeel.
'Ik wist dat ik weer terug zou moeten naar mijn land,' zei Achmed die haar blik meed. 'Hier was ik nodig. Ik moest de Oudheidkundige Dienst gaan leiden. Op dat moment was er geen plaats voor de liefde.'
'Heb je Pamela ooit nog teruggezien?'
'Nee.'
Erica dronk van haar thee. Zijn verhaal over Pamela had in haar onaangename gevoelens over mannen en in-de-steek-gelatenworden wakker geroepen. Achmed leek er niet de man naar. Ze wilde van onderwerp veranderen. 'Heeft iemand van jouw familie je ooit een bezoek gebracht, in Massachusetts?'
'Nee...' zei Achmed aarzelend, eraan toevoegend, 'hoewel mijn oom in Amerika aankwam vlak voor ik wegging.'
'Niemand kwam je opzoeken en je bent zelf ook drie jaar lang niet

thuis geweest?'
'Inderdaad. De afstand Boston-Egypte is tamelijk groot, zie je.'
'Was je dan niet eenzaam en voelde je geen heimwee?'
'Ontzettend, totdat Pamela kwam.'
'Heeft je oom Pamela ontmoet?'
Achmed explodeerde. Hij smeet plotseling zijn theekopje tegen de muur, dat in duizend scherven viel. Erica was met stomheid geslagen.
De Egyptenaar liet zijn hoofd in zijn handen steunen en ze kon hem zwaar horen ademen. Er viel een beklemmende stilte, terwijl Erica's gevoelens van angst en empathie om voorrang streden. Ze dacht na over Pamela en Achmeds oom. Wat kon er tussen hen gebeurd zijn, dat nu nog zoveel hartstocht kon losmaken?
'Vergeef me,' zei Achmed, zijn hoofd nog altijd verborgen in zijn handen.
'Het spijt me als ik iets verkeerds heb gezegd,' zei Erica. Ze zette haar kopje neer. 'Misschien kan ik beter teruggaan naar mijn hotel.'
'Nee, ga nog niet weg, alsjeblieft,' smeekte Achmed, zijn hoofd optillend. Zijn hoofd was rood aangelopen. 'Het is niet jouw schuld. Het komt alleen doordat ik de laatste tijd wat spanningen heb moeten verwerken. Ga niet weg. Alsjeblieft.' Achmed sprong op. Hij schonk Erica's kopje opnieuw vol en haalde een nieuw kopje voor zichzelf. Daarna kwam hij, in een poging om de atmosfeer te verbeteren, aandragen met enkele kunstvoorwerpen die zijn dienst kortgeleden in beslag had genomen.
Erica bekeek ze bewonderend, vooral een schitterend uitgesneden houten beeldje. Ze begon zich nu wat meer op haar gemak te voelen. 'Zijn er op de zwarte markt misschien ook kunstvoorwerpen van Seti de Eerste in beslag genomen?' Behoedzaam zette ze de voorwerpen op een tafeltje naast haar.
Achmed keek haar peinzend enkele ogenblikken aan. 'Nee,' zei hij, 'dat geloof ik niet. Waarom vraag je dat?'
'Och, zo maar eigenlijk, het komt doordat ik vandaag een bezoek heb gebracht aan de tempel van Seti te Abydos. Tussen haakjes, weet jij toevallig of zij de laatste tijd last hebben gehad met een cobra, daar?'

'Cobra's bezorgen ons overal voortdurend last, vooral in Aswan. Ik veronderstel dat we de toeristen ervoor zouden moeten waarschuwen. Maar het probleem is niet te vergelijken met de moeilijkheden die de zwarte handel ons bezorgt. Nog maar vier jaar geleden zijn er zelfs stenen platen met belangrijke inscripties uit de Hathor-tempel in Denderah geroofd, nota bene bij klaarlichte dag!'
Erica knikte begrijpend. 'Als ik van deze reis íets heb geleerd, is het wel inzicht in de schadelijke invloed van de zwarte handel in oudheden. Feitelijk heb ik me voorgenomen om er, naast mijn vertaalwerkzaamheden, iets tegen te doen.'
Achmed keek plotseling op. 'Dat is heel gevaarlijk en ik zou het je met klem willen ontraden. Om je een idee te geven hoe gevaarlijk: een jaar of twee geleden kwam hier een idealistische jongeman uit Amerika. Hij had in Yale gestudeerd en hield er soortgelijke denkbeelden op na. Hij is spoorloos verdwenen.'
'Nou,' zei Erica, 'ik ben geen held. Ik heb alleen maar enkele heel tamme ideetjes. Ik wilde jou vragen of jij weet waar ik de antiekwinkel van de zoon van Abdoel Hamdi hier in Luxor kan vinden.'
Achmed wendde zijn gezicht af. In een flits zag hij opnieuw het spookbeeld van Tewfik Hamdi's gemartelde lichaam voor zich. Toen hij Erica weer aankeek stond zijn gezicht strak. 'Tewfik Hamdi is, net als zijn vader, kortgeleden vermoord. Er gebeuren dingen die ik nog niet begrijp, maar mijn dienst en de politie stellen een diepgaand onderzoek in. Jij hebt al meer dan je deel van moeilijkheden gehad, dus ik smeek je om je te concentreren op je vertaalwerk.'
Het nieuws over Tewfik Hamdi had Erica met stomheid geslagen. Alweer een moord! Ze probeerde te bedenken wat dat kon betekenen, maar nu begon ze de tol te betalen voor haar lange, vermoeiende dag. Achmed bespeurde haar moeheid en bood aan haar naar het hotel te brengen, een voorstel waar Erica gretig mee instemde. Even voor elven stonden ze voor de ingang en na hem voor zijn gastvrijheid bedankt te hebben trok Erica zich terug. In haar kamer sloot ze de deur zorgvuldig af.
Langzaam kleedde ze zich uit, al half in slaap verlangend naar haar bed. Terwijl ze haar make-up verwijderde dacht ze na over Ach-

med Khazzan. Zijn intensiteit had een diepe indruk op haar gemaakt en ze had, ondanks zijn onverwachte uitbarsting, volop van de avond genoten. Na het voltooien van haar gebruikelijke ritueel voor het slapen gaan kroop ze voldaan tussen de lakens. Net toen de slaap haar overmande peinsde ze na over Achmed en Pamela: ze vroeg zich af... Maar haar laatste gedachte gold een andere naam, een naam uit het verre verleden: Nenefta.

Vijfde dag

Luxor: 06.35 uur

De opwinding over haar verblijf in Luxor maakte dat Erica vroeg wakker werd, nog voor zonsopgang. Ze belde de room-service om het ontbijt op haar kamer te brengen en liet op het balkon dekken. Het ontbijt werd vergezeld door een telegram van Yvon: ARRIVEER VANDAAG IN NEW WINTER PALACE HOTEL STOP ZOU JE GRAAG VANAVOND ONTMOETEN. YVON.
Erica was verrast. Ze was er zo zeker van geweest dat het telegram door Richard moest zijn verstuurd. Na haar avondje met Achmed waren haar gevoelens verward. Ze kon nauwelijks geloven dat ze nog maar een jaar geleden vurig had gehoopt dat Richard haar hand zou vragen. Nu voelde ze zich tegelijkertijd aangetrokken tot drie zeer verschillende mannen. Hoewel Erica het geruststellend vond dat ze zo kon reageren, iets waarover ze zich zorgen was gaan maken toen haar relatie met Richard begon te verslechteren, vond ze de huidige situatie toch ook zenuwslopend. Ze dronk het restant van haar koffie in een teug op en besloot alle emotionele gedachten uit haar hoofd te bannen. Ze duwde haar stoel achteruit, liep haar kamer weer in en begon met haar voorbereidingen voor de komende dag.
Na haar draagtas helemaal leeg te hebben gemaakt vulde ze hem opnieuw, nu met het lunchpakket dat ze op voorstel van het hotel had laten klaarmaken, haar zaklantaarn, sigaretten en lucifers en Abdoel Hamdi's Baedeker uit 1929. Ze legde de losgeraakte kaft op het bureau, samen met enkele andere papieren. Voor ze zich omdraaide viel haar blik op de naam die op het schutblad was geschreven: Nasef Malmoed, Shari el Tahrir 180, Caïro. Haar laatste verbinding met Abdoel Hamdi was níet doorgesneden met de moord op zijn zoon! Ze zou Nasef Malmoed gaan opzoeken als ze weer terug was in Caïro. Voorzichtig stopte ze de kaft weer in haar tas. De wandeling van het Winter Palace Hotel naar de antiekwinkels in de Shari Loekanda duurde niet lang. Sommige winkels waren nog niet open, ondanks het feit dat er nu al een flink aantal

vrolijk geklede toeristen was te zien. Erica koos er op goed geluk een uit en stapte naar binnen.
De winkel herinnerde haar aan Antica Abdul, alleen was het assortiment aan kunstvoorwerpen beduidend groter. Erica richtte haar aandacht op de objecten die op haar de meeste indruk maakten, echt van namaak onderscheidend. De handelaar, een corpulente Egyptenaar die David Jouran heette, drentelde aanvankelijk om haar heen, maar trok zich later terug achter zijn toonbank. Uit tientallen zogenaamd historische vazen kon Erica er slechts twee ontdekken die naar haar mening echt konden zijn – en dat waren nog stukken waarvan er dertien in een dozijn gingen. Ze hield er een omhoog. 'Hoeveel?'
'Vijftig pond,' zei Jouran. 'Die ernaast kost tien pond.'
Erica bekeek de andere vaas. Hij was voorzien van mooie decoraties. Veel te mooie decoraties: het waren spiralen, maar ze draaiden in de verkeerde richting. Erica wist dat er op het aardewerk uit het predynastieke Egypte vaak spiralen waren aangebracht, maar alle spiralen liepen linksom. De spiralen op deze vaas liepen met de wijzers van de klok mee. 'Ik heb alleen belangstelling voor oudheden. Feitelijk kan ik hier maar weinig echte stukken ontdekken. Ik ben op zoek naar iets bijzonders.' Ze zette de namaak-vaas neer en liep naar de toonbank. 'Ik ben hierheen gekomen met de opdracht enkele zeer goede stukken te kopen, bij voorkeur stammend uit het Nieuwe Rijk. Ik wil er goed voor betalen. Kunt u me iets laten zien?'
David Jouran keek enkele ogenblikken onderzoekend naar Erica, zonder te antwoorden. Toen bukte hij zich, maakte een klein kastje open en tilde een beschadigde granieten kop van Ramses II op de toonbank. De neus was eraf en de kin was gescheurd.
Erica schudde het hoofd. 'Nee,' zei ze gedecideerd. 'Is dat het beste wat u heeft?'
'Op dit moment wel.' Jouran borg het beschadigde Ramses-hoofd weg.
'Wel, ik zal mijn naam achterlaten,' zei Erica, schrijvend op een stukje papier. 'Ik logeer in het Winter Palace Hotel. Als u iets horen mocht over enkele bijzondere stukken, kunt u contact met me opnemen.' Ze wachtte, half en half verwachtend dat de man haar

nog iets anders zou laten zien. Maar hij haalde alleen zijn schouders op, en na een drukkende stilte verliet ze de winkel.

De volgende vijf winkels die ze binnenstapte leverden een soortgelijk resultaat op. Niemand kon haar iets bijzonders laten zien. Het beste stuk dat ze zag was een geglazuurd oeshabti-beeldje uit de regeringsperiode van koningin Hatsjepsoet. Ze liet in iedere winkel haar naam achter, maar koesterde weinig hoop. Tenslotte gaf ze het op en wandelde naar de aanlegsteiger van de veerpont.

Het kostte een paar centen om met de oude veerboot over te steken naar de westelijke oever, waar het wemelde van toeristen met camera's. Zodra de boot afmeerde werden de opvarenden belegerd door een enorme massa taxichauffeurs, scarabee-verkopers en ijverige gidsen. Erica klom in een wrakkige autobus, waarvan de bestemming slordig was aangegeven op een stuk karton met de woorden: 'Dal der Koningen.' Toen alle veerbootpassagiers op een of andere manier door de bus waren opgeslokt vertrok het vehikel van de steiger.

Erica was buiten zichzelf van opwinding. Voorbij de vlakke, groene akkers die aan de rand van de woestijn abrupt eindigden zag ze de verweerde rotsen van Thebe. Aan de voet ervan kon Erica een paar van de beroemde monumenten zien, zoals de sierlijke tempel van Hatsjepsoet bij Deir el-Bahri. Onmiddellijk rechts van de tempel lag het kleine dorpje Qoerna, dat op de berghelling was gebouwd. De lemen gebouwen bevonden zich in het woestijngebied, buiten de bevloeide landbouwgrond. De meeste hadden een lichtbruine kleur en waren nauwelijks te onderscheiden van de kleur van de zandstenen rotsen. Slechts enkele ervan waren wit gesausd en sprongen er duidelijk uit, in het bijzonder een kleine moskee met een korte, dikke minaret. Tussen de gebouwtjes zag ze openingen, die in de rotswand waren uitgehakt. Dat waren de toegangen naar de ontelbare crypten uit de oudheid. De bevolking van Qoerna woonde temidden van de tombes der edelen. Er waren al vele pogingen ondernomen om de dorpelingen tot verhuizen te bewegen, maar ze hadden steeds hardnekkig weerstand geboden.

De bus maakte een scherpe bocht en sloeg rechtsaf bij een splitsing. Erica ving even een glimp op van de graftempel van Seti I. Er

was ontzaglijk veel te zien. De woestijn begon bij een opmerkelijk duidelijke scheidslijn. De groene suikerrietaanplantingen maakten plotseling plaats voor een woestenij van rotsen en zand. De weg liep tot aan de bergen rechtdoor, waar hij zich in allerlei bochten begon te slingeren en een steeds nauwer wordend dal inleidde. De smorende hitte was buitengewoon intens, zonder een windje dat de drukkende atmosfeer had kunnen verlichten.
Na langs een klein wachtgebouwtje te zijn gereden, dat van steenblokken was gebouwd die uit de rotsen waren gehakt, kwam de bus tot stilstand op een groot parkeerterrein dat al vol stond met andere bussen en taxi's. Ondanks de temperatuur van meer dan veertig graden in de schaduw wemelde het hier van toeristen. Op een kleine verhoging aan de linkerkant van het parkeerterrein deed een souvenir-kiosk zeer goede zaken.
Erica zette een kakikleurige hoed op, die ze had gekocht ter bescherming tegen de felle zon. Ze kon nog steeds moeilijk geloven dat ze eindelijk was aangekomen in het beroemde Dal der Koningen, de plaats waar het graf van Toetanchamon was ontdekt. Het dal lag ingeklemd tussen scherp gekartelde bergen en werd beheerst door een scherpe, driekantige bergpiek die wel iets weghad van een natuurlijke piramide. Steile rotswanden van bruine zandsteen vielen omlaag naar het dal en grensden aan de met kleine stenen afgebakende smalle voetpaden die zich radiaalsgewijze van het parkeerterrein verwijderden. Op de plaats waar de rotswanden en voetpaden samenkwamen bevonden zich de donkere toegangen naar de graftomben van de farao's. Hoewel het merendeel van de buspassagiers onmiddellijk de kiosk belegerde om gekoelde dranken te kopen, haastte Erica zich naar de toegang van de graftombe van Seti I. Ze wist dat dit de grootste en spectaculairste tombe was in het hele dal en wilde dit graf het eerst bezoeken, in de hoop de naam Nenefta aan te treffen.
Diep ademhalend stapte ze over de drempel naar het verleden. Ofschoon haar bekend was dat de fresco's hier uitstekend bewaard waren gebleven, werd ze aangenaam verrast toen ze hun stralende kleuren met eigen ogen zag. De verf leek even vers alsof de muurschilderingen pas gisteren waren voltooid. Langzaam wandelde ze de eerste gang door die naar het inwendige leidde, haar ogen

voortdurend gericht op de fresco's, zelfs toen ze de trap aan het eind van de gang afdaalde. Ze zag overal afbeeldingen van Seti, in het gezelschap van het volledige pantheon van Egyptische goden. Op de plafonds bevonden zich reusachtige gieren met gestyleerd uitgespreide vleugels. De voorstellingen waren onderbroken door omvangrijke hiëroglyf-teksten.

Erica moest wachten op een grotere groep toeristen, voor ze een houten bruggetje kon oversteken dat een diepe schacht overspande. Toen ze in de duizelingwekkende diepte keek vroeg Erica zich af of de schacht misschien was uitgehouwen om grafrovers af te schrikken. Aan de overkant bevond zich een galerij, geschraagd door vier robuuste zuilen. Daarachter lag opnieuw een trap, die in de oudheid met zorg was verzegeld en gecamoufleerd.

Naarmate ze steeds dieper in de tombe doordrong verbaasde Erica zich hoe langer hoe meer over de gigantische inspanningen die het moest hebben gekost om de tombe met de hand in de rotsen uit te houwen. Toen ze de vierde trap was afgedaald en zich enkele honderden meters diep in de berg bevond, bemerkte ze dat de lucht hier aanzienlijk moeilijker was in te ademen. Ze vroeg zich af wat dit voor de zwoegende steenhouwers uit de oudheid moest hebben betekend. Er was geen enkele ventilatie, ondanks de nooit-eindigende stroom van hijgende bezoekers. Het lage gehalte aan zuurstof gaf Erica het gevoel te zullen stikken. Ze leed niet aan claustrofobie, maar ze had er een hekel aan zich opgesloten te voelen en moest haar angst bewust onderdrukken.

Toen ze eindelijk de grafkamer bereikte probeerde Erica haar zwoegende ademhaling te negeren en legde haar hoofd in haar nek om de astronomische motieven op het gewelfde plafond te bewonderen. Ook zag ze een van de tunnels die in de moderne tijd waren uitgehakt door mensen die er zeker van waren geweest dat zij de ligging van nog enkele geheime grafvertrekken kenden. Er was nooit iets gevonden. Hoewel Erica in de besloten ruimte van de tombe steeds meer last kreeg van benauwdheid, overtuigde zij zichzelf ervan dat ze nog best een bezoek kon brengen aan een klein zijvertrek, waarin ze de beroemde afbeelding van de hemelgodin Noet in de gedaante van een koe wilde bewonderen. Ze drong zich tussen de toeristen door naar de toegang, maar toen ze

het vertrek inkeek zag ze dat het nagenoeg vol was met mensen, zodat ze besloot om maar af te zien van het bekijken van Noet. Ze draaide zich plotseling om en botste op tegen een man die na haar het vertrek wilde binnengaan.
'Neemt u mij niet kwalijk,' zei Erica.
De man grijnsde haar toe, voor hij zich omdraaide en terugwandelde naar de grafkamer. Onmiddellijk kwam er een nieuw groepje toeristen naar binnen en Erica werd tegen haar wil het kleine zijvertrek ingedrongen. Wanhopig probeerde ze zichzelf tot bedaren te brengen, maar de man die haar in de weg had gestaan had haar volkomen van streek gemaakt. Ze had hem al eens eerder gezien – zwart haar, zwart pak en een gemene grijns die een puntige voortand ontblootte: dat alles herinnerde ze zich uit het Egyptisch Museum in Caïro!
In de wetenschap dat toeristen over het algemeen dezelfde plaatsen plegen te bezoeken, vroeg Erica zich af waarom de man haar zo verontrustte. Ze wist dat ze overdreven had gereageerd en dat haar angst eenvoudig voortvloeide uit een combinatie van de griezelige gebeurtenissen van de afgelopen dagen en de hete, benauwende atmosfeer in de tombe. Erica schoof de riem van haar draagtas hoger op haar schouder en werkte zich moeizaam naar buiten, naar de grafkamer. De man was nergens te zien. Een smalle trap leidde naar het bovenste deel van de grafruimte en de uitgang. Erica begon de trap te beklimmen en keek voortdurend om zich heen. Ze moest zichzelf dwingen om niet te gaan rennen. Toen bleef ze plotseling staan. Terwijl ze zich haastig terugtrok achter een van de vierkante zuilen aan haar linkerhand had ze dezelfde man opgemerkt. Ze had niet meer dan een glimp van hem opgevangen, maar nu was Erica ervan overtuigd dat ze zich niets inbeeldde: deze man gedroeg zich vreemd. Hij loerde op háár! Impulsief rende ze de resterende treden op en glipte achter een van de zuilen. De ruimte bevatte vier van deze zuilen, waarvan alle vier zijden waren getooid met een beschilderd, levensgroot reliëf van Seti I in tegenwoordigheid van een van de Egyptische goden.
Met kloppend hart wachtte Erica, zich met tegenzin herinnerend hoe er zich de laatste paar dagen in haar directe omgeving steeds weer uitbarstingen van geweld hadden voorgedaan. Ze wist abso-

luut niet wat ze moest verwachten. Toen kwam de man weer te voorschijn. Hij wandelde om de volgende pilaar heen en keek naar het gigantische fresco op de muur. Hoewel zijn lippen slechts een klein beetje uiteen weken, kon Erica zien dat de rechter voortand in een vlijmscherpe punt eindigde. Hij liep langs haar heen zonder naar haar te kijken.

Zodra haar benen weer aan haar wil gehoorzaamden keerde Erica – eerst lopend, daarna rennend – terug op haar schreden door de gangen en over de trappen, totdat ze weer buiten kwam, in het verblindend felle zonlicht. Eenmaal in de openlucht verdween haar paniek als sneeuw voor de zon en voelde ze zich dwaas. De zekerheid die ze had gevoeld over de kwade bedoelingen van de man leek nu je reinste achtervolgingswaan. Ze keek nog even achterom, maar ging niet terug naar de tombe van Seti. Ze zou wel een andere dag op zoek gaan naar de naam Nenefta.

Inmiddels was het al over twaalven en de souvenirstand en het restaurant waren overvol. Bijgevolg was de betrekkelijk eenvoudige tombe van Toetanchamon nagenoeg leeg. Een uurtje eerder had je in de rij moeten staan om er in te kunnen komen. Erica maakte gebruik van de tijdelijk afgenomen drukte en daalde de beroemde zestien treden naar de ingang af. Maar voor ze dat deed draaide ze zich nog even om in de richting van de Seti-tombe. Ze zag niemand. Terwijl ze naar de ingang liep verdiepte ze zich in de ironie van het feit dat de kleinste graftombe, de tombe van de meest onbelangrijke farao van het Nieuwe Rijk, de enige was die nog redelijk intact bleek toen hij werd ontdekt. En zelfs in Toetanchamons tombe was tweemaal in de oudheid ingebroken.

Ze stapte de drempel over naar de antichambre en probeerde in haar geest die wonderbaarlijke dag in november 1922 opnieuw tot leven te brengen, de dag waarop de tombe werd geopend. Wat moest het voor Howard Carter en zijn mensen opwindend zijn geweest, toen zij de meest oogverblindende archeologische schatkamer binnenstapten die ooit was ontdekt!

Dank zij haar kennis van deze ontdekking kon Erica de meeste objecten die in de tombe waren aangetroffen in haar fantasie zien staan op de plaatsen waar ze zich hadden bevonden. Ze wist dat de beide levensgrote beelden van Toetanchamon aan weerszijden

van de toegang naar de eigenlijke grafkamer hadden gestaan, terwijl de drie doodsbedden tegen de muur stonden. Ook herinnerde zij zich de zonderlinge chaos die Carter in de tombe had aangetroffen. Dat was een mysterie waarvoor nooit een verklaring was gevonden. Vermoedelijk was de chaos veroorzaakt door de grafrovers uit de oudheid – maar waarom hadden de verantwoordelijke priesters de grafobjecten niet teruggezet op hun oorspronkelijke plaats?
Erica stapte opzij om een opgewonden groep Franse toeristen te laten passeren en moest wachten voor zij de grafkamer binnen kon gaan. Terwijl ze daar zo stond kwam de man met het zwarte pak binnen, die haar in de tombe van Seti I zoveel angst had aangejaagd. Hij had een opengeslagen reisgids in zijn handen. Onwillekeurig verstijfde Erica. Maar ze worstelde met succes tegen haar angsten en overtuigde zich ervan dat ze zich alleen maar dingen verbeeldde. Trouwens, de man leek haar niet eens op te merken toen hij langs haar heenliep. Ze had ruim de tijd om een blik te werpen op zijn haakneus, die hem het aanzien gaf van een roofvogel. Ze vermande zich en dwong zichzelf de overvolle grafkamer binnen te stappen. De ruimte was door middel van een hekje in tweeën gedeeld – en het enige vrije plekje was naast de man in het zwarte pak. Ze aarzelde een ogenblik, maar liep toen naar het hekje en bewonderde de schitterende rose sarcofaag van Toetanchamon. De fresco's aan de muur waren onbetekenend in vergelijking met de stylistische volmaaktheid van de muurschilderingen in de tombe van Seti I. Terwijl ze haar ogen door het vertrek liet dwalen zag Erica bij toeval de opengeslagen bladzijde in de reisgids van de man met de haakneus. Het was een plattegrond van de tempel te Karnak. Het hield totaal geen verband met het Dal der Koningen en ogenblikkelijk keerden al haar angsten terug. Ze liep haastig weg van het hekje en wandelde zo snel mogelijk naar buiten. Ook nu voelde ze zich in het zonlicht en de frisse lucht een stuk beter, maar dit keer was ze ervan overtuigd dat ze niet leed aan achtervolgingswaan.
In de souvenirstand annex restaurant, die zich slechts een meter of tien van de ingang van de tombe van Toetanchamon bevond, waren geen tafeltjes vrij, maar Erica was dankbaar voor de grote

drukte: in de massa voelde ze zich veilig. Ze nam plaats op het lage stenen muurtje van de veranda, met een blikje gekoeld vruchtesap en het lunchpakket dat ze had meegenomen uit het hotel. Ze bleef de opening van Toetanchamons tombe in het oog houden en zag even later de man met de haakneus naar buiten komen, die naar een kleine zwarte auto op het parkeerterrein wandelde. Hij ging op de bestuurderszitplaats zitten, maar liet het portier open, zijn voeten rustten op de grond. Ze vroeg zich af wat zijn aanwezigheid te betekenen kon hebben; als hij van plan was geweest haar iets aan te doen, dan had hij daar vele malen de kans voor gehad. Ze kwam tot de conclusie dat hij haar alleen maar volgde, misschien in opdracht van de autoriteiten. Erica haalde eens diep adem en probeerde hem verder te negeren. Maar ook besloot ze in het gezelschap van andere toeristen te blijven.

Het lunchpakket bleek te bestaan uit enkele sandwiches met plakken lamsvlees, die ze in gedachten verzonken verorberde terwijl ze naar de overkant van het voetpad staarde, naar de opening van Toetanchamons tombe. De gedachte aan de duizenden bezoekers uit het Victoriaanse tijdperk die hier, in het Dal der Koningen, nietsvermoedend hun gekoelde limonade hadden zitten drinken, op nog geen tien meter van de verborgen toegang naar 's werelds grootste verborgen schat, hielp haar zich te ontspannen. Ook de tombe van Seti I bevond zich tamelijk dicht bij de souvenirstand.

Ze nam een flinke hap van haar tweede sandwich en dacht aan de korte afstand tussen de tombe van Ramses IV en die van Toetanchamon. Deze bevond zich er vlak boven en iets verder naar links. Erica herinnerde zich dat de arbeidershutten, die gedurende de aanleg van de Ramses IV-tombe boven de toegang naar Toetanchamons tombe waren gebouwd, de ontdekking van Carter hadden vertraagd. Pas toen hij midden op die plek een loopgraaf had aangelegd had hij de zestien treden ontdekt.

Erica hield op met kauwen en probeerde deze feiten met elkaar in verband te brengen. Ze wist dat de grafrovers uit de oudheid Toetanchamons tombe via de oorspronkelijke toegang waren binnengekomen, want Carter had melding gemaakt van de breuken in de toegangsdeur. Maar gezien de ligging van de arbeidershutten moest de ingang naar Toetanchamons tombe overdekt en verge-

ten zijn geweest op het moment dat men was begonnen met de bouw van de tombe van Ramses IV. Dat betekende dat de tombe van Toetanchamon al vroeg in de twintigste of misschien zelfs laat in de negentiende dynastie geplunderd moest zijn. Maar als de tombe nu eens gedurende de regeringsperiode van Seti I geplunderd was?
Erica slikte van opwinding. Zou er enig verband kunnen bestaan tussen de schending van Toetanchamons tombe en het feit dat de naam van Toetanchamon voorkwam op het beeld van Seti I? Terwijl haar geest deze gedachten nog eens de revue liet passeren keek Erica op en zag een eenzame havik op gespreide vleugels in kringen zweven.
Ze begon de overblijfselen van haar lunchpakket op te ruimen. De man in de auto had zich niet bewogen. Er kwam een tafeltje in de buurt vrij en Erica verzamelde haar spullen en droeg ze naar het tafeltje. Haar draagtas zette ze op de grond. Ondanks de drukkende hitte, die als een dikke deken over het dal hing, bleef Erica's geest op volle toeren werken. Als de beelden van Seti I nu eens in de tombe van Toetanchamon waren gezet nadat de grafrovers waren betrapt? Ogenblikkelijk verwierp ze deze gedachte als absurd; het was niet logisch. Trouwens, als deze beelden zich inderdaad in de tombe hadden bevonden, dan zouden ze beslist door Carter zijn gecatalogiseerd. Want Carter had de reputatie gehad dat hij onverbiddelijk precies was. Nee, Erica wist dat ze niet op het goede spoor zat, maar ze realiseerde zich dat de gehele kwestie van de plundering van Toetanchamons tombe heel weinig aandacht had gekregen, vanwege het enorme belang van Carters ontdekking. Het feit dat de tombe van de kindkoning in de oudheid was geschonden zou misschien van veel betekenis kunnen zijn, terwijl de gedachte dat de plundering zich had afgespeeld gedurende de regeringsperiode van Seti I ronduit intrigerend was. Plotseling wenste Erica dat ze terug was in het Egyptisch Museum. Ze besloot dat ze de notities van Carter moest doornemen, notities die volgens Fachry op microfilm in de archieven van het museum lagen. Zelfs als ze geen verbazingwekkende aanwijzingen zou ontdekken vormde dit goede stof voor een wetenschappelijk artikel. Ze vroeg zich af of een van de mensen die destijds bij de eerste opening van

Toetanchamons tombe tegenwoordig waren geweest nog in leven zou zijn. Ze wist natuurlijk dat Carter en Carnarvon inmiddels overleden waren. Bij de gedachte aan de dood van Carnarvon herinnerde ze zich de 'Vloek der farao's' en glimlachte om de vindingrijkheid van nieuwsmedia en de goedgelovigheid van het grote publiek. Nu ze haar lunch achter de rug had sloeg Erica de Baedeker open om vast te stellen welke van de vele overige tombe's ze nu wilde bezoeken. Er kwam een groep Duitse toeristen langs en ze sloot zich er haastig bij aan. Boven haar maakte de rondzwevende havik plotseling een duikvlucht naar een nietsvermoedende prooi.
Khalifa stak zijn hand uit en draaide de radio in de huurauto uit, terwijl hij Erica steeds dieper het gloeiendhete dal in zag lopen. '*Karrah*!' vloekte hij, terwijl hij met tegenzin de schaduw van zijn auto verliet. Hij kon zich onmogelijk voorstellen waarom iemand zich uit vrije wil bloot zou stellen aan zoveel ongenadige hitte.

Luxor: 20.00 uur

Toen Erica de uitgestrekte tuin overstak die het oude Winter Palace scheidde van het nieuwe hotel, kon ze heel goed begrijpen waarom zoveel welgestelden uit de Victoriaanse tijd zo graag de winter in Boven-Egypte hadden doorgebracht. Hoewel het overdag smoorheet was geweest, daalde de temperatuur tot een aangename koelte, zodra de zon onder was gegaan. Ze wandelde om het zwembad heen en merkte op dat een troepje Amerikaanse kinderen er nog volop van genoot.
Ze had het een geweldige dag gevonden. De oude fresco's die ze in de tombes had gezien waren schitterend geweest, ongelooflijk mooi. Toen ze vanaf de westelijke Nijloever tenslotte was teruggekeerd in het hotel, had ze twee briefjes gevonden. Het waren allebei uitnodigingen geweest – één van Yvon en één van Achmed. Het was een moeilijke beslissing, maar ze had aan de uitnodiging van Yvon de voorkeur gegeven, in de hoop dat hij misschien wat nieuws had ontdekt tot het Seti-beeld. Over de telefoon had hij haar verteld dat ze in de eetzaal van het New Winter Palace zouden gaan dineren en dat hij haar om acht uur zou komen afhalen.

Impulsief had ze gezegd dat zij hem liever in de foyer van zijn hotel wilde ontmoeten.
Yvon was gekleed in een donkerblauwe blazer en witte pantalon, en zijn mooie bruine haar was zorgvuldig gekamd. Hij bood Erica zijn arm toen zij de eetzaal binnenstapten.
Het restaurant was nog betrekkelijk nieuw, maar maakte een decadente indruk; het weinig harmonieuze interieur was een mislukte poging tot een elegante continentale eetzaal. Maar Erica had haar omgeving al spoedig vergeten, toen Yvon haar onthaalde op verhalen over zijn jeugd in Europa. De manier waarop hij de bijzonder kille en vormelijke relatie met zijn ouders beschreef maakte dat het eerder grappig dan verfoeilijk klonk.
'En vertel me nu eens wat meer over jouw jeugd,' zei Yvon, die in zijn zakken zocht naar sigaretten.
'Ik kom uit een andere wereld.' Erica staarde in haar glas en liet haar wijn ronddraaien. 'Ik groeide op in een klein stadje in het Midden-Westen. Ons gezin was klein, maar we voelden ons innig met elkaar verbonden.' Erica kneep haar lippen samen en haalde haar schouders op.
'Aha, er zit wel wat meer achter,' zei Yvon glimlachend. 'Maar ik wil niet opdringerig zijn... en denk alsjeblieft niet dat je verplicht bent het mij te vertellen.'
Erica was niet opzettelijk gesloten. Ze dacht alleen dat Yvon weinig belangstelling zou hebben voor verhalen over Toledo, Ohio. Ook wilde ze niet praten over de dood van haar vader, die bij een auto-ongeluk om het leven was gekomen, of over het feit dat ze niet zo best met haar moeder kon opschieten omdat ze zoveel met elkaar gemeen hadden. Hoe dan ook, ze hoorde liever Yvon praten.
'Ben je ooit getrouwd geweest?' vroeg Erica.
Yvon lachte en bestudeerde Erica's gezicht. 'Ik ben inderdaad getrouwd,' zei hij achteloos.
Erica wendde haar blik af, ervan overtuigd dat haar ogenblikkelijke teleurstelling in haar pupillen weerspiegeld zou zijn. Ze had het kunnen weten.
'Ik heb zelfs twee verrukkelijke kinderen,' vervolgde Yvon, 'Jean Claude en Michelle. Alleen krijg ik ze nooit te zien.'

'Nooit?' Ze vond de gedachte dat iemand z'n eigen kinderen nooit zag onbegrijpelijk. Erica sloeg haar ogen op; ze had zichzelf weer in de hand.
'Ik bezoek ze zelden. Mijn vrouw woont bij voorkeur in Saint Tropez. Ze houdt zich het liefst bezig met zonnen en winkelen, activiteiten die ik zelf maar matig kan waarderen. Ze zijn me te beperkt. De kinderen zijn op kostschool en zijn 's zomers graag in Saint Tropez. Dus...'
'Dus woon jij moederziel alleen in je château,' zei Erica, in een poging om het gesprek wat te verluchtigen.
'Nee, dat is een afschuwelijk oord. Ik heb een mooi appartement aan de Rue Verneuil in Parijs.'
Pas toen zij aan de koffie toe waren bleek Yvon bereid om over het Seti-beeld en de dood van Abdoel Hamdi te praten.
'Ik heb deze foto's meegebracht, om jou ze eens te laten bekijken,' zei hij. Hij haalde vijf foto's uit zijn portefeuille en legde ze voor Erica op tafel. 'Ik weet wel dat je de moordenaars van Abdoel hooguit een seconde hebt gezien, maar misschien herken je toch een van deze gezichten?'
Erica pakte de foto's een voor een op en bestudeerde de gezichten. 'Nee,' zei ze tenslotte. 'Maar dat betekent nog niet dat zij het niet zijn geweest.'
'Ik begrijp het,' zei Yvon, de foto's weer oppakkend. 'Het was ook maar een klein kansje. Zeg eens, Erica, heb je nog moeilijkheden gehad sinds je in Boven-Egypte bent aangekomen?'
'Nee... alleen ben ik er tamelijk zeker van dat ik word geschaduwd.'
'Geschaduwd?' zei Yvon.
'Dat is de enige verklaring die ik kan bedenken. Vandaag heb ik in het Dal der Koningen een man gezien, die ik geloof ik voor het eerst in het Egyptisch Museum heb gezien. Het is een Egyptenaar met een enorme haakneus, een sardonische grijns en een voortand die in een punt eindigt.' Erica ontblootte haar tanden en wees haar rechter voortand aan. Yvon moest om het gebaar glimlachen, hoewel hij het helemaal niet prettig vond dat zij Khalifa had opgemerkt. 'Dit is niet grappig,' hernam Erica. 'Hij heeft me vandaag flink laten schrikken. Hij deed zich voor als toerist, maar had de

verkeerde bladzijde van zijn reisgids opengeslagen. Yvon,' zei ze, op een ander onderwerp overstappend, 'hoe staat het met dat vliegtuig van jou? Heb je het hier, in Luxor?'
Niet begrijpend knikte Yvon bevestigend. 'Ja, natuurlijk. Het vliegtuig is hier, in Luxor. Waarom vraag je dat?'
'Omdat ik terug wil naar Caïro. Ik heb er wat werk te doen, dat me een halve dag in beslag zal nemen.'
'Wanneer?'
'Hoe eerder hoe beter,' zei Erica.
'Wat vind je van vanavond?' Hij wilde Erica graag terughebben in de stad.
Erica werd verrast door dit aanbod. Maar ze vertrouwde Yvon, vooral nu ze wist dat hij getrouwd was. 'Waarom ook eigenlijk niet?' zei ze.

Ofschoon ze nog nooit in een klein straalvliegtuig had gezeten, had ze gedacht dat het een stuk ruimer zou zijn. Ze riemde zich vast in een van de grote leren stoelen. Op de stoel naast haar zat Raoul, die pogingen deed een gesprek met haar gaande te houden. Maar Erica had meer belangstelling voor wat er om haar heen gebeurde en vroeg zich af of het vliegtuigje wel van de grond zou kunnen komen. Ze geloofde niet erg in de aerodynamische wetten. In grote vliegtuigen maakte ze zich daar geen zorgen over, omdat alleen al de gedachte dat zo'n enorme massa kon vliegen zo absurd leek dat ze eenvoudig weigerde erover na te denken. Maar hoe kleiner het vliegtuig was, hoe duidelijker haar dit onwelkome besef werd ingeprent.
Yvon had een privé-piloot in dienst, maar aangezien hij zelf in het bezit was van een vliegbrevet gaf hij er gewoonlijk de voorkeur aan, zelf aan de stuurknuppel te zitten. Er was verder geen luchtverkeer en ze kregen onmiddellijk toestemming voor de start. Het slanke straalvliegtuigje raasde over de startbaan en schoot de lucht in, toen Erica's vingers wit wegtrokken.
Zodra ze op weg waren gaf Yvon de besturing over en kwam naar achteren om met Erica te praten. Ze voelde zich al wat rustiger en zei: 'Je vertelde me dat jouw moeder Engelse was. Denk je dat ze misschien de Carnarvons kan hebben gekend?'

'Wel, inderdaad. Toevallig heb ik de huidige graaf persoonlijk ontmoet,' zei Yvon. Waarom vraag je dat?'
'Omdat ik eigenlijk wilde weten of de dochter van lord Carnarvon nog in leven is. Ze heet Evelyn, geloof ik.'
'Ik zou het echt niet weten,' zei Yvon, 'maar ik kan het wel voor je uitzoeken. Maar waarom vraag je dat? Heb je belangstelling gekregen voor de "Vloek der farao's?" In de schemerig verlichte cabine was zijn grijns duidelijk te zien.
'Misschien wel,' zei Erica plagend. 'Ik heb een theorie over de tombe van Toetanchamon, die ik zou willen verifiëren. Ik zal je het wel vertellen als ik over wat meer informatie beschik. Maar ik zou het bijzonder op prijs stellen als je voor me uitzocht of Carnarvons dochter nog in leven is. O, en dan nog iets. Heb jij ooit de naam Nenefta gehoord of gezien?'
'In welke context?'
'In verband met Seti de Eerste.'
Yvon dacht na en schudde ontkennend zijn hoofd. 'Nee, nooit.'
Ze moesten boven Caïro een ingewikkeld patroon beschrijven voor ze toestemming kregen om te landen, maar de formaliteiten duurden kort, aangezien het vliegtuig de douane al was gepasseerd. Het was even over enen toen zij in het Meridien-hotel arriveerden. De gerant was uitzonderlijk voorkomend tegen Yvon en hoewel het hotel eigenlijk vol was, slaagde hij erin voor Erica een kamer te vinden die aan Yvons suite grensde. Nadat ze zich had geïnstalleerd nodigde Yvon haar uit voor een slaapmutsje.
Erica had alleen haar draagtas meegenomen, waarin ze een minimum aan kleding, make-up en wat lectuur had gepakt. De reisgidsen en haar zaklantaarn had ze in haar hotelkamer in Luxor achtergelaten. Ze had zich daarom al snel 'geïnstalleerd' en stapte door de verbindingsdeur de woonkamer van Yvons suite binnen.
Hij had zijn jasje uitgetrokken en zijn mouwen opgerold en was juist bezig met het ontkurken van een fles Dom Perignon toen Erica binnenkwam. Ze nam het glas champagne van hem aan en een kort ogenblik raakten hun handen elkaar. Plotseling was Erica zich scherp bewust van zijn buitengewoon aantrekkelijke uiterlijk. Ze had het gevoel alsof zij zich vanaf hun allereerste ontmoeting onontkoombaar in de richting van deze nacht hadden bewo-

gen. Goed, hij was getrouwd en had geen serieuze bedoelingen – maar dat laatste kon ook van haar worden gezegd. Ze besloot zich te ontspannen en zich neer te leggen bij de loop die de gebeurtenissen zouden nemen. Maar ze kreeg een opgewonden, kloppend gevoel tussen haar dijen en voelde zich gedwongen tot praten om haar aandacht af te leiden. 'Hoe komt het eigenlijk dat jij zoveel belangstelling hebt voor de archeologie?'

'Dat is begonnen toen ik nog student was in Parijs. Een paar vrienden van mij haalden me over tot het bezoeken van de Ecole de langues orientales. Het fascineerde me en voor het eerst begon ik als een bezetene te werken. Ik was daarvoor altijd een luie student geweest. Ik studeerde Arabisch en de Koptische taal. In feite ging mijn belangstelling uit naar Egypte. Ik veronderstel dat dit eerder een verklaring is dan een reden. Wil je misschien op het terras het uitzicht eens bekijken?'

'Graag,' zei Erica. Haar polsslag versnelde. Dit wilde ze. Het gaf niet of hij haar gebruikte, of hij dwangmatig iedere aantrekkelijke vrouw die hij ontmoette in zijn bed probeerde te krijgen. Voor het eerst van haar leven liet ze zich door haar verlangens meeslepen.

Yvon schoof de terrasdeur open en Erica stapte naar buiten, onder de pergola. Ze rook de zoete geur van de rozen toen ze omlaag keek over de hele stad Caïro, die zich uitstrekte onder de nachtelijke sterrenhemel. De citadel met zijn forse minaretten baadde nog steeds in het licht van de schijnwerpers. Vlak voor hen lag het eiland Gezira, omringd door het donkere water van de Nijl.

Erica kon Yvons lijfelijke aanwezigheid achter haar bespeuren. Toen ze opkeek naar zijn hoekige gezicht, zag ze dat hij haar stond op te nemen. Langzaam stak hij zijn armen uit en liet zijn vingertoppen door haar haar glijden. Toen nam hij haar achterhoofd in zijn handen en trok haar naar zich toe. Hij kuste haar teder, behoedzaam omspringend met haar emoties. Toen kuste hij haar inniger, en tenslotte met ware hartstocht.

Erica verbaasde zich over de intensiteit van haar reactie. Yvon was de eerste man die ze zo had gekust nadat ze Richard had leren kennen, en ze wist niet precies hoe haar lichaam zou reageren. Maar nu, nu opende ze haar armen voor Yvon en beantwoordde zijn hartstocht met evenveel vuur.

Hun kleren vielen als vanzelf op de grond toen hun lichamen langzaam op het Oosterse tapijt zakten. En in het zachte, stille licht van de Egyptische nacht beminden zij elkaar met volledige overgave – waarbij alleen de uitgestrekte, van leven kloppende stad een stille getuige was van hun wederkerige hartstocht.

Zesde dag

Caïro: 08.35 uur

Erica ontwaakte in haar eigen bed. Vaag herinnerde ze zich dat Yvon had gezegd dat hij liever alleen sliep. Ze draaide zich om en dacht na over de afgelopen nacht. Tot haar eigen verbazing had ze geen schuldgevoelens.

Toen ze uit haar kamer kwam was het al een uur of negen. In een blauw-wit gestreepte kamerjas zat Yvon op het terras de *El Achram* in het Arabisch te lezen. De stralen van de ochtendzon werden door de pergola in duizend stukjes gebroken en bezaaiden de grond met stukjes kleur als in een impressionistisch schilderij. Het ontbijt lag onder zilveren dekschalen op hen te wachten.

Hij stond op toen hij haar zag en omhelsde haar warm.

'Ik ben heel blij dat we naar Caïro zijn gegaan,' zei hij, beleefd haar stoel achteruit trekkend.

'Ik ook,' zei Erica.

Het ontbijt verliep in een prettige sfeer. Yvon beschikte over een subtiel soort humor, waarvan Erica intens kon genieten. Maar na het laatste stukje toast trappelde ze bijna van ongeduld om haar onderzoek voort te zetten.

'Wel, ik ga er vandoor naar het museum,' zei ze, haar servet opvouwend.

'Zou je wat gezelschap op prijs stellen?' vroeg Yvon.

Erica keek hem over de tafel aan en herinnerde zich het ongeduld van Richard. Ze wilde zich niet opgejaagd voelen. Het was beter als ze alleen zou gaan.

'Om eerlijk te zijn – het werk dat ik wil gaan doen zal een beetje droog en saai zijn. Tenzij je bereid bent de ochtend door te brengen in de archieven, geef ik er de voorkeur aan alleen te gaan.'

Erica stak haar hand over de tafel uit en raakte Yvons arm even aan.

'Mij best,' zei hij. 'Maar ik zal je er door Raoul even heen laten brengen.'

'Dat is niet nodig,' protesteerde ze.

'Met de complimenten van Frankrijk,' zei Yvon opgewekt.

Doctor Fachry leidde Erica een klein en stoffig vertrekje binnen, bij de hoofdzaal van de bibliotheek. Op de enige tafel tegen de wand stond een microfilm-projector. 'Talat zal u de gewenste films komen brengen,' zei Fachry.
'Ik stel uw hulp buitengewoon op prijs,' zei Erica.
'Waar zoekt u precies naar?' informeerde Fachry. Plotseling trok er een krampachtige siddering door zijn rechterhand.
'Ik stel belang in de grafroof die in de oudheid heeft plaatsgevonden in de tombe van Toetanchamon. Ik geloof niet dat dit aspect van de ontdekking destijds de aandacht heeft gekregen die het had verdiend.'
'Grafroof?' zei hij vragend. Toen schuifelde hij de kamer uit.
Erica ging achter de microfilm-projector zitten en trommelde met haar vingers op het tafeltje. Ze hoopte dat het Egyptisch Museum over zoveel mogelijk materiaal zou beschikken. Eindelijk verscheen Talat en overhandigde Erica een schoenendoos vol filmrolletjes. 'U scarabee kopen, dame?' fluisterde hij.
Zonder zelfs maar te antwoorden begon Erica de filmhulzen te bekijken. Gelukkig waren ze met etiketjes van het Ashmolean-museum beplakt, waar de oorspronkelijke documenten werden bewaard, terwijl de etiketjes in het Engels waren ingevuld. Ze was oprecht verbaasd over de grote omvang van het materiaal en installeerde zich op haar gemak, aangezien het haar duidelijk was dat ze hier voorlopig nog wel zou blijven.
Erica draaide het eerste filmrolletje in de projector en stelde de lens scherp. Gelukkig had Carter zijn dagboek in een minutieus en duidelijk leesbaar handschrift bijgehouden. Erica draaide snel door tot ze het gedeelte vond waarin de hutten van de steenhouwers werden beschreven. Er viel niet aan te twijfelen dat ze recht boven de ingang naar Toetanchamons tombe waren gebouwd. Erica wist nu met zekerheid dat de rovers de tombe van Toetanchamon hadden geplunderd vóor de regeringsperiode van Ramses IV.
Ze bleef het rolletje snel doordraaien totdat ze het gedeelte bereikte waarin Carter de redenen opsomde waarom hij er, voor de

ontdekking van de tombe zelf, zeker van was geweest dat de tombe moest bestaan. De aanwijzing die Erica het meest boeide was een kom van blauw faience met de cartouche van Toetanchamon, een stukje aardewerk dat door Theodore Davis was gevonden. Niemand had zich ooit afgevraagd hoe het mogelijk was dat de kleine kom, verstopt onder een overhangende rotspunt op de helling, daar was gevonden.
Zodra ze klaar was met de eerste spoel draaide Erica de volgende in de projector. Nu las ze het gedeelte over de ontdekking zelf. Carter beschreef uitvoerig de manier waarop de buitenste en binnenste deuren in de tombe in de oudheid met het zegel van de necropolis waren verzegeld; het oorspronkelijke zegel van Toetanchamon was uitsluitend aan de basis van iedere deur te vinden geweest. Carter verklaarde tot in alle bijzonderheden waarom hij er zo zeker van was dat de deuren tweemaal waren opengebroken en opnieuw verzegeld, zonder het waarom aan te roeren.
Erica sloot haar ogen en gunde zich enkele ogenblikken rust. Haar fantasie voerde haar terug naar de plechtige ceremonie waarmee de jeugdige farao ter aarde was besteld. Ze probeerde zich de grafrovers voor de geest te halen. Zouden ze tijdens de roof vol zelfvertrouwen zijn geweest, of misschien in doodsangst hebben gezeten over de mogelijkheid dat zij de toorn op zouden wekken van de bewakers van de wereld der doden? Toen dacht ze na over Carter. Hoe zou het geweest zijn toen hij voor de eerste maal de tombe binnenstapte? Uit zijn notities kreeg Erica opnieuw de bevestiging dat hij in gezelschap verkeerde van zijn assistent, Callender, én van lord Carnarvon, diens dochter en een van de voormannen, Sarwat Raman. De volgende paar uur bewoog Erica zich nauwelijks. Ze kon Carters gevoelens van ontzag en verbijstering bijna voelen. Met pijnlijke nauwkeurigheid beschreef hij de lokatie van ieder voorwerp in het graf: de albasten schaal in de vorm van een lotus en de eenvoudige olielamp er vlakbij besloegen alleen al enkele pagina's. Terwijl ze de tekst over de schaal en de lamp doorlas herinnerde Erica zich iets dat zij ergens anders had gelezen. Op de rondreis die Carter na zijn ontdekking had gemaakt om een aantal lezingen te houden, had hij gezegd dat de zonderlinge plaats waarop beide objecten zich hadden bevonden hem aanleiding had ge-

geven tot het vermoeden, dat deze beide objecten de sleutels konden vormen tot een of ander belangrijker geheim, dat hij na een volledig onderzoek van de tombe hoopte te ontraadselen. Verder had hij opgemerkt dat een aantal gouden ringen, die achteloos op de grond leken te zijn gegooid toen het graf werd geopend, de veronderstelling wettigden dat de indringers op heterdaad bij hun schennende daad waren betrapt.

Erica keek op van de projector en realiseerde zich dat Carter had aangenomen dat er tweemaal in de tombe was ingebroken, aangezien het graf tweemaal was geopend. Maar inderdaad was dit niet meer dan een veronderstelling, terwijl er misschien ook andere, even plausibele verklaringen mogelijk waren.

Na Carters notities vluchtig te hebben doorgenomen draaide Erica een rolletje film met het etiket 'Lord Carnarvon, documenten en correspondentie' in de projector. Ze stelde vast dat het hier voornamelijk ging om zakelijke brieven met betrekking tot zijn steun aan het archeologisch onderzoek. Snel draaide ze de film door totdat de data samenvielen met de ontdekking van de tombe zelf. Zoals ze al had verwacht nam de omvang van Carnarvons correspondentie toe, nadat Carter eenmaal de ontdekking van de trap naar de ingang had gemeld. Erica stond wat langer stil bij een lange brief, die Carnarvon had geschreven aan sir Wallis Budge van het British Museum, op de eerste december 1922. Om de gehele brief over te brengen op één enkel negatief, had men hem aanzienlijk verkleind. Erica moest zich inspannen om het handschrift te kunnen lezen, ook al omdat het lang niet zo netjes en duidelijk was als dat van Carter. In deze brief had Carnarvon enthousiast de 'vondst' beschreven en een lijst gemaakt van veel van de beroemde stukken die Erica had gezien in de reizende expositie over Toetanchamon. Ze las snel verder, totdat haar aandacht plotseling werd getrokken door een in het oog springende zin. 'Ik heb de kisten niet geopend en weet niet wat er inzit; maar er zijn wat papyrus-teksten, wat faience-aardewerk, enkele juwelen, een paar boeketten en kaarsen op *ank*-kandelabers bij.' Erica staarde naar het woord 'papyrus'. Voor zover zij wist was er geen enkele papyrus-rol in de tombe van Toetanchamon aangetroffen. Feitelijk was dat een van de teleurstellingen over de vondst geweest. De archeo-

logen hadden gehoopt dat Toetanchamons tombe hun enig inzicht zou verschaffen in de woelige periode waarin deze farao had geleefd. Maar zonder documenten was deze hoop de bodem ingeslagen. En tóch schreef Carnarvon hier over een papyrus, in zijn brief aan sir Wallis Budge!
Erica greep terug naar de notities van Carter. Opnieuw las ze alle aantekeningen door; notities die hij had gemaakt op de dag dat de tombe werd geopend, alsmede op de beide dagen daarna. Carter sprak met geen woord over welke papyrus dan ook. In feite gaf hij uiting aan zijn teleurstelling over het feit dat er geen documenten waren aangetroffen. Vreemd. Erica las nog eens Carnarvons brief aan Budge door en kon daarin ieder artikel terugvinden dat ook in Carters aantekening werd vermeld, door ze zorgvuldig na elkaar af te checken. Het enige verschil was de papyrus-rol.
Toen Erica eindelijk uit het sombere museum kwam was het al vroeg in de middag. Langzaam wandelde ze naar het drukke Tahrir-plein. Hoewel ze een lege maag had wilde ze nog één ding afhandelen alvorens terug te gaan naar het Meridien-hotel. Uit haar tas haalde ze de kaft van de oude Baedeker te voorschijn en las nog eens de naam en het adres, die op het schutblad waren geschreven: Nasef Malmoed, Shari el Tahrir 180.
Het oversteken van het uitgestrekte plein was op zichzelf al een hele prestatie, want het wemelde er van stoffige toeringcars en massa's mensen. Op de hoek van de Shari el Tahrir sloeg ze linksaf.
'Nasef Malmoed,' zei ze bij zichzelf. Ze wist absoluut niet wat ze moest verwachten. De Shari el Tahrir was een van de elegante boulevards in Caïro, met mooie winkels in Europese stijl en indrukwekkende kantoorgebouwen; nummer 180 bleek deel uit te maken van een moderne torenflat van glas en marmer.
Het kantoor van Nasef Malmoed bevond zich op de achtste verdieping. In de lege lift herinnerde Erica zich de langdurige middagpauze en vreesde dat ze Nasef Malmoed pas later op de middag te spreken zou kunnen krijgen. Maar de deur naar zijn kantoor stond op een kier en ze wandelde naar binnen, in het voorbijgaan het naambord lezend, waarop stond: 'Nasef Malmoed; Internationale Advocatuur: afd. Import/Export.

Het bureau van de receptioniste was niet bezet. De moderne Olivetti-schrijfmachines op de mahoniehouten bureaus wekten de indruk dat de zaken blijkbaar goed floreerden.
'Hallo, is daar iemand?' riep Erica.
Er verscheen een magere man in de deuropening, gekleed in een zorgvuldig op maat gesneden driedelig kostuum. Hij was een jaar of vijftig en zou in het financiële centrum van Boston zonder meer op zijn plaats hebben geleken.
'Kan ik iets voor u doen?' vroeg hij zakelijk.
'Ik ben op zoek naar mister Nasef Malmoed,' antwoordde Erica.
'Ik ben Nasef Malmoed.'
'Heeft u misschien enkele ogenblikken tijd voor mij?' vroeg Erica.
Nasef keek achterom naar zijn werkkamer, zijn lippen samengeknepen. Hij had een pen in zijn rechterhand en was blijkbaar middenin zijn bezigheid gestoord. Toen hij zich weer omdraaide naar Erica, klonk zijn stem alsof hij nog geen besluit had genomen. 'Ja, een paar minuutjes zal wel gaan.'
Erica stapte het ruime kantoor binnen. Het was gesitueerd op een hoek van het flatgebouw en gaf uitzicht op de Shari el Tahrir en de Nijl daarachter. Nasef liet zich in zijn bureaustoel met hoge rugleuning zakken en beduidde Erica plaats te nemen in de dichtstbijzijnde stoel. 'Wat kan ik voor u doen, jongedame?' vroeg hij, de vingertoppen tegen elkaar.
'Ik wilde u vragen naar iemand die Abdoel Hamdi heette.' Erica wachtte om een eventuele reactie gade te slaan. Er kwam geen reactie. Malmoed wachtte, denkend dat er wel meer zou volgen. Maar toen Erica niets meer zei, antwoordde hij: 'De naam is me niet bekend. In welke samenhang zou ik deze man moeten kennen?'
'Ik vroeg me alleen af of Abdoel Hamdi toevallig een cliënt van u was,' zei Erica.
Malmoed zette zijn leesbril af en legde hem op het bureau. 'Als hij al een cliënt van mij was, dan nog zou ik niet weten waarom ik u een dergelijke inlichting zou moeten verschaffen,' zei hij, zonder boosheid. Hij was advocaat en als zodanig altijd meer geïnteresseerd in het krijgen dan het verstrekken van inlichtingen.
'Ik beschik over enige informatie omtrent deze man die u zou inte-

resseren, als hij een cliënt van u was geweest,' zei Erica. Ook zij probeerde zo behoedzaam mogelijk te manoeuvreren.
'Hoe bent u aan mijn naam gekomen?' vroeg Nasef Malmoed.
'Van Abdoel Hamdi,' zei Erica, in de wetenschap dat dit een kleine verdraaiing van de waarheid was.
Malmoed keek een ogenblik onderzoekend naar Erica, liep de kamer van zijn secretaresse binnen en kwam terug met een dossier. Gezeten achter zijn bureau zette hij zijn leesbril weer op en opende het dossier. Er zat slechts één document in de map, dat hij vluchtig doorlas.
'Inderdaad, het schijnt dat ik Abdoel Hamdi vertegenwoordig.' Verwachtingsvol keek hij Erica over de rand van zijn bril aan.
'Wel, Abdoel Hamdi is dood.' Erica besloot het woord 'vermoord' niet te gebruiken.
Malmoed bestudeerde Erica aandachtig, waarna hij opnieuw het document in zijn hand doorlas. 'Ik dank u voor de inlichting. Ik zal moeten nagaan welke verantwoordelijkheid ik draag voor zijn nalatenschap.' Hij stond op en stak haar zijn hand toe, op die manier snel een einde makend aan het gesprek.
Onderweg naar de deur vroeg Erica: 'Weet u wat een Baedeker is?'
'Nee,' antwoordde hij, haar haastig voorgaand door de receptie.
'Heeft u ooit een Baedeker-reisgids bezeten?' Bij de deur bleef Erica staan.
'Nooit.'

Yvon zat op haar te wachten, toen ze terugkwam in het hotel. Hij had een nieuwe reeks foto's die hij door Erica wilde laten bekijken. Eén man kwam haar vagelijk bekend voor, maar ze wist het niet zeker. Ze vond de kans dat ze een van de moordenaars zou kunnen herkennen tamelijk klein en probeerde dat Yvon duidelijk te maken, maar hij hield hardnekkig vol en zei: 'Ik zag liever dat je probeerde mee te werken, in plaats van me te vertellen wat ik moet doen en laten.'
Erica wandelde naar buiten, naar het terras en herinnerde zich de vorige avond. Yvons belangstelling leek nu van zuiver zakelijke aard en ze was blij dat ze tenminste met open ogen aan dit liaison

was begonnen. Voor het ogenblik leek zijn begeerte bevredigd te zijn en bepaalde hij zijn aandacht weer tot het Seti-beeld. Erica legde zich gelijkmoedig bij de realiteit neer, maar desondanks maakte het dat zij graag wegwilde uit Caïro, om terug te gaan naar Luxor. Ze liep weer naar binnen en vertelde Yvon haar plannen. Aanvankelijk protesteerde hij en beklaagde zich, maar ze schepte er een zeker behagen in om hem zijn zin niet te geven. Blijkbaar was hij een dergelijke behandeling niet gewend. Maar tenslotte gaf hij toe en bood Erica zelfs het gebruik van zijn vliegtuig aan. Hij zou, zo vertelde hij, haar volgen zodra hij kon.

De terugreis naar Luxor was verrukkelijk. Ondanks de herinnering aan de man met de scherpe voortand voelde Erica zich in Boven-Egypte oneindig beter op haar gemak dan in de atmosfeer van bruut geweld in Caïro. Toen ze terugkwam in het hotel vond ze een aantal briefjes van Achmed met het verzoek hem op te bellen. Ze legde ze naast de telefoon. Ze liep naar de openslaande deuren naar het balkon en gooide ze wijd open. Het was even na vijven en de namiddagzon had haar grootste hitte al verloren.

Erica nam een bad om het stof en de vermoeienissen van haar reis van zich af te spoelen, hoewel de reis per vliegtuig comfortabel was geweest en niet lang had geduurd. Ze stapte uit het bad en belde dadelijk Achmed op, die tegelijkertijd opgelucht en blij leek nu hij iets van haar hoorde.

'Ik maakte me erg bezorgd,' zei Achmed, 'vooral toen ze in het hotel zeiden dat ze je niet meer hadden gezien.'

'Ik ben even naar Caïro geweest. Yvon de Margeau heeft me er in zijn vliegtuig heen gebracht.'

'Ik begrijp het,' zei Achmed. Er viel een pijnlijke pauze, toen Erica zich herinnerde dat hij zich al sinds hun eerste onderhoud omtrent Yvon vreemd had gedragen. 'Wel,' zei Achmed eindelijk, 'ik heb je gevraagd mij te bellen, omdat ik wilde weten of je het leuk zou vinden, vanavond een bezoek te brengen aan de tempel te Karnak. Het is vandaag volle maan en de tempel zal tot middernacht open zijn. Hij is de moeite van het bekijken waard.'

'Dat zou ik heel prettig vinden,' zei Erica.

Ze spraken af dat Achmed haar om negen uur zou komen afhalen.

Ze zouden eerst een bezoek aan Karnak brengen en daarna samen gaan eten. Achmed zei dat hij een restaurantje aan de Nijl kende, dat eigendom was van een vriend van hem. Hij beloofde dat ze het er erg leuk zou vinden en hing op.
Erica trok haar bruine jersey japon met de plooikraag aan. Nu haar huid steeds bruiner werd en er lichte plekken in haar haar verschenen maakte de japon dat ze zich bijzonder vrouwelijk voelde. Ze liet een glas wijn op haar kamer brengen en ging met de Baedeker op het balkon zitten, de losgeraakte kaft voor zich uithoudend. De naam die met zorg op het schutblad aan de binnenzijde was geschreven was die van Nasef Malmoed. Er kon geen sprake zijn van een vergissing. Waarom zou Malmoed tegen haar hebben gelogen? Ze pakte het boek op en onderzocht het zorgvuldig. Het was een degelijk boek, dat zelfs ingenaaid was in plaats van alleen maar gelijmd. Het boek bevatte vele plattegronden en schetsen van de verschillende monumenten. Erica bladerde het door, regelmatig stilhoudend om een illustratie te bekijken of een korte paragraaf door te lezen. Ze vond zelfs enkele uitvouwbare kaarten: een landkaart van Egypte, een plattegrond van Sakkara en een plattegrond van de necropolis van Luxor. Ze bekeek ze stuk voor stuk.
Toen ze de kaart van Luxor weer wilde opvouwen, kon ze hem niet in de oorspronkelijke vorm terugklappen. Ze onderzocht hem nauwkeuriger en bemerkte dat het papier anders aanvoelde dan dat van de overige kaarten. De kaart was afgedrukt op twee vellen papier, die ruggelings tegen elkaar waren gelijmd. Erica hield het boek omhoog, zodat de kaart zich tussen haar ogen en de zon bevond: nu kon ze zien dat er in de kaart van Luxor een of ander document verborgen was.
Erica ging haar kamer weer binnen, sloot een van de beide balkondeuren en drukte de kaart van de Luxor-necropolis tegen het glas, zodat de zon hem kon belichten. Ze kon de brief die erin verborgen was lezen. De letters waren klein en vaag, maar het was Engels en leesbaar. De brief was geadresseerd aan Nasef Malmoed.

Geachte heer Malmoed,
Deze brief is geschreven door mijn zoon, die mijn woorden op-

schrijft. Zelf kan ik niet schrijven. Ik ben een oud man; dus als u deze brief leest, treur dan niet om mijn lot. Gebruik daarentegen de ingesloten informatie tegen de figuren die hebben besloten mij het zwijgen op te leggen, in plaats van mij te betalen. De navolgende route is de afgelopen jaren gebruikt om vele waardevolle schatten uit de oudheid uit ons land te smokkelen. Ikzelf was gehuurd door een buitenlandse agent (wiens naam ik hier niet wil noemen) om in deze route te infiltreren, teneinde het hem mogelijk te maken zelf de hand te leggen op onze schatten.
Zodra er een waardevol stuk is gevonden, sturen Lahib Zayed en zijn zoon Fathi van de Curio Antique Shop foto's ervan naar mogelijke afnemers. Eventuele geïnteresseerden komen naar Luxor om de stukken te bekijken. Als de koop is gesloten moet de koper het geld op een rekening van de Züricher Kredit Bank storten. Het stuk wordt dan met een klein bootje naar het noorden vervoerd en afgeleverd in het kantoor van Aegean Holidays Ltd. in Caïro, eigendom van Stephanos Markoulis. De oudheden worden dan in de bagage van nietsvermoedende groepen toeristen verborgen (grotere stukken worden gedemonteerd), om daarna met de betreffende groep toeristen per Jugoslawenski Airlines naar Athene te worden overgevlogen. Het personeel van deze maatschappij wordt betaald om speciaal gemerkte bagage in het vliegtuig te laten voor verder transport naar Belgrado en Ljoebjana. Vervolgens worden de stukken over land naar Zwitserland vervoerd, waar de overdracht plaatsvind.
Kortgeleden is er een nieuwe route via Alexandrië tot stand gebracht. De firma Futures Ltd., een exporthandel in katoen die geleid wordt door Zayed Naquib, verpakt de oudheden in balen katoen en stuurt ze naar Pierre Fauve Galléries in Marseille. Op het moment dat deze brief werd geschreven was deze route nog niet uitgeprobeerd.

Met de meeste hoogachting,
uw Abdoel Hamdi

Erica vouwde de kaart terug in de Baedeker. Ze was met stomheid geslagen. Zonder enige twijfel was het Seti-beeld dat Jeffrey Rice had gekocht via de route over Athene naar Zwitserland gebracht, zoals ze al had geraden toen ze Stephanos Markoulis had gesproken. Het was een slimme opzet, want de bagage van een reisgezelschap werd nooit zo nauwkeurig geïnspecteerd als die van een individuele reiziger. Wie zou ooit op de gedachte komen dat een drieënzestigjarige dame uit Joliet in haar roze koffer een stuk Egyptisch antiek van onschatbare waarde vervoerde?

Ze liep terug naar het balkon en leunde over het hek. Met tegenzin was de zon achter de bergen in de verte gedoken. Midden in de bevloeide akkers op de westelijke Nijloever stonden de Memnonzuilen, kolossale zittende beelden van Amenofis III, voor zijn dodentempel, gehuld in paarse schaduwen. Ze vroeg zich af wat haar nu te doen stond. Ze dacht erover om het boek over te geven aan Achmed of Yvon – waarschijnlijk aan Achmed. Maar misschien moest ze daarmee wachten totdat ze uit Egypte wilde vertrekken. Dat zou het veiligste zijn. Hoe belangrijk ze het onthullen van de zwarthandelsroute ook vond, Erica had minstens evenveel belangstelling voor het Seti-beeld zelf, alsmede de plaats waar het was opgegraven. Opgewonden fantaseerde ze over wat er op een dergelijke plaats allemaal nog meer te vinden zou zijn. Ze wilde niet dat er aan haar eigen onderzoekingen een voortijdig einde zou worden gemaakt door toedoen van de politie.

Erica probeerde realistisch te zijn omtrent de gevaren die het in bezit houden van het boek met zich meebracht. Het was haar nu duidelijk dat de oude man een afperser was geweest en dat de zaken hem boven het hoofd waren gegroeid. Ook was het haar al even duidelijk, dat Erica op het allerlaatste ogenblik deel was gaan uitmaken van zijn plannen. Niemand wist in feite dat zij over enige informatie beschikte – net zo min als zijzelf dat tot voor enkele minuten terug had geweten. Ze besloot deze informatie opnieuw te negeren, totdat ze klaar was om uit het land te vertrekken.

Terwijl de avond langzaam het Nijldal insloot herzag Erica haar plannen. Ze zou haar rol als inkoopster voor een museum blijven spelen, maar nu een bezoek brengen aan de Curio Antique Shop, waar ze overigens al was geweest, voor zover ze wist, hoewel ze zich al die verschillende namen niet meer herinnerde. Daarna zou ze proberen erachter te komen of Sarwat Raman, de voorman van Carters arbeiders, nog in leven was. Hij zou op z'n minst achter in de zeventig moeten zijn. Ze wilde graag praten met iemand die die allereerste dag erbij was geweest toen Carter de tombe van Toetanchamon binnenstapte. Ze wilde hem vragen stellen over de papyrus die Carnarvon had vermeld in zijn brief aan sir Wallis Budge. Ze hoopte dat Yvon inmiddels de beloofde inlichtingen omtrent Carnarvons dochter zou hebben ingewonnen.

'Dat is het Chicago-House,' zei Achmed, wijzend naar een indrukwekkend gebouw aan de rechterkant. Ze reden in hun rijtuigje in alle rust door de Shari el Bahr, de laan die langs de driehoekige punt van de Nijl voerde. Het ritmische geluid van de paardehoeven klonk geruststellend, net als het geluid van kabbelende golven op een stenen oever. Het was aardedonker, omdat de maan nog niet boven de toppen van de palmen en de heuvels in de woestijn was uitgeklommen. Het zachte briesje uit het noorden was niet sterk genoeg om het spiegelgladde oppervlak van de Nijl te verstoren.

Ook nu was Achmed onberispelijk gekleed in hagelwit katoen. Als Erica naar zijn donkerbruine gezicht keek kon ze alleen zijn glanzende ogen en witte tanden onderscheiden.

Hoe meer tijd ze in Achmeds gezelschap doorbracht, hoe verwarder ze werd omtrent de redenen waarom hij haar wilde zien. Hij gedroeg zich warm en vriendelijk tegenover haar, maar bewaarde niettemin duidelijk afstand. De enige keer dat hij haar aanraakte, was om haar te helpen in het rijtuigje te stappen – door haar hand vast te houden en haar een heel klein zetje te geven.

'Ben je ooit getrouwd,' vroeg Erica, in de hoop wat meer over de man te weten te komen.

'Nee, nooit,' zei Achmed kortaf.

'Neem me niet kwalijk,' zei Erica. 'Ik heb er ook eigenlijk niets mee te maken.'

Achmed tilde zijn arm op en legde die achter Erica om op de rugleuning. 'Och, het geeft niet. Ik heb geen geheimen.' Zijn stem klonk nu weer beminnelijk. 'Ik heb geen tijd gehad voor romances en waarschijnlijk ben ik in Amerika een beetje verwend geraakt. Dat soort zaken ligt hier in Egypte volkomen anders – maar waarschijnlijk is dat alleen maar een excuus.'

Ze reden langs een groepje westerse huizen, die op de westelijke Nijloever waren gebouwd en omringd werden door hoge, wit gesausde muren. Voor iedere poort in de muur stond een soldaat in gevechtstenue en bewapend met een machinepistool. Maar deze soldaten waren niet erg waakzaam. Een van hen had zelfs zijn geladen wapen op de muur achter hem gelegd, om een praatje te maken met een voorbijganger.

'Wat zijn dat voor gebouwen?' vroeg Erica.

'Dat zijn de huizen van enkele ministers,' zei Achmed.

'Waarom worden ze bewaakt?'

'De positie van minister kan in dit land gevaarlijk zijn. Je kunt het onmogelijk iedereen naar de zin maken.'

'Jij bent toch ook een soort minister?' vroeg Erica bezorgd.

'Ja, maar jammer genoeg geven de mensen weinig om mijn Oudheidkundige Dienst.' In stilte reden ze verder, terwijl de eerste straaltjes maanlicht door de ruisende palmen vielen.

'Dat is het gebouw van de Oudheidkundige Dienst van Karnak,' zei Achmed, wijzend naar een gebouw aan de waterkant. Recht voor hen uit kon Erica de massieve eerste pylonen van de grote Amon-tempel zien, in het licht van de rijzende maan. Ze reden naar de ingang en stapten uit hun rijtuig. Toen zij de korte processielaan afwandelden, die aan weerszijden werd geflankeerd door een rij sfinxen met ramskoppen, raakte Erica volledig in de ban. Het schemerige licht van de klimmende maan onttrok de vervallen toestand van de tempel aan het oog en maakte dat het leek alsof hij nog altijd in gebruik was.

In de diep purperen schaduwen bij de ingang moesten ze voorzichtig lopen om de grote binnenhof te bereiken. Onverwachts greep Achmed Erica's hand terwijl zij de brede binnenhof overstaken en de tweede pyloon binnenliepen. Opnieuw had Erica het gevoel alsof ze werd teruggevoerd naar het verleden.

Deze zaal, direct achter de eerste pyloon, was een woud van massief stenen zuilen, die hoog oprezen naar de hemel. Het grootste deel van het dak was verdwenen, zodat brede banen maanlicht naar binnen vielen en de zuilen, uitgebreide hiëroglyf-teksten en kloeke basreliëfs verlichtten.

Ze spraken niet, wandelden alleen hand in hand. Na een half uur trok Achmed Erica met zich mee door een zijingang en leidde haar terug naar de eerste pyloon. Aan de noordzijde bevond zich een stenen trap, waarlangs ze de tweeënveertig meter naar het dak van de tempel konden overbruggen. Vanaf deze hoogte kon Erica het hele gebied van Karnak met een oppervlakte van een vierkante mijl overzien. Het was een indrukwekkende aanblik.

'Erica...'

Ze draaide zich om. Achmed hield zijn hoofd een tikje schuin en zijn ogen verslonden haar.

'Erica, ik vind je ongelooflijk mooi.'

Ze hield van complimentjes, maar ze maakten haar altijd wat verlegen. Ze wendde haar ogen af toen Achmed zijn hand uitstak en zijn vingertoppen zachtjes haar voorhoofd begonnen te strelen.

'Dank je, Achmed,' zei ze eenvoudig.

Toen ze opkeek zag ze dat Achmed haar nog steeds stond op te nemen. Ze kon intuïtief voelen dat er in zijn innerlijk een soort tweestrijd plaatsvond. 'Je doet me denken aan Pamela,' zei hij eindelijk.

'O?' zei Erica. Dat zij hem herinnerde aan een vroeger vriendinnetje was nu niet bepaald wat ze graag wilde horen, maar ze kon wel zien dat Achmed het als een compliment had bedoeld. Ze glimlachte zwakjes en staarde naar de met maanlicht overgoten vlakte. Misschien was haar gelijkenis met Pamela de reden waarom Achmed haar zo graag het hof maakte.

'Jij bent mooier. Maar het is niet je uiterlijk dat mij aan haar doet denken; het zijn je openhartigheid en je warme karakter.'

'Luister, Achmed, ik geloof niet dat ik het helemaal begrijp. De vorige keer toen we samen waren stelde ik je een onschuldige vraag over Pamela – of je oom haar wel eens had ontmoet – en toen ontplofte je bijna. Nu schijn je alle mogelijke moeite te doen om over haar te kunnen praten. Ik geloof niet dat dat helemaal fair is.'

Ze bleven zwijgend een poosje staan. Achmeds intense gevoelsleven was intrigerend, maar tevens een tikkeltje angstaanjagend. En de herinnering aan de stukgesmeten theekop stond haar duidelijk voor ogen.

'Geloof je dat jij ooit in een stad als Luxor zou kunnen leven?' vroeg Achmed zonder zijn blik af te wenden van de Nijl.

'Ik weet het niet,' zei Erica. 'De gedachte is nooit in me opgekomen. Het is hier erg mooi.'
'Het is meer dan mooi. Het is tijdloos.'
'Ik zou Harvard Square wel missen.'
Achmed schoot in de lach, wat de spanning tussen hen verminderde. 'Harvard Square! Wat een krankzinnige plaats! Tussen haakjes, Erica, ik heb nagedacht over jouw voornemen om te proberen iets te doen tegen de zwarte handel. Ik weet niet of ik je wel duidelijk genoeg heb gewaarschuwd. De schrik slaat me werkelijk om het hart bij de gedachte dat jij daarbij betrokken zou kunnen raken. Alsjeblieft, doe het niet! Ik kan het denkbeeld dat jou iets zou overkomen niet verdragen.'
Hij boog zich voorover en kuste haar teder op haar slaap. 'Kom mee. Je moet beslist de obelisk van Hatsjepsoet zien in het maanlicht.' Hij nam haar bij de hand en leidde haar de trap af.

Het etentje was verrukkelijk. Doordat ze meer dan een uur door de vroegere luister van Karnak hadden gedoold zaten ze pas na elven aan tafel. Het kleine restaurant aan de Nijloever was gebouwd onder een paraplu van hoge dadelpalmen. De dadels waren nagenoeg rijp voor de pluk en de rode vruchten werden door grote netten tegen vallen beschermd.
De specialiteit van het restaurantje was *kebabs* – met groene pepers, uien en lamsvlees, gemarineerd in knoflook, peterselie en kruizemunt. De schotel was gegarneerd met gepelde tomaten en artisjokken, terwijl het gerecht rustte op een laagje rijst. Het was een openluchtrestaurant dat kennelijk erg populair was onder de zich vormende gegoede middenklasse van Luxor, mensen die hier hun drukke conversatie begeleidden met veel handgebaren en gelach. Hier waren geen toeristen te bekennen.
Sinds hun gesprek op het dak van de tempel was Achmed zich een stuk ontspannener gaan gedragen. Peinzend streelde hij zijn snor, toen Erica hem vertelde over haar proefschrift met de titel *The Syntactical Evolution of New Kingdom Hiëroglyfs* dat ze pas had voltooid en waarop ze hoopte te promoveren. Hij lachte met instemming, toen ze hem vertelde dat haar voornaamste bron de oud-Egyptische minne-poëzie was geweest. Het gebruik van min-

ne-poëzie als fundament voor een zo esoterische these was verrukkelijk ironisch.

Erica vroeg Achmed naar zijn jeugd. Hij bekende dat hij een heel gelukkige jeugd in Luxor had gehad. Dat was de reden waarom hij hier graag wilde terugkeren. Pas toen hij naar Caïro werd gestuurd was zijn leven gecompliceerd geworden. Hij vertelde haar dat zijn vader in de oorlog van 1956 ernstig was gewond, terwijl zijn oudere broer was gesneuveld. Zijn moeder was een van de eerste vrouwen uit deze streek geweest die zowel de middelbare school had afgemaakt als een graad behaald aan de universiteit. Ze had geprobeerd een baan te krijgen bij de Oudheidkundige Dienst, maar dat bleek vanwege haar sekse in die tijd niet mogelijk. Nu woonde ze in Luxor en werkte voor een buitenlandse bankinstelling. Achmed zei dat hij een jongere zuster had, die als advocate was afgestudeerd en nu werkzaam was bij het ministerie van Binnenlandse Zaken, afdeling douane.

Na de maaltijd bestelden ze de bekende kleine kopjes Arabische koffie. Er ontstond een natuurlijke leemte in het gesprek en Erica besloot hem een vraag te stellen.

'Bestaat er hier in Luxor een bevolkingsregister, zodat iemand die op zoek is naar iemand anders weet waar hij terecht kan?'

Achmed gaf niet dadelijk antwoord. 'Er is enkele jaren geleden een poging gedaan tot het aanleggen van een register, maar ik vrees dat die poging niet zo geslaagd was. De informatie die verzameld werd moet in het regeringsgebouw naast het postkantoor ter inzage liggen. Verder is er natuurlijk de politie. Waarom vraag je dat?'

'Och, alleen uit nieuwsgierigheid,' zei Erica ontwijkend. Ze overwoog of ze Achmed zou vertellen van haar belangstelling voor de grafrovers die in de oudheid de tombe van Toetanchamon hadden geplunderd, maar was bang dat hij zou proberen haar tegen te houden, of – erger nog – haar uit zou lachen als zij hem vertelde dat zij op zoek was naar Sarwat Raman. Nu ze erover nadacht leek het inderdaad wel een beetje vergezocht. De laatste aanwijzing die ze over deze man had was zevenenvijftig jaar oud.

Op dat moment zag Erica de man in het donkere pak. Ze kon zijn gezicht niet zien, omdat hij met zijn rug naar haar toe zat. Maar de manier waarop hij over zijn bord zat gebogen kwam haar bekend voor. Hij was een van de weinigen hier die westerse kleding droeg. Achmed bespeurde haar reactie en vroeg, 'wat is er aan de hand?' 'O, niets,' zei Erica, uit haar trance komend. 'Werkelijk niets.' Maar het was uiterst verontrustend. Het feit dat ze in Achmeds gezelschap verkeerde wekte grote twijfels aan haar verklaring dat de man in het donkere pak wel voor de autoriteiten zou werken. Maar wie zou hij dán zijn?

Zevende dag

Luxor: 08.15 uur

Het geluid van de op de band opgenomen stem van de *moe'ezzin*, afkomstig uit de kleine moskee die naast de tempel van Luxor was gebouwd, wekte Erica uit een angstige droom. In die droom was ze gevlucht voor een of ander ongezien maar angstaanjagend schepsel en had ze door een substantie moeten rennen die haar voortgang steeds meer belemmerde. Toen ze ontwaakte lag ze verstrikt in de lakens en besefte ze dat ze hevig had liggen woelen.
Ze bevrijdde zich uit de lakens, stond op en opende de ramen om de koele morgenlucht binnen te laten. Met de frisse lucht op haar wangen verdween de nachtmerrie spoedig. Ze nam staande in de grote badkuip een vluchtig bad door zich af te sponzen. Om de een of andere reden was er geen warm water, zodat ze hevig stond te rillen toen ze klaar was.
Na het ontbijt vertrok Erica uit het hotel, op zoek naar de Curio Antique Shop. Ze had haar draagtas meegenomen, compleet met haar zaklantaarn, haar Polaroid-camera en haar reisgidsen. Ze had zich gemakkelijk gekleed in de nieuwe pantalon van katoen die ze in Caïro had gekocht ter vervanging van de broek die in het serapeum was gescheurd.
Ze wandelde door de Shari Loekanda en las de namen van de winkels die ze al eerder had bezocht. Curio Antique Shop was er niet bij. Een van de winkeliers die ze herkende vertelde haar dat de Curio Antique Shop in de Shari el Moentazah was gelegen, vlak bij het Savoy-hotel. Erica kon de straat en de winkel zonder enige moeite vinden. Naast de Curio Antique Shop bevond zich een winkel, waarvan de etalage geheel was dichtgetimmerd. Hoewel ze de volledige naam ervan niet kon lezen, zag ze de naam 'Hamdi' en wist ze waarnaar ze stond te kijken.
Ze klemde haar draagtas steviger onder haar arm en stapte de Curio Antique Shop binnen. Er was een uitgebreid assortiment oudheden, maar toen ze nauwkeuriger keek kon ze zien dat het voornamelijk imitaties waren. Er was al een Frans echtpaar in de

winkel, dat hartstochtelijk stond af te dingen op de prijs van een klein bronzen beeldje.
Het meest belangwekkende stuk dat Erica kon ontdekken was een zwart oeshabtiebeeldje in de vorm van een mummie met een sierlijk geschilderd gezichtje. De sokkel van het beeldje was afgebroken, zodat het in een hoekje op de plank tegen de muur leunde. Zodra het Franse echtpaar was vertrokken zonder het bronzen beeld te hebben gekocht kwam de winkelier naar Erica toe. Hij was een Egyptenaar met een gedistingeerd uiterlijk, zilvergrijs haar en een keurig verzorgd snorretje.
'Ik ben Lahib Zayed. Kan ik u helpen?' vroeg hij, moeiteloos van het Frans overschakelend op Engels. Erica vroeg zich af waaraan hij haar nationaliteit zo goed had kunnen afzien.
'Ja,' zei Erica. 'Ik zou graag dat zwarte Osiris-beeldje even willen bekijken.'
'Ah, zeker! Een van mijn mooiste stukken. Afkomstig uit de tomben der edelen.' Heel behoedzaam nam hij het beeldje tussen zijn vingertoppen.
Zodra hij haar even de rug toekeerde likte Erica aan haar vinger. Toen hij haar het beeldje overhandigde was ze geprepareerd.
'Weest u heel voorzichtig, het is een teer beeldje,' zei Zayed.
Erica knikte en haalde haar vinger heen en weer. Haar vingertop was schoon gebleven. De verf hield. Nu keek ze nauwkeuriger naar het snijwerk en de manier waarop de ogen waren geschilderd. Dat waren de punten waarop het aankwam. Ze was ervan overtuigd dat het beeldje echt was.
'Het Nieuwe Rijk,' zei Zayed, terwijl hij het beeldje Erica iets op afstand liet zien, zodat ze het in zijn geheel kon bewonderen. 'Zoiets als dit krijg ik hooguit een of twee keer per jaar binnen.'
'Wat kost het?'
'Vijftig pond. Normaal zou ik een hogere prijs vragen, maar u bent zo mooi.'
Erica glimlachte. 'Ik zal u er veertig voor geven,' zei ze, heel goed wetend dat hij niet verwachtte zijn oorspronkelijke prijs te krijgen. Ook wist ze dat het wat meer was dan ze eigenlijk kon uitgeven, maar ze vond het belangrijk hem te bewijzen dat ze het ernstig meende. Bovendien stond het beeldje haar bijzonder aan.

Zelfs als het later tóch een imitatie zou blijken te zijn, een buitengewoon knappe imitatie, was het nog altijd decoratief. Ze maakten het af op eenenveertig pond.
'In feite vertegenwoordig ik een belangrijke instelling,' zei Erica, 'en ben ik in iets heel bijzonders geïnteresseerd. Kunt u me iets laten zien?'
'Misschien heb ik enkele dingen die u zullen aanstaan. Maar die kan ik u misschien beter in een geschiktere omgeving tonen. Heeft u misschien trek in een kopje pepermuntthee?'
Erica kampte met een opwelling van vrees toen ze de ruimte achter de winkel van Zayed binnenstapte. Ze moest het beeld van het doorsnijden van Hamdi's keel met geweld terugdringen. Gelukkig was de Curio Antique Shop heel anders ingedeeld en keek de achterruimte uit op een zonovergoten binnenhof. Ze had hier niet het opgesloten gevoel dat ze in Antica Abdul had gekend.
Zayed riep zijn zoon, een donkerharige, magere en jongere uitgave van zijn vader, die hij opdracht gaf om thee voor zijn gaste te bestellen.
Zayed leunde achterover in zijn stoel en stelde Erica de gebruikelijke vragen: of ze Luxor mooi vond, of ze naar Karnak was geweest, wat ze vond van het Dal der Koningen. Hij vertelde haar hoe graag hij de Amerikanen mocht. Ze waren zo vriendelijk, zei hij. In stilte vulde Erica aan: ...en zo goedgelovig.
De thee werd gebracht en intussen haalde Zayed enkele interessante stukken te voorschijn, onder meer enkele kleine bronzen beeldjes, een gehavende maar herkenbare kop van Amenhotep III en een reeks houten beelden. Het mooiste was dat van een jonge vrouw met een verstild gelaat, dat de tijd leek te tarten. De voorzijde van haar gewaad was overdekt met hiëroglyfen. Het beeld moest 400 pond kosten. Na het zorgvuldig te hebben onderzocht was Erica er vrijwel zeker van dat het beeld authentiek was.
'Ik heb wel belangstelling voor dat houten beeld en misschien ook voor die stenen Amenhotep-kop,' zei Erica op zakelijke toon.
Van opwinding wreef Zayed in zijn handen.
'Ik zal ruggespraak houden met de mensen voor wie ik optreed,' zei Erica. 'Maar ik weet dat er iets is dat ik onmiddellijk voor hen zou moeten kopen, als ik er toevallig over struikel.'

'Wat is dat?' vroeg Zayed.
'Een jaar geleden heeft iemand in Houston een levensgroot beeld van Seti I gekocht. Mijn cliënten hebben vernomen dat er een tweede, soortgelijk beeld zou zijn gevonden.'
'Ik heb niets dat daar op lijkt,' zei Zayed effen.
'Wel, als u toevallig iets mocht horen over een dergelijk stuk – ik logeer in het Winter Palace Hotel.' Erica schreef haar naam op een stukje papier en gaf het hem.
'En hoe moet dat met deze stukken, hier?'
'Zoals ik al zei zal ik contact opnemen met mijn cliënten. Ik vind het houten beeld erg mooi, maar ik moet eerst ruggespraak houden.' Erica nam haar nieuwe aanwinst, die inmiddels was verpakt in een Egyptische krant, en wandelde terug naar de winkelruimte. Ze vertrouwde erop dat ze haar rol tamelijk overtuigend had gespeeld. Toen ze vertrok merkte ze op dat Zayeds zoon met een man stond te onderhandelen. Het was de Egyptenaar die haar voortdurend had geschaduwd. Zonder haar pas in te houden of in zijn richting te kijken verliet Erica de winkel, maar de koude rillingen liepen haar over de rug.
Zodra zijn zoon klaar was met de klant sloot Lahib Zayed de deur van zijn winkel en schoof de grendel ervoor. 'Kom mee naar achteren,' beval hij zijn zoon. 'Dat was de vrouw voor wie Stephanos Markoulis ons heeft gewaarschuwd toen hij gisteren hier was,' zei hij, zodra ze in de veilige omgeving van de achterkamer waren gekomen. Hij had zelfs de houten deur naar de binnenhof afgesloten. 'Ik wil dat je naar het hoofdpostkantoor gaat, Markoulis opbelt en hem vertelt dat de Amerikaanse vrouw hier in de winkel is geweest en speciaal naar het Seti-beeld heeft geïnformeerd. Zelf zal ik naar Mohammed gaan en hem zeggen dat hij de anderen moet waarschuwen.'
'Wat gaat er met die vrouw gebeuren?' vroeg de zoon, Fathi.
'Ik geloof dat dát nogal voor de hand ligt. Het doet me denken aan die jongeman van Yale, twee jaar geleden.'
'Zullen ze hetzelfde doen met die vrouw?'
'Zonder enige twijfel,' zei de vader.

Erica stond versteld over de chaos in het regeringsgebouw van

Luxor. Sommige mensen hadden al zo lang gewacht, dat ze op de vloer waren gaan liggen slapen. In de hoek van een van de zalen zag ze een hele familie die daar haar tenten had opgeslagen alsof ze daar al dagen hadden gebivakkeerd. De ambtenaren achter de loketten negeerden de menigten en keuvelden ontspannen met elkaar. Ieder bureau was overdekt met een karrevracht aan formulieren die lagen te wachten op een of andere onmogelijke handtekening. Het was ongelooflijk.

Tegen de tijd dat Erica eindelijk iemand had gevonden die Engels sprak, hoorde ze dat Luxor zelfs geen administratief centrum was. Het bevolkingsregister voor deze streek, het *moehafāzah,* bevond zich in Aswan, waar alle gegevens over de inwoners waren opgeslagen. Erica vertelde de vrouw die haar te woord stond, dat zij een man wilde opsporen die hier, op de westelijke oever, vijftig jaar geleden had gewoond. De vrouw keek Erica aan alsof ze met een krankzinnige te maken had en zei haar dat zoiets onmogelijk was, hoewel ze het misschien via de politie zou kunnen proberen. De mogelijkheid bestond altijd, dat de gezochte moeilijkheden met de politie had gehad.

De politie bleek gemakkelijker in de omgang dan het ambtenarenkorps. In ieder geval gedroegen haar vertegenwoordigers zich beleefd en vriendelijk. Feitelijk was het zo dat het grootste deel van de geüniformeerde mannen in de grote zaal naar haar keken tegen de tijd dat ze de balie had bereikt. Alle aanduidingsbordjes waren in het Arabisch gesteld, zodat Erica eenvoudig naar een loket ging waar verder niemand stond te wachten. Een knappe jongeman in een hagelwit uniform kwam achter zijn bureau vandaan om haar te helpen. Jammer genoeg sprak hij geen Engels. Maar hij spoorde bij de vreemdelingenpolitie iemand op die wél Engels kende.

'Wat kan ik voor u doen?' vroeg deze glimlachend.

'Ik probeer erachter te komen of een van de voorlieden van Howard Carter, Sarwat Rawan, nog in leven is. Hij woonde op de westelijke Nijloever.'

'Wat?' vroeg de politieman ongelovig. Hij grinnikte. 'Ik heb wel meer vreemde vragen gehoord, maar dit is beslist de interessantste. Heeft u het over de Howard Carter die de tombe van Toetanchamon heeft ontdekt?'

'Inderdaad,' zei Erica.
'Maar dat was meer dan vijftig jaar geleden!'
'Dat weet ik,' zei Erica. 'Toch zou ik graag willen weten of hij nog leeft.'
'Madame,' zei de politieman, 'niemand weet zelfs maar bij benadering hoeveel mensen er op de westelijke Nijloever wonen, laat staan waar een bepaalde familie is te vinden. Maar ik zal u zeggen wat ik zou doen, als ik u was. Ga naar de westelijke oever en breng eens een bezoek aan de kleine moskee in het dorpje Qoerna. De imam is een oude man, maar hij spreekt Engels. Misschien kan hij u verder helpen, hoewel ik het betwijfel. De regering heeft geprobeerd het dorpje Qoerna te verplaatsen en die mensen weg te krijgen bij de tombes. Maar dat is een hele strijd geweest, die nogal wat kwaad bloed heeft gezet. Het zijn niet bepaald toeschietelijke mensen. Dus weest u voorzichtig.'

Lahib Zayed keek eerst naar beide kanten om zich ervan te overtuigen dat niemand hem zag, voor hij zich in het wit gesausde steegje waagde. Hij haastte zich er doorheen en klopte op een stevige houten deur. Hij wist dat Mohammed Abdoelal thuis was. Het was omstreeks het middaguur en Mohammed hield altijd siësta. Lahib klopte opnieuw. Hij was bang dat de een of andere vreemdeling hem misschien zou zien voor hij de kans had gekregen het huis binnen te gaan.
Er werd een klein kijkgaatje geopend en een bloeddoorlopen, slaperig oog gluurde naar buiten. Even later werd de grendel weggeschoven en ging de deur open. Lahib stapte over de drempel en onmiddellijk werd de deur achter hem dicht gesmeten.
Mohammed Abdoelal was in een gekreukelde mantel gekleed. Hij was een forse, grote man met grove, krachtige trekken. Zijn neusvleugels waren gewelfd en stonden wijd open. 'Ik heb je gezegd dat je nooit naar dit huis moest komen! Je zult een heel goede reden moeten hebben voor een dergelijk risico.'
Lahib begroette Mohammed vormelijk voor hij antwoordde. 'Ik zou niet gekomen zijn als ik niet vond dat het belangrijk genoeg was. Erica Baron, die Amerikaanse, is vanmorgen in mijn winkel geweest. Ze beweerde dat ze een groep Amerikaanse kopers ver-

tegenwoordigde. Ze is goed bij de tijd. Ze heeft verstand van oudheden en heeft zelfs een beeldje bij me gekocht. Toen vroeg ze uitdrukkelijk naar dat Seti-beeld.'
'Was ze alleen?' vroeg Mohammed, nu eerder waakzaam dan kwaad.
'Ik dacht van wel,' zei Lahib.
'En ze vroeg je uitdrukkelijk naar dat Seti-beeld?'
'Precies.'
'Nou, dan blijft ons weinig keus over. Ik zal de zaak regelen. Jij vertelt haar dat ze het beeld morgenavond te zien kan krijgen, op voorwaarde dat ze alleen komt en niet wordt gevolgd. Zeg haar dat ze tegen de avondschemering naar de moskee in Qoerna moet komen. We zouden ons eerder van haar hebben moeten ontdoen, zoals ik meteen al wilde.'
Lahib wachtte teneinde zich ervan te overtuigen dat Mohammed klaar was, alvorens iets te zeggen. 'Ik heb ook Fathi met Stephanos Markoulis laten bellen om hem op de hoogte te brengen.'
De hand van Mohammed schoot uit als een slang en raakte de zijkant van Lahibs hoofd. '*Karrah!* Waarom ben je zo brutaal geweest om Stephanos op de hoogte te laten brengen?'
Lahib bukte, rekening houdend met een nieuwe klap.
'Hij vroeg me, hem te laten weten of de vrouw kwam opdagen. Hij maakt zich net zoveel zorgen als wij.'
'Jij neemt geen opdrachten aan van Stephanos Markoulis!' bulderde Mohammed. 'Jij neemt opdrachten aan van míj. Laat dat je duidelijk zijn. Nou, maak dat je hier wegkomt en breng de boodschap over. Die Amerikaanse móet uit de weg worden geruimd.'

De necropolis van Luxor, het dorpje Qoerna: 14.15 uur

De politieman had helemaal gelijk gehad. Qoerna was geen vriendelijk oord. Toen Erica de heuvel opklauterde die het dorpje scheidde van de asfaltweg, had ze niet het gevoel welkom te zijn dat ze zo duidelijk had bespeurd in de andere steden en dorpen die ze had bezocht. Ze zag maar weinig mensen. En de mensen die ze passeerden staarden in haar richting, terwijl ze zich in de schaduw

terugtrokken. Zelfs de honden gedroegen zich ongastvrij en lieten een nijdig gegrom horen. Ze had zich al minder op haar gemak gevoeld in de taxi, toen de chauffeur weigerde naar Qoerna te rijden, in plaats van naar het Dal der Koningen of een andere gebruikelijke bestemming. Hij had haar afgezet aan de voet van een zanderige, kale heuvel en beweerde dat zijn auto niet in het dorp zelf kon komen.
Het was smoorheet, ruim boven de veertig graden Celcius – en nergens was er schaduw op de heuvel. De Egyptische zon goot haar stralen onbarmhartig uit over de verzengde rotsen, terwijl het licht fel werd weerkaatst door de lichte zandkleur van de bodem. Nergens had zich één enkel grassprietje of plantje weten te handhaven. Toch weigerde de bevolking van Qoerna te verhuizen. Zij wilden op de plaats blijven wonen waar hun grootvaders en overgrootvaders in de loop der eeuwen hadden gewoond. Erica bedacht dat Dante, als hij Qoerna had kunnen zien, dit oord beslist in zijn zeven sferen van de hel zou hebben opgenomen.
De huizen waren opgetrokken van leem, dat hetzij de natuurlijke kleur had behouden of was gewit. Naarmate Erica hoger klom ontwaarde ze hier en daar uitgehakte openingen in de rotsformaties tussen de huizen. Dat waren de toegangen naar enkele graftombben. Een aantal huizen was voorzien van een binnenhof waarin een vreemde voorziening was aangebracht: bijna twee meter lange plateaus die zich op een hoogte van bijna een meter twintig boven de grond bevonden en ondersteund werden door een smalle zuil. Ze waren vervaardigd van leem en stro, net als de huizen zelf. Erica had er geen idee van waarvoor die plateaus werden gebruikt.
De moskee was een wit gesausd gebouwtje van één verdieping, met een korte dikke minaret. Erica had het gebouw al opgemerkt toen ze voor het eerst een blik op Qoerna had geworpen. Net als de huizen in het dorp was ook de moskee opgetrokken uit leem, en Erica vroeg zich af of het geval door een flinke regenbui niet zou worden weggespoeld als een zandkasteeltje. Ze liep door een lage houten deur naar binnen en stond in een kleine binnenhof tegenover een ondiep portiek, ondersteund door drie zuiltjes. In de rechterkant van de muur was een vlakke houten deur te zien.
Omdat ze niet wist hoe haar binnenkomst zou worden opgevat

bleef Erica bij de ingang van de moskee wachten, totdat haar ogen zich aan het schemerduister hadden aangepast. De binnenmuren waren wit gesausd en bijna beschilderd met ingewikkelde meetkundige patronen. De vloer was overdekt met dikke oosterse tapijten. Voor een nis die georiënteerd was op Mekka lag een oude man geknield. Hij had een lange grijze baard en droeg een ruimgeplooide zwarte mantel. Terwijl hij zijn gebeden zong hield hij zijn geopende handpalmen naast zijn wangen.

Hoewel de oude man zich niet had verroerd moest hij Erica's aanwezigheid hebben bespeurd, want al spoedig bukte hij zich, kuste de grond en stond op om zich tot zijn bezoekster te wenden.

Ze wist volstrekt niet hoe ze een heilig man van de islam moest begroeten, dus nam ze haar toevlucht tot improvisatie. Ze boog licht haar hoofd en zei toen: 'Ik wilde u graag iets vragen omtrent een man, een oude man.'

Met zijn donkere, diepliggende ogen keek de imam haar onderzoekend aan. Toen beduidde hij haar hem te volgen. Ze staken de kleine binnenhof over en gingen de houten deur binnen die Erica had gezien. Het was de toegang van een kleine, sobere ruimte, met aan de ene kant een stromatras en aan de andere kant een kleine tafel met enkele stoelen. De imam wees Erica een stoel en ging zelf ook zitten. 'Waarom wilt u iets weten over iemand in Qoerna?' vroeg de imam. 'We zijn hier achterdochtig tegenover vreemdelingen.'

'Ik ben egyptologe en wilde te weten komen of een van de voorlieden van Howard Carter nog in leven is. Hij heette Sarwat Raman en woonde hier, in Qoerna.'

'Ja, ik weet het,' zei de oude man.

Erica zag een straaltje hoop gloren, totdat de imam verder sprak.

'Hij is een jaar of twintig geleden gestorven. Hij was een van de gelovigen. De tapijten in deze moskee hebben we aan zijn edelmoedigheid te danken.'

'Ik begrijp het,' zei Erica, duidelijk teleurgesteld. Ze stond op. 'Wel, het was een goede gedachte. Ik dank u voor uw hulp.'

'Hij was een goede man,' zei de imam.

Erica knikte en wandelde terug naar het verblindende zonlicht, zich afvragend hoe ze ooit een taxi moest vinden die haar terug kon brengen naar de aanlegsteiger van de veerboot. Toen ze op het punt stond de binnenhof te verlaten, riep de imam haar terug. Erica draaide zich om. Hij stond in de deuropening van zijn kamer.

'Ramans weduwe leeft nog wel. Zou u misschien met haar willen praten?'

'Zou zij bereid zijn mij te woord te staan?' vroeg Erica.

'Daar ben ik van overtuigd,' riep de imam. 'Zij is Carters huishoudster geweest en spreekt beter Engels dan ik.'

Terwijl Erica de imam volgde op de helling, vroeg ze zich af hoe iemand in een dergelijke hitte zulke zware kleding kon dragen. Zelfs ondanks haar lichte kleding was haar rug nat van het transpireren dat ze had gedaan. De imam ging haar voor naar een wit huisje, dat wat hoger stond dan de overige huizen in het zuidwestelijke deel van het dorp. Vlak achter het huis rezen de rotsen steil omhoog. Rechts van het huis zag Erica het begin van een smal voetpad dat in de rotswand was uitgehakt en naar zij vermoedde leidde naar het Dal der Koningen.

De gewitte voorgevel van het huis was verfraaid met verbleekte, kinderlijke afbeeldingen van spoorwagons, schepen en kamelen.

'Raman heeft zijn pelgrimstocht naar Mekka in beeld gebracht,' legde de imam haar uit, terwijl hij op de deur klopte.

In de tuin naast het huis zag Erica een van de plateaus die ze al eerder had opgemerkt. Ze vroeg de imam wat het was.

'In de zomermaanden slapen de mensen soms buitenshuis. Ze gebruiken deze plateaus om geen last te hebben van schorpioenen en cobra's.'

Erica voelde dat ze kippevel kreeg.

De deur werd opengedaan door een heel oude vrouw. Toen ze de imam herkende glimlachte ze. Er ontstond een kort gesprekje in het Arabisch. Daarna wendde ze haar diepgegroefde gelaat naar Erica.

'Welkom,' zei ze met een sterk accent en deed de deur verder open om Erica binnen te laten. De imam excuseerde zich en vertrok.

Net als in de kleine moskee was het verrassend koel in het huis. In tegenstelling tot de primitieve buitenkant was het interieur heel smaakvol. De houten vloer was bedekt met een oosters tapijt in

warme, heldere tinten. Het meubilair was eenvoudig van lijn, maar uiterst degelijk. En de muren waren gepleisterd. Aan drie van de wanden hingen talloze foto's. Aan de vierde wand hing een schop met lange steel waarvan het blad was gegraveerd.
De oude vrouw stelde zichzelf voor als Aïda Raman. Trots vertelde ze Erica dat ze in april aanstaande tachtig jaar zou worden. Met onvervalst oosterse gastvrijheid bracht ze Erica een gekoelde vruchtendrank en verklaarde dat de drank van gekookt water was gemaakt zodat Erica niet bang hoefde te zijn voor bacteriën.
Erica vond de oude vrouw aardig. Haar dunne, grijzende haar was uit haar ronde gezicht naar achteren gekamd en ze was vrolijk gekleed in een los vallende katoenen japon, bedrukt met helder gekleurde vogelveren. Om haar linkerpols droeg ze een helder oranje plastic armband. Ze glimlachte vaak, waarbij zichtbaar werd dat ze nog maar twee tanden had in haar onderkaak.
Erica legde de vrouw uit dat zij egyptologe was, en Aïda was duidelijk blij met de gelegenheid om herinneringen aan Howard Carter op te halen. Ze vertelde Erica hoe ze de man had bewonderd, ook al was hij een tikje zonderling en erg eenzaam geweest. Ze herinnerde zich nog hoeveel Carter van zijn kanarie had gehouden en hoe verdrietig hij was geweest toen het vogeltje door een cobra was verslonden.
Terwijl Erica van haar vruchtesap dronk merkte ze hoe ze zich door Aïda's verhalen liet meeslepen. Het was duidelijk dat Aïda al evenveel van hun gesprek genoot als zijzelf.
'Herinnert u zich nog de dag waarop de tombe werd geopend?' vroeg Erica.
'O ja, heel goed,' zei Aïda. 'Dat was de wonderbaarlijkste dag van allemaal. Mijn man was heel erg gelukkig. Niet lang daarna beloofde Carter Sarwat te helpen bij het loskrijgen van een vergunning voor de souvenirstand in het Dal der Koningen. Mijn man vermoedde toen al dat de toeristen bij miljoenen zouden komen toestromen om de tombe te bezichtigen die Carter had ontdekt. En hij had gelijk. Hij bleef helpen bij de tombe, maar besteedde het grootste deel van zijn tijd aan het bouwen van de uitspanning. Feitelijk heeft hij het helemaal alleen klaargespeeld, zelfs al moest hij 's nachts doorwerken...'

Erica liet Aïda nog een poosje doorvertellen en vroeg toen: 'Kunt u zich nog alles herinneren van de dag dat de tombe werd geopend?'
'Natuurlijk,' antwoordde Aïda, wat verrast door deze interruptie.
'Heeft uw man ooit iets gezegd over een papyrus?'
Op hetzelfde ogenblik trok er een sluier over de ogen van de oude vrouw. Haar lippen bewogen, maar er kwam geen geluid. Erica voelde een golf van opwinding. Ze hield haar adem in, de vreemde reactie van de oude vrouw in zich opnemend.
Eindelijk hervond Aïda haar spraak. 'Bent u van de regering?'
'Nee,' antwoordde Erica.
'Hoe komt u er dan bij een dergelijke vraag te stellen? Iedereen weet wat er werd gevonden. Het staat in alle boeken.'
Erica zette haar glas op tafel en legde Aïda uit dat er een vreemd verschil bestond tussen de brief van Carnarvon aan sir Wallis Budge en het feit dat Carter geen enkele papyrus had vermeld. Ze was niet van de regering, voegde ze er geruststellend aan toe. Haar belangstelling was zuiver wetenschappelijk.
'Nee,' zei Aïda na een ongemakkelijke stilte. 'Er was geen papyrus. Mijn man zou nooit een papyrus uit de tombe hebben meegenomen.'
'Aïda,' zei Erica zacht, 'ik heb nooit beweerd dat uw man een papyrus uit de tombe zou hebben meegenomen.'
'Wel waar. U zei dat mijn man...'
'Nee. Ik vroeg alleen maar of hij ooit iets had gezegd over een papyrus. Ik heb hem nergens van beschuldigd.'
'Mijn man was een goed mens. Hij had een goede naam.'
'Inderdaad. Carter was een veeleisend mens. Uw man moet de beste zijn geweest, anders had hij hem nooit tot voorman aangesteld. Niemand trekt de goede naam van uw man in twijfel.'
Opnieuw viel er een langdurige stilte. Tenslotte keek Aïda Erica aan. 'Mijn man is nu al twintig jaar dood. Hij heeft me gezegd dat ik nooit iets over die papyrus mocht zeggen. En dat heb ik ook niet gedaan, zelfs niet na zijn dood. Maar niemand heeft me er ook over aangesproken. Daarom schrok ik zo toen u dat zei. In zekere zin is het een opluchting voor me om er met iemand over te kunnen praten. Zult u het niet aan de autoriteiten vertellen?'

'Nee, zeker niet,' beloofde Erica. 'Dat mag u zelf bepalen. Dus er was wel degelijk een papyrus – en uw man heeft hem uit de tombe meegenomen?'
'Ja,' zei Aïda. 'Vele jaren geleden.'
Erica had nu wel zo'n vermoeden wat er precies was gebeurd. Raman had de papyrus gestolen en verkocht. De papyrus zou heel moeilijk te achterhalen zijn.
'Hoe heeft uw man de papyrus uit de tombe gekregen?'
'Hij vertelde me dat hij hem meteen had gepakt, de eerste dag dat hij hem in de tombe had gezien. Iedereen was ontzettend opgewonden over de schatten. Hij dacht dat het een soort vervloeking zou zijn en was bang dat het project zou worden stopgezet als iemand er iets van wist. Lord Carnarvon had grote belangstelling voor het occulte.'
Erica probeerde zich de gebeurtenissen van die bewogen dag voor te stellen. Carter moest de papyrus aanvankelijk over het hoofd hebben gezien, in zijn haast om te controleren of de toegang naar de grafkamer nog intact was. De anderen zouden te verbijsterd zijn geweest door de oogverblindende luister van de overige voorwerpen in het graf.
'Was de papyrus inderdaad een vervloeking?' vroeg Erica.
'Nee. Mijn man zei van niet. Hij heeft hem nooit aan een van de egyptologen laten zien. In plaats daarvan kopieerde hij er kleine gedeelten van en vroeg hij de deskundigen om die voor hem te vertalen. Tenslotte voegde hij ze samen tot één geheel. Maar hij zei dat het geen vervloeking was.'
'Zei hij ook wat het dan wél was?' vroeg Erica.
'Nee. Hij zei alleen dat de papyrus was geschreven in de tijd van de farao's, door een schrandere man die wilde vastleggen dat Toetanchamon Seti I had geholpen.'
Erica's hart sprong op in haar borst. Ook de papyrus legde verband tussen Toetanchamon en Seti I, precies als de tekst op de sokkel van het Seti-beeld!
'Hebt u enig idee wat er van die papyrus is geworden? Heeft uw man hem verkocht?'
'Nee,' zei Aïda. 'Hij heeft hem niet verkocht. Ik heb hem in mijn bezit.'

Het bloed trok plotseling weg uit Erica's gelaat. Terwijl ze roerloos bleef zitten schuifelde Aïda naar de schop, die aan de muur was opgehangen.
'Howard Carter heeft deze schop aan mijn man geschonken,' zei Aïda. Ze trok de houten steel uit het ingegraveerde blad van de spade. Het onderste einde van de steel was hol. 'Deze papyrus is vijftig jaar lang door niemand aangeraakt,' vervolgde Aïda, terwijl ze pogingen deed om het verkruimelende document uit de steel te trekken. Ze rolde hem op tafel uit en gebruikte de beide onderdelen van de spade als pressepapiers.
Erica kwam langzaam overeind en verslond gretig de hiëroglyftekst met haar ogen. Het was een officieel document, met de zegels van de staat. Erica ontdekte ogenblikkelijk de beide cartouches van Seti I en Toetanchamon.'
'Mag ik er een foto van nemen?' vroeg Erica, bijna bang om adem te halen.
'Zolang de naam van mijn man niet wordt zwartgemaakt,' zei Aïda.
'Dat kan ik u beloven,' zei Erica, frunnikend aan haar Polaroid. 'Ik zal niets ondernemen zonder uw toestemming.' Ze maakte verschillende foto's en overtuigde zich ervan dat ze goed genoeg waren als werkdocumenten. 'Dank u,' zei ze, toen ze klaar was met fotograferen. 'We zullen nu de papyrus maar weer opbergen, maar doe het voorzichtig, alsjeblieft. Dit document zou wel eens uiterst waardevol kunnen zijn en zal de naam Raman misschien nog heel beroemd maken.'
'Ik maak me meer zorgen om de goede naam van mijn man,' zei Aïda. 'Trouwens, de familienaam sterft met mij uit. We hadden twee zoons, maar ze zijn allebei in een van de oorlogen gesneuveld.'
'Had uw man nog andere dingen uit de tombe van Toetanchamon?' vroeg Erica.
'O nee!' riep Aïda ontsteld.
'Goed,' zei Erica. 'Ik zal de papyrus vertalen en u vertellen wat erin staat, dan kunt u zelf bepalen wat ermee moet gebeuren. Ik zal niets tegen de autoriteiten zeggen. Dat mag u uitmaken. Maar laat de papyrus tot zolang aan niemand anders zien.' Nu al waakte

Erica over haar ontdekking, bang dat iemand anders haar die zou ontstelen.

Toen ze het huis van Aïda Raman verliet dacht ze na over de beste manier om terug te gaan naar het hotel. De gedachte aan de acht kilometer lange wandeling naar de aanlegsteiger in deze hitte deprimeerde haar, en ze besloot het bergpad achter Aïda's huis te riskeren, in de hoop dat ze zo het Dal der Koningen zou kunnen bereiken. Daar zou ze zeker een taxi kunnen krijgen.

Hoewel de klim heet en uiterst vermoeiend was bleek het uitzicht spectaculair. Recht onder haar lag het dorpje Qoerna. Even voorbij het dorp lag de indrukwekkende ruïne van de tempel van koningin Hatsjepsoet, uitgehakt in de rotsen. Erica liep verder naar de top en keek omlaag. Voor haar strekte zich het hele groene dal uit, in het midden doorsneden door de als een slang kronkelende Nijl. Erica beschermde haar ogen tegen de felle zon en keek naar het Westen. Recht voor haar lag het Dal der Koningen. Vanaf haar hoge standplaats kon Erica over het dal heen de eindeloze keten zien van de roestkleurige bergtoppen van Thebe, die samensmolten met de machtige Sahara. Haar bekroop een gevoel van overweldigende eenzaamheid.

De afdaling naar het dal was betrekkelijk gemakkelijk, ofschoon Erica moest oppassen voor losse grond op de steilere gedeelten van het bergpaadje. Het pad kwam samen met een tweede, dat afkomstig was uit het Dal der Waarheid, het dal waar de arbeiders hadden gewoond die in de oudheid aan de necropolis hadden gebouwd, zoals Erica wist. Tegen de tijd dat zij de bodem van het dal bereikte had ze het ontzettend warm gekregen en werd ze gekweld door dorst. Ondanks haar verlangen zo snel mogelijk terug te zijn in haar hotel en daar aan de vertaling van de papyrus te kunnen beginnen, liep ze naar de overvolle souvenirstand om een drankje te kopen. Toen ze het trapje naar het gebouw opliep moest ze onwillekeurig terugdenken aan Sarwat Raman.

Het was dan ook een verbazingwekkend relaas. Deze Egyptenaar had een papyrus gestolen omdat hij bang was geweest dat het document een oeroude vloek bevatte. Hij had zich zelfs bezorgd gemaakt over de mogelijkheid dat deze 'vloek' de opgraving zou kunnen doen stopzetten!

Erica kocht in het gedrang een cola en ontdekte een lege stoel op de veranda. Ze nam de structuur van het gebouw op. Het was opgetrokken uit de steensoort die ter plaatse werd gevonden. Erica verwonderde zich erover dat Raman het ooit alleen had kunnen bouwen. Ze wilde dat ze de man zelf had kunnen ontmoeten. Ze had hem voor alles éen bijzondere vraag willen stellen. Waarom had Raman niet een manier bedacht om de papyrus terug te leggen in de tombe, nadat hij te weten was gekomen dat het document geen vervloeking bevatte? Hij had het blijkbaar niet willen verkopen. De enige verklaring die Erica kon bedenken, was dat hij misschien bang was geweest voor de gevolgen van zijn daad. Ze nam een grote slok van haar cola en haalde een van de kostbare foto's van de papyrus uit haar draagtas. Uit alles bleek dat de tekst op de gebruikelijke manier gelezen diende te worden, vanaf rechts onderaan naar boven en naar links. Meteen al in het begin struikelde ze over een eigennaam. Ze kon haar ogen nauwelijks geloven. Langzaam sprak ze de naam uit voor zichzelf: 'Ne..nef..ta... Grote God!'
Erica merkte op dat een groep toeristen een bus instapte en dacht dat zij misschien van hen een lift zou kunnen krijgen naar de aanlegsteiger. Ze stopte de foto's weer in haar tas en ging haastig op zoek naar de toiletten. Een kelner zei haar dat de damestoiletten onder de souvenirstand waren te vinden, maar toen ze de ingang had gevonden werd ze ontmoedigd door de zure urinestank. Ze besloot dat ze het wel uit zou kunnen houden tot het hotel. Ze rende naar de bus, waar de laatste passagiers inmiddels instapten.

Erica leunde ruggelings tegen het balkonhek, strekte haar armen uit boven haar hoofd en slaakte een zucht van voldoening. Ze had de vertaling van de papyrus voltooid. Het was niet moeilijk geweest, hoewel ze niet zeker was of ze de betekenis wel goed had begrepen.
Ze keek uit over de Nijl en zag een luxueus lijnschip voorbijglijden. Nadat ze zich met haar papyrus zo volledig in de oudheid had ondergedompeld leek het grote, moderne schip hier niet op z'n plaats. Het was ongeveer hetzelfde als een landing van een vliegende schotel in het oude gedeelte van Boston.

Erica liep terug naar het glazen tafeltje waaraan ze had zitten werken. Ze pakte haar vertaling op en las hem nog eens door:

Ik, Nenefta, opperbouwmeester voor de Levende God (moge hij eeuwig leven) en farao, koning der beide landen, de grote Seti I, vraag eerbiedig vergiffenis voor het verstoren van de eeuwige rust van de farao Toetanchamon binnen deze nederige muren en temidden van deze schaarse voorzieningen voor alle eeuwigheid. De onuitsprekelijke heiligschennis van de poging tot plundering van de tombe van farao Toetanchamon door de steenhouwer Emeni, die wij rechtens hebben gespietst en wiens overblijfselen wij voor de jakhalzen hebben gegooid in de westelijke woestijn, dient thans een edel doel. De steenhouwer Emeni heeft mij de ogen geopend tot het begrijpen van de handelwijze der begerigen en onrechtvaardigen. Daardoor weet ik, de opperbouwmeester, thans de juiste manier tot het verzekeren van de eeuwige rust van de Levende God (moge hij eeuwig leven) en farao, koning der beide landen, de grote Seti I. Imhotep, opperbouwmeester voor de Levende God Zoser en bouwer van de trappiramide, alsmede Neferhotep, opperbouwmeester voor de Levende God Chefren en bouwer van de Grote Piramide, pasten deze manier in hun monumenten (eveneens) toe, maar zonder haar geheel te doorgronden. Dientengevolge werd de eeuwige rust van de Levende God Zoser en van de Levende God Chefren in de eerste duistere periode verstoord en vernietigd. Maar ik, Nenefta, opperbouwmeester, doorgrond de manier, en de begeerte der grafrovers. Zo zal het geschieden, en de tombe van de jeugdige farao Toetanchamon zal op deze dag opnieuw worden verzegeld.
Aldus geschreven in het tiende jaar van de Zoon van Re, farao Seti I, de tweede maand na de zaaitijd, de twaalfde dag.

Erica legde het papier weer op tafel. Het woord dat haar de meeste problemen bezorgde was 'de manier'. De hiëroglyfen die dit woord symboliseerden konden ook worden vertaald met de woorden 'methode', 'weg' of zelfs 'truc', maar in deze syntaxis klonk het woord 'manier' het meest logisch. Alleen ontging haar de juiste betekenis.

Het vertalen van de papyrus had Erica een groot gevoel van voldoening verschaft. Ook was de wereld van het oude Egypte voor haar erdoor op een verbazingwekkende manier tot leven gekomen, en ze had moeten glimlachen om de aanmatiging van Nenefta. Ondanks zijn vermeende inzicht in de begeerte van grafrovers en 'de manier' was de tombe van Seti I binnen honderd jaar na zijn verzegeling geplunderd, terwijl de onaanzienlijke tombe van Toetanchamon nog 3000 jaar lang niet was verstoord.
Ze pakte de vertaling nog eens op en las opnieuw het gedeelte door waarin melding werd gemaakt van Zoser en Chefren. Plotseling speet het haar dat ze geen bezoek had gebracht aan de Grote Piramide. Op dat moment had ze zich verlustigd in het feit dat zij niet hals over kop naar de piramiden was gerend, net als alle andere toeristen. Nu wenste ze dat ze wél naar Gizeh was gegaan. Hoe kon Neferhotep bij de bouw van de Grote Piramide 'de manier' hebben gebruikt zonder die geheel te doorgronden? Erica staarde naar de bergketen in de verte. Naast alle geheimzinnige betekenissen die in de loop der jaren al met de vorm en afmetingen van de Grote Piramide waren geassocieerd, had zij, Erica, er opnieuw een ontdekt – een nóg ouder mysterie. Zelfs in Nenefta's tijd was de Grote Piramide al een oud bouwwerk geweest. In feite, zo overwoog Erica, zou Nenefta nauwelijks meer van de Grote Piramide hebben geweten dan zij nu. Ze besloot de Grote Piramide te bezoeken. Misschien als ze in zijn schaduw stond of diep in zijn inwendige wandelde, zou ze kunnen begrijpen wat Nenefta met het woord 'manier' had bedoeld.
Erica keek op haar horloge. Ze kon de slaaptrein van half acht naar Caïro nog gemakkelijk halen. In koortsachtige opwinding stopte ze haar Polaroid, de Baedeker, de zaklantaarn, een spijkerbroek en wat ondergoed in haar draagtas. Daarna nam ze haastig een bad.
Voor ze uit het hotel wegging belde ze Achmed op en vertelde hem dat ze voor een dag of wat naar Caïro terugging, omdat ze een onweerstaanbaar verlangen koesterde om de Grote Piramide van Chefren te gaan zien.
Achmeds achterdocht was onmiddellijk gewekt. 'Er valt nog zoveel te zien hier in Luxor. Kan het niet wachten?'

'Nee. Ik móet hem plotseling gaan zien.'
'Zul je Yvon de Margeau nog opzoeken?'
'Misschien,' zei Erica ontwijkend. Ze vroeg zich af of Achmed misschien jaloers was. 'Wil je misschien dat ik hem een boodschap overbreng?' Ze wist dat ze hem provoceerde.
'Nee, natuurlijk niet. Noem zelfs mijn naam niet. Bel me even, als je terug bent.' Achmed had al opgehangen voor ze hem gedag had kunnen zeggen.

Toen Erica in de trein naar Caïro stapte, liep Lahib Zayed het Winter Palace Hotel binnen. Hij had een vertrouwelijke boodschap voor Erica bij zich, waarin stond dat zij de volgende avond een beeld van Seti I zou kunnen zien, op voorwaarde dat zij zich aan bepaalde instructies hield. Maar Erica was niet op haar kamer en hij besloot later terug te komen, bang voor wat Mohammed hem aan zou doen als hij er niet in slaagde haar deze boodschap over te brengen.
Nadat de trein naar Caïro was vertrokken wandelde Khalifa het hoofdpostkantoor van Luxor binnen en stuurde een telegram naar Yvon de Margeau, om hem te melden dat Erica Baron op weg was naar Caïro. Hij voegde eraan toe dat zij zich uiterst vreemd had gedragen en dat hij in het Savoy-hotel op verdere instructies zou wachten.

Achtste dag

Caïro: 07.30 uur

Het terrein rond de piramiden van Gizeh zou pas om acht uur opengaan. Nu ze nog een half uur moest wachten wandelde Erica het Mena House Hotel binnen voor een tweede ontbijt. Een donkerharige serveerster bracht haar naar een tafeltje op het terras, waar ze koffie en meloen bestelde. Er waren maar weinig andere mensen om te ontbijten en het zwembad lag er verlaten bij. Recht voor haar uit, boven een rij palmen en eucalyptusbomen, zag ze de Grote Piramide van farao Chefren. De driehoekige vorm ervan verhief zich in zijn elementaire eenvoud hoog naar de hemel.
Sinds Erica als kind over de Grote Piramide had gehoord had ze zichzelf erop voorbereid dat ze zich een beetje teleurgesteld zou voelen als ze eindelijk het beroemde monument met eigen ogen zou zien. Dat bleek echter niet zo te zijn. Nu al was ze diep onder de indruk van de symmetrie en majesteit van het bouwwerk. Het kwam niet zo zeer door de geweldige grootte, ofschoon dat er wel toe bijdroeg, als wel door het feit dat dit bouwwerk de belichaming was van een menselijke poging een stempel in het onverstoorbare gelaat van de Tijd achter te laten.
Erica haalde de Baedeker uit haar tas, zocht de Grote Piramide op en bestudeerde de schets van het inwendige. Ze probeerde zich in de geest van Nenefta te verplaatsen en door zijn ogen het ontwerp te bekijken. Ze realiseerde zich dat zij waarschijnlijk iets wist dat Nenefta niet had geweten. Een grondig onderzoek had uitgewezen dat het ontwerp van de Grote Piramide, net als dat van de meeste andere piramiden, gedurende de bouw herhaaldelijk ingrijpend was gewijzigd. Feitelijk ging men nu uit van de hypothese dat de Grote Piramide drie verschillende bouwfasen had doorlopen. In het eerste stadium, toen er een veel kleiner bouwwerk was gepland, zou de grafkamer ondergronds worden aangelegd door hem in het onderaardse gesteente uit te houwen. Later, toen het ontwerp groter van opzet werd, werd er een nieuwe grafkamer in het inwendige gepland. Erica bekeek deze kamer in de schets.

Abusievelijk werd dit vertrek in de Baedeker de Koninginnekamer genoemd. Erica wist dat zij de onderaardse crypte niet zou kunnen bezoeken, tenzij met speciale toestemming van de Oudheidkundige Dienst. De zogenaamde Koninginnekamer was echter voor het publiek toegankelijk.
Ze keek opnieuw op haar horloge. Het was nu bijna acht uur. Erica wilde als een van de eersten de piramide binnengaan. Zodra eenmaal de busladingen toeristen arriveerden zou het in de nauwe gangen van de piramide onaangenaam toeven zijn, zoals ze wist.
Alle hardnekkige aanbiedingen voor een ritje per ezel of kameel afslaand, wandelde Erica over de weg naar het plateau waarop de piramide was gebouwd. Hoe meer ze het bouwwerk naderde, hoe monumentaler het werd. Ofschoon ze uit haar hoofd hele statistieken kon opdreunen over de miljoenen tonnen zandsteen die voor de bouw waren gebruikt, hadden dergelijke cijfers haar nooit iets te zeggen gehad. Maar nu ze in de schaduw van de piramide liep wandelde ze als in trance verder. Zelfs zonder de oorspronkelijke bedekking van gepolijste, witte kalkstenen platen was de uitwerking van het zonlicht op het piramide-oppervlak van pijnlijke intensiteit.
Erica naderde nu de grot die was uitgehakt door de opening te vergroten die de kalief Mamoen in 820 na Chr. had laten maken. Er waren geen andere mensen bij de ingang en snel ging ze naar binnen. Het verblindend felle daglicht maakte plaats voor zachte schaduwen en het schijnsel van zwakke gloeilampen.
De tunnel van de kalief sloot aan op de smalle, stijgende gang, even voorbij de granieten sluitstenen die de piramide in de oudheid hermetisch hadden afgesloten en nog altijd op hun plaats stonden. Het plafond van de stijgende gang was nauwelijks een meter dertig hoog, zodat Erica diep moest bukken om naar boven te lopen. Om de klim te vergemakkelijken waren er horizontale ribben op de glibberige bodem aangebracht. De gang was een meter of dertig lang en toen Erica onderaan de grote galerij de gang uitkwam kon ze tot haar grote opluchting rechtop staan.
De grote galerij liep volgens dezelfde hellingshoek omhoog als de gang die erin uitkwam. Maar met het gewelfde plafond van ruim zes meter hoog was de galerij aangenaam ruim na de geringe afme-

tingen van de corridor. Aan Erica's rechterhand was de ingang naar een afdalende schacht, die uitkwam in de onderaardse grafkamer, afgesloten met een traliehek. Voor haar lag de opening die ze moest hebben. Opnieuw bukte Erica zich en ging de lange horizontale corridor binnen die naar de Koninginnekamer voerde. Ook daar kon ze rechtop staan. De lucht in de grafkamer was bedompt en Erica herinnerde zich haar gevoelens van benauwdheid in de tombe van Seti I. Ze sloot haar ogen en probeerde haar gedachten te ordenen. Iedere decoratie in het vertrek ontbrak, net als aan alle overige binnenwanden van de piramide. Ze haalde haar zaklantaarn voor de dag en liet de lichtbundel door het vertrek spelen. Het plafond was bekleed met reusachtige platen kalksteen in een visgraatformatie.

Erica zocht in haar Baedeker de doorsnede van de piramide op. Opnieuw probeerde ze zich voor te stellen wat een architect als Nenefta zou hebben gedacht als hij zich in het inwendige van de piramide had bevonden, rekening houdend met het feit dat het bouwwerk in zijn tijd al meer dan duizend jaar oud was geweest. Dank zij de schets wist ze dat zij zich in de Koninginnekamer recht boven de oorspronkelijke grafkamer en onder de Koningskamer bevond. Tijdens de derde en laatste bouwfase waarin het ontwerp van de piramide opnieuw was gewijzigd, was de grafkamer namelijk nog hoger in het inwendige gepland. Deze nieuwe ruimte werd tegenwoordig de Koningskamer genoemd en Erica kwam tot de conclusie dat het tijd werd die ruimte eens met een bezoekje te vereren.

Toen ze zich bukte om de lage verbindingsgang naar de grote galerij in te gaan, zag Erica een gedaante in haar richting komen. Iemand in de nauwe gang passeren zou moeilijk zijn geweest, dus bleef ze wachten. Toen de uitgang een ogenblik geblokkeerd werd voelde ze een opwelling van ruimtevrees en was ze zich plotseling scherp bewust van het gewicht van duizenden tonnen steen boven haar hoofd. Ze sloot haar ogen en haalde diep adem. De lucht was dik en benauwd.

'Jezus, het is alleen maar een lege ruimte,' klaagde een blonde Amerikaanse toerist. Hij droeg een T-shirt met het opschrift: '*Black holes are out of sight.*'

Erica knikte en liep de verbindingsgang in. Toen ze de grote galerij bereikte was het er al overvol. Achter een dikke Duitser klom ze naar boven en besteeg het houten trapje om het niveau van de gang naar de Koningskamer te bereiken. Toen moest ze bukkend onder een lage muur door. De groeven voor gigantische valdeuren die de ruimte moesten verzegelen waren aan weerskanten zichtbaar.
Erica bevond zich in een ruimte van roze graniet van circa vijf bij tien meter. Het plafond bestond uit negen horizontaal geplaatste granieten platen. In een van de hoeken stond een zwaar beschadigde sarcofaag. Er waren ongeveer twintig mensen in het vertrek en de lucht was er verstikkend.
Opnieuw probeerde Erica zich voor te stellen hoe de structuur van het bouwwerk iemand een 'manier' aan de hand kon doen om grafrovers te belemmeren in hun werkzaamheden. Ze onderzocht de omgeving van de valluiken. Misschien was dat het wat Nenefta had bedoeld: de tombe hermetisch afsluiten met granieten blokken. Maar in vele piramiden waren valluiken gebruikt. De valluiken in de Grote Piramiden hadden niets uitzonderlijks. Trouwens, ze waren niet toegepast in de trappiramide en Nenefta had verklaard dat de 'manier' in béide piramiden was toegepast.
Ofschoon de Koningskamer een ruim vertrek was, zou het beslist niet groot genoeg zijn geweest om plaats te bieden aan alle grafbezittingen van een zo belangrijke farao als Chefren. Erica veronderstelde dat de overige grafkamers waarschijnlijk hadden gediend als opslagplaatsen voor de schatten van de farao, vooral de Koninginnekamer, recht onder haar. En misschien ook de grote galerij, hoewel vele egyptologen de gedachte opperden dat de grote galerij was aangelegd om de sluitstenen voor de stijgende doorgang tijdelijk op te slaan.
Erica wist volstrekt niet hoe ze Nenefta's commentaar moest verklaren. En net als met betrekking tot al zijn overige geheimen bleef de Grote Piramide zwijgen. Steeds meer mensen persten zich de grafkamer binnen. Erica kwam tot de conclusie dat ze dringend behoefte had aan wat lucht. Ze stopte haar reisgids weg, maar wilde voor ze vertrok de sarcofaag in ogenschouw nemen. Ze baande zich behoedzaam een weg door de drukte en staarde naar

het inwendige van de granieten kist. Ze wist dat er een hevige controverse woedde omtrent de oorsprong, de ouderdom en het doel van deze sarcofaag. Hij was tamelijk klein om plaats te kunnen bieden aan de koninklijke mummiekist, en een aantal egyptologen betwijfelde zelfs of het wel een echte sarcofaag was.

'Juffrouw Baron...' zei een hoge, duidelijk resonerende stem zacht.

Erica draaide zich om, stomverbaasd over het horen van haar naam. Ze bekeek de mensen in haar naaste omgeving. Niemand scheen haar richting uit te kijken. Toen richtte ze haar blik naar omlaag. Een engelachtig jochie van een jaar of tien, gekleed in een smerige boernoes, glimlachte haar stralend toe.

'Juffrouw Baron?'

'Ja?' vroeg Erica aarzelend.

'U gaan moet naar Curio Antique Shop voor bekijken beeld. U vandaag gaan moet. U alleen gaan moet.'

Het joch draaide zich om en verdween spoorloos in de mensenmassa.

'Wacht!' riep Erica. Ze drong zich door de menigte en keek de omlaag hellende grote galerij in. De jongen had al driekwart van de weg naar beneden achter zich. Erica begon eveneens aan de afdaling, maar de houten dwarslatjes bezorgden haar bij de afdaling meer moeilijkheden dan omhoog. De jongen scheen er totaal geen last van te hebben en verdween spoedig in de opening van de tunnel die naar de uitgang leidde.

Erica vertraagde haar pas tot een veiliger tempo. Ze wist dat ze hem nooit te pakken zou kunnen krijgen. Ze dacht na over zijn boodschap en de opwinding maakte zich van haar meester. De Curio Antique Shop! Haar list was geslaagd. Ze had het beeld gevonden!

Luxor: 12.00 uur

Met een gewelddadige ruk werd Lahib Zayed op zijn benen getrokken. Evangelos hield het voorpand van zijn boernoes in een stalen greep. 'Waar is ze?' grauwde hij de Egyptenaar in het ang-

stige gezicht.
Stephanos Markoulis, losjes gekleed en met de kraag van zijn overhemd open, zette het bronzen beeldje dat hij had bekeken neer en wendde zich naar de beide mannen. 'Lahib, nadat je me eerst hebt laten weten dat Erica Baron in jouw winkel is geweest om naar dat Seti-beeld te vragen, begrijp ik niet waarom je nu aarzelt me te vertellen waar ze uithangt.'
Lahib stond doodsangsten uit. Hij wist niet voor wie hij banger moest zijn, voor Mohammed of voor Stephanos. Maar nu hij voelde hoe de hand van Evangelos de kraag van zijn boernoes steviger aandraaide, kwam hij tot de conclusie dat het Stephanos was.
'Goed dan, ik zal het je vertellen.'
'Laat hem maar los, Evangelos.'
De Griek ontspande zijn greep zo plotseling, dat Lahib achteruit wankelde om zijn evenwicht te hervinden.
'Wel?' vroeg Stephanos.
'Ik weet niet waar ze op dit moment is, maar ik weet wel waar ze logeert. Ze heeft een kamer in het Winter Palace Hotel. Maar, Stephanos, wij zullen wel voor die vrouw zorgen. We hebben onze maatregelen al genomen.'
'Dat doe ik liever zelf,' zei Stephanos. 'Reken daar maar op. Maar maak je maar niet bezorgd, we zullen nog wel even terugkomen om gedag te zeggen. Bedankt voor al je hulp.'
Stephanos maakte een handgebaar naar Evangelos en de beide mannen liepen de winkel uit. Lahib verroerde zich niet eerder dan nadat ze uit zijn gezichtsveld waren verdwenen. Toen snelde hij naar de deur en keek hen na totdat ze waren verdwenen.
'Er komen grote moeilijkheden, hier in Luxor,' zei Lahib tot zijn zoon, toen de beide Grieken uit het zicht waren. 'Ik wil dat jij je moeder en je zuster vanmiddag nog naar Aswan brengt. Zodra de Amerikaanse vrouw verschijnt en ik haar de boodschap heb doorgegeven kom ik naar jullie toe. Ik wil dat je onmiddellijk vertrekt.'

Stephanos Markoulis liet Evangelos in de lobby van het Winter Palace Hotel wachten terwijl hij zelf naar de receptie stapte. De receptionist was een knappe Nubiër wiens huid de kleur had van ebbehout.

'Logeert hier een Erica Baron?' vroeg Stephanos.
De receptionist sloeg het register open en liet zijn vinger omlaag glijden langs de namen. 'Inderdaad meneer.'
'Mooi. Ik zou graag een boodschap voor haar achterlaten. Heeft u pen en papier?'
'Zeker meneer.' Beleefd overhandigde de Nubiër een vel postpapier, een enveloppe en een pen.
Stephanos deed alsof hij een briefje schreef. In werkelijkheid tekende hij echter alleen enkele krabbels op het papier, vouwde het op en likte de enveloppe dicht. Hij gaf de enveloppe aan de receptionist, die zich omdraaide en de brief in vakje 218 legde. Stephanos bedankte hem en liep terug naar Evangelos. Samen wandelden ze naar boven.
Er kwam geen antwoord, toen ze aanklopten op de deur van kamer 218, dus liet Stephanos Evangelos aan het slot werken terwijl hij zelf een oogje in het zeil hield. Het Victoriaanse slot bood nagenoeg geen weerstand en ze waren bijna even snel in de kamer als wanneer ze over de juiste sleutel hadden beschikt. Stephanos sloot de deur achter zich en keek het vertrek door. 'We zullen de tent even doorzoeken,' zei hij. 'Daarna blijven we hier rustig wachten tot ze terugkomt.'
'Moet ik haar onmiddellijk doden?' vroeg Evangelos.
Stephanos glimlachte wreed. 'Nee, we zullen eerst eens een poosje met haar babbelen. Dat wil zeggen, ik zal zelf eerst even met haar babbelen.'
Evengelos grijnsde en rukte de bovenste la van het bureau open. Daar lagen Erica's panty's, in keurige rechte stapeltjes.

Caïro: 14.30 uur

'Ben je er zeker van?' vroeg Yvon vol ongelovige verbazing. Raoul keek op van zijn tijdschrift.
'Vrijwel helemaal,' zei Erica, genietend van Yvons verraste gezicht. Nadat ze in de Grote Piramide de boodschap had gekregen, had Erica besloten Yvon te gaan opzoeken. Ze wist dat hij met het nieuws over het beeld in zijn schik zou zijn en was er vrijwel zeker

van dat hij haar naar Luxor zou willen brengen.
'Het is haast niet te geloven,' zei Yvon. Zijn blauwe ogen glinsterden. 'Hoe weet je dat ze van plan zijn, jou het beeld te laten zien?'
'Omdat ik heb gevraagd dat te zien te krijgen.'
'Je bent me er een,' zei Yvon. 'Ik heb hemel en aarde bewogen om dat beeld op te sporen en jij doet het zo maar even.' Hij knipte knallend met zijn vingers.
'Nou, in elk geval heb ik het beeld nog niet gezien,' zei Erica. 'Ik moet vanmiddag naar de Curio Shop komen – en wel alleen.'
'We kunnen binnen het uur vertrekken.' Yvon stak zijn hand uit naar de telefoon. Hij verbaasde zich erover dat het beeld terug zou zijn in Luxor; in feite maakte dat hem achterdochtig.
Erica stond op en rekte zich uit. 'Ik heb zojuist de nacht in de trein doorgebracht en zou dolgraag even willen douchen, als je het niet erg vindt.'
Yvon wuifde naar de kamer ernaast. Erica nam haar draagtas en verdween in de badkamer, terwijl Yvon in gesprek was met zijn piloot.
Yvon maakte de nodige afspraken om hun vervoer te regelen en luisterde toen naar het geluid van de douche, alvorens zich tot Raoul te wenden. 'Misschien is dit de gelegenheid waarop we zo vurig hebben gehoopt. Maar we moeten uiterst voorzichtig zijn. Dit is het ogenblik waarop we op Khalifa moeten vertrouwen. Stel je met hem in verbinding en laat hem weten dat we omstreeks half zeven aankomen. Zeg hem dat Erica vanavond de mensen zal ontmoeten die we willen hebben. Zeg hem dat er ongetwijfeld moeilijkheden zullen komen en dat hij zich daarop moet voorbereiden. En zeg hem dat het met hem gedaan is als het meisje wordt gedood.'

Het kleine straalvliegtuig maakte een flauwe bocht naar rechts en kantelde toen sierlijk de vleugels terug om in een wijde boog over het Nijldal te vliegen, op een kilometer of acht ten noorden van Luxor. Het vliegtuigje daalde tot een hoogte van ongeveer 1000 voet en vloog in noordelijke richting verder, in een rechte koers. Op het juiste ogenblik nam Yvon gas terug, trok de neus op en landde gladjes op een kussen van lucht. Er ging een schok door het toestel toen de rotors op tegendruk werden overgeschakeld en het vliegtuig binnen een korte afstand afremde tot taxi-snelheid. Yvon verliet de cockpit en liep naar achteren om met Erica te praten, terwijl de piloot naar het gebouw van de luchthaven taxiede.

'Nou, laten we de zaak nog eens helemaal doorpraten,' zei hij en draaide een van de passagiersstoelen om zodat hij tegenover Erica kon gaan zitten. Er lag een ernstige klank in zijn stem, die haar ongerust maakte. In Caïro had de gedachte dat zij het Seti-beeld te zien zou krijgen haar nog opwindend geleken, maar hier, in Luxor, voelde ze de eerste voorboden van angst in zich opkomen.

'Zodra we aankomen,' vervolgde Yvon, 'neem je een eigen taxi en laat je je rechtstreeks naar de Curio Antique Shop rijden. Raoul en ik zullen in het New Winter Palace Hotel, suite 200, op je wachten. Ofschoon ik er eigenlijk van overtuigd ben dat het beeld niet in de Curio Shop zal zijn.'

Erica keek geschrokken op. 'Hoe bedoel je, waarom zou het er niet zijn?'

'Dat zou veel te gevaarlijk voor ze zijn. Nee, dat beeld zal beslist ergens anders zijn. Ze zullen je er naar toe brengen. Dat is de gebruikelijke manier. Maar dat zit wel goed.'

'Het beeld stond anders ook in Antica Abdul,' protesteerde Erica.

'Toen had je stom geluk,' zei Yvon. 'Het beeld stond daar op doorreis. Maar ik ben ervan overtuigd dat ze je deze keer ergens anders heen zullen brengen om het beeld te zien. Probeer je nauwkeurig te herinneren waar je heen wordt gebracht, zodat je tenminste de weg terug zult kunnen vinden. En denk erom, als je het beeld eenmaal te zien hebt gekregen moet je beslist met ze onderhandelen. Als je dat niet doet zullen ze achterdochtig worden. Maar nog eens, ik ben bereid hun prijs te betalen, op voorwaarde dat ze mij de aflevering buiten Egypte kunnen garanderen.'

'Zoals bijvoorbeeld via de Züricher Kredit Bank?' zei Erica.

'Hoe weet jij dat?' vroeg Yvon.

'Op dezelfde manier als waarop ik wist dat ik bij de Curio Antique Shop moest zijn,' zei Erica.

'En welke manier is dat?'

'Dat ga ik jou niet vertellen,' zei Erica. 'Nog niet, tenminste.'

'Erica, dit is geen spelletje!'

'Ik weet dat het geen spelletje is,' zei ze verhit. Yvon had haar angsten voortdurend doen toenemen. 'Dat is nou precies de reden waarom ik het je niet wil vertellen, niet nu.'
Yvon staarde haar aan. Hij stond perplex. 'Goed dan,' zei hij eindelijk, 'maar ik wil dat je zo snel mogelijk naar mijn hotel terugkomt. We mogen niet toestaan dat het beeld opnieuw onderduikt. Zeg hen maar dat het geld binnen vierentwintig uur overgemaakt kan zijn.'
Erica knikte en keek uit het raampje. Hoewel het al over zessen was straalde het asfalt van de landingsbaan nog steeds hitte uit, zodat de lucht erboven trilde. Het vliegtuig kwam tot stilstand en de motoren vielen stil. Ze haalde diep adem en maakte haar veiligheidsriem los.
Vanaf zijn waarnemingspost bij het handelsgebouw keek Khalifa toe hoe de deur van het kleine straalvliegtuig openzwaaide. Zodra hij Erica ontwaarde draaide hij zich om en liep snel naar zijn klaarstaande auto, zijn halfautomatische pistool controlerend voor hij achter het stuur kroop. In de zekerheid dat hij vanavond zijn salaris van 200 dollar per dag zou verdienen, schakelde hij de eerste versnelling in en reed naar Luxor.
In Erica's kamer in het Winter Palace haalde Evangelos zijn Beretta onder zijn linkeroksel vandaan en streelde de met ivoor ingelegde kolf. 'Stop dat ding weg,' snauwde Stephanos vanaf het bed. 'Je maakt me zenuwachtig met dat gefrunnik aan dat ding. Ontspan je nou maar, in Jezusnaam. Dat meisje komt wel opdagen. Al haar spullen zijn hier.'
Onderweg naar Luxor overwoog Erica of ze even bij het hotel zou stoppen. Het had geen zin om haar camera en extra kleren mee te slepen. Maar omdat ze vreesde dat Lahib Zayed zijn winkel misschien zou sluiten voor ze er was besloot ze er rechtstreeks heen te rijden, zoals Yvon haar had aangeraden. Ze liet de chauffeur aan het eind van de overvolle Shari el Moentazah stoppen. De Curio Antique Shop was een paar honderd meter verderop.
Erica was nerveus. Zonder het te weten had Yvon haar angstige voorgevoelens over wat nu komen ging versterkt. Onwillekeurig moest ze telkens opnieuw terugdenken aan het feit dat zij had gezien hoe een man vanwege dit beeld was vermoord: wat haalde ze

eigenlijk in haar hoofd door dat beeld te gaan zien? Toen ze de winkel naderde zag ze dat het er vol was met toeristen, zodat ze doorliep. Enkele winkels verder bleef ze staan en draaide zich om teneinde de ingang in het oog te houden. Niet lang daarna kwam er een groepje Duitsers naar buiten, die luidruchtig onder elkaar grappen maakten terwijl zij zich invoegden in de stroom van winkelende toeristen en wandelaars. Het was nu of nooit. Erica zuchtte diep en liep met samengeknepen lippen naar de winkel toe.
Na alle zorgen die ze zich had gemaakt verrastte het haar, toen Lahib Zayed haar bruisend van enthousiasme verwelkomde, in plaats van zich terughoudend of heimelijk te gedragen. Hij kwam achter zijn toonbank vandaan alsof Erica een verloren gewaande vriendin van hem was. 'Ik ben heel blij u weer te zien, juffrouw Baron. Ik kan u gewoon niet vertellen hoe blij ik ben!'
Aanvankelijk was Erica op haar hoede, maar Lahibs oprechtheid was overduidelijk en ze stond toe dat hij haar op oosterse wijze teder omhelsde.
'Heeft u misschien trek in een kopje thee?'
'Nee, dank u, liever niet. Ik ben na uw boodschap zo snel mogelijk gekomen.'
'Ah, inderdaad,' riep Lahib. Opgewonden klapte hij in zijn handen. 'Het beeld. U kunt zichzelf gelukkig prijzen, want u zult een wonderbaarlijk mooi stuk te zien krijgen. Een beeld van Seti de Eerste dat even hoog is als uzelf.' Lahib kneep een oogje dicht als om haar lengte te schatten.
Erica kon haast niet geloven dat hij zo doortrapt kon zijn. Zijn gedrag maakte dat haar angsten overdreven melodramatisch en kinderachtig leken.
'U heeft het beeld hier?' vroeg ze.
'O nee, m'n beste! We laten het u zien zonder voorkennis van de Oudheidkundige Dienst.' Hij knipoogde. 'Daarom dienen we de nodige voorzichtigheid te betrachten. En omdat het zo'n groot en schitterend stuk is wagen we het niet om het hier te brengen, in Luxor. Het bevindt zich op de westelijke oever, maar we kunnen het overal afleveren, waar uw opdrachtgevers maar willen.'
'Hoe krijg ik het te zien?' vroeg Erica.
'Heel eenvoudig. Maar eerst zult u moeten begrijpen dat u alleen

zult moeten gaan. Om voor de hand liggende redenen kunnen we een dergelijk stuk niet aan allerlei mensen laten zien. Als u door iemand anders wordt vergezeld of zelfs maar wordt gevolgd, zult u de kans verspelen om het beeld te zien. Is u dat duidelijk?'
'Volkomen,' zei Erica.
'Uitstekend. U hoeft alleen maar de Nijl over te steken en een taxi te nemen naar een klein dorpje dat Qoerna heet. Het ligt...'
'Ik ken dat dorpje,' zei Erica.
'Dat maakt de zaak eenvoudiger,' lachte Lahib. 'In dat dorp staat een kleine moskee.'
'Ik weet het,' zei Erica.
'Ah, schitterend, dan zult u het zonder moeite kunnen vinden. Zorg dat u tegen het vallen van de schemering bij de moskee bent. Een van mijn collega-handelaren zal u daar opvangen en u het beeld laten zien. Zo eenvoudig is het allemaal.'
'Prima,' zei Erica.
'O, nog iets anders,' zei Lahib. 'Als u op de westelijke oever aankomt, kunt u het beste een taxi nemen die bereid is, bij het dorp op u te blijven wachten. Biedt de chauffeur maar een pond extra. Anders zult u later moeilijkheden hebben om terug te komen naar de aanlegsteiger.'
'Hartelijk dank,' zei Erica, ingenomen met Lahibs bezorgdheid voor haar welzijn. Lahib keek Erica na toen zij de Shari el Moentazah uitwandelde in de richting van het Winter Palace Hotel. Ze draaide zich een keer om en hij wuifde haar na. Toen sloot hij haastig de deur van zijn winkel en legde de houten grendelbalk tussen de beugels. Hij haalde een gecamoufleerd luik in de vloer los en verborg zijn beste stukken en antiek aardewerk in de nis eronder. Daarna vertrok hij door de achterdeur, sloot deze af en ging op weg naar het station. Hij wist zeker dat hij de trein van zeven uur naar Aswan nog zou halen.
Terwijl Erica langs de waterkant terugwandelde naar haar hotel, voelde ze zich een stuk beter dan voor haar bezoek aan de Curio Antique Shop. Haar verwachtingen van geheimzinnig-doenerij bleken ongegrond te zijn. Lahib Zayed had zich openhartig, vriendelijk en bezorgd getoond. Alleen was ze teleurgesteld dat ze het beeld pas later op de avond te zien zou krijgen. Erica keek naar de

hemel en probeerde te schatten hoelang het nog zou duren voor de zon onder zou gaan. Ze had nog minstens een uur over – genoeg tijd om terug te gaan naar het hotel en een spijkerbroek aan te trekken voor de tocht naar Qoerna.

Toen Erica de majesteitelijke tempel van Luxor was genaderd, die nu werd omringd door een moderne stad, bleef Erica plotseling staan. Ze had er geen seconde bij stilgestaan of ze soms werd gevolgd. Als dat het geval was zou dat haar hele plan in de war kunnen sturen. Snel draaide ze zich om en doorzocht de straat achter haar om te zien of ze haar vaste schaduw kon ontdekken. Ze was de man volkomen vergeten. Ze zag massa's voetgangers, maar geen man met een haakneus, gekleed in een donker pak. Opnieuw keek ze op haar horloge. Ze móest weten of ze werd gevolgd. Ze liep terug naar de tempel, kocht snel een toegangsbewijs en liep het voetpad af dat tussen de beide torens van de voorste pyloon doorliep. Toen ze in de tempelhof van Ramses II was gekomen, majesteitelijk omlijst door een dubbele rij machtige zuilen, versierd met een papyrus-motief, sloeg ze onmiddellijk rechtsaf en liep een kleine kapel voor de god Amon binnen. Van daaruit kon Erica zowel de ingang als de tempelhof overzien. Er wandelden een stuk of twintig mensen rond, die foto's maakten van de kolossale, achttien meter hoge beelden van Ramses II. Erica besloot een kwartier te blijven wachten. Als er niemand op kwam dagen zou ze haar schaduw vergeten.

Ze keek de kapel rond en bekeek de basreliëfs. Ze waren aangebracht in de tijd van Ramses II, en de kwaliteit van het werk was duidelijk minder dan wat ze in Abydos had gezien. Ze herkende de voorstellingen van Amon, Moet en Tefnoet. Toen ze haar aandacht weer richtte op de tempelhof schrok ze. Khalifa was op minder dan anderhalve meter van haar standplaats om de hoek gekomen van de eerste pyloon. Hij maakte een al even verraste indruk. Zijn hand vloog in zijn jasje, op zoek naar zijn pistool; maar hij kreeg zichzelf weer in de hand en trok zijn hand terug, terwijl zijn gezicht zich vertrok tot een halve grijns. Toen was hij verdwenen.

Erica knipperde met haar ogen. Zodra ze van de schrik bekomen was rende ze de kapel uit en keek in de gang achter de dubbele rij zuilen. Khalifa was in rook opgelost.

Erica schoof de riem van haar draagtas hoger op haar schouder en haastte zich het terrein van de tempel uit. Ze wist dat ze in moeilijkheden was en dat haar schaduw alles kon bederven. Ze bereikte de wandelpromenade langs de Nijl en keek naar beide kanten. Ze moest hem kwijt zien te raken, maar toen ze haar horloge raadpleegde wist ze dat haar tijd begon op te raken.
De enige keer dat Khalifa haar niet had gevolgd was geweest toen ze over dat bergpaadje vanuit Qoerna naar het Dal der Koningen was gegaan. Erica meende dat ze diezelfde route ook in omgekeerde richting kon gebruiken. Ze kon nu naar het Dal der Koningen gaan, via het bergpad naar Qoerna wandelen en haar taxi opdracht geven, onderaan het dorp op haar te blijven wachten. Maar opeens besefte ze dat dit een belachelijk plan was. De enige reden waarom Khalifa haar niet naar het Dal der Koningen was gevolgd was vermoedelijk het feit dat hij had geweten waar ze naartoe ging en eenvoudig geen zin had gehad zich bloot te stellen aan de hitte en zoveel vermoeienissen. Hij had zich niet van de wijs laten brengen. Als zij werkelijk Khalifa wilde kwijtraken moest ze dat proberen in een massa mensen.
Ze keek nog eens op haar horloge en kreeg een inval. Het was nu bijna zeven uur. Om half acht ging er een sneltrein naar Caïro, dezelfde trein die ze de vorige avond had genomen. Het was stampvol geweest in het station en op het perron. Het was de beste inval die ze had gehad. De enige moeilijkheid was, dat het haar zou beletten Yvon op te zoeken. Misschien zou ze hem vanuit het station kunnen bellen. Erica wenkte een rijtuig.
Zoals ze had verwacht wemelde het in het station inderdaad van reizigers en met moeite slaagde ze erin de loketten te bereiken. Ze passeerde een enorme stapel rieten manden, gevuld met kakelende kippen. Aan een pilaar was een kleine kudde geiten en schapen vastgebonden, wier klagende geblaat verloren ging in de kakofonie van menselijke stemmen die door de grote hal schalden. Erica kocht een enkele reis eersteklas naar Nag Hamdi. Het was nu zeventien minuten over zeven. Het bleek nog moeilijker om het perron over te steken dan de loketten te bereiken. Erica keek niet achterom. Ze wrong zich in allerlei bochten langs huilende mensen die afscheid namen van vertrekkende reizigers, totdat ze het

betrekkelijk rustige gedeelte van het perron ter hoogte van de eersteklascoupés had bereikt. Ze stapte in de tweede wagon in en liet snel haar kaartje aan de conducteur zien. Het was drieëntwintig over zeven.
Erica ging rechtstreeks naar het toilet. Het was afgesloten, net als het toilet er tegenover. Zonder aarzelen liep ze door naar de derde wagon en haastte zich door het middenpad. Hier bleek het toilet vrij en ze wipte naar binnen. Vlug maakte Erica de riem van haar katoenen pantalon los en trok hem uit. Ze probeerde zo weinig mogelijk van de stank in te ademen en deed eerst de deur op slot. Toen trok ze haar spijkerbroek aan en stootte met haar elleboog onzacht tegen de kleine wastafel terwijl ze zich moeizaam in de broek wrong. Het was nu bijna half acht. Ze hoorde een fluitje. Welhaast in paniek schoot ze een blauw shirt aan, stak vliegensvlug haar weelderige, donkere haar op en zette haar kakikleurige zonnehoed op. Na een blik in de spiegel hoopte ze dat ze haar uiterlijk voldoende zou hebben veranderd. Ze verliet het stinkende toilet en rende snel naar de volgende wagon. Het was een tweedeklascoupé waarin het aanzienlijk voller was. De meeste reizigers hadden hun plaatsen nog niet bezet en waren druk bezig met het stouwen van hun bagage in de rekken.
Erica liep verder, van de ene wagon naar de andere. Toen ze de derde klasse bereikte zag ze dat de kippen en het kleinvee in de kleine ruimte voor de coupés waren ingeladen, zodat verder doorlopen onmogelijk was. Ze keek naar buiten en nam de woelende menigte in ogenschouw. Het was twee minuten over half acht. De trein schokte en begon te rijden, toen zij het trapje naar het perron afdaalde. Het geroezemoes van vele stemmen werd plotseling luider en verschillende mensen schreeuwden en wuifden. Erica worstelde zich over het perron naar de stationshal en keek voor de eerste maal om zich heen, op zoek naar Khalifa.
De menigte begon zich te verspreiden. Erica liet zich door de stroom mensen naar de uitgang duwen, de straat op. Zodra ze buiten was haastte ze zich naar een klein café en ging aan een tafeltje zitten vanwaar ze de ingang in het oog kon houden. Ze hoefde niet lang te wachten. Ruw de mensen opzij duwend stormde Khalifa de stationshal uit. Zelfs vanwaar zij zat kon Erica zijn woede bespeu-

ren, toen hij in een taxi sprong en de Shari el Mahatta inreed, in de richting van de Nijloever. Erica dronk haastig haar koffie op. De zon ging al onder en de schemering begon te vallen. Ze was laat. Ze pakte haar tas en haastte zich het café uit.

'Godallemachtig!' bulderde Yvon. 'Waarom betaal ik jou eigenlijk 200 dollar per dag? Maak me dat maar eens duidelijk!'
Khalifa fronsde zijn wenkbrauwen en bekeek de nagels van zijn linkerhand. Hij wist dat hij zich een dergelijke tirade niet hoefde te laten welgevallen, maar zijn opdracht fascineerde hem nu eenmaal. Die Erica Baron had hem erin laten lopen als een groentje – en hij was niet gewend aan het kortste eind te trekken. Als dat wel zo was geweest, was hij nu al jarenlang dood.
'Mooi gedaan,' zei Yvon op een toon van afschuw. 'En wat gaan we nu doen?'
Raoul, die Khalifa had aanbevolen, voelde zich meer voor de gang van zaken verantwoordelijk dan Khalifa zelf.
'Je zou iemand kunnen sturen om haar op te wachten bij de trein,' merkte Khalifa op. 'Ze kocht een kaartje naar Nag Hamdi, maar ik geloof niet dat ze werkelijk met de trein is meegegaan. Ik geloof eerder dat het een truc was om mij af te schudden.'
'Goed, Raoul, laat iemand bij de trein op haar wachten,' zei Yvon gedecideerd. Raoul liep naar de telefoon, blij iets om handen te hebben.
'Luister, Khalifa,' zei Yvon, 'doordat jij Erica hebt laten ontglippen heb je de hele operatie op losse schroeven gezet. Ze heeft in de Curio Antique Shop instructies gekregen. Ga er naar toe en probeer erachter te komen waar ze haar naar toe hebben gestuurd. Het kan me niet verdommen hoe je het doet, maar dóe het.'
Zonder verder een woord vuil te maken duwde Khalifa zich af van het bureau waartegen hij had staan leunen en verliet het hotel. Hij wist dat de winkelier op geen enkele manier inlichtingen voor hem zou kunnen verzwijgen, tenzij de man bereid was te sterven.

Onder de hoog optorenende rotswand was het dorpje Qoerna al in diepe duisternis gehuld toen Erica vanaf de weg de heuvel begon op te klauteren. De taxi die ze voor de hele avond had gehuurd bleef beneden staan wachten, met het portier een eindje open. Ze wandelde langs de sombere lemen huizen. In de binnenhoven kon ze kookvuurtjes van gedroogde koemest zien branden. Het schijnsel van de vlammen hulde de zonderlinge slaapplateaus voor de zomer in een grotesk licht. Erica herinnerde zich de reden voor deze plateaus – cobra's en schorpioenen – en huiverde, ondanks de warme avondlucht.

De donkere moskee met zijn witte minaret leek van zilver. Ze was er nog ongeveer honderd meter vandaan. Erica bleef staan om op adem te komen. Als ze omkeek naar het dal kon ze de lichtjes van Luxor zien, vooral die van de hoge torenflat van het New Winter Palace Hotel. Het gebied rond de Aboel Haggag-moskee was omgeven door een snoer gekleurde lampen, als een soort kerstversiering.

Erica wilde net verder lopen toen er in het donker bij haar voeten plotseling iets bewoog. Ze stootte een angstkreet uit en sprong achteruit, zodat ze bijna in het zand beet. Ze wilde het op een lopen zetten, toen een woest gegrom, gevolgd door een oorverdovend geblaf de stilte verscheurde. Opeens was ze ingesloten door een kleine troep grauwende honden. Ze bukte zich en pakte een steen op. Het moest een gebaar zijn waarmee de honden heel vertrouwd waren, want de honden hadden zich al verspreid voor ze de steen had kunnen gooien.

Erica passeerde een stuk of tien mensen terwijl ze het dorpje doorliep. Ze waren zonder uitzondering gekleed in zwarte mantels en zwarte doeken en liepen zwijgend langs haar heen, zonder gezichten. Erica besefte dat, als zij niet al eens overdag door Qoerna had gelopen, ze nu onmogelijk had geweten hoe ze moest lopen. Het plotselinge, rauwe gebalk van een ezel verscheurde de stilte, om even onverwachts op te houden als het was begonnen. Vanaf de plaats waar ze liep kon Erica de contouren zien van het huis van Aïda Raman, hoog bovenaan de helling. Achter de ramen zag ze het vage schijnsel van een olielamp. Hoog achter het huis zag Erica de kloof met het bergpad naar het Dal der Koningen scherp tegen de hemel afsteken. Ze was nu minder dan vijftig meter van de moskee vandaan. Nergens brandde licht. Ze vertraagde haar pas. Ze wist dat ze te laat was voor het rendez-vous. De scheme-

ring was voorbij, het was al avond. Misschien waren ze tot de conclusie gekomen dat zij niet zou komen opdagen. Misschien moest ze omkeren en teruggaan naar haar hotel, of een bezoek brengen aan Aïda Raman en haar vertellen wat er in de papyrus stond. Erica bleef staan en keek naar de moskee. Hij maakte een verlaten indruk. Toen herinnerde ze zich Lahib Zayeds enthousiaste ontvangst, haalde haar schouders op en liep in de richting van de deur. Langzaam duwde ze de moskeedeur open, zodat ze de binnenhof kon overzien. De voorgevel van de moskee zelf leek het licht van de sterren aan te trekken en te weerkaatsen, zodat het in de binnenhof lichter was dan op straat. Ze zag niemand. Geruisloos stapte Erica naar binnen en sloot de deur achter zich. Nergens bewegingen of geluiden in de buurt van de moskee. Het enige wat ze hoorde was zo nu en dan hondengeblaf, dat uit het dorp beneden leek te komen. Eindelijk dwong ze zichzelf verder te lopen naar de toegangsdeur van de moskee. Hij was gesloten. Ze liep door de kleine portiek verder en klopte op de deur van de kamer waarin de imam woonde. Geen antwoord. Er was hier helemaal niemand.
Erica liep terug naar de binnenhof. Ze moesten tot de slotsom zijn gekomen dat zij niet zou komen. Erica wierp een blik op de deur naar de straat. Maar in plaats van dadelijk weg te gaan wandelde ze terug naar het portiek en ging zitten, met haar rug tegen de muur van de moskee leunend. De donkere boog van de portiek omlijstte haar inkijk op de binnenhof. Boven de muren zag Erica de oostelijke hemel, die lichter begon te worden in afwachting van de opklimmende maan.
Erica rommelde in haar tas tot ze een sigaret had gevonden. Ze stak hem op als steuntje voor haar moed en keek bij het licht van een lucifer op haar horloge. Het was kwart over acht.
Vreemd genoeg werden de schaduwen in de binnenhof steeds langer naarmate de maan hoger aan de hemel stond. Hoe langer Erica bleef zitten, hoe meer haar fantasie haar parten begon te spelen. Ieder geluid uit het dorp liet haar opschrikken. Na een kwartier had ze er genoeg van. Ze stond op en klopte het stof van haar spijkerbroek. Toen liep ze door de binnenhof terug naar de houten deur en rukte hem open. 'Juffrouw Baron?' zei een gedaante in een zwarte boernoes. Hij stond vlak voor de deur van de binnen-

hof op de vuile straat. Doordat de maan vlak boven zijn schouder hing kon ze zijn gezicht niet onderscheiden. Hij boog alvorens verder te spreken. 'Ik vraag u excuus voor de vertraging. Volgt u mij alstublieft.' Hij glimlachte, zodat zijn enorme tanden zichtbaar werden.

Meer werd er niet gesproken. De man, die naar Erica vermoedde een Nubiër was, ging haar over de helling voor naar boven, dieper het dorp in. Ze volgden een van de vele voetpaadjes en konden dank zij het door de lichte rotsen en het zand weerkaatste maanlicht gemakkelijk hun weg vinden. Ze passeerden enkele rechthoekige ingangen van graftomben.

De Nubiër ademde nu moeizaam en toen hij eindelijk bij een in de rots uitgehakte helling bleef staan was hij duidelijk opgelucht. Onderaan de helling was de toegang afgesloten met een zwaar ijzeren traliehek. Er hing een bordje aan met het nummer 37.

'U zult me even moeten excuseren en hier enkele minuutjes moeten wachten,' zei de Nubiër. Voor Erica had kunnen antwoorden was hij al op de terugweg naar Qoerna.

Erica keek de zich verwijderende gestalte na en wierp toen een blik op het ijzeren hek. Ze draaide zich om en wilde iets zeggen, maar de Nubiër was al zo ver weg dat ze zou hebben moeten schreeuwen.

Erica liep de helling af, pakte het ijzeren hek beet en schudde. Het nummerbordje rammelde, maar het hek ging niet open. Het was afgesloten. Met moeite kon ze enkele oud-Egyptische versieringen op de wanden onderscheiden.

Ze liep terug naar boven en werd nu overvallen door dezelfde vrees die ze had gevoeld voor ze de Curio Antique Shop binnen was gegaan. Ze bleef bij de ingang naar de tombe staan en zag de Nubiër het dorp beneden haar in lopen. In de verte blaften een paar honden. Achter haar voelde ze de dreigende aanwezigheid van de voorover hellende bergwand.

Plotseling hoorde ze achter zich een scherpe, metaalachtige klik. De angst sloeg haar in de benen. Toen hoorde ze het nare geknars van staal op staal. Ze wilde weghollen, maar was niet bij machte zich te verroeren toen haar fantasie haar parten begon te spelen, en ze in haar verbeelding afschuwelijke gedaanten uit de tombe te

voorschijn zag komen. Het ijzeren hek achter haar werd gesloten en ze hoorde voetstappen. Langzaam dwong ze zichzelf zich om te draaien.
'Goedenavond, juffrouw Baron,' zei een gedaante die de helling op kwam lopen. Evenals de Nubiër droeg hij een zwarte boernoes, maar hij had de kap over zijn hoofd getrokken. Onder de kap droeg hij een witte tulband. 'Mijn naam is Mohammed Aboelal.' Hij maakte een buiging voor haar en Erica wist haar houding enigszins terug te vinden. 'Ik bied u mijn verontschuldigingen aan voor al dit uitstel, maar het was helaas noodzakelijk. De beelden die u zo dadelijk zult zien zijn buitengewoon kostbaar en we vreesden dat u misschien zoudt worden gevolgd door de autoriteiten.'
Eens te meer besefte Erica hoe belangrijk het was geweest haar schaduw kwijt te raken.
'Volgt u mij, alstublieft,' zei Mohammed, Erica voorbijlopend. Hij begon langs het bergpad nog hoger te klimmen.
Erica wierp een laatste blik op het dorp beneden haar. Ze kon nauwelijks haar taxi onderscheiden, die op de asfaltweg stond te wachten. Ze moest zich haasten om Mohammed in te halen.
Toen zij de voet van de steile rotswand zelf hadden bereikt sloeg hij linksaf. Erica probeerde langs de rotswand omhoog te kijken, maar werd zo duizelig dat ze bijna achterover viel. Ze wandelden nog vijftien meter verder en liepen om een reusachtig rotsblok heen. Opnieuw moest ze hollen om Mohammed bij te houden.
Aan de andere kant van het rotsblok bevond zich eenzelfde soort helling als voor de toegang naar tombe nummer 37. Ook hier was een zwaar ijzeren traliehek aangebracht, maar ditmaal was er geen nummerbordje te zien. Erica bleef achter Mohammed staan terwijl hij rinkelde met een grote sleutelbos. Haar zenuwen hadden het nu helemaal begeven, maar ze was al even bang om haar angst te laten blijken.
Ze had nooit gedacht dat het Seti-beeld in zo'n van alles en iedereen verlaten oord zou zijn opgeslagen. Het ijzeren hek draaide knarsend en piepend in zijn scharnieren. Blijkbaar werd het zelden of nooit geopend.
'Ga uw gang,' zei Mohammed alleen, Erica beduidend naar binnen te gaan.

Het was een tombe zonder enige decoratie. Ze draaide zich om en keek toe hoe Mohammed het hek sloot. Er klonk een luide klik toen het slot pakte. Het bleke maanlicht scheen door de ijzeren tralies.
Mohammed streek een lucifer af en liep langs Erica heen een smalle gang in. Ze had geen andere keuze dan vlak achter hem blijven. Ze liepen een kleine kring van lichtschijnsel binnen en Erica had het machteloze gevoel dat de situatie haar volledig uit de hand was gelopen.
Ze betraden een antichambre. Vaag kon Erica lijntekeningen op de muren onderscheiden. Mohammed bukte zich en hield zijn lucifer bij de lont van een olielamp. Het licht flikkerde en liet zijn schaduw tussen de oude Egyptische godheden op de muur dansen. Plotseling ving Erica een glimp op van een gouden reflectie. Daar was het dan, het Seti-beeld! Het gepolijste goud straalde een licht uit dat sterker was dan dat van de olielamp zelf. Voor het ogenblik won haar bewondering het van haar angst en Erica wandelde naar het kunstwerk. De ogen van albast en groen veldspaat straalden een hypnotische kracht uit en ze moest zichzelf dwingen naar de sokkel te kijken, waarop de hiëroglyfen waren aangebracht. Ze zag opnieuw de cartouches van Seti I en Toetanchamon. De tekst was gelijk aan die op het Houston-beeld: 'De eeuwige rust zij Seti I vergund, die heerste na Toetanchamon.'
'Het is schitterend,' zei Erica uit de grond van haar hart. 'Hoeveel vraagt u ervoor?'
'We hebben er nog meer,' zei Mohammed. 'Wacht totdat u de andere heeft gezien, voor u uw keus maakt.'
Erica draaide zich om teneinde hem aan te kijken en te zeggen dat zij tevredengesteld was. Maar ze kon geen woord uitbrengen. Opnieuw werd ze verlamd door angst. Mohammed had zijn kap teruggeslagen, zodat zijn snor en met goud gevulde tanden zichtbaar waren. Hij was een van de moordenaars van Abdoel Hamdi!
'We hebben in de aangrenzende grafkamer een prachtig assortiment beelden,' zei Mohammed. 'Alstublieft.' Hij maakte een halve buiging en wees met een breed, uitnodigend gebaar naar de nauwe toegang van een gang die nog dieper de tombe inleidde. Het koude zweet brak haar uit en plotseling huiverde ze van de

kou. Het traliehek bij de ingang naar de tombe was afgesloten. Ze moest tijd zien te winnen. Ze draaide zich om en begon in de richting van de smalle gang te lopen die naar buiten leidde, want ze voelde er niets voor om nog dieper de tombe in te gaan. Maar Mohammed kwam haar achterna. 'Alstublieft,' zei hij nog eens nadrukkelijk – en duwde haar zacht maar onweerstaanbaar de andere kant uit.
Hun schaduwen verplaatsten zich op groteske wijze langs de muren terwijl ze langs de hellende gang omlaag liepen. Voor zich uit zag Erica aan weerskanten van de gang een nis. In de nis stond een zware balk rechtop, van vloer tot zoldering. Toen Erica de balk passeerde realiseerde ze zich dat de balk een reusachtig stenen valluik ondersteunde.
Vlak erna eindigde de gang in een in de rots uitgehakte trap, die steil omlaag in de duisternis verdween.
'Hoe ver is het nog?' vroeg ze. Haar stem klonk hoger dan gewoonlijk.
'Een klein eindje maar.'
Doordat de lamp zich nu achter haar bevond viel Erica's schaduw op de trap voor haar, zodat ze niets meer kon zien. Voorzichtig tastte ze vooruit met haar voet. Op dat moment voelde ze iets in haar rug. Eerst dacht ze dat het de hand van Mohammed was. Toen besefte ze dat hij zijn voet tegen haar billen drukte.
Erica had alleen de tijd om haar handen naar voren te gooien, tegen de gladde wanden boven de trap. De kracht van de schop had haar haar evenwicht doen verliezen en ze begon te vallen. Ze landde op haar billen, maar de trap was zo steil dat ze omlaag bleef glijden, niet bij machte om haar beweging naar de inktzwarte duisternis een halt toe te roepen.
Mohammed zette haastig zijn olielamp neer en trok een stenen stootblok uit de nis. Met enkele goed geplaatste stoten dreunde hij de steunbalk van zijn plaats, waardoor de van een tegenwicht voorziene valdeur in beweging begon te komen. Langzaam gleed het vijf ton zware blok graniet langs een korte helling omlaag en kwam met een oorverdovende klap op zijn plaats. De oude graftombe was hermetisch afgesloten.

‘Er is in Nag Hamdi geen enkele Amerikaanse vrouw uit de trein gestapt,’ zei Raoul, ‘en er was zelfs niemand in de trein die ook maar enigszins aan Erica’s persoonsbeschrijving beantwoordde. Het ziet er naar uit dat we erin zijn gelopen.’ Hij stond bij de deur naar het balkon. De bergen boven de necropolis aan de overzijde van de rivier werden door het heldere licht van de maan beschenen.

Yvon zat zijn slapen te masseren. ‘Is het dan mijn noodlot altijd zó dicht bij mijn doel te komen, alleen om te moeten toezien dat het succes me door de vingers glipt?’ Hij wendde zich tot Khalifa. ‘En wat is de machtige Khalifa te weten gekomen?’

‘Er was niemand in de Curio Antique Shop. De andere winkels waren nog open en deden volop zaken met de toeristen. Blijkbaar werd de winkel onmiddellijk na Erica’s vertrek gesloten. De eigenaar heet Lahib Zayed, maar niemand scheen te weten waar hij naar toe was gegaan. Terwijl ik het toch met de nodige aandrang heb gevraagd.’ Khalifa grijnsde.

‘Ik wil dat de Curio Shop en het Winter Palace Hotel constant in het oog worden gehouden. En het kan me niet verdommen of jullie allebei de hele nacht wakker moeten blijven.’

Toen Yvon alleen was stapte hij het balkon op. De nacht ademde vrede en rust. De klanken van de piano in de eetzaal zweefden door de kruinen van de palmen omhoog. Nerveus begon hij over het balkon te ijsberen.

Erica kwam in zithouding onderaan de trap tot stilstand, een been onder haar zitvlak gevouwen. Ze had haar handen ernstig geschaafd maar mankeerde verder niets. Het grootste deel van de inhoud van haar draagtas was eruit gevallen. Ze probeerde de helse duisternis te doorboren, maar kon geen hand voor ogen zien. Als een blinde tastte ze in haar tas naar de zaklantaarn. Weg.

Op handen en voeten kroop ze rond, de stenen vloer aftastend. Ze vond haar fototoestel, dat nog heel scheen te zijn – en daarna haar reisgids. Maar geen zaklantaarn. Haar hand stuitte tegen een van de muren en doodsbang trok ze hem terug. Iedere fobie die ze ooit had gehad met betrekking tot slangen, spinnen en schorpioenen stak opnieuw de kop op, om haar de stuipen op het lijf te jagen. Ze

werd gekweld door het beeld van de cobra in de tempel van Abydos. Tastend langs de muur wist ze, nadat ze een hoek had ontdekt, de weg naar de trap terug te vinden, waar ze haar pakje sigaretten vond. In het cellofaan had ze een boekje lucifers gestopt.
Ze streek een lucifer af en hield hem voor zich uit. Ze bevond zich in een ruimte van ongeveer drie bij drie meter, met twee uitgangen en de trap achter haar. Op de muren waren scènes geschilderd uit het leven van alledag in het oude Egypte. Ze bevond zich in een van de tomben der edelen.
Even voor de vlam van de lucifer haar vingertoppen begon te schroeien ontdekte Erica tegen de verste muur een glimp van haar zaklantaarn. Ze streek een tweede lucifer af en liep in het aarzelende licht naar de muur om haar zaklantaarn op te pakken. Het glas voor de reflector was gebroken, maar het lampje was nog intact. Erica schoof het schakelaartje naar voren en de lantaarn begon dadelijk te branden.
Zonder zichzelf de tijd te gunnen over haar situatie na te denken liep ze terug naar de trap, klom naar boven en liet de lichtbundel rond de omtrek van de valdeur schijnen. Het granietblok paste ongelooflijk nauwkeurig in de gleuf. Ze duwde ertegen. Het blok was koud en bewegingloos, net als de berg zelf.
Ze liep terug naar de onderkant van de trap en begon de tombe te onderzoeken. De beide openingen in de muren van de ruimte onderaan de trap kwamen aan de linkerkant uit in een opslagruimte en rechts in een grafkamer. Behalve een ruw afgewerkte sarcofaag was het vertrek leeg. Het plafond was beschilderd met honderden vergulde vijfpuntige sterren op een donkerblauw fond, terwijl de muren waren verfraaid met scènes uit het Egyptische Dodenboek. Aan de achterste muur las Erica in welke tombe zij zich bevond: de tombe van Amose, opperschrijver en grootvizier van farao Amenhotep III.
Erica liet het licht van de zaklantaarn rond de sarcofaag schijnen en zag temidden van spinrag een schedel op de grond liggen. Aarzelend bukte ze zich om beter te kunnen zien. De oogkassen waren donkere holten en de onderkaak was naar beneden gezakt, waardoor de mond een gekwelde uitdrukking had gekregen. Alle tanden en kiezen zaten op hun plaats. Zó oud kon dit hoofd niet zijn!

Gebogen over de schedel realiseerde Erica zich dat ze de overblijfselen van een heel lichaam voor zich had. Het lichaam had in opgetrokken houding naast de sarcofaag gelegen, als in slaaphouding. Door de half vergane kleding kon ze de ribben en rugwervels zien. Even onder de schedel zag Erica iets van goud glinsteren. Aarzelend stak ze haar hand uit en tilde het voorwerp op. Het was een Yale-medaillon van 1975. Voorzichtig legde Erica het medaillon weer op z'n plaats en stond op. 'We zullen de volgende ruimte eens bekijken,' zei ze luidop, hopend dat het geluid van haar eigen stem haar moed in zou kunnen spreken. Ze wilde nog niet verder denken, niet zolang er nog andere ruimten te doorvorsen waren. Want op die manier kon ze zich losmaken van de realiteit van haar situatie. Ze gedroeg zich als een normale toeriste en liep de volgende en laatste ruimte binnen. Het vertrek had dezelfde afmetingen als de grafkamer en was volkomen leeg, met uitzondering van wat stukken steen en een beetje zand. Net als in de grafkamer beeldden de fresco's toneeltjes uit het dagelijks leven uit – alleen waren ze onvoltooid gebleven. De rechter muur was bedoeld geweest voor een grote oogstscène en de figuren waren al aangegeven door lijnen van rode oker. Langs de onderkant was een brede band van wit pleisterwerk aangebracht, waarop later de hiëroglyfen getekend hadden moeten worden. Nadat ze met de zaklantaarn de hele ruimte had beschenen keerde Erica terug naar de antichambre. Ze kon nu weinig meer ondernemen en een kille angst dreigde bezit van haar te nemen. Ze verzamelde de rest van haar bezittingen die op de grond lagen en stopte ze weer in haar tas. Rekening houdend met de mogelijkheid dat ze misschien iets over het hoofd had gezien, liep ze opnieuw de lange trap op naar het granieten valluik. Ze werd overvallen door een overweldigende golf van ruimtevrees en probeerde tevergeefs haar emoties in bedwang te houden. Verwoed duwde ze uit alle macht tegen het blok graniet.

'Help!' brulde ze zo hard mogelijk. Het geluid weerkaatste tegen de rotswanden en schalde echoënd door het inwendige van de tombe. Toen kwam de stilte weer op haar af, haar verstikkend door het absoluut afwezig zijn van ieder geluid. Ze had het gevoel alsof ze gebrek had aan zuurstof. Haar ademhaling werd moeizamer. Ze sloeg met de vlakke hand tegen het blok graniet, steeds harder en harder, totdat ze pijn begon te voelen. Er welden tranen in haar ogen op zodat haar blik omfloerst werd, maar ze bleef uit alle macht op het graniet slaan terwijl haar lichaam werd verscheurd door haar snikken.

De inspanning putte haar uit. Langzaam liet ze zich op haar knieën zakken, en huilde nog steeds onbeheerst. Al haar angsten over sterven en eenzaam achtergelaten worden baanden zich in haar geest een weg naar de oppervlakte, waardoor ze nieuwe aanvallen van beven en huilen kreeg. Ze had zich opeens gerealiseerd dat ze levend was begraven!

Nadat ze de grimmige werkelijkheid van haar situatie onder ogen had gezien begonnen Erica's hersenen weer met een minimum aan rationeel denken te functioneren. Ze pakte haar zaklantaarn op en daalde de lange trap naar de antichambre af. Ze vroeg zich af wanneer Yvon ervan overtuigd zou raken dat haar iets overkomen moest zijn. Als hij eenmaal achterdocht begon te koesteren zou hij waarschijnlijk het eerst een bezoek brengen aan de Curio Antique Shop. Maar zou Lahib Zayed eigenlijk wel weten waar zij was? Zou het ook maar in de hersens van de taxichauffeur opkomen, er melding van te maken dat hij een Amerikaans meisje naar Qoerna had gebracht – een meisje dat niet meer was komen opdagen? Erica kon deze vragen onmogelijk beantwoorden, maar alleen al het overwegen ervan maakte dat ze een straaltje hoop zag gloren waaraan ze zich vastklampte, totdat haar zaklantaarn duidelijk begon te verflauwen.

Ze knipte hem uit. In haar tas vond ze drie boekjes lucifers. Veel was het niet, maar tijdens het zoeken stuitte ze op een viltstift. De aanraking bracht haar op een idee. Ze kon in elk geval een soort boodschap op de muur van de onvoltooide grafkamer achterlaten, waarin ze uiteen kon zetten wat haar was overkomen. Ze kon de boodschap in hiëroglyfen schrijven, zodat haar ontvoerders de betekenis ervan niet zouden opmerken. Ze maakte zichzelf niet wijs dat een dergelijke handeling enige werkelijke waarde zou bezitten, behalve dan dat het haar geest bezig kon houden. Dat was tenminste íets. Haar angst had nu plaats gemaakt voor wanhoop en bittere spijt. Als ze iets te doen had zou dat haar tenminste wat afleiden.

Ze klemde de zaklantaarn tussen een paar stukken steen en begon haar boodschap op de muur in te delen. Hoe eenvoudiger, hoe beter, dacht ze. Zodra ze eenmaal een ruimtelijke verdeling had aangebracht begon ze de hiëroglyfen uit te tekenen. Ze was pas halverwege toen het licht van de zaklantaarn opnieuw duidelijk verflauwde. Nog even flikkerde het op, maar niet langer dan een ogenblik. Toen verflauwde het tot een gloeiende spijker.
Ook nu weigerde Erica verder na te denken over haar benarde situatie. Ze streek lucifers af om haar boodschap in hiëroglyfen te voltooien. Ze zat op haar hurken onderaan de rechter muur en de tekst liep in kolommen vanaf de grond omhoog naar de onderkant van de onvoltooide oogstscène. Ze kampte nog steeds met huilbuien die met tussenpozen opkwamen, toen ze zichzelf bekende dat ze net schrander genoeg was geweest om zichzelf in onvermijdelijke moeilijkheden te brengen. Iedereen had haar gewaarschuwd dat ze zich er niet in moest laten betrekken, maar ze had naar niemand willen luisteren. Ze was een dwaas geweest. Haar opleiding tot egyptologe had haar niet voorbereid op het aanpakken van misdadigers, vooral niet van lieden als Mohammed Abdoelal.
Erica had nog maar één boekje lucifers over en weigerde na te denken over de vraag hoeveel tijd ze nog zou hebben... en hoelang nog genoeg zuurstof. Ze bukte zich dieper om een vogel te tekenen. Maar voor ze de omtrek had kunnen voltooien doofde haar lucifer plotseling. Ze streek een nieuwe af, maar zodra ze zich weer bukte om verder te tekenen ging ook deze ineens uit. Het was in een oogwenk gebeurd en Erica vloekte in de duisternis. Ze streek nog een derde lucifer af en bewoog het vlammetje heel voorzichtig naar de plek waar ze had zitten tekenen. De lucifer brandde gestaag maar begon opeens te flakkeren alsof het er tochtte. Erica maakte haar wijsvinger nat en voelde een luchtstroom uit een kleine verticale spleet vlak boven de vloer komen.
Haar zaklantaarn gloeide nog steeds zwak in het duister en Erica gebruikte het schijnsel als richtpunt om een van de stukken rots te pakken die ze had gebruikt om de lantaarn te stutten. Het was een brok graniet, waarschijnlijk een deel van het deksel van de sarcofaag in de andere grafkamer. Erica nam het brok graniet mee naar

de spleet en streek opnieuw een lucifer af.
Met het nietige vlammetje in haar linkerhand sloeg ze met het brok graniet tegen het pleisterwerk in de omgeving van de spleet. Er gebeurde niets. Ze bleef zo hard ze kon tegen de wand beuken totdat de lucifer uitging. Ze zocht op de tast de spleet weer op en bleef in den blinde een volle minuut lang de pleisterlaag bewerken.
Eindelijk hield ze op en streek een nieuwe lucifer af. Op de plaats waar de spleet had gezeten was nu een klein gat te zien dat groot genoeg was om er haar vinger in te steken. Erachter bevond zich een holle ruimte en, wat belangrijker was, een stroom koude lucht. Zonder te kijken bleef Erica met het brok graniet op de pleisterlaag beuken tot ze kon voelen dat er beweging in de muur kwam. Ze streek een lucifer af. Er liep nu een scheur tussen de vloer en de muur, een scheur die met een boogje uitkwam in de langzaam groter geworden opening. Erica concentreerde haar slagen op deze plek en hield de lucifer vast met haar linkerhand. Plotseling brak er een groot stuk van de pleisterlaag af en verdween. Na een ondeelbaar ogenblik hoorde ze het de grond raken. Het gat had nu een doorsnee van een centimeter of dertig. Toen ze een nieuwe lucifer wilde afstrijken werd de vlam dadelijk door de luchtstroom uitgeblazen. Voorzichtig stak ze haar hand door het gat, alsof ze zich in de muil van een wild beest waagde. Aan de andere kant van de muur voelde ze een glad bepleisterd oppervlak. Ze draaide haar handpalm naar boven en voelde een plafond. Ze had een andere ruimte ontdekt, die schuin onder de grafkamer lag waarin zij zich bevond!
Met nieuw enthousiasme maakte Erica langzaam de opening groter. Ze werkte in het donker verder, want ze wilde geen lucifers meer verspillen. Eindelijk was het gat diep genoeg om haar hoofd erin te kunnen steken. Ze zocht op de tast wat steentjes op, ging plat op de grond liggen en stak haar hoofd in de opening. Ze liet de steentjes een voor een vallen en luisterde naar het geluid. Het vertrek leek niet al te diep en de bodem scheen uit zand te bestaan.
Erica haalde de sigaretten uit het pakje en stak het papier aan. Zodra het brandde stak ze het in het gat en liet het los. De vlammen doofden, maar het nagloeiende papier dwarrelde in een spi-

raal naar beneden. Een meter of twee lager landde het op de bodem. Erica zocht nog wat meer steentjes op, stak haar hoofd weer in het gat en gooide de steentjes verschillende richtingen uit om te proberen enig idee te krijgen van de afmetingen van de ruimte. Die leek vierkant te zijn. Maar wat haar meer verheugde was dat ze een voortdurende luchtstroom voelde.

Ze ging rechtop zitten in de inktzwarte duisternis en overlegde wat haar te doen stond. Als ze zich in de ruimte liet zakken die ze zojuist had ontdekt, liep ze de kans dat ze niet meer terug zou kunnen klimmen in de tombe waarin ze zich nu bevond. Maar maakte dat enig verschil? De eigenlijke moeilijkheid was, dat ze genoeg moed bijeen moest zien te rapen om zich door dat gat te laten zakken. Ze had nog maar een half boekje lucifers over.

Erica pakte haar draagtas op. Ze telde hardop tot drie en dwong zich om de tas door het gat te laten vallen. Op handen en voeten kroop ze achterwaarts naar het gat en liet haar benen er doorheen zakken. Ze had een visioen alsof ze door een enorme muil werd verzwolgen. Langzaam wrong ze zich steeds verder in de lege ruimte, totdat de neuzen van haar schoenen een glad gepleisterde muur raakten. Als een duiker die zichzelf ertoe moet brengen het koude water in te plonzen, dwong Erica zichzelf om haar lichaam verder te schuiven door het gat, de zwarte leegte in. Ze leek een eeuwigheid te vallen, haar armen maaiden door de lucht en ze probeerde op haar voeten te landen. Toen ze neerkwam had ze haar evenwicht verloren en viel ze ruggelings op een met brokken steen bezaaide zandbodem. Maar ze mankeerde niets.

De angst voor het onbekende maakte dat ze razendsnel opkrabbelde, maar opnieuw verloor ze haar evenwicht en smakte voorover. Een ontzaglijke stofwolk wervelde op, zodat ze het gevoel had te zullen stikken. Haar uitgestrekte hand kwam terecht op een voorwerp dat aanvoelde als een stuk hout. Ze bleef er contact mee houden, in de hoop dat het zou willen branden, zodat ze het als toorts kon gebruiken. Eindelijk lukte het haar op te staan. Ze nam het stuk hout over in haar linkerhand om haar lucifers uit de zak van haar spijkerbroek te kunnen pakken. Maar het voorwerp voelde nu niet langer aan als een stuk hout. Ze tastte het met beide handen af, totdat ze besefte dat ze een gemummificeerde onder-

arm met hand vasthield, waarvan ze de zwachtels in het donker kon voelen. Vol walging gooide ze de mummiearm ver van zich af. Met trillende handen diepte Erica de lucifers uit haar zak op en streek er een af. Het zwakke schijnsel drong door de met stof bezwangerde lucht en Erica zag dat ze zich in een catacombe met kale, onversierde wanden bevond, gevuld met gedeeltelijk ingezwachtelde mummies. De lichamen waren uit elkaar getrokken, ontdaan van kostbaarheden, en daarna ruw neergesmeten.
Erica draaide zich langzaam om haar as en zag dat het plafond voor een deel was ingestort. In een hoek zag ze de donkere opening van een gang. Ze greep haar tas en worstelde zich door de berg puin die tot haar knieën reikte. Ze verbrandde haar vingers aan de lucifer en schudde hem uit, waarna ze tastend langs de muur verder schuifelde de gang in. Tenslotte bereikte ze de aangrenzende ruimte. Daar streek ze een nieuwe lucifer aan en bemerkte dat het beeld dat zich voor haar oog ontvouwde al even grotesk was als in de ruimte die ze had verlaten. Een nis in de muur was volgestapeld met de van hun lichamen gescheiden hoofden van mummies. Ze kon zien dat het plafond op meerdere plaatsen was ingestort.
In de muur tegenover haar zag Erica twee gangopeningen die ver uit elkaar lagen. Ze baande zich een weg naar het midden van het vertrek, hield de lucifer voor zich uit en kwam tot de slotsom dat de luchtstroom uit de smalste opening kwam. Het vlammetje doofde en met haar handen voor zich uit strompelde ze verder. Plotseling ontstond er een geweldige beroering. Een instorting! Erica sprong naar voren en drukte zich tegen de muur. Ze voelde hoe de vallende brokstukjes haar hoofd en schouders raakten.
Maar het verwachte geraas bleef uit. In plaats daarvan bleef de lucht in beroering en werd bezwangerd door een verstikkende stofwolk, temidden van gekrijs en gepiep. Op dat moment landde er iets op Erica's schouder. Het leefde en klauwde zich vast. Toen haar hand het beest van haar schouder veegde voelde ze gladde, leerachtige vleugeltjes. Het was geen instorting; het waren honderden geschrokken vleermuizen. Ze beschermde haar hoofd met haar arm, hurkte zo laag mogelijk tegen de muur en ademde zo goed als mogelijk was. Langzamerhand kwamen de vleermuizen

tot rust en kon ze verder schuifelen naar de volgende grafkamer. Langzaam begon het Erica te dagen dat ze terecht was gekomen in een doolhof van graftomben die waren gebruikt voor de gewone burgers van Thebe. Deze catacomben waren steeds dieper in de rotsen uitgehakt, in de vorm van een labyrint dat plaats moest bieden aan honderdduizenden doden. Soms waren er onbedoeld verbindingen ontstaan met andere graftomben, in dit geval met de tombe van Asmose waarin Erica opgesloten had gezeten. De verbindingsopening was dichtgepleisterd en door iedereen vergeten.
Erica worstelde zich verder. Ofschoon de vleermuizen haar afschuwelijke angst bezorgden was hun aanwezigheid bemoedigend. Er moest een verbinding zijn naar buiten! Tenslotte probeerde ze toch of de mummiezwachtels wilden branden en ontdekte dat ze onmiddellijk in brand vlogen. In feite stelde ze vast dat de ledematen van de mummies met hun zwachtels brandden als fakkels – en ze dwong zichzelf ze op te rapen. De onderarmen bleken het meest geschikt voor dat doel, want die waren het gemakkelijkst vast te houden. Dank zij het betere licht wist ze een weg te zoeken door een groot aantal gangen en over verschillende trappen, totdat ze frisse lucht voelde stromen. Erica doofde haar geïmproviseerde en lugubere toorts en legde de laatste meters af in het licht van de maan. Toen ze naar buiten stapte, de warme Egyptische nacht in, bevond ze zich enkele honderden meters van de opening waardoor ze samen met Mohammed Abdoelal de berg binnen was gegaan. Recht onder haar lag het dorpje Qoerna. Er brandden maar heel weinig lichtjes.
Een poosje bleef Erica trillend van angst en vermoeienis bij de ingang van de catacomben staan, en genoot meer van de maan en de sterren dan ooit eerder in haar leven. Ze wist dat ze ongelooflijk veel geluk had gehad dat ze nog in leven was.
Het eerste waaraan ze nu behoefte had was een plek om uit te rusten, van de schrik te bekomen en iets te drinken. Haar keel schrijnde door de verstikkende hoeveelheid stof. Ook wilde ze zich graag wassen, alsof deze ervaring als vuil aan haar huid was blijven kleven. Maar vóór alles wilde ze een vriendelijk gezicht zien. De dichtstbijzijnde bron waaraan ze al deze behoeften zou kunnen laven was de woning van Aïda Raman. Ze kon het huis

zien afsteken tegen de bergwand. Achter het venster brandde nog altijd licht.
Erica wandelde weg van de naargeestige toegang tot de catacomben en stapte voorzichtig verder langs de voet van de steile helling. Totdat ze terug was in Luxor wilde ze niet de kans lopen door de Nubiër of Mohammed Abdoelal te worden opgemerkt. Eigenlijk wilde ze zo snel mogelijk terug naar Yvon. Ze zou hem zo goed mogelijk vertellen waar het beeld zich bevond en dan als een haas uit Egypte vertrekken. Ze had er meer dan genoeg van.
Toen ze recht boven de woning van Aïda Raman was aangekomen begon Erica aan de afdaling. De eerste paar honderd meter moest ze door diep zand ploeteren en daarna een gedeelte van losse steentjes oversteken die in het heldere maanlicht luidruchtig knarsten en omlaag rolden, iets wat haar bang maakte. Eindelijk bereikte ze de achterkant van het huis.
Erica bleef enkele minuten in de schaduw wachten en hield vandaar het dorp in de gaten. Ze zag geen enkele beweging. Tevredengesteld dat alles veilig was liep ze om het huis heen, stapte de binnenhof in en klopte op de voordeur.
Aïda Raman schreeuwde iets in het Arabisch. Erica antwoordde door haar naam te roepen en te vragen of ze haar kon spreken.
'Ga weg!' schreeuwde Aïda achter de gesloten deur.
Erica was verbaasd. Aïda was zo vriendelijk voor haar geweest en had haar zo hartelijk ontvangen! 'Alstublieft, mevrouw Raman,' zei ze op dringende toon tegen de deur, 'ik heb ontzettende dorst. Kan ik wat water krijgen?'
De grendel werd weggeschoven en de deur zwaaide open. Aïda Raman droeg dezelfde katoenen jurk die ze bij hun eerste ontmoeting aan had gehad.
'Dank u,' zei Erica. 'Het spijt me dat ik u lastig val. Maar ik heb echt ontzettende dorst.'
Aïda zag er veel ouder uit dan twee dagen geleden. Weg was de opgewektheid en het overduidelijke gevoel voor humor. 'Goed dan,' antwoordde ze. 'Maar wacht hier bij de deur. U kunt niet blijven.'
Terwijl de oude vrouw iets te drinken haalde keek Erica de kamer door. De vertrouwde aanblik had een geruststellende uitwerking.

De spade met de lange steel hing nog altijd aan de muur, net als de keurig ingelijste foto's. De meeste foto's waren van Howard Carter, samen met een Egyptenaar met tulband die volgens Erica Raman moest zijn. Tussen de vele foto's hing een kleine spiegel en toen Erica erin keek schrok ze van haar uiterlijk.
Aïda bracht haar wat van hetzelfde vruchtesap dat ze Erica bij haar eerste bezoek had gegeven. Erica dronk langzaam. Het slikken bezorgde haar pijn.
'Mijn familie was ontzettend kwaad toen ik hun vertelde dat u me met een list ertoe had gebracht u de papyrus te laten zien,' zei Aïda.
'Familie?' zei Erica, die uit de drank nieuwe geestkracht had geput. 'Ik dacht dat u zei dat u de laatste van de Ramans was?'
'Dat ben ik ook. Mijn beide zoons zijn dood. Maar ik heb ook nog twee dochters die getrouwd zijn en zelf kinderen hebben. Ik heb een van mijn kleinzoons verteld van uw bezoek. Hij werd ontzettend kwaad en heeft de papyrus meegenomen.'
'Wat heeft hij ermee gedaan?' vroeg Erica verontrust.
'Ik weet het niet. Hij zei dat er heel voorzichtig mee moest worden omgesprongen en dat hij hem op een veilige plaats zou opbergen. Ook zei hij dat de papyrus een vervloeking was en dat u zou moeten sterven nu u hem had gezien.'
'Gelooft u dat zelf?' Erica wist dat Aïda Raman geen dwaas was.
'Ik weet het niet. Het was niet wat mijn man ervan zei.'
'Mevrouw Raman,' zei Erica vormelijk, 'ik heb de hele papyrus kunnen vertalen. Uw man had gelijk. Er is geen sprake van een vervloeking. De papyrus was geschreven door de opperbouwmeester van een van de oude farao's, farao Seti I.'
In het dorp begon een hond luid te blaffen. Een menselijke stem schreeuwde iets terug.
'U moet nu weggaan,' zei Aïda Raman. 'U moet nu weg, voor het geval dat mijn kleinzoon terugkomt. Alstublieft.'
'Hoe heet uw kleinzoon?' vroeg Erica.
'Mohammed Abdoelal.'
Het nieuws trof Erica als een slag in haar gezicht.
'Kent u hem?' vroeg Aïda.
'Ik geloof dat ik hem vanavond heb ontmoet. Woont hij hier, in

Qoerna?'
'Nee, hij woont in Luxor.'
'Hebt u hem vanavond nog gezien?' informeerde Erica zenuwachtig.
'Vandaag wel, maar niet vanavond. Alsjeblieft, nu moet u echt gaan.'
Erica vertrok haastig. Ze was zenuwachtiger dan Aïda zelf. Maar bij de deur bleef ze staan. Zo langzamerhand werd de zaak duidelijk. 'Wat voor werk doet Mohammed Abdoelal?' Erica herinnerde zich dat Abdoel Hamdi in de brief die hij had verborgen in de Baedeker had geschreven dat er een regeringsfunctionaris bij de zaak betrokken was.
'Hij is het hoofd van de necropolis-bewakingsdienst en helpt zijn vader met de exploitatie van de souvenirstand in het Dal der Koningen.'
Erica knikte begrijpend. Hoofd Bewakingsdienst was de volmaakte positie van waaruit iemand de supervisie kon uitoefenen op een kanaal van de zwarte handel. Op dat moment dacht Erica aan de souvenirstand en aan Raman. 'En die souvenirstand is destijds gebouwd door uw man, Sarwat Raman?'
'Ja, ja. Juffrouw Baron, alstublieft, gaat u weg!'
Opeens was alles haar duidelijk. Opeens geloofde ze dat ze alles kon verklaren. Alles draaide om die souvenirstand in het Dal der Koningen.
'Aïda,' zei Erica met koortsachtige opwinding, 'luister goed naar me. Zoals uw man al zei bestaat er geen 'Vloek der farao's' – en dat kan ik bewijzen, met uw hulp. Ik heb alleen meer tijd nodig. Het enige wat ik van u vraag, is dat u aan niemand, zelfs niet aan uw eigen familieleden, vertelt dat ik ben teruggekomen om met u te praten. Zij zullen er u niet naar vragen, dat kan ik u verzekeren. Dus ik smeek u alleen om het niet zelf ter sprake te brengen. Alstublieft!' Erica pakte Aïda's armen beet als om haar smeekbede kracht bij te zetten.
'Kunt u bewijzen dat mijn man gelijk had?'
'Absoluut!' verzekerde Erica.
Aïda knikte. 'Afgesproken dan.'
'O, er is nog iets,' zei Erica. 'Ik heb een zaklantaarn nodig.'

‘Het enige wat ik heb is een olielamp.’
‘Dat is ook goed,’ zei Erica.
Bij haar vertrek omhelsde Erica de oude vrouw, maar Aïda bleef passief en op afstand. Nu stond ze, met de olielamp en verscheidene doosjes lucifers, in de schaduw van het huis het dorp in het oog te houden. Het was doodstil. De maan was al over haar hoogtepunt heen en stond nu aan de westelijke hemel. De lichtjes van Luxor brandden nog steeds helder en verrieden dat de mensen nog niet naar bed waren.
Erica nam hetzelfde bergpad dat ze twee dagen eerder had gebruikt om de top van de berg te bereiken. De klim in het maanlicht viel haar heel wat lichter dan toen in de brandende zon.
Erica wist heel goed dat ze nu iets deed dat indruiste tegen haar eerdere besluit om de rest van het mysterie over te laten aan Yvon en de politie, maar het gesprek met Aïda had haar gefascineerde belangstelling voor het verleden nieuw leven ingeblazen. Haar tocht vanuit de tombe van Amose door de openbare catacomben had haar één enkele verklaring verschaft voor alle op zichzelf staande gebeurtenissen, met inbegrip van het raadsel van de inscriptie op het beeld en de betekenis van de papyrus-tekst. In de wetenschap dat Mohammed Abdoelal zich nooit zou kunnen voorstellen dat zij in vrijheid was, voelde Erica zich betrekkelijk veilig. Zelfs als hij de tombe van Amose wilde controleren, zou het hem dagen kosten om de valdeur omhoog te krijgen. Erica geloofde dat ze genoeg tijd had en wilde een bezoek brengen aan het Dal der Koningen en aan de souvenirstand van Raman. Als ze gelijk had zou ze een waarheid ontdekken die de schatten van Toetanchamon tot iets onbeduidends zouden doen verbleken.
Na de top van de heuvel te hebben bereikt bleef ze staan om op adem te komen. De *khamsin*, de woestijnwind, floot zachtjes langs de kale rotspunten en versterkte het gevoel van verlatenheid. Vanaf haar standplaats kon ze omlaag kijken in het donkere en kale Dal der Koningen, doorsneden door een netwerk van voetpaden.
Erica kon haar einddoel zien liggen. De souvenirstand en het aangebouwde restaurant tekenden zich duidelijk af boven het kleine rotsplateau waarop ze waren gebouwd. De aanblik schonk haar

nieuwe moed en ze ging verder, voorzichtig afdalend om kleine steenlawines te vermijden. Ze wilde niemand die eventueel in het dal was op haar aanwezigheid attent maken. Zodra ze de route naar het eeuwenoude dorp van de necropolis-arbeiders bereikte werd het pad breder en kon ze gemakkelijker vooruit komen. Voor ze een voet zette op een van de zorgvuldig uitgevlakte en met stenen afgebakende voetpaden die tussen de graftomben doorliepen, bleef Erica staan en luisterde gespannen. Het enige dat ze hoorde was het suizen van de wind en zo nu en dan de kreet van een vleermuis op insektenjacht.

Zachtjes liep Erica naar het midden van het dal en beklom het korte trapje naar de souvenirstand. Zoals ze al had verwacht was het gebouwtje hermetisch afgesloten met stevige luiken. Ze liep terug naar de veranda en liet haar blik de driehoek volgen die werd gevormd door de tombe van Seti I, de tombe van Toetanchamon en de souvenirstand. Daarna wandelde ze naar de achterkant van het stenen gebouw, hardde zich tegen de vuile stank en daalde moedig af in de damestoiletten. Ze streek een lucifer af, stak Aïda's olielamp aan en keek de ruimte rond, waarbij ze zorgvuldig de lijn van de fundamenten volgde. Aan de constructie van de ruimte viel niets ongewoons te ontdekken.

In de herentoiletten was de penetrante urinestand aanzienlijk sterker. De stank was afkomstig uit een langwerpige, van bakstenen opgetrokken bak langs de voorste muur. Boven het urinaal bevond zich een ongeveer zestig centimeter hoge kruipruimte die doorliep tot onder de veranda; de herentoiletten eindigden niet boven het voorste fundament van het gebouw. Erica verzamelde al haar moed en liep naar het urinoir. De rand van de kruipruimte bevond zich op schouderhoogte. Ze hield de olielamp in de opening en probeerde erin te kijken, maar het lichtschijnsel kon niet verder dan anderhalf à twee meter in de duisternis doordringen. Op de smerige vloer zag ze een geopend sardineblikje en enkele weggeworpen flesjes liggen.

Erica hield zich vast aan de stortbak en klom de kruipruimte in. Haar draagtas liet ze op de rand staan. Ze vermeed het afval en krabbelde als een krab naar voren tot ze de gemetselde voorste muur van het gebouw had bereikt. In de benauwde ruimte was de stank van het toilet bijna ondraaglijk en Erica's enthousiasme begon snel te vervagen. Maar nu ze zo ver was gekomen dwong ze zichzelf om de stenen muur van voor naar achter te controleren door de ruwe stenen te betasten. Niets! Ze liet haar hoofd op haar polsen steunen en gaf tegenover zichzelf toe dat ze het bij het verkeerde eind had gehad. Het leek ook haast té slim. Ze zuchtte eens diep en probeerde zich om te draaien. Dat bleek moeilijk, zodat ze achterwaarts terug begon te kruipen naar het toilet. Ze hield de olielamp vast met haar ene hand en probeerde zich met de andere achteruit de duwen, maar de aarde onder haar was los en gaf mee. Ze probeerde of ze op de grond meer houvast had – en toen ze duwde voelde ze iets glads onder het vuil.

Erica draaide zich om en keek omlaag. Haar rechterhand rustte op een metalen oppervlak. Ze schraapte wat van het vuil weg en legde een stuk plaatijzer bloot. Vlug zette ze de olielamp neer en begon met beide handen de losse aarde weg te schrapen. Aan de omtrek van de stalen plaat ontdekte ze dat er in de rotsbodem een hoeklijn was verzonken waarin de plaat rustte. Ze moest alle aarde wegschrapen voor ze een rand van de plaat omhoog kon wrikken en op de hoopjes aarde kon trekken. Onder de stalen plaat was een gapende schacht in de rotsen uitgehakt.

Ze hield haar lamp boven het gat en kon zien dat de schacht ongeveer anderhalve meter diep was en het begin vormde van een tunnel die naar de voorkant van het gebouw liep. Dus ze had wel degelijk gelijk gehad! Langzaam tilde ze haar hoofd op en staarde in het donker. Een gevoel van bevrediging en opwinding nam bezit van haar. Nu wist ze hoe Howard Carter zich had gevoeld, in november 1922.

Snel trok ze haar tas dieper de kruipruimte in. Toen liet ze zich langzaam achterwaarts in de ondiepe put zakken en hield de olielamp voor de monding van de tunnel. Deze helde omlaag en werd onmiddellijk breder. Ze haalde diep adem en ging de tunnel in. Aanvankelijk moest ze op handen en voeten voortkruipen, maar algauw kon ze gebukt verder lopen. Onder het lopen probeerde ze de richting te bepalen. De tunnel liep rechtstreeks naar de tombe van Toetanchamon.

Nassif Boulos stak de duistere parkeerplaats in het Dal der Koningen over. Hij was pas zeventien en daarmee de jongste van de drie nachtwakers. Onder het lopen schoof hij de draagriem van zijn stokoude geweer, dat in de eerste wereldoorlog in Egypte was weggegooid, hoger op zijn schouder. Hij was nijdig, want hij was eigenlijk niet aan de beurt voor de lange wandeling naar het einde van het dal en terug naar het wachthuisje, waar hij kon rusten en iets drinken. Voor de zoveelste keer hadden zijn oudere collega's misbruik van zijn jeugd en onervarenheid gemaakt door hem opdracht te geven de ronde te gaan doen.

De door de maan verlichte nacht bracht zijn woede echter snel tot bedaren en maakte hem wat rusteloos, zodat hij ging verlangen naar iets dat de verveling op zijn nachtelijke ronde zou doorbreken. Maar het was stil in het dal en iedere tombe was degelijk afgesloten door een traliehek. Nassif zou dolgraag zijn wapen eens willen gebruiken tegen een dief en zijn geest dwaalde af naar een van zijn gebruikelijke fantasieën, waarin hij in zijn eentje het dal beschermde tegen een bende rovers en bandieten.

Voor de ingang van de tombe van Toetanchamon bleef hij staan. Hij wenste dat de tombe nú was ontdekt in plaats van een halve eeuw geleden. Hij staarde naar de souvenirstand, want daar zou hij in Carters tijd op wacht hebben gestaan. Hij zou zich achter de stenen borstwering hebben verschanst en niemand zou in de buurt van de tombe hebben kunnen komen zonder zich aan zijn moorddadige kogels bloot te stellen.

Nassif liet zijn blik omhoog gaan en merkte op dat de deur naar de toiletten op een kier stond. Daar hij wist dat de deur nog nooit open was gelaten, overlegde hij bij zichzelf of hij de moeite zou nemen naar het gebouw te lopen. Toen keek hij naar het eind van het dal en besloot de toiletten op de terugweg te gaan controleren. Onder het lopen stelde hij zichzelf voor dat hij op reis was naar Caïro met een groep mannen die hij eigenhandig had gearresteerd.

Erica schatte dat ze nu heel dicht in de buurt van de tombe van Toetanchamon moest zijn. Ze was maar langzaam vooruit gekomen, vanwege de hobbelige, ongelijke vloer van de tunnel. Vlak voor haar maakte de tunnel een scherpe bocht naar links en ze kon pas voor zich uit kijken nadat ze de bocht was gepasseerd. Hier helde de tunnel scherp naar beneden en kwam uit in een open ruimte. Ze drukte haar handen zijwaarts tegen de ruw in de rotsen uitgehakte tunnelwanden en liet zich millimeter voor millimeter zakken totdat haar voeten op een gladde vloer rustten. Ze was een onderaards vertrek binnengegaan.

Erica vermoedde dat ze zich nu recht onder de antichambre van Toetanchamons tombe bevond. Ze tilde de olielamp boven haar hoofd en het licht verspreidde zich langs glad afgewerkte maar niet gedecoreerde muren. De ruimte was ongeveer acht meter diep en vijf meter breed en het plafond bestond uit één enkel gigantisch blok kalksteen. Toen Erica haar blik op de vloer richtte ontwaarde ze een enorme, verwarde massa geraamten, waarvan sommige nog min of meer sporen van op natuurlijke wijze gemummificeerd weefsel vertoonden. Ze hield de lamp wat dichterbij en zag dat alle schedels ingeslagen waren met behulp van een zwaar en stomp voorwerp.

'Grote God,' fluisterde Erica. Ze wist waarnaar ze stond te kijken. Dit waren de overblijfselen van een massamoord op de arbeiders die in de oudheid de ruimte hadden uitgehakt waarin zij nu stond. Langzaam liep ze door het vertrek met zijn gruwelijke herinneringen aan een vele eeuwen geleden begane wreedheid, en begon een lange trap af te dalen die naar een gemetselde muur voerde. Raman had er een grote opening in gemaakt en via deze opening stapte Erica een tweede, veel grotere ruimte binnen. Toen het licht de duisternis had verdreven snakte Erica naar adem en zocht steun bij de muur. Voor haar strekte zich een archeologisch sprookjesland uit. De ruimte werd geschraagd door reusachtige massieve en vierkante zuilen. De muren waren beschilderd met schitterende voorstellingen uit de oud-Egyptische godenwereld. Voor iedere godheid was de gestalte van Seti I uitgebeeld. Erica had de schat van deze farao ontdekt! Nenefta had ingezien dat de veiligste plaats voor een schat gelegen was onder een andere. Voorzichtig liep Erica verder en hield haar lamp zo dat het flikkerende licht over de ontelbare voorwerpen kon spelen die met zorg in de ruimte lagen opgetast. Anders dan in de tombe van Toetanchamon was er hier geen sprake van chaos. Alles stond op zijn oorspronkelijke plaats. Complete vergulde strijdwagens stonden te wachten alsof er ieder ogenblik een paard voor kon worden gespannen. Enorme kisten en kasten van cederhout, ingelegd met ivoor, stonden langs de muren gerangschikt.

Slechts één klein, ivoren kistje stond open, waarvan de inhoud – staaltjes goudsmeedkunst van ongeëvenaarde sierlijkheid, bezet met kostbare edelstenen – met zorg was uitgespreid op de grond. Blijkbaar was dit een bron geweest die Raman geleidelijk had geplunderd.

Erica liep om de middenpilaren heen en ontdekte dat er een tweede trap was. Deze kwam uit in een tweede schatkamer van dezelfde afmetingen, die eveneens met kostbaarheden was gevuld. Van daar uit liepen verschillende gangen naar nóg meer schatkamers.

'Grote God,' zei Erica opnieuw, ditmaal van verbazing in plaats van uit afschuw. Ze realiseerde zich dat ze zich in een uitgestrekt complex van schatkamers bevond dat zich naar beneden en naar buiten uitstrekte in alle mogelijke richtingen. Ze wist dat ze een schat onder ogen had die iedere beschrijving tartte. Terwijl ze verder wandelde dacht ze aan de beroemde schatkamer van Deir el-Bahri, die in de negentiende eeuw clandestien was ontdekt en tien jaar lang door de familie Rasoel zorgvuldig was geplunderd. Blijkbaar was de Abdoelal-familie hier net zo te werk gegaan.

Ze liep een nieuwe ruimte binnen en bleef plotseling staan. Ze bevond zich in een vertrek dat in vergelijking met de overige kamers betrekkelijk leeg was. Hier stonden vier identieke kasten van ebbehout in de vorm van Osiris. De muurdecoraties stamden uit het Egyptische Dodenboek. Het gewelfde plafond was zwart geschilderd, met gouden sterren. Recht voor haar zag Erica een zorgvuldig dichtgemetselde toegang, verzegeld met de oorspronkelijke zegels van de necropolis. Aan weerszijden van de deuropening waren albasten stijlen aangebracht met in het oppervlak hiëroglyfen in basreliëf uitgesneden. Erica kon de tekst onmiddellijk ontcijferen. 'De eeuwige rust zij Seti I vergund, die rust onder Toetanchamon.' Het was haar opeens duidelijk geworden dat het werkwoord 'rust' betekende, in plaats van 'heerst' – terwijl het voorzetsel 'onder' in plaats van 'na' moest zijn. Ook besefte ze dat

ze voor de oorspronkelijke standplaats van de beide Seti-beelden stond. Ze hadden 3000 jaar lang voor de gemetselde muur tegenover elkaar gestaan.
Plotseling begreep Erica dat ze hier voor de intact gebleven toegang naar de grafkamer van de machtige Seti I stond. Ze had niet alleen een complex schatkamers ontdekt, maar zelfs een volledige koningstombe. Het Seti-beeld dat ze had gezien was een van de wachters voor de grafkamer geweest, net als de gebitumeerde beelden die in de tombe van Toetanchamon waren aangetroffen. Seti I wás nooit begraven in de tombe die tussen de tombes van andere farao's van het Nieuwe Rijk in de rots was uitgehakt! Men had in die tombe een andere mummie bijgezet en officieel verklaard dat dit de mummie van Seti I was, terwijl de eigenlijke mummie van Seti I in werkelijkheid werd bijgezet in de geheime tombe onder die van Toetanchamon. Nenefta had ieder zijn deel gegeven. Hij had de beroepsrovers een tombe gegeven om te plunderen, en zijn vorst een bescherming die geen enkele andere farao had genoten. Waarschijnlijk had Nenefta ook geloofd dat, zelfs als iemand per ongeluk over Toetanchamons tombe zou struikelen, diegene er nooit aan zou denken dat deze tombe fungeerde als camouflage voor de onvoorstelbare schatten eronder. Hij had inderdaad inzicht gekregen in de handelwijze 'van de begerigen en onrechtvaardigen'.
Erica schudde de olielamp om vast te stellen hoeveel olie er nog over was. Met tegenzin kwam ze tot de conclusie dat ze beter de terugreis kon aanvaarden. Ze draaide zich om en keerde op haar schreden terug. Ze verbaasde zich nog steeds over het scherpzinnige plan van Nenefta. Inderdaad was hij schrander geweest, maar tegelijkertijd ook arrogant. Door de papyrus in Toetanchamons tombe achter te laten had hij de zwakke plek in zijn plan blootgegeven. Voor de al even schrandere Raman was dit de sleutel geweest tot het ontraadselen van het hele mysterie. Erica vroeg zich af of de sluwe Egyptenaar net als zij ook naar de Grote Piramide was gegaan en daar had opgemerkt dat de grafkamers onder elkaar waren aangelegd, of dat hij bij een bezoek aan een van de tomben der edelen had ontdekt dat eronder nog een andere tombe was uitgehakt.

Toen ze door de verbindingsgang liep peinsde Erica over het enorme belang van deze ontdekking, en dacht na over de gigantische bedragen die ermee gemoeid konden zijn. Geen wonder dat er moorden waren gepleegd! Deze gedachte deed haar stilstaan. Ze vroeg zich af hoeveel moorden er zouden zijn gepleegd. Het geheim was meer dan vijftig jaar streng bewaard gebleven. Die jongeman van de Yale-universiteit... Opeens begon Erica alle verhalen over de zogenaamde 'Vloek der farao's' in een ander licht te zien. Misschien waren ook die mensen vermoord om het geheim te bewaren. Maar hoe was het dan gegaan met lord Carnarvon zelf?
Nadat ze de bovenste schatkamer had bereikt bleef Erica nog even staan om een blik te werpen op de juwelen die uit de ivoren kist waren gehaald. Hoewel ze gewetensvol had vermeden ook maar iets aan te raken, uit angst dat ze de archeologische waarde van de tombe zou verstoren, vond ze het verantwoord iets aan te raken dat toch al van zijn plaats was gehaald. Ze nam een massief gouden hanger met de cartouche van Seti I van de grond. Ze wilde iets bij zich hebben voor het geval dat Achmed en Yvon weigerden haar verhaal te geloven. Daarom nam ze de hanger mee toen ze de trap besteeg naar de ruimte, gevuld met de skeletten van de ongelukkige arbeiders uit de oudheid.
Het omhoog klauteren door de tunnel bleek een stuk gemakkelijker dan de afdaling. Aan het einde zette ze de olielamp op de losse aarde en trok zichzelf op in de kruipruimte boven de herentoiletten. Ze moest bepalen wat de beste manier zou zijn om terug te gaan naar Luxor. Het was even na twaalven, dus de kans dat ze Mohammed of de Nubiër tegen het lijf zou lopen was een stuk kleiner geworden. Ze maakte zich de meeste zorgen over de regeringsbewakers die onder Mohammed werkten. Ze herinnerde zich dat ze op de asfaltweg naar het dal een toegangshek had gezien. Dat betekende dat ze niet over de weg het dal kon verlaten, maar het bergpad naar Qoerna zou moeten nemen. In de benauwde ruimte was het moeilijk de stalen plaat weer terug te leggen. Erica moest hem over de aarde schuiven en ervoor zorgen dat de plaat netjes terug viel in de hoeklijn. Daarna begon ze met behulp van het lege sardinenblikje de losse aarde over de plaat te strooien. Nassif was enkele honderden meters van de souvenirstand van-

daan toen hij het geluid van metaal op steen hoorde. Ogenblikkelijk haalde hij het geweer van zijn schouder en snelde naar de half openstaande deur van de toiletten. Met de kolf van zijn geweer stootte hij de deur verder open. Het maanlicht sijpelde door de smalle gang naar binnen.
Erica hoorde de deur opengaan en doofde met haar hand de olielamp. Ze bevond zich een meter of drie van de rand van de kruipruimte die uitkwam in de herentoiletten. Haar ogen hadden zich snel aangepast aan het duister en ze kon de opening van de gang naar de wasruimte zien. Haar hart begon nu net zo hevig te kloppen als toen Richard haar hotelkamer binnen was gekomen.
Terwijl ze angstig toekeek glipte een donkere gedaante de toiletruimte binnen. Zelfs in het schaarse licht kon Erica het geweer herkennen. Een gevoel van paniek begon haar te overmeesteren toen de man langzaam haar richting uitkwam. Hij leek haar recht in de ogen te kijken toen hij de muur met het urinaal had bereikt. Daar bleef hij staan en staarde in haar richting, gedurende wat een eeuwigheid leek. Tenslotte stak hij zijn hand in de opening, greep een handvol losse aarde, hield zijn hoofd schuin en smeet de aarde met kracht in de kruipruimte. Erica sloot haar ogen toen ze door een deel van de aarde werd geraakt. De man gooide nog een keer. Enkele kleine steentjes die tussen de aarde hadden gezeten raakten de nog niet overdekte stalen plaat met een luid geratel.
Nassif rechtte zijn rug. '*Harrah*,' mompelde hij. Hij was nijdig omdat hij niet eens de kans had op een rat te schieten. Met zijn geweer aan de schouder bleef hij in het duister in haar richting staren. Erica bleef verbijsterd zitten toen ze de man hoorde urineren.

Het zeil van de feloekka weerkaatste genoeg maanlicht om ervoor te zorgen dat Erica op haar horloge kon zien hoe laat het was. Het was al over enen. De oversteek van de Nijl ging zo gladjes dat ze erbij in slaap had kunnen vallen. De rivier was de laatste horde die ze moest nemen, en ze liet haar lichaam ontspannen. Ze was er zeker van dat ze in Luxor veilig zou zijn. De opwinding over haar ontdekking had de herinnering aan de naargeestige ervaring in de catacomben verdrongen en haar vreugdevolle verwachtingen over de manier waarop ze straks haar ontdekking zou onthullen hield haar klaar wakker. Toen ze omkeek naar de westelijke oever voelde Erica tevredenheid in zich opkomen. Ze was het Dal der Koningen uitgeklommen, was het slapende dorpje Qoerna gepasseerd en had zonder moeilijkheden de akkers naar de Nijloever overgestoken. Een confrontatie met enkele honden had ze opgelost door zich alleen maar te bukken om een steen op te rapen. Ze rekte haar vermoeide benen uit.

De veerboot loefde tegen een lichte bries op en Erica keek omhoog naar de sierlijke boog van het zeil dat afstak tegen de met sterren bezaaide hemel. Ze wist niet aan wie ze het liefst haar ontdekking als eerste bekend zou maken: Yvon, Achmed of Richard. Yvon en Achmed zouden de meeste waardering laten blijken, Richard zou het meest verbaasd zijn. Zelfs haar moeder zou één keer echt blij zijn: ze zou tegenover haar vriendinnen de beroepskeuze van haar dochter nooit meer hoeven te vergoelijken.

Terug op de oostelijke oever stelde ze tot haar tevredenheid vast dat de hal van het Winter Palace Hotel verlaten was. Ze moest bij de receptie haar stem verheffen om een receptionist te roepen. Hoewel hij door haar uiterlijk van zijn stuk was gebracht, gaf de slaperige Egyptenaar haar zonder een woord te zeggen de sleutel en een enveloppe. Erica begon de brede, met dikke lopers belegde trap op te lopen, nagestaard door de receptionist die zich verwonderd afvroeg wat ze kon hebben uitgespookt om zo smerig te worden. Erica wierp een blik op de enveloppe. Het was postpapier van het Winter Palace Hotel en het adres vermeldde haar naam in een kloek, fors handschrift. Toen ze de overloop had bereikt en de gang in liep stak ze haar wijsvinger in een hoek van de enveloppe en scheurde hem open, terwijl ze een slingerende koers volgde om de resten van de verbouwing van het hotel te ontwijken. Voor haar kamerdeur stond ze op het punt de sleutel in het slot te steken, toen ze de brief openvouwde. Het was onzinnig gekrabbel, zonder enige betekenis. Ze bekeek de buitenkant van de enveloppe nog eens en vroeg zich af of dit een of andere grap moest voorstellen. Zo ja, dan kon ze er weinig begrip of waardering voor opbrengen. Het was hetzelfde als opgebeld worden en degene aan de andere kant van de lijn horen ophangen zonder iets te zeggen. Op een of andere manier bracht het haar van haar stuk.

Erica keek naar haar deur. Als er íets was dat ze op deze reis had geleerd, was het wel dat hotels geen veilige oorden waren. Ze herinnerde zich hoe ze Achmed in haar kamer had aangetroffen, dacht aan de manier waarop Richard was binnengekomen en hoe haar kamer was doorzocht. Aarzelend stak ze de sleutel in het slot. Plotseling meende ze een geluid te horen. In haar toestand was dat alles wat ze nodig had. Ze liet de sleutel in de deur zitten en vluchtte de gang uit. In de haast raakte haar tas met een luide slag een stapel stenen. Achter haar hoorde ze hoe haar kamerdeur van binnenuit haastig werd ontsloten. Zodra Evangelos het geluid van de sleutel had vernomen was hij opgesprongen en naar de deur gerend. 'Schiet haar neer!' brulde Stephanos, door het lawaai wakker geworden. Evangelos trok zijn Beretta en rukte de deur nog juist op tijd open om Erica over de trap naar beneden te zien verdwijnen.

Ze wist totaal niet wie er in haar kamer kon zijn, maar ze maakte zich geen enkele illusies over de bescherming die de receptionist haar zou kunnen bieden. Trouwens, hij zat niet eens achter zijn balie. Ze moest Yvon in het New Winter Palace Hotel zien te bereiken. Ze rende uit de achterdeur van haar hotel de tuin in. Ondanks zijn omvang kon Evangelos zich bewegen als een havik die zich op zijn prooi stort, vooral wanneer hij zich erop concentreerde. En als hij opdracht had gekregen tot het gebruiken van geweld gedroeg hij zich als een dolle hond.

Erica rende door een bloemperk en bereikte de rand van het zwembad. Ze probeerde eromheen te rennen, maar gleed op de glibberige tegels uit en viel op haar zij. Ze krabbelde op de been, wierp haar tas weg en zette het opnieuw op een lopen. De voetstappen achter haar begonnen haar in te halen.

Evangelos was nu dicht genoeg bij haar om een gemakkelijk mikpunt aan haar te hebben. 'Stop!' bulderde hij en richtte zijn wapen op Erica's rug.

Erica wist dat het hopeloos was. Ze moest nog minstens vijftig meter naar het New Winter Palace afleggen. Uitgeput bleef ze staan en draaide zich hijgend om naar haar achtervolger. Hij was niet meer dan tien meter van haar af. Ze herkende hem van de Al Azhar-moskee. De enorme snee die hij die middag had opgelopen was nu gehecht en schonk hem het uiterlijk van het monster van Frankenstein. Hij had zijn wapen op haar gericht, de monding aan het oog onttrokken door een kwaadaardig uitziende geluiddemper.

Evangelos overlegde hoe hij op haar zou schieten. Tenslotte strekte hij de arm met het pistool uit, richtte op Erica's keel en begon langzaam de trekker over te halen.

Erica zag zijn arm iets strekken en ze sperde haar ogen wijd open toen ze besefte dat hij toch op haar ging schieten, hoewel ze was blijven staan zoals hij haar had bevolen. 'Nee!'

Er klonk een gedempte plof uit het door de geluiddemper gesmoorde pistool. Erica voelde geen pijn en de gedaante voor haar bleef duidelijk. Toen gebeurde er iets heel vreemds. In het middelpunt van Evangelos' voorhoofd ontvouwde zich een kleine rode bloem en hij viel voorover op zijn gezicht, nadat het wapen uit zijn hand was gevallen.

Erica was niet in staat een vin te verroeren. Haar handen hingen bewegingloos langs haar zijden. Achter zich hoorde ze beweging in de struiken. Even later klonk er een stem: 'Je had beter niet zo slim kunnen zijn toen je mij afschudde.' Langzaam draaide Erica zich om. Voor haar stond de man met de haakneus en de puntige voortand. 'Dat scheelde maar een haartje,' zei Khalifa, naar Evangelos gebarend. 'Ik veronderstel dat je op weg bent naar monsieur Yvon de Margeau. Dan kun je beter voortmaken. Er zullen nog meer moeilijkheden komen.'

Erica probeerde iets te zeggen, maar haar stembanden weigerden dienst. Ze knikte, strompelde onzeker op benen als van rubber langs Khalifa heen. Ze kon zich niet herinneren hoe ze Yvons kamer wist te bereiken.

De Fransman opende de deur en in zijn armen zakte ze ineen, mompelend over een schot, over levend begraven zijn in een tombe en over het zien van het Seti-beeld. Yvon was een toonbeeld van rust. Hij streelde haar haar, liet haar zitten en zei haar dat ze bij het begin moest beginnen.

Ze stond op het punt haar mond open te doen, toen er op de kamerdeur werd geklopt. 'Ja?' riep Yvon, ogenblikkelijk waakzaam.

'Ik ben het, Khalifa.'
Yvon maakte de deur open en Khalifa duwde Stephanos met de loop van zijn pistool de kamer in.
'Je hebt me gehuurd om het meisje te beschermen en de man te pakken die haar probeerde te vermoorden. Nou, hier is hij dan.' Khalifa wees triomfantelijk naar Stephanos.
Stephanos keek eerst naar Yvon en vervolgens naar Erica, die zich hevig verbaasde dat Khalifa door Yvon was afgehuurd om haar te beschermen, aangezien Yvon tegenover haar opzettelijk had gedaan alsof ze nauwelijks gevaar liep. Erica begon zich een stuk minder op haar gemak te voelen.
'Luister, Yvon,' zei Stephanos eindelijk, 'het is belachelijk als jij en ik elkaar in de haren gaan zitten. Jij hebt het op mij begrepen omdat ik dat eerste Seti-beeld aan die vent in Houston heb verkocht. Maar het enige wat ik deed was het transport verzorgen van Egypte naar Zwitserland. Tussen ons behoeft er geen concurrentie te zijn. Jij wilt de zwarte markt onder controle houden. Prachtig. Ik wil alleen maar mijn route beschermen. Ik kan jouw spullen Egypte uitkrijgen volgens een methode die al jaren zijn waarde heeft bewezen. We zouden eigenlijk met elkaar moeten samenwerken.'
Snel keek Erica naar Yvon om zijn reactie te zien. Ze wilde hem horen lachen en Stephanos zeggen dat hij de plank helemaal missloeg; dat hij, Yvon, de zwarte markt wilde oprollen.
Yvon haalde zijn hand door zijn haar. 'Waarom hadden jullie het op Erica voorzien?' vroeg hij.
'Omdat ze te veel te weten was gekomen van Abdoel Hamdi. Ik wilde mijn route beschermen. Maar als jullie tweeën samenwerken is alles in orde.'
'En jij had niets te maken met de moord op Hamdi en de verdwijning van dat tweede beeld?' vroeg Yvon.
'Absoluut niets,' antwoordde Stephanos. 'Ik zweer het je. Ik had zelfs nog nooit iets gehoord over een tweede Seti-beeld. Dat was hetgene waarover ik me zorgen maakte. Ik was bang dat ik buitenspel was gezet en dat die brief van Hamdi naar de politie was gestuurd.'
Erica sloot haar ogen en liet de waarheid als een golf over zich

heen spoelen. Yvon wás geen edele ridder! Zijn denkbeelden over het controleren van de zwarte markt betekenden dat hij zélf de touwtjes in handen wilde hebben, niet terwille van de wetenschap, Egypte of de hele wereld. Zijn hartstocht voor oudheden lieten geen ruimte aan welke morele overweging dan ook. Erica was door hem gebruikt – maar, wat nog erger was, ze had door zijn toedoen het leven erbij kunnen inschieten. Ze kneep in de armleuning van de bank. Ze wist dat ze hier weg moest zien te komen. Ze moest Achmed op de hoogte brengen van het bestaan van de echte Seti-tombe.

'Stephanos heeft Abdoel Hamdi niet vermoord,' zei Erica onverwachts. 'De mensen die hem hebben vermoord zijn de mensen hier in Luxor die weten waar ze de oudheden kunnen vinden. Het Seti-beeld werd teruggebracht naar Luxor. Ik heb het gezien en weet hoe we er moeten komen.' Ze had het woordje 'we' met zorg gekozen. Yvon keek om naar Erica, enigszins verbaasd over haar plotselinge herstel. Ze glimlachte hem bemoedigend toe. Haar instinct tot zelfbehoud schonk haar onvermoede krachten. 'Bovendien,' zei ze, 'is de route van Stephanos via Joegoslavië heel wat beter, dan te proberen om de spullen via Alexandrië in balen katoen te verschepen.'

Stephanos knikte en richtte zich tot Yvon. 'Een schrandere vrouw. En ze heeft volkomen gelijk. Mijn methode is stukken beter dan oudheden verpakken in balen katoen. Was je dát werkelijk van plan? Goeie genade, dat had je hooguit twee zendingen kunnen volhouden!'

Erica rekte zich uit. Ze wist dat ze Yvon ervan moest overtuigen dat ze persoonlijke belangstelling voor oudheden koesterde. 'Ik kan jullie morgen laten zien waar het Seti-beeld verborgen is.'

'Waar is het?' vroeg Yvon.

'In een van de ongenummerde tomben der edelen op de westelijke oever. Het is moeilijk om de plaats nauwkeurig aan te duiden. Ik zal het jullie persoonlijk moeten laten zien. Het is boven het dorp Qoerna. Bovendien staan er nog heel wat andere waardevolle stukken.' Erica diepte uit de zak van haar spijkerbroek de gouden Seti-hanger op en wierp hem achteloos op tafel. 'Als beloning voor het feit dat ik het Seti-beeld heb opgespoord verwacht ik dat Ste-

phanos dit stuk voor mij het land uit brengt.'
'Dit is een schitterend stuk,' zei Yvon, de hanger onderzoekend.
'Er zijn daar nog veel meer stukken, sommige ervan mooier dan dit. Ik kon alleen deze hanger betalen. Nou, wat mij betreft, ik zou nu wel eens een bad willen nemen en uitrusten. Voor het geval het jullie nog niet was opgevallen; ik heb een tamelijk zware avond achter de rug.' Erica liep naar Yvon en kuste hem op zijn wang. Het was het moeilijkste wat ze ooit had gedaan. Ze bedankte Khalifa voor zijn hulp in de tuin. Toen liep ze brutaalweg naar de deur.
'Erica...' zei Yvon rustig.
Ze draaide zich om. 'Ja?'
Er viel een stilte. 'Misschien is het beter dat je hier blijft,' zei Yvon eindelijk. Het lag er duimendik op dat hij bij zichzelf overlegde wat hij met haar moest beginnen.
'Ik ben vanavond veel te moe,' zei Erica. De betekenis was overduidelijk. Stephanos grijnsde achter zijn hand.
'Raoul!' riep Yvon, 'zorg jij ervoor dat juffrouw Baron vannacht veilig kan slapen.'
'Ik denk dat ik wel voor mezelf kan zorgen,' zei Erica, de deur openend.
'Alleen voor alle zekerheid,' zei Yvon. 'Ik wil dat Raoul met je meegaat.'
Het lijk van Evangelos lag nog steeds in het maanlicht bij het zwembad, toen Erica en Raoul naar het Winter Palace Hotel terugliepen. Hij zag eruit alsof hij lag te slapen, ware het niet dat er onder zijn hoofd bloed was te zien dat in het zwembad druppelde. Erica wendde haar gezicht af toen Raoul naar het lijk liep en controleerde of Evangelos werkelijk dood was. Plotseling zag ze het halfautomatische pistool van Evangelos op de tegels liggen.
Erica gluurde in Raouls richting. Hij probeerde moeizaam Evangelos op zijn rug te draaien. Zonder naar Erica te kijken zei hij: 'God, die Khalifa is fantastisch. Hij heeft hem precies tussen z'n ogen geraakt.'
Erica bukte zich en raapte het pistool op. Het was zwaarder dan ze had verwacht. Haar vinger kromde zich om de trekker. Ze verafschuwde het instrument en het maakte haar bang. Ze had nog nooit een vuurwapen in handen gehad en het besef van de dodelij-

ke eigenschappen ervan deed haar trillen. Ze maakte zichzelf niets wijs. Ze wist heel goed dat ze nooit bij machte zou zijn de trekker over te halen, maar ze draaide zich om en keek naar Raoul, die juist opstond en zijn handen afklopte. 'Hij was al dood vóor hij de grond raakte,' zei Raoul bewonderend, zich omdraaiend naar Erica. 'Ah, ik zie dat je zijn pistool hebt gevonden. Geef maar hier, dan zal ik het in zijn hand stoppen.'

'Beweeg je niet,' zei Erica langzaam.

Raouls ogen dansten heen en weer tussen Erica's gezicht en het wapen. 'Erica, wat...?'

'Bek dicht. Doe je jasje uit.'

Raoul gehoorzaamde en gooide zijn blazer op de grond.

'Trek nu je overhemd over je hoofd,' beval Erica.

'Erica...' zei Raoul.

'Nu!' Ze stak het pistool van Evangelos naar voren en hield haar arm gestrekt. Raoul rukte zijn overhemd uit zijn broek en trok het met enige moeite over zijn hoofd. Onder zijn overhemd droeg hij een mouwloos hemd. In het holster onder zijn linkeroksel zat een klein pistool. Erica liep achter hem om, trok het pistool uit het holster en gooide het in het zwembad. Toen ze het in het water hoorde plonzen aarzelde ze, bang dat Raoul woest zou worden. Toen zag ze ineens het absurde van die gedachte in. Natuurlijk zou hij woest zijn. Ze hield immers een pistool op hem gericht!

Ze liet Raoul zijn hemd zover terugtrekken dat hij kon zien waar hij liep. Toen beval ze hem om het hotel heen naar de voorkant te lopen. Hij probeerde iets te zeggen, maar opnieuw beval ze hem kortaf dat hij zijn mond moest houden. Erica bedacht hoe belachelijk eenvoudig het in gangsterfilms altijd was om iemand buiten gevecht te stellen door hem met een klap op zijn hoofd bewusteloos te slaan. In werkelijkheid kon ze niets uitrichten. Als Raoul zich had omgedraaid zou hij haar zo het pistool af hebben kunnen pakken. Maar hij deed het niet en achter elkaar liepen ze door de schaduwen om het hotel naar de voorzijde.

Enkele ouderwetse straatlantaarns wierpen een bleek schijnsel over een rijtje taxi's, geparkeerd langs de stoep van de gebogen oprijlaan. De chauffeurs ervan waren allang voor de nacht vertrokken, aangezien hun voornaamste taak bestond uit het heen en weer rijden tussen het hotel en het vliegveld. Maar aangezien de laatste vlucht al om negen uur 's avonds binnen was gekomen viel er voor hen niets meer te doen. De toeristen gaven gewoonlijk de voorkeur aan de romantische rijtuigjes om zich in en door de stad te laten vervoeren.

Met Evangelos' pistool in haar trillende handen liet Erica haar gevangene langs de rij stokoude taxi's marcheren en keek intussen naar de contactsloten. De meeste contactsleutels zaten in het slot. Ze wilde naar Achmed toe maar moest eerst weten wat ze met Raoul kon beginnen.

'Ga op je buik liggen,' commandeerde Erica. Ze was doodsbenauwd dat er iemand uit het hotel zou komen.

Raoul was zo vrij een stapje opzij te doen, zodat hij op het pas geschoren gazon kwam te staan.

'Schiet op!' beval Erica, proberend haar stem boos te laten klinken.

Raoul ging liggen, met zijn handpalmen op de grond. Hij hield zijn handen onder zich en was klaar om op te springen, nu zijn verwarring in woede begon om te slaan.

'Strek je armen voor je uit,' zei Erica. Ze opende het portier van de voorste taxi, die er net zo uitzag als alle andere, alleen hingen er kwastjes voor de achterruit. De contactsleutel zat in het slot. Na een haastige blik op Raoul ging ze achter het stuur zitten dat met vinyl was bekleed. Aan het dashboard bungelden twee zachte dobbelsteentjes van rood plastic.

De starter draaide martelend langzaam rond, de motor gaf een luide knal als gevolg van na-ontsteking en sloeg eindelijk aan. Erica bleef het pistool op Raoul richten terwijl ze naar de schakelaar voor het grote licht zocht en het aanknipte. Toen smeet ze het pistool op de stoel naast haar en schakelde de eerste versnelling in. De taxi sprong vooruit en bonkte hevig, zodat het pistool vanaf de stoel op de grond gleed.

Uit haar ooghoeken zag Erica hoe Raoul razendsnel opsprong en naar de taxi rende. Ze bespeelde het gaspedaal en de koppeling, om te proberen het telkens inhouden en vooruitschieten van de oude taxi te verminderen en snelheid te winnen, toen Raoul op de achterbumper sprong en zich vastklemde aan het gesloten kofferdeksel. De wagen stond in de tweede versnelling toen Erica de brede en helverlichte boulevard opreed. Er was geen ander verkeer en ze accelereerde zo snel mogelijk langs de tempel van Luxor. Zodra de motor op toeren was en begon te razen drukte Erica de handel in de derde versnelling. Ze had er geen idee van hoe hard ze reed, want de snelheidsmeter werkte niet. In het achteruitkijkspiegeltje kon ze zien dat Raoul zich nog altijd aan het kofferdeksel vastklampte. Zijn donkere haar wapperde woest in de wind. Erica wilde hem van de wagen af hebben.

Ze rukte het stuurwiel van links naar rechts. De taxi maakte met gillende banden de meest onwaarschijnlijke bochten. Maar Raoul drukte zich plat tegen het kofferdeksel en wist zich vast te houden. Erica schakelde over naar de vierde versnelling en trapte het gaspedaal diep in. De taxi sprong vooruit, maar nu werd voelbaar dat het rechter voorwiel hevig slingerde. De trillingen waren zo hevig dat ze het stuur met beide handen moest omklemmen terwijl ze langs de beide ministerswoningen schoot. De soldaten die er op wacht stonden glimlachten alleen toen ze de schuddende taxi voorbij zagen racen met iemand die zich aan het kofferdeksel vastklampte.

Plotseling trapte Erica krachtig op de remmen, waardoor Raoul opschoof naar het achterraampje. Erica schakelde over in de eerste versnelling en gaf opnieuw vol gas, maar Raoul bleef volhouden en klampte zich nu vast aan de regengootjes om het achterraam. Erica zag hem nog steeds door de achteruitkijkspiegel, maar reed opzettelijk zoveel mogelijk langs de kant van de stoep, op zoek naar regenputten, die de wagen met verwoestende kracht raakte. Het rechter portier sprong open. De rode dobbelstenen vielen van het dashboard.

Raoul lag nu op zijn buik op het kofferdeksel, met zijn armen uitgespreid en met beide handen klemde hij zich vast aan de raamstijlen van de ontbrekende portierraampjes. Telkens als de wagen door een diepe put reed werden zijn hoofd en borst met geweld tegen het kofferdeksel gesmakt. Hij was vastbesloten Erica niet kwijt te raken. Hij dacht dat ze plotseling stapelgek was geworden.

Bij de afslag naar de woning van Achmed beschenen de koplampen van de taxi een lemen muur aan de kant van de weg. Erica remde zo krachtig dat de taxi slippend tot stilstand kwam en schakelde toen de achteruit in. De schok maakte dat Raoul doorgleed en op het dak van de taxi terechtkwam. Wanhopig zocht hij naar houvast en wist met zijn linkerhand de deurstijl vlak naast Erica's gezicht beet te pakken.

Erica gaf gas en reed wild achteruit, waarbij de wagen woest heen en weer slingerde tot hij de muur ramde. Haar hoofd zwiepte achterover. Het rechter voorportier zwaaide helemaal open en werd bijna uit z'n scharnieren gerukt. Raoul bleef zich vastklampen. Ze schakelde de wagen woest in de eerste versnelling en liet hem vooruit springen. De plotselinge versnelling maakte dat het rechter voorportier dichtviel en tegen Raouls hand smakte.

Hij gilde van pijn en trok in een reflex zijn hand terug. Op hetzelfde ogenblik raakten de wielen de rand van het wegdek en werd Raoul door de schok in het zand naast de weg geworpen. Bijna op hetzelfde moment waarop hij de grond raakte stond hij alweer op zijn benen. Hij hield zijn pijnlijke hand vast, rende Erica achterna en zag dat ze afremde voor een laag, wit gesausd lemen huis. Hij hield zijn pas in toen ze uit de taxi sprong en naar de voordeur rende. Na zich ervan te hebben overtuigd dat hij precies wist waar ze was, draaide hij zich om en ging terug naar Yvon.

Erica vreesde dat Raoul vlak achter haar was toen ze Achmeds voordeur bereikte. De deur was niet op slot. Ze stormde naar binnen en liet de deur op een kier. Ze moest Achmed zo snel mogelijk overtuigen van de samenzwering, zodat hij voor toepasselijke politiebescherming kon zorgen.

Ze rende meteen door de woonkamer in en was buiten zichzelf van blijdschap toen ze zag dat Achmed nog op was en met een vriend zat te praten. 'Ik word achtervolgd!' schreeuwde Erica.

Achmed sprong op en was met stomheid geslagen toen hij Erica herkende.

'Snel!' vervolgde ze. 'We moeten hulp halen!'

Achmed herstelde zich voldoende om langs haar heen te rennen naar de open voordeur. Erica wendde zich tot Achmeds metgezel om hem te vragen de politie te waarschuwen. Ze wilde haar mond opendoen, maar toen sperde ze haar ogen open van verbazing en

angst.
Achmed sloot de voordeur af, keerde terug naar de woonkamer en nam Erica in zijn armen. 'Alles is veilig, Erica,' zei hij. 'Alles is veilig en er kan je niets meer gebeuren. Laat me je nog eens bekijken. Ik kan het haast niet geloven; het is gewoon een wonder.'
Maar Erica gaf geen antwoord; ze rekte zich alleen uit om over Achmeds schouder te kunnen kijken. Haar hart werd zo koud als ijs. Ze keek recht in het gezicht van Mohammed Abdoelal! Nu wist ze dat zowel zij als Achmed gedood zouden worden. Ze kon wel zien dat Mohammed minstens even verbaasd was haar terug te zien, maar hij kreeg snel zijn zelfbeheersing terug en barstte los in een woedende stroom Arabische woorden.
Aanvankelijk negeerde Achmed de woede van Mohammed. Hij vroeg Erica wie haar had achtervolgd, maar nog voor ze kon antwoorden zei Mohammed iets dat bij Achmed dezelfde onderdrukte woede losmaakte die Erica bij hem had gezien toen hij de theekop kapot smeet. Zijn ogen vlamden op en hij draaide zich razendsnel om naar Mohammed. Hij sprak in het Arabisch. Eerst klonk zijn stem zacht en dreigend, maar langzamerhand sprak hij steeds luider, totdat hij tenslotte stond te schreeuwen.
Erica keek van de een naar de ander, in de verwachting dat Mohammed een wapen te voorschijn zou halen. Tot haar opluchting zag ze dat hij in plaats daarvan in zijn schulp kroop. Blijkbaar liet hij zich door Achmed bevelen, want hij ging zitten toen Achmed naar een stoel wees. Met haar opluchting kwam hernieuwde angst. Toen Achmed haar weer aankeek blikte ze in zijn dwingende, donkere ogen. Wat gebeurde er eigenlijk?
Achmed begon zacht te spreken. 'Erica, het is werkelijk een wonder dat je terug bent gekomen...'
Erica's geest begon haar bijna toe te schreeuwen dat er iets niet klopte. Wát had Achmed gezegd? Hoe bedoelde hij... teruggekomen?
'Het moet Allah's wens zijn dat jij en ik bij elkaar horen,' vervolgde hij. 'En ik ben bereid me bij Zijn beslissing neer te leggen. Ik heb urenlang met Mohammed over jou zitten praten. Ik was van plan naar je toe te komen, met je te praten, je te sméken, desnoods.'

Erica's hart klopte haar in de keel; haar hele besef voor de werkelijkheid begon te vervagen. 'Dus jij wíst dat ik in die tombe werd opgesloten?'
'Ja. Het was een moeilijke beslissing voor mij, maar iemand moest jou tegenhouden. Ik gaf opdracht dat jou geen haar gekrenkt mocht worden. Ik wilde naar de tombe komen om jou over te halen je bij ons aan te sluiten. Ik hou van je, Erica. Eens heb ik de vrouw die ik liefhad op moeten geven. Mijn oom zorgde er wel voor dat mij geen andere keus werd gelaten. Maar deze keer is het anders. Ik wil dat jij opgenomen wordt in mijn familie... mijn familie en die van Mohammed.'
Erica deed een ogenblik haar ogen dicht en probeerde al haar tegenstrijdige gedachten te ordenen. Ze kon niet geloven wat er gebeurde, noch kon ze haar oren geloven. Trouwen? Opgenomen in de familie? Haar stem klonk onzeker. 'Ben jij familie van Mohammed?'
'Ja,' zei Achmed. Langzaam leidde hij haar naar de zitbank en duwde haar zachtjes neer. 'Mohammed en ik zijn volle neven. Onze gezamenlijke grootmoeder is Aïda Raman. Zij is de moeder van mijn moeder.' Nauwkeurig beschreef Achmed de ingewikkelde familie-genealogie die begon bij Sarwat en Aïda Raman.
Toen hij uitgesproken was wierp Erica een angstige blik op Mohammed.
'Erica...' zei Achmed, teneinde haar aandacht weer op hem te vestigen, 'jij hebt iets gedaan gekregen wat nog niemand anders ooit heeft klaargespeeld, in geen vijftig jaar. Niemand buiten onze familie heeft ooit de Raman-papyrus te zien gekregen; ja, we hebben zelfs nog nooit met iemand te maken gehad die ook maar een flauw benul had van zijn bestaan. Dank zij de nieuwsmedia werden alle sterfgevallen aan de een of andere mysterieuze vloek toegeschreven, iets wat uitstekend in onze kraam paste.'
'En al die geheimzinnigheid is bedoeld om de tombe te bewaken?' vroeg Erica.
Achmed en Mohammed wisselden een korte blik. 'Welke tombe bedoel je?' vroeg Achmed.
'Het echte Seti-graf onder dat van Toetanchamon,' zei Erica.
Mohammed sprong op en tracteerde Achmed op een nieuwe

stroom woedend Arabisch. Deze keer luisterde Achmed wel en snoerde hem niet de mond. Toen Mohammed was uitgesproken draaide Achmed zich om naar Erica. Nog altijd klonk zijn stem rustig. 'Je bent inderdaad een wonder, Erica. Nu weet je ook hoe ontzaglijk veel er op het spel staat. Ja, wij bewaken een niet geplunderd graf van een van de grote Egyptische farao's. Met jouw opleiding zul je wel weten wat dat betekent. Een ongelooflijke rijkdom. Dus je zult wel begrijpen dat je ons in een uiterst lastige positie hebt gebracht. Maar als je met mij trouwt is deze enorme schat voor een deel van jou en kun je ons helpen bij het ordelijk exploiteren van deze buitengewoon spectaculaire archeologische vondst.'

Weer probeerde Erica een manier tot ontsnappen te bedenken. Eerst had ze uit de tombe moeten ontsnappen, toen aan Yvon moeten ontvluchten en nu wilde ze ontkomen aan Achmed. Waarschijnlijk was Raoul nu op de terugweg naar Yvon. Er zou een afschuwelijke confrontatie komen. De hele wereld was krankzinnig. Om tijd te winnen vroeg ze: 'Waarom is de tombe nog niet leeggehaald?'

'In die tombe liggen zulke rijkdommen opgestapeld dat het weghalen van ieder stukje zorgvuldig moet worden gepland. Mijn grootvader, Raman, wist dat er een hele generatie voor nodig zou zijn om de organisatie te vormen die de schatten uit een dergelijke tombe op de markt kon brengen, en daarnaast leden van onze familie op zodanige posten te krijgen dat zij controle konden uitoefenen op het transport van deze onschatbare objecten uit Egypte. Gedurende het laatste deel van zijn leven namen we niet meer uit de tombe dan voldoende was om de volgende generatie een opleiding te laten geven. Pas gedurende het afgelopen jaar werd ik aangesteld tot directeur van de Oudheidkundige Dienst – en Mohammed tot hoofd van de bewakingsdienst die belast is met het bewaken van de Luxor-necropolis.'

'Dus jullie doen hetzelfde als de familie Rasoel in de negentiende eeuw,' merkte Erica op.

'Er zijn wat oppervlakkige overeenkomsten,' zei Achmed. 'Alleen werken wij op een veel hoger niveau. Wij houden zorgvuldig rekening met de archeologische belangen. In feite zou jij, Erica, in

dat opzicht een grote rol kunnen spelen.'
'Was lord Carnarvon soms ook een van de mensen die uit de weg moesten worden geruimd?' vroeg Erica.
'Daar ben ik niet zeker van,' zei Achmed. 'Het is al vrij lang geleden, maar ik vermoed van wel.' Mohammed knikte bevestigend.
'Erica,' hernam Achmed, 'hoe ben je achter de feiten gekomen? Ik bedoel, wat bracht jou op de gedachte...?'
Plotseling gingen de lichten in de woning uit. De maan was ondergegaan en de duisternis was volkomen, als in een tombe. Erica verroerde zich niet. Ze hoorde iemand de telefoon opnemen, om die dadelijk weer op de haak te smijten. Ze vermoedde dat Raoul en Yvon de draden hadden doorgesneden.
Ze hoorde Achmed en Mohammed snel in het Arabisch met elkaar praten. Toen begonnen haar ogen zich aan te passen aan de duisternis en kon ze vage vormen onderscheiden. Voor haar doemde een gedaante op en ze kromp in elkaar. Het was Achmed, die haar pols beetpakte en haar op de been trok. Ze kon alleen zijn ogen en tanden zien.
'Ik vraag je nog eens wie jou achtervolgde!' fluisterde hij op dringende toon.
Ze probeerde iets te zeggen, maar struikelde over haar woorden; ze was buiten zichzelf van angst. Ze zat tussen twee verschrikkelijke vuren. Ongeduldig rukte Achmed aan haar pols. Eindelijk slaagde Erica erin te antwoorden: 'Yvon de Margeau.' Achmed liet Erica's pols niet los terwijl hij met Mohammed overlegde. Erica zag de glanzende loop van een pistool in Mohammeds hand. Ze had het machteloze gevoel dat de gebeurtenissen weer eens uit de hand waren gelopen.
Zonder enige waarschuwing trok Achmed Erica door de woonkamer en door de lange, donkere gang naar de achterkant van het huis. Ze worstelde om haar pols te bevrijden. Ze kon nauwelijks iets zien en was bang dat ze zou struikelen en vallen. Maar Achmed hield haar in een stalen greep. Mohammed rende achter hen aan. Ze liepen vanuit het huis het binnenhof in, waar het iets lichter was. Daar liepen ze om de stal heen en bereikten de poort. Achmed en Mohammed spraken rad in het Arabisch; daarna maakte Achmed de poort open. De steeg achter de houten deur

was verlaten en het was er donkerder dan in het binnenhof, door een dubbele rij dadelpalmen. Behoedzaam boog Mohammed zich met geheven pistool naar buiten en probeerde met zijn blik de duisternis te doorboren. Tevreden gesteld stapte hij achteruit om ruimte te maken voor Achmed. Zonder haar pols los te laten duwde Achmed Erica door de poort het steegje in. Hij bleef vlak achter haar.

Het eerste waarvan Erica zich bewust werd was de plotseling verstrakkende greep van Achmeds hand rond haar pols. Toen hoorde ze het pistool blaffen. Het was hetzelfde gesmoorde geplof dat ze had gehoord toen ze tegenover de maniakale Evangelos had gestaan. Het was het geluid van een pistool met geluiddemper. Achmed viel opzij terug door de poort en trok Erica uit haar evenwicht, zodat ze bovenop hem terechtkwam. In het schaarse licht kon ze zien dat hij op dezelfde manier was neergeschoten als Evangelos – precies tussen de ogen. Op haar wangen kleefden stukjes weggespat hersenweefsel.

In een toestand van kramp drukte Erica zich op tot een knielende houding. Mohammed sprong langs haar heen en rende de steeg over naar de betrekkelijke veiligheid van de duisternis onder de dadelpalmen. Wezenloos zag Erica dat hij zich omdraaide en met zijn pistool in de steeg vuurde. Toen draaide hij zich om en vluchtte in tegenovergestelde richting.

Als in een roes stond Erica op, haar blik vastgenageld aan de levenloze Achmed. Ze kroop achterwaarts in de schaduw tot ze de wand van de stal raakte. Haar mond hing open en haar ademhaling kwam in korte, hijgende stoten. Aan de voorkant van het huis hoorde ze een scherp splinterend geluid, gevolgd door een luide slag. Dat moest de voordeur zijn geweest. Achter zich hoorde ze Sawda nerveus in zijn stal trappelen. Ze was verlamd van angst.

Recht voor haar uit, omlijst door de stijlen van de houten poort, zag Erica een bukkende gedaante voorbij rennen. Bijna onmiddellijk floten er opnieuw kogels aan haar rechterkant. Toen hoorde ze achter zich het geluid van rennende voetstappen in het huis. Nu begon haar verbijstering om te slaan in doodsangst. Ze wist dat zíj het was naar wie Yvon op zoek was. Hij was wanhopig en tot alles in staat. Erica hoorde de achterdeur van het huis open-

zwaaien. Ze hield haar adem in toen er een stille gedaante zichtbaar werd. Het was Raoul. Ze zag dat hij zich over Achmed heen boog en in de steeg verdween.
Erica's toestand van verlamming hield nog vijf volle minuten aan, terwijl de geluiden van het vuurgevecht in de steeg verder weg klonken. Plotseling duwde ze zich af van de stalwand en strompelde terug door het donkere huis, dat ze door de voordeur verliet.
Ze stak de weg over en snelde door een poortje waarvan de muren uit lemen tichels waren opgetrokken. Ze liep door een tuin en door een volgende, in haar luidruchtige kielzog een spoor van aanfloepende lichten achterlatend. Ze stormde door brokken puin en dwars door een kippenren, om vervolgens een open riool door te waden. In de verte hoorde ze opnieuw schoten en het geschreeuw van een man. Ze bleef verder hollen tot ze voelde dat ze in elkaar zou zakken. Maar pas toen ze op de Nijloever afstrompelde gunde ze zichzelf een adempauze. Ze probeerde te bedenken naar wie ze toe moest gaan. Niemand was te vertrouwen. Aangezien Mohammed hoofd van de bewakingsdienst was, was ze zelfs bang voor de politie.
Op dat moment herinnerde Erica zich de beide ministershuizen die door soldaten werden bewaakt. Met moeite werkte ze zich weer op de been en begon in zuidelijke richting te lopen. Ze bleef in de schaduw opzij van de weg, totdat ze de beide bewaakte woningen had bereikt. Toen liep ze als een robot de verlichte straat op en sloeg de hoek om van het eerste huis. De soldaten waren op hun post en voerden met elkaar een gesprek over de ongeveer vijftig meter die de beide toegangen van elkaar scheidde. Beide soldaten draaiden zich om en sloegen Erica gade, terwijl ze rechtstreeks naar de dichtstbijzijnde soldaat liep. Hij was jong en droeg een ruim zittend bruin gevechtstenue en glimmend gepoetste laarzen. Aan zijn schouderriem bungelde een machinepistool. Hij verschoof het wapen en begon iets te zeggen toen Erica hem naderde.
Zonder te blijven staan liep Erica langs de verraste jongeman de tuin voor het huis in. '*O af andak*!' schreeuwde de soldaat, Erica achterna komend.
Ze bleef staan. Toen, al haar krachtreserves aansprekend, schreeuwde ze zo luid mogelijk: 'Help!' en ze bleef schreeuwen

totdat er in het donkere huis licht begon te branden. Even later verscheen er een gedaante in kamerjas in de deuropening, kaal, dik en op blote voeten.
'Spreekt u Engels?' vroeg Erica buiten adem.
'Natuurlijk,' zei de man, zowel verbaasd als geïrriteerd.
'U werkt voor de regering?'
'Ja, ik ben staatssecretaris van Defensie.'
'Heeft u iets te maken met Egyptische oudheden?'
'Niets.'
'Prachtig,' zei Erica opgelucht. 'Ik moet u iets ongelooflijks vertellen...'

Boston

De TWA 747 maakte een flauwe zwenking en begon aan zijn sierlijke afdaling naar Logan Airport. Met haar neus tegen het raampje gedrukt staarde Erica naar het uitzicht over het herfstige Boston. Ze vond het een geweldige aanblik. Ze was oprecht opgewonden over haar thuiskomst.
De wielen van de enorme Boeing kwamen in contact met de landingsbaan, waarbij de cabine licht schokte. Enkele passagiers klapten in hun handen, blij dat de langdurige vlucht over de oceaan was geëindigd. Terwijl het vliegtuig in de richting van het gebouw taxiede waar de internationale vluchten werden afgehandeld, mijmerde Erica, nog altijd verwonderd, na over de ervaringen die ze sinds haar vertrek uit Boston had beleefd. Ze voelde zich een ander mens dan bij haar vertrek, in het besef dat ze eindelijk de overstap had gemaakt van de academische naar de werkelijke wereld. Nu, in het bezit van een uitnodiging van de Egyptische regering tot het spelen van een vooraanstaande rol bij het methodisch ontruimen en catalogiseren van de Seti-tombe, wist ze tamelijk zeker dat ze een veelbelovende toekomst als egyptologe voor zich had.
De straalmotoren gierden nog even op, toen het vliegtuig de uitschuifbare passagiersslurf had bereikt, waarna de motoren verstomden. De passagiers begonnen de bagagedeurtjes boven hun

hoofden open te maken. Erica bleef zitten en staarde naar de witte wolken boven New England. Ze herinnerde zich het smetteloos witte uniform van luitenant Iskander, toen hij haar in Caïro uitgeleide was komen doen. Hij had haar op de hoogte gebracht van de afloop van die fatale nacht in Luxor: Achmed Khazzan was aan de kogelwonden bezweken, iets dat ze had geweten vanaf het ogenblik waarop hij werd getroffen; Mohammed Abdoelal lag nog altijd in coma; Yvon de Margeau was op een of andere manier de dans ontsprongen. Hij was met zijn privé-vliegtuig het land uit gekomen en in Egypte tot persona non grata verklaard; en Stephanos Markoulis was eenvoudig verdwenen.

Nu ze terug was in Boston leek het allemaal zo onwerkelijk. De herinnering stemde haar wat verdrietig, vooral met betrekking tot Achmed. Ook had de ervaring gemaakt dat ze haar eigen bekwaamheid tot het beoordelen van mensen in twijfel was gaan trekken, in het bijzonder vanwege Yvon. Zelfs na alles wat er was gebeurd had hij het lef gehad haar vanuit Parijs te bellen toen ze in Caïro was teruggekeerd, en had hij haar grote sommen geld geboden voor het verschaffen van vertrouwelijke informatie over de tombe van Seti I. Verbijsterd schudde ze haar hoofd en begon haar draagbare bagage te verzamelen.

Erica liet zichzelf willoos door de stroom mensen meevoeren. Ze had de immigratie-controle snel achter zich en kreeg haar bagage terug. Toen liep ze verder naar de hal vol wachtenden.

Ze zagen elkaar op hetzelfde moment. Richard snelde naar voren en omhelsde haar warm, terwijl Erica haar koffers liet vallen, zodat de mensen achter haar eroverheen moesten stappen. Zonder iets te zeggen drukten ze zich tegen elkaar aan, in de ban van gelijksoortige emoties. Eindelijk trok Erica zich terug. 'Je had gelijk, Richard. Ik heb vanaf het allereerste begin te veel hooi op m'n vork genomen. Ik mag van geluk spreken dat ik nog leef.'

In Richards ogen welden tranen op, iets dat Erica nog nooit van hem had gezien.

'Nee, Erica, we hadden allebei zowel gelijk als ongelijk. Het betekent alleen dat we nog een massa van elkaar te weten moeten komen en van elkaar moeten leren, en geloof me maar, ik wil dat echt.'

Erica glimlachte gelukkig. Ze wist niet precies wat hij bedoelde, maar het gaf haar een blij gevoel.
'O, tussen twee haakjes,' zei Richard, haar koffers oppakkend, 'er is iemand uit Houston die jou beslist wil spreken.'
'Werkelijk?' vroeg Erica.
'Ja. Hij was blijkbaar een kennis van doctor Lowery, die hem zijn telefoonnummer had gegeven. Hij staat daarginds.' Richard wees naar opzij.
'Grote hemel,' zei Erica. 'Het is Jeffrey John Rice.'
Alsof hij op dit wachtwoord had staan wachten liep Jeffrey Rice naar haar toe, en nam met een diepe buiging zijn stetson voor haar af.
'Excuus dat ik u op zo'n ogenblik kom storen, juffrouw Baron, maar hier is de cheque voor het opsporen van dat beeld van Seti de Eerste.'
'Maar dat begrijp ik niet goed,' zei Erica. 'Het beeld is nu in het bezit van de Egyptische overheid. U kunt het niet kopen.'
'Dat is nu juist de kwestie. Daardoor is mijn beeld het enige buiten Egypte. Dank zij u is het nu vele tonnen meer waard dan daarvoor. Houston is er buitengewoon mee in z'n nopjes.'
Erica staarde omlaag naar de cheque voor 10000 dollar en barstte in lachen uit. Richard, die niet helemaal begreep wat er gebeurde, zag haar uitdrukking van stomme verbazing en begon ook te lachen. Rice haalde zijn schouders op en leidde hen, met de cheque nog in zijn hand, naar buiten, in het stralende zonlicht van Boston.